HEYNE <

JOHANNA MO

FINSTERHAUS

KRIMINALROMAN

**AUS DEM SCHWEDISCHEN
VON ULRIKE BRAUNS**

WILHELM HEYNE VERLAG
MÜNCHEN

Die Originalausgabe *Skuggliljan*
erschien erstmals 2021 bei Romanus & Selling, Stockholm.

FSC
www.fsc.org
MIX
Papier aus verantwortungsvollen Quellen
FSC® C014496

Penguin Random House Verlagsgruppe FSC® N001967

Deutsche Erstausgabe 03/2022

Redaktion: Sibylle Klöcker
Printed in Germany
Umschlaggestaltung: www.buerosued.de
unter Verwendung von © mauritius images/
KEE PIL CHO/Alamy, www.buerosued.de
Satz: Leingärtner, Nabburg
Druck und Bindung: GGP Media GmbH, Pößneck
ISBN: 978-3-453-42581-1

www.heyne.de

Der letzte Tag

Bevor er das Grundstück betritt, schaut er sich um. Ein Stück weiter die Straße hinauf wird eine Haustür geöffnet, also bleibt er stehen. Im lauen Spätsommerabend hallt noch ein fröhliches Lachen nach. Die hohen Hecken versperren die Sicht, aber durch eine Lücke sieht er eine Frau mit langen dunklen Haaren in einem geblümten Sommerkleid. Sie wirft eine zugeknotete Tüte in die Mülltonne. Der grüne Deckel schlägt zu, und sein Herzschlag beschleunigt sich, als sie sich umdreht, um zurückzugehen. Kurz glaubt er, sie hat ihn entdeckt, weil sie innehält und genau in seine Richtung schaut. Dann schüttelt sie den Kopf und verschwindet hinter der Hecke.

Erst als die Frau wieder im Haus ist, wagt er es, sich zu bewegen. Nach ein paar wenigen leisen Schritten steht er vor der Tür. Der Schlüssel hakelt, und sofort glaubt er, sie habe ihm bewusst den falschen mitgegeben. Ihm wird schlecht. Wie sehr er sich dafür hasst, dass er sich in diese Scheiße hat reinziehen lassen, nur weil er nicht Nein sagen kann. Weil er nett sein will.

So kann das nicht weitergehen. Er muss damit aufhören, Hugo zuliebe.

Endlich bekommt er das Schloss auf, kann die Tür öffnen. Er tastet nach dem Lichtschalter. Die Glühbirne im Flur geht an, flackert, geht wieder aus.

Verdammt.

Die Zeit sitzt ihm im Nacken, aber das hier sollte nicht länger als eine Viertelstunde dauern. Dann kann er das Haus verlassen, zu seinem Wagen zurückkehren und nach Hause fahren.

Ohne die Schuhe auszuziehen, geht er am Kamin vorbei in die Küche, drückt dort auf den Lichtschalter. Aber in der Küche gibt es offenbar nicht mal eine Lampe. Er wirft einen Blick auf die Uhr – 18.57 – und weiß nicht, was er mit der Zeit anfangen soll. Mit einem Seufzer setzt er sich auf den Boden und umklammert seine Beine. Vielleicht sollte er doch einfach sofort abhauen. Aber das traut er sich nicht.

Schon ein paar Minuten später öffnet sich die Haustür, und er steht so schnell auf, dass ihm schwindelig wird. Er muss sich an der Wand abstützen, dann geht er schwankend in den Flur.

»Wir müssen uns beeilen«, sagt er. »Ich muss weg.«

Verwundert bleibt er stehen und starrt den Menschen an, der vor ihm steht.

»Was machst du denn hier?«

Die Verwunderung weicht Panik, denn sein Hirn kann die vielen Informationen, die auf ihn einströmen, nicht verarbeiten. Die Wut auf dem Gesicht vor ihm. Die Entschlossenheit. Warum? Aus Angst schlägt ihm das Herz bis zum Hals, sein Gesichtsfeld schrumpft. Er hat nur einen einzigen glasklaren Gedanken: *Bitte, hilf mir doch jemand.*

SONNTAG, 18. AUGUST

1

Hanna Duncker setzte sich so, dass sie den Eingang im Blick hatte. Bei der Bedienung bestellte sie erst mal nur ein Glas Wasser, um die Zeit bis zum Eintreffen ihrer Verabredung zu überbrücken.

Genau wie ihr Vater Lars hatte dessen Freund Gunnar ein Alkoholproblem gehabt, auch wenn Letzterer eher zur Kategorie Quartalssäufer gehört hatte, und Hanna hatte keine Ahnung, wie es um seine Sucht gerade bestellt war. Anfangs war Gunnar nicht sicher gewesen, ob er sie wirklich treffen wollte. Zuletzt hatten sie sich bei Lars' Beerdigung vergangenen Herbst gesehen, und da hatte sie es nicht über sich gebracht, richtig mit ihm zu sprechen. Sie hatte ihm angeboten, ihr Elternhaus zu kaufen. Schließlich hatte Gunnar in all den Jahren, die ihr Vater im Gefängnis gesessen hatte, dort gewohnt, er hatte es aber nicht haben wollen. Die beiden waren Freunde gewesen, seit Hanna denken konnte, kennengelernt hatten sie sich bei der Arbeit in Kalmar.

Drei Trauergäste, mehr waren nicht gekommen. Hanna, Gunnar und die Frau, die er mitgebracht hatte. Letztere war nur zur Unterstützung dabei gewesen. Weder Lars' Eltern noch sein Sohn Kristoffer waren erschienen. Ihre Großeltern, zu denen sie keinen Kontakt hatte, wohnten mittlerweile in Norwegen und ihr Bruder Kristoffer in London.

Die Tür zum *Ernestos* ging auf, aber nicht Gunnar kam herein, sondern ein junges Paar. Die Frau drehte sich zu dem Mann und lachte so schrill, wie nur Frischverliebte es taten. Dabei fiel ihr das lockige rote Haar ins Gesicht, das sie schnell wieder zurückstrich. Hanna schluckte. Erst gestern hatte ihr Ex-Freund Fabian ein Ultraschallbild bei Facebook geteilt. Er und seine Partnerin erwarteten ein Kind. Die Erzieherin, mit der er, wenige Wochen nachdem er sich von Hanna getrennt hatte, zusammengekommen war. Mehrere Minuten lang hatte sie auf das Bild gestarrt, sich nicht losreißen können.

Das junge Paar hatte einen Tisch bestellt. Sie feierten ihr Einjähriges – und Hanna hatte geglaubt, sie hätten sich gerade erst kennengelernt. Sie schaute ihnen nach, bis sie im Obergeschoss verschwunden waren.

Wieder öffnete sich die Tür, aber auch diesmal war es nicht Gunnar, sondern ein Mann um die sechzig. Sein linker Arm hing schlaff herunter, das linke Bein war steif. Das sah nach Schlaganfall aus. Er ging zu einem Mann in seinem Alter, und dann folgte eine lange Umarmung.

Was, wenn Gunnar es sich anders überlegt hatte?

Hanna hatte sich den gesamten Sommer über mit dem Raubmord an Ester Jensen beschäftigt. Dem Mord, wegen dem ihr Vater 2003 verurteilt worden war. Wobei … eigentlich hatte sie nur eine Woche gebraucht, um die Ermittlungsunterlagen zu lesen, und den Rest der Zeit, um zu verdauen, was sie da erfahren hatte. Man hatte Lars' DNA in Esters Haus gefunden. Außerdem waren seine Fingerabdrücke auf dem Benzinkanister gewesen, der vor dem brennenden Haus gelegen hatte.

Solche Spuren ließen sich nicht ignorieren. Wie hatte sie nur annehmen können, dass er unschuldig war?

Weil Hanna erst im Mai bei der Polizei in Kalmar angefangen hatte, war ihr Urlaub mangels Anspruch entsprechend kurz ausgefallen. Und das Brüten über die Taten ihres Vaters hatte den überwiegenden Teil davon vermiest. Um sich zu beschäftigen und die quälende Unruhe in Schach zu halten, hatte sie angefangen, ihr kleines Haus in Kleva zu renovieren. Hatte im Wohnzimmer tapeziert. Die Decke und die Fußbodenleisten weiß gestrichen. Eine Wand oben im Schlafzimmer hatte sie hellgrün tapeziert. Die Blümchentapete in der Küche hatte sie jedoch nicht anrühren wollen. Jetzt sah das Haus schon weniger verwohnt aus, aber das kleine Bad und die Duschkabine mussten unbedingt noch erneuert werden.

Hanna checkte die Uhr auf ihrem Handy. Gunnar war zehn Minuten zu spät. Ihre Sandkastenfreundin Rebecka hatte ihr ein Foto geschickt. Sie war mit ihrer Familie im Last-Minute-Urlaub auf den Kanaren. Im Frühjahr war Rebeckas Sohn Joel tot am Möckelmossen aufgefunden worden – Hannas erster Fall seit ihrer Rückkehr nach Öland. Sie und Rebecka waren zusammen aufgewachsen, und es war eigenartig gewesen, die Freundin nach so vielen Jahren wiederzusehen, besonders unter den gegebenen Umständen.

Hanna tippte auf das Bild, das Molly lachend am Strand zeigte, eine Eiswaffel in der Hand. Das weiße Softeis war an der Seite heruntergelaufen. Joels kleine Schwester schien seinen Verlust besser verkraftet zu haben als seine Mutter. Rebecka hatte Hanna mehrfach angerufen und bitterlich geweint.

Ich kann nicht mehr.

Aber irgendwie war es doch gegangen. Der Urlaub sollte nicht nur ein Tapetenwechsel sein, sondern auch der Versuch, ihre Ehe mit Petri zu retten.

Eine Viertelstunde nach der vereinbarten Zeit war es endlich Gunnar, der die Tür öffnete. Er trug Jeans und ein rostbraunes T-Shirt und wirkte wesentlich agiler als bei der Beerdigung vor zehn Monaten. Ausgeruht und sonnengebräunt. Das grau gesprenkelte Haar war kurz geschnitten. Gunnar war ein paar Jahre jünger als Lars, sollte also noch unter sechzig sein. Er setzte sich ihr gegenüber an den Tisch.

»Entschuldige die Verspätung«, sagte er.

»Kein Problem. Ich freu mich, dass du gekommen bist.«

Die Bedienung eilte herbei und nahm ihre Bestellung auf. Gunnar wollte Cola zu seiner Pizza, deshalb wählte Hanna auch eine, obwohl ihr eher nach einem Glas Rotwein gewesen wäre.

»Schicke Frisur«, sagte Gunnar.

»Danke.«

Bei der Beerdigung hatte Hanna noch halblange Haare gehabt, danach war sie zur Kurzhaarfrisur übergegangen. Vorn waren sie am längsten, der schräge Pony reichte ihr bis zum Wangenknochen. Vor ein paar Monaten war sie deshalb einmal Brienne of Tarth genannt worden. Damals hatte Hanna nicht gewusst, wer das war. Klar, es gab Ähnlichkeiten: Größe, Haarfarbe und Frisur, aber Hanna war nicht ganz so breit. *Game of Thrones* hatte sie seither trotzdem nicht angeschaut.

»Wie ich gesehen habe, arbeitest du jetzt für die Polizei in Kalmar«, fuhr Gunnar fort.

Hanna nickte. Sein Ton war nicht anklagend gewesen, nur neugierig, trotzdem wollte sie nicht über ihre Arbeit sprechen.

»Ich habe die Ermittlungsakten gelesen«, sagte sie.

»Soso«, machte Gunnar und schaute sie an. Mehr kam nicht, außer dass sich eine leichte Falte zwischen seinen Augenbrauen bildete.

Eine Falte, die zeigte, dass er wusste, welche Ermittlungsakte sie meinte.

»Hast du je mit Lars über das gesprochen, was mit Ester passiert ist?«, fragte sie.

»Nein«, antwortete Gunnar. »Ich habe es versucht. Aber er wollte nicht.«

Hanna spülte ihre Enttäuschung mit einem Schluck Cola hinunter. Jetzt bereute sie, nicht doch einen Wein genommen zu haben.

»Was machst du so, heutzutage?«, fragte sie.

Damit hätte sie mal besser angefangen, mit Small Talk. Wie ein normaler Mensch, der sich für andere interessierte.

»Ich wohne in Norrliden, in einer Wohnung«, sagte Gunnar. »Ich musste weg von Öland.«

Sie selbst war damals nach Stockholm gezogen, aber nach sechzehn Jahren zurückgekehrt. Hanna schätzte, auch Gunnar hatte genug unter dem Gerede zu leiden gehabt. In gewisser Weise war es vielleicht sogar noch schlimmer für ihn gewesen, schließlich war er so lange auf Öland geblieben, hatte noch dazu in Lars' Haus gewohnt. Mörderhaus war es genannt worden. Sie hatte seine neue Adresse nicht finden können, nur eine Telefonnummer.

»Arbeitest du?«

»Ja, in einem Altenheim. Und Leticia und ich haben uns einen Russkiy Toy geholt.«

»Was ist das?«

»Ein kleiner Hund.«

»Wäre das übersetzt nicht so was wie: russisches Spielzeug?«

»Genau.« Gunnar grinste.

Die Bedienung kam und brachte ihre Pizzen. Dann aßen sie erst mal schweigend. Gunnar mit deutlich mehr Appetit als sie.

»Leticia, war das die Frau, die dich zur Beerdigung begleitet hat?«, fragte Hanna, um das Gespräch wieder aufzunehmen.

Gunnar hatte sie ihr vorgestellt, sie hatte den Namen aber sofort wieder vergessen.

»Ja.«

»Freundin, Job und Hund. Nicht schlecht.«

Gunnar lächelte, und Hanna merkte überrascht, wie weh das tat. Wieso hatte ihr Vater denn sein Leben nicht in den Griff bekommen können? Mit dem Trinken aufhören und sich einen neuen Job und eine neue Frau suchen? Dann würde Ester heute noch leben. Da traf sie eine weitere Erkenntnis: Papas Tod musste eine Befreiung für Gunnar gewesen sein, selbst wenn er das nie so ausdrücken würde. Er war der Einzige gewesen, der Lars beigestanden und wirklich versucht hatte, ihm zu helfen.

Gunnar wurde schnell wieder ernst.

»Es tut mir leid, dass ich gezögert habe, als du angerufen und gefragt hast, ob wir uns treffen können, aber ich …«

Gunnars Blick wanderte nervös umher. Schlussendlich kam er ein Stück links von Hannas Kopf wieder zur Ruhe.

»Ich habe mein Leben im Griff und wollte da nicht wieder reingezogen werden.«

Der Satz hätte genauso gut von ihrem Bruder kommen können. Sie hatten seit dem Telefonat im Mai nicht mehr miteinander gesprochen, als Hanna ihn nach dem Treffen mit Kristoffers altem Schulfreund Axel Sandsten im Zuge der Ermittlungen um Joels Tod angerufen hatte. Axel war Joels Vater, und eine Zeit lang hatte er zu den Verdächtigen gehört. Vor ein paar Wochen hatte sie ihrem Bruder eine Nachricht auf dem Anrufbeantworter hinterlassen, aber zurückgemeldet hatte er sich nicht. Sie hatte mit ihm über die Ermittlungen sprechen wollen, denn bisher hatte sie nur mit ihrer Nachbarin Ingrid darüber reden können.

»Bist du mit jemandem zusammen?«, fragte Gunnar.

»Nein«, sagte Hanna.

»Nicht, dass man das sein müsste«, fügte er schnell hinzu, als er ihre Reaktion sah.

Hanna schnitt ein Stück Pizza ab, ließ es aber auf dem Teller liegen.

»In Stockholm hatte ich eine Beziehung«, sagte sie. »Aber das hat nicht funktioniert.«

»Manchmal ist das halt so. Leticia und ich sind jetzt fast vier Jahre zusammen.«

»Schön.«

»Aber wir haben natürlich auch unsere Probleme.«

Hanna hatte den Eindruck, das sagte er nur ihretwegen. Dass sie eigentlich waren wie das Paar, das oben gerade seinen Jahrestag feierte. So hatten die beiden jedenfalls bei der Beerdigung gewirkt.

»Lars wäre stolz auf dich.«

Jetzt suchte Gunnar Blickkontakt, doch Hanna schnitt weiter Pizza. Alles, was mit ihrem Vater zu tun hatte, war ein einziger Konflikt. Schließlich war es nicht gerade erstrebenswert, dass ein Mörder stolz auf dich war. Gleichzeitig war Lars bis zu Hannas zwölftem Geburtstag ein fantastischer Vater gewesen. Erst nach dem Tod ihrer Mutter war ihm alles entglitten.

»Irgendwas muss er doch gesagt haben.« Es war eher eine Frage. Jetzt schaute Hanna ihn an.

»Über das, was passiert ist?«

Hanna nickte.

»Bitte«, sagte sie, als sie sein Zögern bemerkte. »Ich weiß, dass Papa das Haus angezündet hat. Und mit höchster Wahrscheinlichkeit hat er vorher Ester erschlagen. Ich will es nur verstehen. Was war denn der Grund? Diese unfassbare Gewalt …«

Hanna konnte nicht weitersprechen. Das Feuer hatte die meisten Spuren vernichtet, trotzdem hatte man bei Ester um die zwanzig Knochenbrüche feststellen können. Gunnar steckte das letzte Stück Pizza in den Mund und kaute langsam.

»Einmal im Suff hat er gesagt, er hätte nicht …«

Gunnar verstummte und schaute zum Fenster hinaus. Eine Gruppe Jugendlicher lief draußen vorbei. Sie lachten – eins der Mädchen so heftig, dass sie sich bei einem Kumpel festhalten musste.

»Bitte«, wiederholte Hanna. »Was hat er gesagt?«

»Dass er ihn nicht hätte schützen sollen.«

»Wie hat er das gemeint?«

»Ich bin nicht sicher, aber …«

Gunnar schaute sie fast flehend an, ihn nicht zum Weitersprechen zu drängen.

»Du musst es mir erzählen«, beharrte sie.

Wütender als beabsichtigt, aber sie konnte nicht zulassen, dass er jetzt das Schweigen anfing.

»Es gibt wohl nur einen Menschen, für den Lars ins Gefängnis gegangen wäre«, sagte Gunnar. »Abgesehen von dir, natürlich.«

2

Der Badeanzug war noch feucht, weshalb Lykke Henriksen erschauderte, als sie ihn anzog. Sie hatte vergessen, ihn aufzuhängen, nachdem sie ihn am Morgen ausgespült hatte. Jeden Morgen und Abend nahm sie ein kurzes Bad im Kalmarsund, dessen Ufer nur etwa hundert Meter entfernt lag. Das Bad war das Einzige, was gegen den Dunst in ihrem Kopf half. Sie war in ihr altes Muster verfallen, und das passte ihr gar nicht. Deshalb musste sie unbedingt wieder die Kontrolle zurückerlangen. Alles war ins Wanken geraten, noch mehr nach diesem Kacktag.

Lykke zog die Crocs an, ging durch die Küche hinaus und nahm ihr Handtuch von der Wäscheleine. Hängte es sich über die Schulter. Dann drehte sie sich um und machte sich auf den Weg zum Ufer. Es war kurz nach acht, die Sonne küsste schon den Horizont, in etwa einer halben Stunde würde sie untergehen.

Wenn sie wollte, konnte das ihr Leben sein: Vielleicht sollte sie die Wohnung in Uppsala kündigen und richtig herziehen, schließlich hatte sie die Doktorandenstelle nicht bekommen. Aber was sollte sie hier machen? Der Arbeitsmarkt schien nicht gerade nach vierundzwanzigjährigen Biologinnen mit Spezialisierung auf Schmetterlinge zu warten.

Wie um sie zu ärgern, flatterte ein Rostfarbiger Dickkopffalter von einer Schattenlilie auf, die in den Beeten vor der niedrigen Steinmauer wuchsen, die an drei Seiten die Terrasse begrenzte. Der Schmetterling war männlich, das verriet der hohe Gelbanteil auf seinen braunen Flügeln. Er drehte ein paar Runden vor ihr, bevor er wegflog.

Lykke ging weiter. Obwohl es keine Mauer oder Hecke entlang der linken Gartenseite gab, konnte man leicht erkennen, wo ihr Grundstück endete und das Gemeindeland begann. Letzteres war frisch gemäht, bei ihr hatte das Gras ungestört wachsen können, seit sie angekommen war. Ihre Energie hatte einfach nicht gereicht, sich damit zu befassen.

Zur Abwechslung war es mal fast windstill, außerdem hatte die Sonne den ganzen Tag lang geschienen. Laut Wetterbericht war kälteres Wetter im Anmarsch. Eine ähnliche Prognose stellte sie auch für ihre Zukunft. Als würde sich eine Kaltfront nähern. Sie wusste nur nicht, ob der bevorstehende Sturm schlimmer ausfallen würde als der zurückliegende.

Nachdem Lykke den Weg überquert hatte, drehte sie sich um und schaute zum Haus zurück. Würde sie es verkaufen, musste sie vermutlich ein Jahr lang nicht arbeiten. Trotzdem brauchte sie einen Job. Etwas, das sie und ihren Kopf beschäftigte. Und sie war noch immer unsicher, ob sie sich überhaupt von dem Haus trennen konnte. Ihre Mutter war vor drei Jahren gestorben, und da hatte sie das Haus in Grönhögen geerbt. Ihre Mutter war hier aufgewachsen, genauso ihre Großmutter. Lykke vermietete das Haus die überwiegende Zeit via Airbnb, diesen Sommer hatte sie es aber ganz für sich geblockt, um hier eine Entscheidung zu finden, wie es für sie weitergehen sollte. Sie hatte für ein paar tausend Kronen einen alten Škoda gekauft, weil es zu umständlich war, hier ohne Auto auszukommen. Im Ort gab es zwar ein Lebensmittelgeschäft und ein Restaurant, außerdem eine Busverbindung ans Festland. Aber der Bus fuhr nicht gerade oft, man musste umsteigen, und sie hasste es, abhängig zu sein.

Lykke legte das Handtuch auf einen Stein, zog die Schuhe aus und watete vorsichtig ins Wasser. Beim Hafen gab es einen Steg, aber trotz der vielen Steine ging sie lieber hier baden. Hin und wieder verschlug es sie mal zum Kalkbruch. Während ihrer Kindheit war dort kaum jemand schwimmen gegangen, heute war es im Sommer meist brechend voll. Das türkisblaue Wasser war so tief, dass man von den Klippen springen konnte. Die Leute schienen eigentlich nur hinzufahren, um Fotos für Instagram zu machen. Den Badesee, zu dem sie früher immer gefahren waren, konnte man dagegen heute gar nicht mehr nutzen, den hatten die Golfer für sich erobert. Die standen dort am Strand und schlugen einen Ball nach dem anderen.

Obwohl die Sonne den ganzen Tag geschienen hatte, war das Wasser kalt. Es ging ihr gerade mal bis zu den Knien, trotzdem breitete sich die Kälte sofort in ihrem ganzen Körper aus, und Lykke verspannte sich. Das Ufer war sehr flach, und wegen all der Steine kam man nur langsam voran.

Die Erinnerung daran, wie sie das Messer in den Reifen gestoßen hatte, traf sie so unvermittelt, dass sie keuchen musste. Ein Loch zustande zu bringen, war schwieriger gewesen als gedacht, vermutlich, weil sie so sehr gezittert hatte. Aber sie war erst gegangen, als sie es leise hatte zischen hören.

Um der Erinnerung zu entkommen, eilte Lykke weiter. Sie rutschte aus und verlor fast das Gleichgewicht. Ihr Fuß landete auf einem spitzen Stein, und der Schmerz ließ sie kurz innehalten. Dann ließ sie sich einfach fallen. Nach ein paar zögerlichen Schwimmzügen tauchte sie unter.

Jetzt hieß sie die Kälte willkommen. Weil sie alles auslöschte.

Montag, 19. August

3

Kaum war Hanna Duncker in der Polizeiwache von Kalmar angekommen, holte sie sich erst mal einen Kaffee. Sie hatte schlecht geschlafen, weil ihr Gunnars Worte die ganze Nacht durch den Kopf gegangen waren.

Es gibt wohl nur einen Menschen, für den Lars ins Gefängnis gegangen wäre. Abgesehen von dir, natürlich.

Direkt danach war Hanna aus dem Restaurant gestürmt und hatte dabei ein Wasserglas umgestoßen. Er meinte Kristoffer – und dass Kristoffer den Mord an Ester begangen haben sollte, war sogar noch unvorstellbarer, als dass es Lars war. Wieso hatte Gunnar das gesagt? Die Beweise sprachen doch für sich. Lars war in Esters Haus gewesen, seine Fingerabdrücke prangten auf dem Benzinkanister. Konnte Gunnar etwa Lars' Schuld noch weniger akzeptieren als Hanna? Oder ging es eigentlich um Kristoffer? Gunnar war richtig wütend darüber gewesen, dass er nicht zu Lars' Beerdigung erschienen war.

Gunnar hatte gestern noch versucht anzurufen und ihr mehrere SMS geschickt, aber Hanna war zu aufgewühlt gewesen, um darauf zu reagieren. *Ich habe nur wiederholt, was Lars gesagt hat*, stand in seiner letzten Nachricht.

Der Becher war bis zum Rand gefüllt, und als Hanna die erste Stufe nahm, schwappte der Kaffee fast über. Sie blieb stehen und trank ein paar Schlucke ab. Verzog das Gesicht, weil er so heiß war und grauslich schmeckte.

Ich hätte ihn nicht schützen sollen.

Wieso sollte sie Gunnar glauben? Vielleicht log er. Vielleicht war er sogar selbst beteiligt gewesen.

Irgendwie musste Hanna ihren Bruder dazu bringen, mit ihr zu sprechen. Über das, was Gunnar da behauptet hatte, und über die Ermittlungen an sich. Gerade bereute sie, die Akte überhaupt gelesen zu haben, aber rückgängig machen ließ sich das nun auch nicht mehr. Die Vernehmungsprotokolle ihres Vaters zu lesen, war besonders schlimm gewesen. Er hatte ausgiebig von sich erzählt, war aber sehr einsilbig geworden, wenn Ester Jensen zur Sprache kam. Er hatte gestanden, sie getötet zu haben, aber betont, dass dies keine Absicht gewesen war. Auf die Frage nach dem Grund für die Tat hatte er die Antwort verweigert.

Vorsichtig trug Hanna den Kaffee ins Dienstzimmer. Zu ihrer Verwunderung war Erik Lindgren bereits da. Normalerweise war sie zu dieser Uhrzeit die Erste.

»Konntest du nicht schlafen?«, fragte sie.

»Genau«, sagte Erik. »Mir tut alles weh.«

Weil Erik so durchtrainiert und muskulös war, hatte sie ihn anfangs für einen Surfer gehalten. Seine dunkelblonden Locken hatten den Eindruck noch verstärkt. Vergangenen Samstag hatte Erik am Ironman teilgenommen. Es war bedeckt gewesen und vielleicht zwanzig Grad warm. Sie, Daniel und Amer hatten an der Strecke gestanden, um ihn anzufeuern. Amer war nach ein paar Stunden gegangen, weil er zu seiner Familie musste, sie und Daniel hingegen hatten bis zum Zieleinlauf durchgehalten. Erik hatte die Unterstützung gebraucht, schließlich waren seine Frau Supriya und ihre gemeinsame Tochter Nila seit sechs Wochen in Indien. Sie würden erst Freitag zurückkommen.

Hanna setzte sich an den Schreibtisch und ging ihre Mails durch. Eigentlich mochte sie diesen Moment des Tages. Die Ruhe. Den ersten Kaffee trinken und sich einen Überblick über das verschaffen, was passiert war, seit sie Feierabend gemacht hatte. Heute war das nicht viel. Gerade ermittelte sie in einem Fall schwerer Körperverletzung, aber der Zeuge, den sie suchte, hatte sich immer noch nicht gemeldet. Würde sich vielleicht nie melden. Das Opfer war ein Neunzehnjähriger, der wahrscheinlich jetzt auf einem Auge blind blieb.

Ihre Gedanken wanderten wieder zu Gunnar. Wieso hatte er das gesagt? Wenn sie es verstehen wollte, konnte sie ihn nicht länger ignorieren. Ihr erster SMS-Entwurf klang zu anklagend, also löschte sie alles Geschriebene, fing von vorn an. Schloss die Augen, schickte die Nachricht:

Tut mir leid wegen gestern.

Die Antwort kam sofort:

Ja. Deshalb hab ich gezögert mit dem Treffen. Ich wusste, dass du fragen würdest.

Hanna starrte auf die Wörter. Hatte keine Ahnung, was sie darauf erwidern sollte. Sie zuckte zusammen, als die nächste Nachricht von Gunnar kam.

Ich weiß, wie schwierig das ist.

Da wurde sie wütend. Nein, Gunnar wusste nichts, gar nichts. Niemand wusste das. Gunnar hatte damit abgeschlossen, hatte alles hinter sich gelassen, was mit Lars und dieser Zeit zu tun hatte. Scham traf sie wie ein Rückstoß. Gunnar hatte Lars mehr geholfen, als sie es je gekonnt hatte.

Amer stieß zu ihnen.

»Unsere Kanone«, sagte er. »Na, wie geht's dir?«

Hanna wollte gerade etwas Dummes erwidern, als sie begriff, dass natürlich Erik gemeint war.

»Genau wie ich es verdiene.«

»Ganz deiner Meinung«, stimmte Amer zu. »Aber immerhin hast du's ins Ziel geschafft.«

Bei Kilometer dreißig des abschließenden Marathons war Erik mit gequältem Gesichtsausdruck angehumpelt gekommen. Sie hatten gebrüllt, geschrien und gepfiffen, um ihn zum Durchhalten zu bewegen. Danach hatten sie in einem der Zelte mit einem Bier auf ihn angestoßen.

Kurz darauf tauchten auch Daniel und Carina im Büro auf und blieben kurz bei Erik stehen. Daniels Gesicht war leicht gerötet, so sah sie auch manchmal aus, wenn sie zu lange in der Sonne geblieben war. Was hatte er wohl gestern angestellt, um einen Sonnenbrand zu bekommen? Letztens hatte er bei einem Feierabendbierchen doch erst einen kleinen Vortrag darüber gehalten, wie schädlich zu viel UV-Strahlung sei. Carina sah man an, dass sie den Großteil des Sommers unter freiem Himmel verbracht hatte. Vermutlich in ihrem heiß geliebten Garten. Ihr Verhältnis zu Hanna war nach wie vor kühl. Carina hatte sofort klargemacht, wie wenig begeistert sie davon war, dass Lars Dunckers Tochter jetzt bei der Polizei in Kalmar arbeitete. Ester Jensens Tochter war ihre Cousine, allerdings nicht durch Ester, sondern ihre Väter, die Brüder waren. Ihr Vorgesetzter, Ove Hultmark, steckte den Kopf zur Tür herein.

»Tut mir leid, euch zu stören«, sagte er. »Aber wenn ihr

schon alle da seid, können wir die Morgenbesprechung ja vorziehen.«

Die Morgenbesprechung hielten sie meist in einem dafür reservierten Besprechungsraum, alle weiteren fanden bei ihnen im Dienstzimmer statt. Hanna setzte sich schon mal an den Konferenztisch und studierte verstohlen Oves Miene. Vor etwa einer Woche hatte er beschlossen, mit dem Rauchen aufzuhören, aber Hanna bezweifelte, dass sein verkniffener Gesichtsausdruck damit zu tun hatte. Oder der Tatsache geschuldet war, dass sie ihn nicht gefragt hatten, ob er mitkommen wollte, um Erik anzufeuern. Vermutlich hatte die relative Ruhe der letzten Wochen ein Ende gefunden.

Ove projizierte zwei Bilder an die Wand. Das eine war das Passfoto eines Mannes Anfang vierzig, das andere eine Privataufnahme, die eine junge Frau zeigte, die mit einem etwa einjährigen Kind auf dem Boden saß und mit Bauklötzchen spielte. Die Frau trug ein hellblaues Sommerkleid, das Kind nur T-Shirt und Windel. Die Sonne schien durchs Fenster auf den Holzboden. Im Auslösemoment hatte das Kind sich zur Kamera gewandt und lachte, die Frau konzentrierte sich ganz auf das Kind. Ein wunderschönes Bild.

»Gestern wurden am späten Abend der dreiundvierzigjährige Thomas Ahlström und sein Sohn Hugo vermisst gemeldet«, sagte Ove.

»Wie alt ist das Kind?«, fragte Hanna.

»Vierzehn Monate. Die Ehefrau hat die Polizei verständigt. Sie kam mit dem Zug aus Göteborg, und ihr Mann sollte sie am Bahnhof abholen, ist aber nicht aufgetaucht. Als sie nach Hause kam, musste sie feststellen, dass Mann und Kind weg waren.«

»Wie sah es dort aus? Im Haus?«

»Keine Ahnung«, sagte Ove. »Ich weiß nur, dass vom Wagen ebenfalls jede Spur fehlt. Die Frau heißt Jenny Ahlström und wohnt in Hulterstad. Ich würde vorschlagen, ihr fahrt hin, Erik und du, und sprecht mit ihr.«

4

Laut Navi dauerte die Fahrt nach Hulterstad im Südosten Ölands vierzig Minuten. Erik schraubte die Lehne des Beifahrersitzes hinunter und schloss die Augen. Kopf und Körper waren erschöpft. Mehrmals hatte er während des Ironman am Samstag ans Aufgeben gedacht. Zum Ende hin waren die Anfeuerungsrufe von Hanna und Daniel das Einzige gewesen, was ihn weitergetrieben hatte.

Erik war stolz, dass er es bis ins Ziel geschafft hatte. Der Lauf war zweifellos mit das Schwerste, was er je gemacht hatte. Hinterher beim Bier in einem der Zelte hatte er sofort einen Videoanruf mit Supriya und Nila gestartet. Sie hatten einander kaum hören können, aber Nila zuliebe hatte er die Kamera einmal durch das Zelt geschwenkt. Supriya schien sich für ihn zu freuen, und sie hatte gestanden, nicht geglaubt zu haben, dass er es bis ins Ziel schaffen würde.

Die Müdigkeit übermannte ihn. Plötzlich rannte er über die schwer befahrene Kreuzung Teen Hath Naka in Mumbai. Dass er träumte, begriff er aber erst, als ein Traktor an ihm vorbeituckerte – mit Hanna und Daniel auf dem Hänger. Sie schrien ihm etwas zu, doch er verstand wegen des wilden Hupens keinen

Ton. Schätzungsweise auch ganz gut so, die beiden sahen furchtbar wütend aus. Da drang eine weitaus sanftere Stimme zu ihm durch, holte ihn zurück. Er wischte sich mit der Hand über den Mund und schraubte die Lehne wieder hoch.

»Hab ich geschnarcht?«

»Ja«, sagte Hanna.

Erik betrachtete die Felder, die vorm Fenster vorbeiglitten. Ein Mähdrescher arbeitete sich durch eine Getreidesorte, die er nicht kannte. Auf dem angrenzenden Feld türmten sich helle Strohballen. In alle Richtungen breitete sich die flache, offene Landschaft aus.

»Wann sind wir da?«

»In ein paar Minuten.«

Seine Gedanken wanderten wieder zu Supriya, und vielleicht merkte Hanna das.

»Bald ist Freitag«, sagte sie.

»Ja.«

Das Wort lag ihm schwer auf der Brust, und er musste erst einmal tief Luft holen.

»So lange waren wir noch nie voneinander getrennt. Das längste war mal eine Woche«, sagte er, als er sich wieder gefasst hatte.

Mehr als einmal hatte Erik bereut, nicht mitgeflogen zu sein, aber so viel Urlaub hätte er unmöglich nehmen können. Im Frühjahr, als Supriyas Eltern zu Besuch in Schweden gewesen waren, hatte ihre Mutter einen Herzinfarkt erlitten. Um ihre Eltern zu unterstützen, hatte Supriya den gesamten Sommer in Indien verbracht. Ihrer Mutter ging es inzwischen glücklicherweise viel besser.

Hanna fuhr in das Reihendorf. Dass die Häuser und Höfe

sich so entlang der Straße aufreihten, war ein mittelalterliches Phänomen, das hatte er in einer Radiodoku gehört. Manchmal bestanden solche Dörfer nur aus wenigen Gebäuden, Hulterstad aber hatte sogar eine Kirche und eine Übernachtungsmöglichkeit, wie ein handschriftliches Schild am Ortseingang verriet.

Nach wenigen hundert Metern bog Hanna ab, und schon hielten sie vor einem weißen Steinhaus. Am Ende der Schotterstraße konnte er eine Sportanlage erahnen. Eriks Sehnsucht nach einem Haus auf dem Land hatte nachgelassen. Zum Teil, weil er wusste, dass Supriya sich niemals darauf einlassen würde. Aber überwiegend, weil er begriffen hatte, dass er sich so isoliert niemals wohlfühlen würde. Die Wohnung in Varvsholmen war bequem gelegen, fußläufig von der Kalmarer Innenstadt zu erreichen. Und weil er sich nicht länger damit beschäftigte, wie man zum Selbstversorger wurde, hatte er viel mehr Zeit übrig. Vor ein paar Wochen hatte er sich eine Gitarre gekauft und folgte jetzt einem Kurs auf YouTube.

Eine Frau, bei der es sich vermutlich um Jenny Ahlström handelte, eilte die Verandastufen hinunter. Sie sah älter aus als auf dem Foto mit ihrem Sohn. Über Jeans und Pulli trug sie eine lange Strickjacke. Ja, es war windig heute, aber die Sonne schien, und er selbst kam mit einem T-Shirt aus. Hanna fasste sich an den linken Unterarm. Anfangs hatte Erik gedacht, sie hätte dort eine alte Verletzung, aber auf seine Nachfrage hatte sie ihm die Tätowierung einer Nachtigall gezeigt. In angespannten Situationen suchte ihre Hand häufig den Weg dorthin.

»Haben Sie sie gefunden?«, rief Jenny, kaum dass sie ausgestiegen waren.

Mit schnellen Schritten gingen sie zu ihr.

»Leider nicht«, sagte Erik.

Beim Näherkommen sah er, wie geweitet ihre Pupillen waren, außerdem war die Strickjacke auf links. Vermutlich hatte sie in der Nacht kein Auge zugetan.

»Wo stecken sie denn nur?«, fragte sie. »Und wenn sie …«

»Könnten wir reingehen und uns setzen?«, unterbrach Hanna sie.

Jenny schaute sie an, als wolle sie protestieren. Mit einem Seufzer drehte sie sich dann doch um und führte sie in ein großes Wohnzimmer mit offenem Kamin. Am Boden lagen Teile einer Spielzeugeisenbahn verstreut. Das Zimmer war spärlich eingerichtet, was Erik zu der Annahme verleitete, dass sie hier noch nicht lange wohnten. Jenny setzte sich auf das Sofa und schlang die Strickjacke enger um sich. Er und Hanna wählten je einen der Sessel.

»Ich begreife das nicht«, sagte Jenny.

Ihre Hände flogen rastlos umher. Zupften die Strickjacke zurecht, dann das Haar, dann wieder die Strickjacke.

»Wann hatten Sie zuletzt Kontakt?«, fragte Erik.

»Ich habe Thomas gegen halb drei angerufen. Dann haben wir gegen vier noch mal geschrieben, als ich in den Zug gestiegen bin. Als ich kurz vorm Hauptbahnhof Kalmar war, habe ich ihm noch mal geschrieben, aber darauf hat er schon nicht mehr geantwortet. Er wollte mich abholen, war aber nicht da. Anfangs war ich, ehrlich gesagt, richtig wütend, weil ich dachte, er hat verschlafen. Nach einer Viertelstunde habe ich mir deshalb ein Taxi genommen.«

»Welchen Eindruck hat er auf Sie gemacht, als Sie gegen halb drei telefonierten?«

»Er war so wie immer. Obwohl, schwer zu sagen, ich habe

durch meinen Anruf nämlich Hugo geweckt. Da waren sie gerade auf dem Spielplatz in Skogsby.«

Erik wappnete sich vor der Frage, die er gezwungenermaßen als Nächste stellen musste:

»Deutet etwas darauf hin, dass Ihr Mann depressiv war?«

»Meinen Sie etwa, er könnte …?«

Jenny starrte sie mit aufgerissenen Augen an. Die Angst, die darin lag, berührte Erik tief, weshalb er sein Möglichstes tat, um sie zu beruhigen.

»Das ist eine Standardfrage«, erklärte er schnell. »Die stellen wir immer, wenn jemand vermisst gemeldet wird.«

Jenny schüttelte heftig den Kopf.

»Also, das glaube ich wirklich nicht. Und selbst wenn es ihm schlecht gehen sollte, würde er Hugo niemals etwas antun. Niemals!«

Ihre Stimme war umgeschlagen, klang eine Oktave höher, außerdem umklammerte Jenny die Strickjacke so fest, dass ihre Fingerknöchel ganz weiß waren. Natürlich hoffte Erik, dass stimmte, was sie sagte, aber der Wagen war fort, und am Vorabend hatte es auf der Insel keine größeren Unfälle gegeben. Selbstmord war eines der zwei wahrscheinlichsten Szenarien. Das zweite war, dass Thomas aus irgendeinem Grund abgehauen war. Vielleicht hatte er Zeit für sich gebraucht. Die Erklärung wirkte aber schon falsch, schließlich war seine Frau gerade erst verreist gewesen. Das Verschwinden an sich war kein Verbrechen, Kindesentzug jedoch schon, und da das Ehepaar Ahlström sich das Sorgerecht teilte, konnte sogar eine Gefängnisstrafe drohen.

»Wir ziehen keine voreiligen Schlüsse«, sagte Hanna. »Gerade sammeln wir einfach so viele Informationen wie möglich.«

»Sie sollten lieber nach ihnen suchen«, erwiderte Jenny.

»Ja«, sagte Hanna, »und unsere Suche beginnt genau hier. Gibt es einen besonderen Ort, an den Ihr Mann sich zurückzieht, wenn er nachdenken will?«

»Nein.«

Jenny schaute in den offenen Kamin. Ganz so, als könne sie die beiden gerade nicht ansehen. Erik erahnte Angst und Frust in der starren, aufrechten Haltung. In dem zitternden Mundwinkel.

»Hat Ihr Mann irgendwelche Probleme oder Konflikte?«, fragte er.

Drittes Szenario war, dass jemand ihm und Hugo Gewalt angetan hatte, aber rein statistisch gesehen war dies am unwahrscheinlichsten.

»Seine Elternzeit hat gerade angefangen«, sagte Jenny. »Und er hat sich sehr gefreut, endlich mehr Zeit mit Hugo zu haben. Ihm gefällt es nicht gerade gut auf der Arbeit.«

»Was macht er denn beruflich?«

»Er ist Maklerassistent in einem Büro in Färjestaden.«

Erik notierte sich den Namen der Agentur.

»Wieso gefällt es ihm dort nicht?«

»Er kommt da mit jemandem nicht gut klar.«

Jenny schaute noch immer in den Kamin, allerdings wirkte sie nicht mehr ganz so starr. Nach einer Weile wandte sie ihnen wieder das Gesicht zu, jetzt war sie völlig aufgelöst.

»Es tut mir sehr leid, mehr weiß ich leider nicht«, sagte sie. »Thomas will nicht zeigen, dass es ihm dort nicht gefällt.«

»Wieso?«, fragte Hanna.

»Weil ihm der Job zu wichtig ist. Das ist seine erste richtige Festanstellung.«

Jenny presste sich die Hand vor den Mund und schloss die Augen.

»Was ist los?«, fragte Erik.

Aber Jenny schüttelte nur den Kopf. Es vergingen einige Sekunden, bis sie in der Lage war, ihm zu antworten.

»Thomas hat noch ein Kind«, sagte sie. »Das habe ich gerade erst erfahren.«

»Wie haben Sie das erfahren?«

»Seine Tochter hat einen Brief geschickt.«

Der letzte Tag

Durch das Sitzen auf dem Holzbrett sind Thomas' Beine eingeschlafen. Er steht auf und stampft ein paarmal auf den Boden. Es sticht unangenehm in den Muskeln, als sie langsam wieder aufwachen. Hugo buddelt fleißig mit einer roten Plastikschaufel und wirft ihm nur einen schnellen Blick zu, um sich zu vergewissern, dass er nicht abhauen will. Sie haben keinen Sandkasten zu Hause, deshalb ist er ein bisschen eher losgefahren, damit sie in Skogsby halten und der Sohn dort spielen kann. Hugo füllt Sand in den Eimer, aber das meiste geht daneben. Dann schaut er seinen Vater an, die hellblauen Augen erwartungsvoll aufgerissen. »Happa?«

»Oh, gern«, sagt Thomas freundlich und setzt sich wieder auf den Rand des Sandkastens.

Außer ihm ist noch eine Mutter mit ihrer Tochter da, die etwas älter ist als Hugo. Die Mutter lächelt ihm aufmunternd zu, er lächelt zurück.

Hugo rammt die Schippe in den Eimer und bekommt Sand darauf, den er in Thomas' ausgestreckte Hand kippt. Thomas tut so, als würde er essen, und lässt den Sand dann neben sich zu einem Häufchen rieseln. Das Holzbrett ist voll von kleinen

Häufchen dieser Art. Ein paar sind mit Blättern dekoriert, andere mit Steinchen oder Tannenzapfen. Jetzt wirft Hugo die kleine Schaufel weg und gräbt stattdessen mit den Händen.

»Bong«, sagt er und presst die kleine Faust an den Mund.

Da erstarrt er plötzlich mitten in der Bewegung, würgt dann. Es dauert einen Augenblick, bis Thomas versteht, was passiert ist. Er stürzt zu seinem Sohn, steckt ihm einen Finger in den Mund und tastet herum. Hugo wedelt mit den Armen. Die Mutter ist sofort bei ihnen, will helfen.

»Er hat sich was in den Mund gesteckt«, mehr bekommt Thomas nicht raus.

Die Angst ist schlimmer als alles, was er bisher erlebt hat. Davor, Hugo zu verlieren. Davor, Jenny erklären zu müssen, dass ihr Sohn seinetwegen gestorben ist. Die Sekunden gleiten ihm durch die Finger. Er weiß nicht, was er machen soll. Ihn umdrehen und fest auf den Rücken schlagen? Hugos Arme wedeln nicht mehr. Seine Augen, die gerade noch so erwartungsfroh geleuchtet hatten, starren ihn verzweifelt an. Sein Gesicht ist so blass. Er bekommt keine Luft. Seine Lider zucken, man sieht nur noch das Weiße seiner Augen. Dann wird der kleine Körper ganz schlapp und schwer.

Oh, guter Gott. Er stirbt!

Thomas muss sich fast übergeben. Und dann fällt ihm wieder ein, dass man nicht mit dem Finger im Mund stochern soll, weil man sonst das, was im Hals steckt, noch tiefer reindrücken könnte.

Nein, nein, nein. Ich habe ihn getötet.

Thomas legt Hugo mit dem Bauch auf sein Bein, schlägt dann fest zwischen die Schulterblätter. Die Frau streckt die Arme aus, vielleicht weiß sie ja, wie das Heimlich-Manöver bei

Kindern geht? Aber genau in dem Moment klopft Thomas das aus seinem Sohn, was ihm im Hals steckt.

Er starrt den feuchten schwarzen Klumpen an, den sein Sohn für ein Bonbon gehalten hat. Es ist ein toter Käfer. Thomas dreht Hugo um und will nur noch schreien. Nichts passiert. Der kleine Körper bleibt schlapp, die Augen geschlossen.

Dann hustet Hugo. Auf das Husten folgt ohrenbetäubendes Schreien, schnell kehrt die Farbe in sein Gesicht zurück.

Thomas schließt seinen Sohn fest in die Arme, der nun weint. Und es ist das schönste Geräusch, das Thomas je gehört hat. Denn zum Weinen braucht man Luft.

Die Frau öffnet den Mund, und Thomas würde sie am liebsten anfauchen. Dass er nicht als lausiges Elternteil gesehen werden will, nur weil er das falsche Geschlecht hat. Dass er keine Standpauke braucht, weil er besser auf seinen Sohn aufpassen sollte. Das weiß er schließlich selbst.

»Himmel, so was ist so furchtbar«, sagt die Frau. »Meine Tochter ist letzte Woche fast an einer Münze erstickt. Sie kam zu mir ins Badezimmer gelaufen, da war sie schon ganz blau im Gesicht.«

Die Tochter hat den Sandkasten verlassen, ist unterwegs zu den Schaukeln. Die Frau eilt ihr nach. Thomas drückt Hugo fest gegen seine Brust, doch sein Sohn will nicht länger gehalten werden.

»Aua«, sagt er.

Also setzt Thomas ihn in den Sand, damit er weiterbuddeln kann. Aber jetzt lässt er die kleinen Hände keine Sekunde aus den Augen. Nichts und niemanden liebt er mehr als diesen kleinen Jungen. Natürlich liebt er auch Jenny, aber das kann man nicht vergleichen. Ein Lächeln breitet sich in seinem gesamten

Körper aus, als er an den Moment zurückdenkt, in dem er Hugo zum ersten Mal sah. Verschrumpelt und verschmiert. Als er ihn schreien hörte.

Hugo hält ihm eine Schippe voller Sand hin, und Thomas streckt die Hand aus, führt sie dann zum Mund und tut so, als würde es ihm schmecken.

Wie hatte er das versäumen können, als er zum ersten Mal Vater wurde?

5

Der Brief, den Thomas von seiner Tochter Lykke bekommen hatte, war nicht länger als eine DIN-A4-Seite. Darin schrieb Lykke, dass sie im Haus ihrer Mutter in Grönhögen wohnte, das sie nach dem Tod der Mutter geerbt hatte. Dass sie sich gern mit ihm treffen würde, sollte Thomas Interesse haben. Die Worte an sich waren freundlich, aber die Buchstaben groß und zackig, an einer Stelle hatte der Stift ein Loch in das gelbe, linierte Papier gerissen.

»Wie haben Sie reagiert, als Ihr Mann Ihnen den Brief gezeigt hat?«, fragte Hanna, während sie das Blatt an Erik weiterreichte.

»Er hat ihn mir nicht gezeigt«, sagte Jenny. »Ich habe ihn vor ein paar Wochen gefunden.«

»Wo?«

»In dieser Kiste da.« Jenny nickte zu dem halbhohen Billy-Regal, aus dem sie den Brief geholt hatte. »Aber ich habe nicht geschnüffelt. Der Deckel ist beim Putzen runtergerutscht.«

»Gibt es einen Umschlag?«

»Nein«, sagte Jenny.

Der Brief war nicht datiert, daher konnten sie unmöglich wissen, wie lange Thomas ihn schon hatte.

»Haben Sie Ihren Mann darauf angesprochen?«, fragte Hanna.

Jenny drehte ihren Ehering. Es war ein glatter Goldring, und es war nicht zu übersehen, dass er zu eng war. Der Finger quoll zu beiden Seiten darunter hervor. Vermutlich hatte sie seit der Hochzeit zugenommen.

»Ich hatte es vor«, sagte sie. »Das war auch einer der Gründe, weshalb ich bei meiner Freundin in Göteborg war.«

»Einer?«

»Ja, ich musste einfach mal raus. Brauchte Zeit ohne Thomas und Hugo.«

Als Jenny bewusst wurde, was sie da gerade gesagt hatte, verzog sie das Gesicht.

»Ich wollte einfach ein paar Tage für mich. Um wieder zu mir zu finden. Das war einfach alles ein bisschen viel seit Hugos Geburt.«

»Inwiefern?«

Jenny verstand die Nachfrage wohl wie eine Anklage.

»Ich habe seit einem Jahr fast keine Nacht durchgeschlafen. Als es am schlimmsten war, ist er fast jede Stunde aufgewacht. Sie haben wohl keine Kinder?«

»Nein«, sagte Hanna.

Sofort musste sie an Fabian denken. Wie er ihr übers Schlüsselbein gestreichelt hatte und dann näher zu ihr gerückt war, um sie zu fragen, ob sie Kinder wollte. Wenn sie anders reagiert hätte, wäre sie jetzt vielleicht mit ihm bei der Gynäkologin gewesen und hätte ein Ultraschallbild mitbekommen. Eriks Stimme vertrieb die Vorstellung.

»Dürfen wir den mitnehmen?«, fragte er und hielt den Brief hoch.

»Ja«, sagte Jenny nach kurzem Zögern.

Dann wandte sie sich an Hanna:

»Entschuldigen Sie, ich bin einfach gestresst. Ich will, dass sie zurückkommen.«

»Das werden sie auch«, sagte Hanna.

War Thomas freiwillig aufgebrochen oder nicht? Das war erst einmal die wichtigste Frage, die sie zu beantworten hatten.

»Sie sagen selbst, dass es seit Hugos Geburt anstrengend war. Wie hat dies Ihre Beziehung beeinflusst?«

Mit einem Seufzer ließ Jenny vom Ehering ab und massierte stattdessen ihre Nasenwurzel.

»Der Schlafmangel hat uns ordentlich zugesetzt«, sagte sie. »Wir haben beide keine Eltern in der Nähe, die uns unterstützen können. Und wir haben das wohl ein bisschen zu sehr aneinander ausgelassen. Trotzdem haben wir ein gutes Verhältnis. Es ist unmöglich, dass Thomas aus freien Stücken mit Hugo abgehauen ist. Oder ...«

Jenny nahm die Hand vom Gesicht und ließ den unvollständigen Satz in der Luft hängen.

»Wo wohnen die Eltern Ihres Mannes?«, fragte Erik.

»In Växjö. Meine sind nach Malmö gezogen.«

»Mit wem hatte Ihr Mann Kontakt?«, fragte Hanna. »Abgesehen von Ihnen.«

»Mit Mille Bergman«, sagte Jenny. »Die kennen sich noch aus der Schule.«

»Ist Mille ein Spitzname?«

»Nein, so heißt er tatsächlich.«

Hanna bat um Namen und Adresse der Freundin, die Jenny in Göteborg besucht hatte, aber Jennys Hände zitterten so sehr, dass das Telefon auf den flauschigen grauen Teppich fiel. Hanna beugte sich vor und hob es auf.

»Wie heißt sie?«

»Valerija Leko. Wir haben zusammen studiert.«

Hanna schickte sich den Kontakt auf ihr Handy. Sie fragte, ob Jenny noch etwas über Thomas erzählen wolle, über ihr Verhältnis, doch Jenny schüttelte den Kopf.

»Ich kann nicht mehr. Das ist wie ein einziger langer Albtraum. Ich will nur noch aufwachen.«

Hanna setzte sich zu ihr aufs Sofa.

»Mir ist klar, dass das nicht leicht ist«, sagte sie. »Aber es ist wichtig, dass wir so viel wie möglich über Sie und Ihren Mann erfahren. Das kann alles maßgeblich dazu beitragen, ihn und Hugo zu finden.«

»Da gibt es nicht mehr«, sagte Jenny.

Dabei spürte Hanna deutlich, dass es die Frage nach dem Stand ihrer Beziehung war, über die Jenny innerlich zusammengebrochen war.

»Das mit der Tochter muss ein Schock gewesen sein«, sagte sie im Versuch, noch mehr herauszufinden.

»Was glauben Sie denn?«

Scharfer Ton.

»Dass es ein Schock gewesen sein muss«, sagte Hanna ruhig.

Jetzt drehte Jenny den Ehering wieder, noch schneller. Versuchte, ihn vom Finger zu schieben, aber er bewegte sich nicht. Dann ließ sie plötzlich davon ab und sackte nach vorn, verbarg das Gesicht in den Händen.

»Ich begreife nicht, dass er nichts gesagt hat«, schluchzte sie. »Hat er gedacht, ich komme damit nicht klar?«

Schweigend lauschten sie ihrem Weinen. Nach einer Weile stand Erik auf und ging in den Flur. Er kehrte mit einer Packung

Taschentücher zurück, die dort in einer Schale gelegen hatten, und gab sie Jenny.

»Dürften wir uns mal im Haus umsehen?«, fragte er.

Vielleicht fand er, dass Hanna zu hart mit ihr gewesen war. Jennys einzige Reaktion war ein Nicken, dann zog sie ein Taschentuch aus der Packung. Erik steuerte das Bad an, also übernahm Hanna die Küche. Die Spüle war voll mit dreckigem Geschirr und Gläsern. Auf dem Herd standen ein Topf mit angetrockneten Makkaroni und eine Pfanne. Im Müll langen zuoberst ein paar angebrannte Wurstscheiben. Darunter ließ sich etwas Rostrotes erahnen. Hanna nahm einen Pfannenwender aus der Spüle und schob damit die Scheiben beiseite. Das Rote war ein blutgetränktes Stück Küchenpapier, daneben waren die weißen Papierstreifen eines Pflasters zu sehen. Hanna kehrte zu Jenny zurück.

»Wie haben Sie die Küche gestern vorgefunden?«

»Die Reste vom Mittagessen standen noch auf dem Tisch. Es sah aus, als wäre er einfach aufgestanden und gegangen. Ich habe angefangen, alles abzuräumen, konnte dann aber nicht mehr.«

»Haben Sie Blut aufgewischt?«

»Blut?«

Jenny sah sie erschrocken an.

»Nicht viel, nur ein kleines bisschen.«

»Nein.«

Jenny warf das zusammengeknüllte Taschentuch auf den Couchtisch und nahm sich ein neues. Presste es gegen die Augen. Erik stieß zu ihnen.

»Gibt es einen Dachboden oder Keller?«, fragte er.

»Einen Keller«, antwortete Jenny. »Aber da kommt man nur von draußen rein.«

Erik und Hanna wechselten einen Blick. Der Keller musste warten, bis sie hier fertig waren.

»Wissen Sie, was Ihr Mann oder Hugo bei ihrem Verschwinden anhatten?«, fragte sie.

»Nein«, sagte Jenny. »Oder doch, vielleicht.«

Sie zeigte ihnen ein paar Aufnahmen am Handy. Beide von Hugo. Auf dem einen war er auf der Rutsche vorm Haus, auf dem anderen saß er in der Küche und hielt sein Wassereis in die Luft. Er trug ein grün-blau gestreiftes T-Shirt und eine Shorts. Ohne ein Wort verschwand Erik und kam kurz darauf mit ebendem grün-blau gestreiften T-Shirt und der Shorts zurück.

»Die lagen im Wäschekorb.«

Der Anblick war zu viel für Jenny, sie schien kurz davor zusammenzubrechen. Wieder schaute sie sich um, aber schien sich auf nichts konzentrieren zu können. Hanna gab ihr eine Aufgabe.

»Könnten Sie einen Blick in den Kleiderschrank werfen? Vielleicht können Sie ja rückschließen, was die beiden anhaben.«

Jenny schaute sie an, Hannas Worte waren ein Rettungsring, zu dem sie sich vorkämpfte.

»Ich kann es versuchen«, sagte sie vorsichtig.

»Hat Ihr Mann einen Computer?«, fragte Erik.

»Ja«, sagte Jenny und öffnete die Schublade des Couchtischs. Sie hielt Erik den Laptop hin.

»Dürfen wir den mitnehmen?«, fragte er.

Jenny nickte, dabei war unklar, ob sie die Frage tatsächlich gehört hatte. Vielleicht war Hanna wirklich zu heftig vorgegangen.

»Soll ich jemanden verständigen?«, fragte sie.

»Was meinen Sie?«

»Damit jemand herkommen kann und Sie nicht allein sein müssen?«

»Nein«, sagte Jenny. »Ich möchte, dass Sie jetzt gehen, damit ich den Kleiderschrank durchgucken kann.«

»Wir melden uns, versprochen«, sagte Hanna und stand auf.

»Bitte, Sie müssen sie finden!«

Jennys verzweifelter Appell begleitete sie bis zum Wagen. Erik steckte den Laptop in den Kofferraum, dann machten sie sich auf die Suche nach dem Kellereingang. Einmal war Hanna zu einer Frau in Danderyd gefahren, die ihren Mann vermisst gemeldet hatte. Den hatte Hanna dann in einem kleinen Verschlag im Garten gefunden. Die Obduktion hatte ergeben, dass er an einem Herzinfarkt verstorben war.

Es handelte sich um einen Sturmkeller, und sie hoben beide eine der liegenden Türen an. Erik ging voran und zog an der Schnur der nackten Glühbirne, die von der Decke hing. Der feuchte Raum war voller Umzugskartons, die sich in der Mitte stapelten. Entlang der einen Wand standen wacklige Metallregale mit Farbeimern und Pinseln. Eine Runde um die Umzugskartons reichte, um festzustellen, dass weder Thomas noch Hugo hier waren. Damit hatte Hanna auch nicht gerechnet, schließlich fehlte auch das Familienauto, aber versichern musste man sich dennoch.

»Nach Grönhögen, oder?«, fragte Erik, als sie den Keller verlassen und wieder ordentlich verschlossen hatten.

»Ja, es ist wohl klug, erst mit der Tochter zu sprechen und danach zum Maklerbüro in Färjestaden zu fahren.«

»Wie lange brauchen wir bis dahin?«

»Etwa zwanzig Minuten, wenn du fährst.«

Erik schnaubte und setzte sich ans Steuer.

»Ist dir im Haus was aufgefallen?«, fragte Hanna.

»Die Zahnbürsten sind noch da. Und die Schlafsachen auch, so wie's scheint.«

Hanna erzählte, was sie in der Küche gesehen hatte. Wenn Thomas freiwillig mit Hugo aufgebrochen war, dann sehr spontan. Eriks Frage, ob sie das blutige Stück Küchenrolle hätten mitnehmen sollen, verneinte Hanna. Eine Verletzung, die nicht mehr als ein Pflaster verlangte, war nicht relevant für sie. Das Blut musste von Thomas oder Hugo stammen, so viel war klar. Sie rief sowohl bei Valerija Leko als auch Mille Bergman an, erreichte aber niemanden. Danach meldete sie sich bei Ove und erzählte ihm von Thomas Ahlströms unbekannter Tochter.

»Was haltet ihr von der Sache?«, fragte er.

Hanna seufzte und dachte an die angetrockneten Makkaroni und verbrannten Wurstscheiben.

»Es sah so aus, als hätten die zu Mittag gegessen und wären dann einfach aufgebrochen.«

»Und was schätzt du?«

»Soll ich jetzt wirklich raten?«

»Nein«, sagte Ove. »Eigentlich nicht, aber du weißt ...«

»Ja.«

Mehr sagte Hanna nicht, denn irgendwelche Hirngespinste wollte ihr Chef nicht hören. Ermittlungen, in die so kleine Kinder verstrickt waren, wirbelten immer einige Gefühle auf. Die schlimmste Befürchtung war, dass Thomas seinen Sohn verletzt oder getötet haben könnte, nur um sich dann das Leben zu nehmen, aber bisher wussten sie schlichtweg zu wenig. Es könnte auch etwas ganz anderes passiert sein.

»Ich habe mit Växjö gesprochen«, sagte Ove. »Sie schicken einen Streifenwagen zu Thomas Ahlströms Eltern.«

Sie beendeten das Gespräch, und Hanna betrachtete das vorm Fenster vorbeiziehende Alvar. Nebelschwaden lagen über der flachen Heidelandschaft. Einer ihrer ersten Todesfälle war ein Vater gewesen, der sein kleines Kind ermordet und dann sich selbst das Leben genommen hatte. *Erweiterter Suizid. Familientragödie.* Die Zeitungen waren voll von solchen Schlagzeilen gewesen, dabei handelte es sich schlicht um Mord und nichts anderes.

6

Lykke wischte sich mit dem Handrücken den Schweiß von der Stirn. Sie kniete vor dem Blumenbeet neben der Terrasse. Rücken und Bauch schmerzten, aber sie wollte nicht aufhören. Konnte nicht. Alles, was nicht mit dem verkackten Ampfer zu tun hatte, musste sie verdrängen.

Sie rammte die Schaufel in den Boden, konnte aber irgendwie nicht scharf sehen. Wütend rammte sie die Schaufel noch mal in den Boden. Lykke hatte sich nie als Gärtnerin gesehen. Klar, sie hatte schon eine Menge gepflanzt, aber so viel Zeit wie heute hatte sie noch nie investiert. Vielleicht war das ja eine Idee? Sich einen Job suchen, der sie körperlich beschäftigte.

»Du bist so dumm«, zischte sie. »Wem willst du eigentlich was vormachen?«

Als Lykke heute vom Morgenbad zurückgekehrt war, hatte sie nichts mit sich anzufangen gewusst. Den Kampf gegen den verwucherten Garten aufzunehmen, war das Einzige gewesen, was sie daran gehindert hatte, sich den Schokokuchen reinzustopfen, der im Kühlschrank wartete. Sie hatte ihn nur gekauft, um sich selbst zu beweisen, dass sie der Versuchung widerstehen konnte. Seit dem Frühjahr hatte sie sich ausschließlich von

Hülsenfrüchten, anderem Gemüse und Obst ernährt. Und jetzt? Ihr war nicht klar, wie sie je wieder essen sollte. Die Zukunft war nicht länger eine sich nähernde Kaltfront. Sie war ein Sturm, der sie herumschleuderte wie Herbstlaub.

Die Schaufel traf auf einen Stein, und Lykke fluchte laut. Sofort war da die Erinnerung an das Messer im Reifen, aber sie schob sie beiseite. Doch ersetzt wurde sie nur von der Erinnerung an den Anblick, der das alles verursacht hatte: Wie sie da vor dem Haus gestanden und durchs Fenster geschaut hatte. Wie das Erste, was sie sah, die Frau mit dem Kind gewesen war.

Sie rammte noch einmal die Schaufel in die Erde, und diesmal glitt sie ohne Widerstand hinein. Lykke konnte sie unter den Ampfer schieben, ruckte herum. Erst als die Wurzel sich lockerte, verschwand die Erinnerung an die Frau und das Kind. Mit einem Lachen warf sie den Ampfer zum Unkraut.

Dies war ein Kampf, den sie gewinnen konnte.

Jenseits der Hecke näherten sich Motorengeräusche, und Lykke rechnete damit, dass der Wagen weiterfahren würde, aber er blieb vorm Haus stehen. Eine Tür wurde zugeschlagen, Schritte näherten sich auf dem Kiesweg. Sie klangen entschlossen. Was, wenn das Thomas' durchgeknallte Frau war? Lykke bekam keine Luft mehr. Sie packte die Schaufel fester.

Zwei Personen kamen um die Hecke, ein Mann und eine Frau. Beide trugen Jeans, der Mann dazu ein T-Shirt, die Frau ein Hemd. Sie wirkten ein wenig wie Fitnesstrainer. Schon bevor sie sich auswiesen, ahnte Lykke, was sie beruflich machten.

»Wir sind von der Polizei«, sagte die Frau und stellte sich als Hanna Duncker vor.

Lykke bekam Angst und ließ die Schaufel fallen.

»Was ist passiert?«, fragte sie, obwohl sie genau wusste, weshalb sie hier waren.

»Könnten wir uns irgendwo hinsetzen und in Ruhe sprechen?«, fragte der männliche Polizist.

Er hatte auch einen Namen genannt, doch Lykke hatte ihn sofort wieder vergessen. Sein Gesicht war freundlich, obwohl er nicht lächelte, aber Lykke wusste, wie sehr man sich in Menschen täuschen konnte. Sie stand auf und taumelte kurz, weil ihr so schwindelig war. Der Polizist streckte den Arm aus, um sie zu stützen, und sie hatte keine Wahl, sie musste seine Hand nehmen, wenn sie nicht fallen wollte.

»Alles okay?«, fragte er.

»Ich habe niedrigen Blutdruck«, murmelte sie.

Sie ließ ihn wieder los und klopfte sich den Schmutz von der Jeans. Dann nickte sie zur Terrasse, die sie gerade in Ordnung gebracht hatte. Die Holzmöbel hatte sie vor ein paar Jahren über eine Kleinanzeige gefunden und weiß gestrichen.

»Was ist passiert?«, fragte sie erneut, kaum dass sie saßen.

»Es geht um Ihren Vater, Thomas Ahlström«, sagte der Mann.

»Entschuldigen Sie, wie war noch mal Ihr Name?«, fragte sie. »Der ist mir schon wieder entfallen.«

Es war so schwer, alles zu behalten.

»Ich bin Erik Lindgren, und das ist meine Kollegin Hanna Duncker«, sagte er. »Ihr Vater Thomas wurde letzte Nacht vermisst gemeldet. Genauso sein Sohn Hugo.«

»Ich weiß«, presste Lykke hervor.

»Woher wissen Sie das?«, fragte die Polizistin.

Ihr Blick war so durchdringend, dass Lykke sich abwenden musste.

»Seine Frau hat mich gestern Abend angerufen«, sagte sie. »Sie hat rumgebrüllt und mir eine Menge unschöner Dinge an den Kopf geworfen. Irgendwann hab ich aus ihr rausbekommen, wer sie war und wieso sie so wütend war. Sie war davon überzeugt, dass Thomas und Hugo bei mir sind.«

»Sind sie hier?«

»Nein.«

Lykke starrte zum Blumenbeet. Würden sie doch nur gehen, dann konnte sie sich wieder dem Ampfer widmen. Sie wollte nicht, dass der sich weiter im Beet der Schattenlilien ausbreitete. Mama hatte sie gepflanzt, und schon als kleines Kind hatte Lykke die lila gesprenkelten Blumen geliebt. Sie lockten die Schmetterlinge an.

Jenny hatte gegen zehn Uhr abends angerufen. Und es war sehr unangenehm gewesen, so angeschrien und beschimpft zu werden. Wie konnte ein Mensch, der Lykke nicht mal kannte, sie so sehr hassen?

7

»Wieso haben Sie keinen Kontakt zu Ihrem Vater?«, fragte Hanna.

Lykke Henriksen schaute sie an, schien sie aber trotzdem nicht zu sehen. Langsam zog sie das Gummiband aus dem hellbraunen Haar und formte dann noch mal den genau gleichen, schludrig gedrehten Dutt im Nacken. Jeans und Oberteil waren schmutzig, außerdem hatte sie einen Erdfleck an der Stirn. Laut Melderegister war sie vierundzwanzig, aber auf Hanna machte sie einen viel jüngeren Eindruck.

»Lykke«, sagte sie.

Erst nachdem darauf ein »Ja« folgte, wiederholte sie die Frage.

»Das sollten Sie mal besser ihn fragen, wieso wir keinen Kontakt haben!«

Wut blitzte kurz in Lykkes Augen auf. Sie senkte den Blick auf ihre Hände, rieb die Erde ab.

»Entschuldigung«, flüsterte sie. »Mich macht das immer noch so wütend. Er hat meine Mutter und mich im Stich gelassen, als ich nur wenige Monate alt war.«

»Wann haben Sie ihm geschrieben?«, wollte Erik wissen.

»Vor ein paar Wochen«, sagte Lykke.

»Wissen Sie es noch etwas genauer?«

»Anfang Juli.«

»Warum haben Sie ihm geschrieben?«

Lykkes Blick wanderte zu Erik, dann zum Blumenbeet. Offenbar fiel es ihr schwer, sich zu konzentrieren.

»Weiß ich nicht genau«, sagte sie schließlich. »Dies ist der erste Sommer seit vielen Jahren, den ich auf Öland verbringe, und ich … Ich wohne sonst in Uppsala. Ich glaube, ich war einsam. Meine Mutter lebt nicht mehr. Und ich habe mich immer gefragt, warum er uns damals verlassen hat.«

Hanna hatte auch keine Eltern mehr. Ihre Mutter war an Krebs gestorben, als Hanna zwölf gewesen war. Nach ihrem Tod hatte Hannas Vater das Trinken angefangen. Kristoffer war immer häufiger abgehauen, wollte überall lieber sein als zu Hause. Vergangenen Herbst war ihr Vater dann gestorben.

»Wann haben Sie Ihre Mutter verloren?«, fragte sie.

»Vor bald drei Jahren«, antwortete Lykke. »Autounfall.«

Sie schaute noch immer zum Blumenbeet. Es irritierte Hanna, wie wenig greifbar Lykke war. Aber zumindest bekamen sie jetzt so etwas wie Antworten. Vielleicht hatte sie schlechte Erfahrungen mit der Polizei gemacht. Vielleicht erinnerten sie Lykke an die Kollegen, die sie über den Tod der Mutter informiert hatten. Hanna folgte ihrem Blick. Das Beet war voller prächtiger, gesprenkelter Blumen. Weiß und Lila.

»Was für schöne Blumen«, sagte sie.

»Das sind Schattenlilien«, sagte Lykke.

»Hat Thomas auf Ihren Brief reagiert?«, fragte Erik.

»Ja, er hat angerufen.«

Ihr Mund wurde zu einem Strich. Der Vater war offenbar ein sensibles Thema, die Frage war bloß, warum. Lars hatte Hanna und Kristoffer auf alle möglichen Arten im Stich gelassen, außer im buchstäblichen Sinne. Aber es tat immer noch weh, dass er ihnen den Alkohol vorgezogen hatte. War Thomas die Ursache dafür, wie es Lykke jetzt ging?

»Und was hat er gesagt?«, fragte Erik.

»Dass er herkommen könnte. Aber da war ich mir nicht mehr sicher, ob ich das wirklich noch wollte.«

Lykke verschränkte die Arme vor der Brust. Ihr ganzer Körper schien zu schreien, dass sie beide gehen sollten.

»Warum nicht?«, fragte Hanna.

»Keine Ahnung«, sagte Lykke scharf.

Schweigend warteten sie ab, aber mehr kam nicht.

»Dann haben Sie sich nicht getroffen?«, fragte Erik.

»Nein.«

Die Antwort kam schnell, mit dem Ausatmen. Hanna spürte, dass es sich nicht lohnte, sie weiter zu drängen.

»Was haben Sie gestern gemacht?«, fragte sie, als ginge es ums Wetter.

»Nicht viel«, antwortete Lykke. »Ich war schwimmen.«

Jetzt wanderte ihr Blick zum Kalmarsund, und auch diesmal schaute Hanna in dieselbe Richtung. Die Luft war klarer als auf dem Alvar, aber sie waren so weit südlich, dass man von hier das Festland kaum erkennen konnte. So eine Aussicht hätte Hanna auch gern gehabt, aber würde ihr Haus so liegen, hätte es gleich mehr als doppelt so viel gekostet. Sie legte ihre Visitenkarte auf den weißen Holztisch.

»Rufen Sie uns an, wenn Ihnen noch was einfällt.«

Lykke nickte, und dann brachen sie auf. Bevor sie ums Haus gingen, warf Hanna noch einen Blick zurück. Lykke saß noch auf der Terrasse und starrte auf die Visitenkarte.

»Die müssen wir uns mal genauer ansehen«, sagte Erik, als sie im Auto saßen.

»Ganz deiner Meinung«, sagte Hanna.

Sie warf einen Blick auf ihr Handy. Weder Valerija Leko noch Mille Bergman hatten sich zurückgemeldet. Nachdem sie Ove eine kurze Zusammenfassung vom Treffen mit Thomas Ahlströms Tochter geschickt hatte, rief sie bei seiner Frau Jenny an. Sie ging sofort dran.

»Haben Sie sie gefunden?«

»Leider nicht. Ich habe noch eine Frage an Sie. Wen haben Sie angerufen, als Sie bemerkt haben, dass Thomas und Hugo verschwunden sind?«

»Erst Mille, weil ich dachte, er weiß vielleicht was. Dann meine Eltern und Valerija.«

»Noch jemanden?«

»Ich nehme an, Sie haben mit seiner Tochter gesprochen?«, schluchzte Jenny.

»Richtig«, sagte Hanna. »Wieso haben Sie nicht erwähnt, dass Sie bei ihr angerufen haben?«

Sie sagte das bewusst freundlich, ohne jegliche Anklage.

»Ich stand so unter Stress, da ist mir das wohl entfallen.«

So, wie Jenny die Unterhaltung schilderte, hatte es keine Gefühlsausbrüche gegeben. Sie habe nur wissen wollen, ob Thomas und Hugo dort waren. Als Hanna aufgelegt hatte, fasste sie das Gespräch für Erik zusammen, bekam aber den Eindruck, gegen eine Wand zu reden.

»Was ist denn?«, fragte sie schärfer als gedacht.

Sie war es nicht gewöhnt, von Erik ignoriert zu werden.

»Entschuldige«, sagte er. »Ich habe einfach so unfassbaren Kohldampf. Kann man in Färjestaden irgendwo was essen?«

Dumme Nuss, dachte Hanna über sich und konnte das Gefühl nicht von ihren Wangen fernhalten. Zu sehr oder zu wenig beachtet zu werden, war schwer für sie. Die Polizisten, die ihren Vater abgeholt hatten, markierten den Wendepunkt zwischen beiden Extremen. Davor hatte sie in Rebeckas Schatten gestanden. Obwohl ihre damals beste Freundin gut zwanzig Zentimeter kleiner war, hatte sie immer alle Aufmerksamkeit auf sich gezogen. Nach der Festnahme ihres Vaters hatten plötzlich alle Hanna angestarrt.

»Wir können doch gleich hier in Grönhögen was essen«, sagte sie und startete den Wagen. »Dann musst du nicht so lange warten.«

»Danke.«

Hanna parkte vor dem *Kvarnkrogen.* Das Restaurant war eine umgebaute Windmühle und hatte gerade seine Tore geöffnet. Die Familie vor ihnen befand sich offensichtlich im Urlaub. Die Eltern trugen bunte Strandtaschen, und die beiden Kinder ärgerten einander. Bruder und Schwester. Wahrscheinlich mit ähnlichem Altersunterschied wie Kristoffer und sie. Das Mädchen lachte, der Junge nicht. Noch hing der Nachhall einer Ohrfeige in der Luft.

»Würdet ihr euch bitte benehmen«, mahnte der Vater, was kurz den gewünschten Effekt hatte.

Als Hanna und Kristoffer in ähnlichem Alter gewesen waren, hatten sie einen Familienurlaub in Spanien gemacht. So viel wie in der Woche am Mittelmeer hatten sie nie gestritten. Sie hatten sich ein Zimmer teilen müssen und eine Grenze zwischen den Betten gezogen, die nicht übertreten werden durfte. Ihre Mutter hatte sie zurechtgewiesen, weil sie sich wie zwei Gefängnisaufseher aufführten. Sie sollten sich lieber gegenseitig unterstützen.

Die Tage hatten sie am Pool verbracht. Einmal hatte Kristoffer sie ins Wasser geschubst, aber weil sie sich dabei am Beckenrand gestoßen hatte, war er sofort hinterhergesprungen. Mit fünfundzwanzig Jahren Abstand kam ihr der Urlaub ganz fantastisch vor. Denn ganz egal, wie er sich manchmal auch aufgeführt hatte, sie hatte sich immer auf ihn verlassen können.

»Was nimmst du?«, fragte Erik.

Hanna bestellte einen Salat mit warm geräuchertem Lachs, Erik eine Pizza. Sie setzten sich auf der Terrasse in den Schatten.

»Warst du noch nie in Grönhögen?«, fragte sie.

»Nein«, sagte Erik. »Aber Nila würde es hier gefallen. Pizza essen in einer alten Windmühle.«

»Und du willst nicht länger aufs Land ziehen?«

Hanna hatte Erik seit Wochen nicht mehr davon sprechen hören.

»Ehrlich gesagt weiß ich nicht, was ich mir dabei gedacht hatte. Ich würde wahnsinnig werden. Dafür lerne ich jetzt Gitarre spielen. Du kannst das nicht zufällig?«

Hanna lachte, bis ihr auffiel, dass er das ernst meinte. Eigentlich konnte sie ihn sich gut mit Gitarre vorstellen. Er wirkte wie der Typ Gast, der sofort ein paar Lieder anstimmen würde, wenn eine Party zu kippen drohte.

»Nein, das einzige Instrument, das ich einigermaßen beherrsche, ist die Blockflöte.«

Erik stürzte sich auf die Pizza, als sie kam. Nach wenigen Minuten war sie schon aufgegessen.

»Möchtest du nicht noch eine?«, fragte sie.

»Danke nein, das reicht.«

Er lehnte sich zurück und verzog ein bisschen das Gesicht, als er die Beine ausstreckte. Hanna schämte sich noch immer dafür, ihn vorhin so angefahren zu haben. Sie starrte auf den Tisch und vertrieb die Neunzehnjährige, die mitansehen musste, wie ihr Vater von der Polizei abgeführt wurde. Die mitbekam, dass plötzlich alle tratschten und eine Menge Meinungen hatten, selbst wenn Hanna direkt daneben stand.

»Ich habe die Ermittlungsakte zum Mord an Ester Jensen gelesen«, sagte sie.

»Warum?«, fragte Erik.

»Weil ich genau wissen muss, was passiert ist.«

»Und, hast du was Nützliches erfahren?«

Hanna erzählte ihm von den Beweisen. Von der DNA im Haus und Lars' Fingerabdrücken auf dem Benzinkanister davor. Aber auch von dem, was Gunnar gesagt hatte. Erst hatte sie darüber nicht sprechen wollen, nicht mit Erik, aber sie wollte nicht länger diese Neunzehnjährige sein. Die nie Stellung bezog, die sich niemandem gegenüber öffnete, nie darüber sprach, wie es für sie gewesen war, als ihr Vater zum Hassobjekt aller wurde. Hanna hatte mehrere Jahre gebraucht, um zu verstehen, wie groß der Schock gewesen war. Er hatte sie praktisch weggeschleudert, sie von allem und jedem getrennt.

»Puh, das klingt nach einer komplizierten Geschichte für dich«, sagte Erik. »Was hast du jetzt vor?«

Schon meldete sich da wieder diese leise Wut. Dass Erik so ruhig bleiben konnte! Als wäre ihm das alles irgendwie egal. Sie fühlte sich so unfassbar einsam. Mit dieser Sache. Mit allem. Egal, wie sehr sie sich auch bemühte, sie würde immer in ihrem eigenen kleinen Universum herumdümpeln.

»Ich habe keinen blassen Schimmer.«

8

Als sie sich auf den Weg zu Fribergs Immobilien in Färjestaden machten, übernahm Erik wieder das Steuer. Er hatte sich mehr oder weniger an Hannas Fahrweise gewöhnt, aber jetzt schadete ihr ein Päuschen sicher nicht. Und er verstand sehr gut, warum sie gerade so aufgewühlt war. Die Beweise gegen ihren Vater waren erdrückend, und der Bruder war sicher nicht der Alternativverdächtige, den sie sich gewünscht hatte. Außerdem wurden gerade ein Vater und sein Sohn vermisst. Er wusste bloß nicht, wie er am besten reagiert hätte, damit sie zufrieden war. Immerhin sprach sie mit ihm. Als sie vor drei Monaten das erste Mal zusammenarbeiteten, hatte er ihr noch alles aus der Nase ziehen müssen, was nichts mit dem Job zu tun hatte.

»Sollen wir anrufen und fragen, ob jemand da ist?«

»Ich glaube nicht, dass das nötig ist«, sagte Hanna.

Und das glaubte Erik auch nicht. Hauptsächlich hatte er das gefragt, weil ihm sonst nichts eingefallen war. Durch die vielen Wochen ohne seine Familie hasste er die Stille nur noch mehr. Die Zeit verging so viel langsamer, wenn es still war.

Das Maklerbüro lag in der Storgatan gegenüber dem Hafengelände, und direkt vor dem niedrigen weißen Steingebäude gab es einen freien Parkplatz. Der Hafen mit seinen Fressbuden und kleinen Liebhaberläden war ein Touristenmagnet, aber dieses Gebäude glich eher einem Industriegebiet in Miniaturformat. Erik und Hanna betraten die Agentur, und nur zwei von fünf Arbeitstischen waren besetzt. Sofort stand eine Frau auf und kam zu ihnen, das perfekteste Profilächeln auf dem Gesicht. Erik schielte zu Hanna. Sie waren ein ziemlich ungleiches Paar. Vielleicht glaubte die Frau, sie wollten ihr gemeinsames Haus verkaufen, weil ihre Ehe zerbrochen war.

»Wie kann ich Ihnen helfen?«, fragte sie.

Sie war um die dreißig und trug eine weiße Bluse und eine Stoffhose. Das rötliche Haar war zu einem hoch angesetzten Zopf zusammengefasst und das Gesicht von unzähligen kleinen Sommersprossen übersät. Ihre Augen waren grün, aber im einen war ein hellbrauner Fleck. Sie hatte eine vorsichtige Art, die er nicht gerade mit einer Maklerin in Verbindung brachte.

»Wir möchten mit Karl Friberg sprechen«, sagte Erik.

Das Lächeln gefror erst und verschwand dann ganz, als sie ihre Dienstmarken vorzeigten.

»Worum geht es?«, fragte sie.

Doch Erik kam gar nicht zum Antworten, da tauchte schon der Mann auf, nach dem sie verlangt hatten. Ein drahtiger Sechzigjähriger in Hemd und Jeans. Welche Farbe das kurze dunkelgraue Haar mal gehabt hatte, ließ sich nicht mehr sagen, aber da die grünen Augen den gleichen hellbraunen Fleck aufwiesen, ging Erik davon aus, dass die beiden verwandt waren.

»Ich bin Karl Friberg«, sagte er. »Entschuldigen Sie meine Aufmachung, ich bin heute ungeplant im Büro. Kommen Sie doch bitte mit ins Vertragszimmer.«

Er ging voran in einen Raum, der nur wenige Quadratmeter maß. Die Luft stand still, und Karl Friberg schaltete einen Ventilator ein.

»Die Klimaanlage ist kaputt«, erklärte er.

»Dann muss das eine harte Woche für Sie gewesen sein.«

Die Region war von einer Hitzewelle mit Temperaturen über dreißig Grad überrollt worden. Jetzt war endlich Abkühlung unterwegs. Am Morgen hatte Erik seiner Frau einen Screenshot vom Wetter der Woche geschickt: tiefschwarze Wolken und Regen. Hatte sie gebeten, ein bisschen Sonnenschein aus Indien mitzubringen.

»Nein, da hat sie noch funktioniert.«

Sie setzten sich an den ovalen Tisch, an dessen Längsseiten je zwei Stühle standen. Mitten auf dem Tisch stand eine Schale mit Bonbons, auf deren Papierchen der Name des Maklerbüros gedruckt war. Außerdem eine Karaffe mit Wasser und ein paar Gläser. Erik griff nach der Karaffe und füllte ein Glas, schaute dann fragend zu Hanna, die aber den Kopf schüttelte. Er leerte das Glas in wenigen Zügen.

Karl Fribergs Handy klingelte, auf dem Display erschien der Name Madeleine.

»Meine Frau«, sagte er, bevor er den Anruf wegdrückte. »Kann ich Ihnen noch etwas anderes zu trinken anbieten? Kaffee vielleicht?«

»Nein danke«, sagten Erik und Hanna wie aus einem Mund.

»Es geht um einen Ihrer Angestellten«, setzte Hanna an. »Thomas Ahlström wurde gestern vermisst gemeldet.«

»Oh«, machte Karl Friberg. »Vermisst? Was heißt das?«

»Wir können leider keine weiteren Informationen geben«, sagte Erik. »Wann haben Sie ihn zuletzt gesehen?«

Karl Friberg schob den Stuhl ein Stück zurück, als bräuchte er mehr Platz, damit diese Nachricht sacken konnte.

»Freitag vor zwei Wochen«, sagte er schließlich. »Das war Thomas' letzter Arbeitstag. Also, vor seiner Elternzeit.«

Die Tür zum Rest des Büros stand offen, und Erik stand auf, um sie zu schließen. Die rothaarige Frau saß an ihrem Computer, den Blick auf den Bildschirm gerichtet, aber er war sich ziemlich sicher, dass ihre Aufmerksamkeit ganz bei ihnen war. Die geschlossene Tür schien bei Karl Friberg für Entspannung zu sorgen. Er lächelte sie sogar an.

»Uns wurde mitgeteilt, dass Thomas Ahlström ein Problem mit einem ihrer Angestellten hat«, sagte Erik.

Karl Fribergs Lächeln gefror.

»Das wüsste ich«, sagte er. »Wer hat das behauptet?«

»Darüber dürfen wir keine Auskunft geben«, sagte Erik.

»Das ist ein kleines Familienunternehmen, und mir liegt viel an einem guten Arbeitsklima.«

»Wie viele Angestellte haben Sie?«, fragte Hanna.

»Wir sind derzeit zu viert.«

»Um wen handelt es sich genau?«

»Drei Makler: Ich, mein Sohn Hektor und meine Tochter Selene.« Er nickte zur Glaswand. »Sie haben vorhin mit ihr gesprochen. Und dann Thomas, er ist unser Assistent.«

»Dann ist Thomas Ihr einziger Mitarbeiter, der kein Familienmitglied ist?«

»Gerade ist das so, ja. Aber die Zahl der Angestellten variiert. Wir suchen gerade noch nach einer Vertretung für Thomas.«

»Wo ist Hektor?«, fragte Erik.

»Er musste zu einer Immobilie in Långöre, und er ist gerade losgefahren. Das wird also dauern, bis er zurückkommt.«

Erik wusste nicht, wo genau Långöre lag, aber er meinte im Nordosten der Insel.

»Wieso sind Sie heute im Büro?«, wollte Hanna wissen.

»Es kommt jemand, um die Klimaanlage zu reparieren«, sagte er. »Da wollte ich hier sein.«

»Wie haben Sie Thomas wahrgenommen?«, fragte Erik.

Nun füllte Karl Friberg sich ein Glas mit Wasser und trank davon, bevor er antwortete.

»Er ist charmant. Die Kunden mögen ihn.«

»Und wie macht er seine Arbeit?«

»Gut.«

Karl Fribergs Blick wanderte wieder durch die Glaswand zu seiner Tochter, dann seufzte er schwer. Schließlich wandte er sich ihnen zu, seine Augen waren feucht.

»Ich hoffe, Sie finden ihn«, sagte er.

»Das hoffen wir auch«, sagte Erik.

Als sie das kleine Zimmer verließen, schaute Selene nervös auf. Dass ihr Kollege vermisst wurde, hatte sie garantiert durch die offene Tür mitbekommen. Den Rest des Gesprächs aber vielleicht auch.

»Wann haben Sie Thomas Ahlström zuletzt gesehen?«, fragte Erik.

Selene starrte sie an, als verstünde sie die Frage nicht.

»Entschuldigung«, sagte sie. »Es klingt so furchtbar, dass er vermisst wird. Ich kann das einfach nicht glauben.«

»Ja«, sagte Hanna und wiederholte dann Eriks Frage.

»Das muss … Freitag vor zwei Wochen gewesen sein. Ich habe einen Kuchen gekauft, weil wir seinen letzten Tag vor der Elternzeit gefeiert haben.«

»Möchten Sie uns sonst noch etwas über ihn erzählen?«

»Nein, was denn auch?«

Selene wurde rot und schaute sich nach ihrem Vater um, der allerdings in der Küche verschwunden war. Durch die Tür sah man eine Kaffeemaschine und eine Metalldose auf einer Anrichte.

»Irgendwas, was Ihnen einfällt.«

»Er ist sehr aufmerksam«, sagte Selene. »Und witzig.«

»Wie stand er der Elternzeit gegenüber?«, fragte Erik.

»Er hat an seinem letzten Tag von nichts anderem gesprochen, weil er sich wirklich darauf gefreut hat.«

Die Eingangstür ging auf, und ein Mann Mitte vierzig kam herein. Sofort erschien auch Karl Friberg.

»Wie gut, dass du sofort Zeit hattest«, sagte er.

Das musste der Mann sein, der sich der Klimaanlage annehmen sollte. Dabei war das Einzige, wovon sich darauf schließen ließ, dass es sich um einen Techniker handelte, der Werkzeugkasten in seiner Hand. Er trug Jeans und ein Trikot des Kalmarer Fußballvereins. Außerdem roch er nach Alkohol.

Der letzte Tag

Mühsam schiebt Thomas seinen Sohn ins Auto. Hugo ist schon ganz quengelig vor Hunger und windet sich protestierend. Als der Sicherheitsgurt gerade eingerastet ist, klingelt das Handy. Thomas hat kurz Angst, es könnte Selene sein, die ihre Essensverabredung absagen will, aber es ist Jenny.

»Wie geht's euch so?«, fragt sie.

»Gut.«

Eigentlich sollte er erzählen, was gerade passiert war. Dass Hugo fast erstickt wäre. Aber die Angst hat ihn immer noch so sehr im Griff; wenn er das erzählt, bricht er zusammen. Hugo wäre fast gestorben, und Thomas schämt sich. Er muss besser aufpassen.

»Was macht ihr?«

»Wir sind im Garten und spielen. Aber wir wollen gleich reingehen und was essen.«

Die Lüge geht ihm nur zu leicht über die Lippen, aber er will nicht verraten, mit wem er verabredet ist. Er legt Hugo, der sich aus dem Kindersitz winden will, beruhigend die Hand auf die Brust.

»Ihr holt mich heute Abend ab, oder?«

Jenny klingt so fröhlich und ausgeruht, und ein bisschen dieser Ruhe überträgt sich auf ihn. Sie sind seit sechs Jahren zusammen, und er wundert sich noch immer darüber, dass jemand wie Jenny mit ihm zusammen sein will.

»Nichts könnte uns davon abhalten«, sagt er.

Jennys Zug kommt erst um Viertel nach acht an, und das ist eigentlich Hugos Zubettgehzeit, aber Thomas will trotzdem da sein. Jennys kleiner Ausflug hat ihnen gutgetan. Dadurch, dass er sich ein paar Tage allein um Hugo gekümmert hat, sieht er manches klarer. Es liegt nicht nur an ihm, dass so viel an Jenny hängen bleibt. Sie kann nicht gut Dinge aus der Hand geben. Obwohl er gerade in Elternzeit ist, meldet sie sich mehrmals am Tag. Und glaubt, *er* sei der Übervorsichtige. Und das auch noch auf die falsche Art. Sie müssen unbedingt darüber sprechen, wie sie die Elternaufgaben besser verteilen können.

»Ich freu mich auf euch«, sagt Jenny.

»Und ich mich auf dich«, sagt Thomas. Ein Blick auf Hugo verrät, dass er sein eines Ärmchen freigekämpft hat: »Du, ich muss auflegen. Hugo versucht gerade allein, auf die Schaukel zu klettern.«

»Dann bis heute Abend«, sagt Jenny. »Ich liebe euch.«

»Und wir lieben dich.«

Thomas schiebt Hugos Arm wieder unter den Gurt und setzt sich dann schnell ans Steuer. Kaum ist der Wagen in Bewegung, beruhigt Hugo sich. Die Fahrt nach Färjestaden dauert gerade mal acht Minuten, und Thomas spricht mit seinem Sohn, damit dieser nicht einschläft. Es ist besser, wenn Hugo erst nach dem Essen schläft. Vielleicht hätte er doch sagen sollen, dass er sich mit Selene trifft. Aber es ist ja nur ein Mittagessen. Und er wollte den Funken nicht gleich wieder ersticken. Gestern haben sie sich noch bis spät in die Nacht SMS geschickt, so wie ganz am Anfang. Jenny hat den Eindruck, dass Selene Interesse an Thomas hat, und obwohl er nicht glaubt, dass sie damit falschliegt, hat er sie davon überzeugen können, dass sie sich das nur einbildet.

Thomas hat Glück und findet direkt beim Hafen einen freien Parkplatz. Sie sind bei *Hasses* verabredet, weil Thomas nicht so viel Geld ausgeben wollte. Obwohl es ein Imbiss ist, kann man dort richtig gut essen.

»Wir treffen Papas Kumpel«, sagt er und holt seinen Sohn aus dem Kindersitz.

Bis zum *Hasses* ist es nicht weit, deshalb lässt er den Kinderwagen im Kofferraum und hängt sich nur die Wickeltasche über die Schulter.

»Kumpel«, wiederholt Hugo. Dann sagt er: »Mille.«

»Nein, nicht Mille, sondern Selene, also Papas Kumpeline.«

Eigentlich will er den Namen lieber nicht sagen, aber die Wahrscheinlichkeit, dass Hugo ihn vor Jenny wiederholt, ist wohl gering. Hugo ist schon auf etwas ganz anderes konzentriert.

»Boot!«, ruft er fröhlich.

Sie waren schon mal zusammen am Hafen gewesen und hatten den Booten zugeschaut.

»Ja«, sagt Thomas und hält ihn hoch, damit er besser sehen kann. Der Imbiss liegt in der entgegengesetzten Richtung, und Selene ist schon da. Sie winkt ihnen zu. Sie trägt die Haare nicht wie sonst zu einem Zopf gebunden, sondern offen. Es steht ihr gut, aber es gefällt ihm nicht, dass sie sich offensichtlich für ihn zurechtgemacht hat. Kaum sind sie nah genug, streichelt sie Hugo über die Wange, ihr starkes Parfum zwickt in der Nase.

»Gott, ist der süß! Man kann ja gar nicht anders, man muss den einfach knuddeln.«

»Ja, das stimmt.« Thomas lächelt.

»Was hast du doch für ein Glück, so ein kleines Goldstück.«

Thomas mag nicht, wie sie dabei klingt.

»Was möchtest du?«, fragt Selene. »Dann hol ich das eben.«

»Einen Hamburger. So einen richtigen. Mit Pommes und Cola.«

Thomas schaut sich nach einem Hochstuhl um und entdeckt einen aus rotem Plastik. Er bringt ihn zu einem der Tische und setzt Hugo hinein, dabei würde der Sohn viel lieber zum Hafen.

»Boot, Boot!«, ruft er.

»Wir essen jetzt erst mal«, sagt Thomas.

In der Wickeltasche sind Maiswürmchen, Thomas kramt sie schnell heraus und gibt Hugo eins, der sofort anfängt, daran zu knabbern. Die Boote sind erst mal vergessen.

Selene kommt mit dem Essen zurück und muss über Hugo lachen, dessen Wangen von gelben Krümeln übersät sind. Der kleine Kerl isst wirklich mit dem ganzen Gesicht. Das Maiswürmchen ist weg, also gibt Thomas ihm eine Pommes. Er hat zwar eine Dose mit Essen für Hugo mit, aber das ist ihm jetzt erst mal egal. Hugo bekommt Pommes und Hamburgerbrötchen, die Nudeln mit Hacksoße kann er auch später noch essen. Mittlerweile bekommt er fast nur noch feste Nahrung.

»Wie viel hast du gezahlt?«, fragt Thomas.

»Ich lad dich ein.«

»Nein.«

»Hundertzwei Kronen.«

Selene nennt sicher die genaue Summe, weil sie Thomas albern findet, aber Thomas will ihr nichts schuldig sein. Hektor erinnert ihn jeden Tag daran, was er zurückzahlen muss. Allerdings beläuft es sich da auf etwas mehr als den Gegenwert für ein Mittagessen.

»Und, wie ist es so in Elternzeit?«, fragt Selene.

»Ungewohnt«, antwortet Thomas. »Aber herrlich.«

Selene hat keine Kinder, aber er weiß, dass sie gern welche hätte. Mit einem breiten Lächeln beobachtet sie Hugo, der versucht, sich das platt gematschte Stück Brötchen in den Mund zu stecken. Die Hälfte geht daneben, und ein paar Sturmmöwen flattern schon herbei und setzen sich auf die Holzbalustrade. Thomas verscheucht sie, aber sie sind schnell wieder zurück.

»Wie läuft es mit Jenny?«

»Gut. Sie kommt heute Abend mit dem Zug aus Göteborg.«

»Ist Mama allein unterwegs und macht es sich nett?«, fragt Selene mit komisch verstellter Stimme und piekst Hugo mit dem Finger in den Bauch. Er lacht und lässt das Brot fallen. Eine der Sturmmöwen hebt erwartungsvoll den Kopf.

»Hör auf«, sagt Thomas.

Selene schaut ihn verwundert an, weshalb er nur hervorpresst, dass er Angst hat, Hugo könnte sich verschlucken. Schafft es selbst jetzt nicht zu erzählen, wie knapp das vorhin war.

Selene hat Jenny nur ein Mal getroffen. Seine Frau war mit Hugo ins Büro gekommen, um ihn herumzuzeigen, als er gerade ein paar Wochen alt war. Alle waren da gewesen, aber nur Selene hatte gefragt, ob sie ihn mal halten dürfe, und dann hatte Jenny verstört auf Selenes Babysprache reagiert. Leider schien Selene keinen Partner lange halten zu können. Ihre letzte Beziehung endete im Frühjahr. Davor war sie kurz mit seinem Kumpel Mille zusammen gewesen.

Thomas holt Kaffee, als sie mit dem Essen fertig sind. Er stellt die Tassen bewusst weit von Hugo entfernt auf den Tisch.

»Wie läuft es im Büro?«, fragt er, obwohl er es eigentlich gar nicht wissen will.

»Wie immer«, sagt Selene. »Papa arbeitet zu viel, Hektor haut so oft es geht ab. Ich verstehe nicht, was mit dem nicht stimmt. Ihm ist scheißegal, was Papa für uns macht.«

Thomas will nicht über Hektor sprechen, deshalb nickt er nur. Ihm ist unbegreiflich, dass zwei so unterschiedliche Menschen Geschwister sein können. Ungewöhnlich, dass Selene gerade von ihrem Bruder frustriert scheint, sonst verteidigt sie ihn immer. Offenbar hat er sich sehr ins Zeug gelegt, als ihre Mutter krank war.

»Es ist schöner, wenn du da bist«, fährt Selene fort.

»Fünf Monate sind ja schnell vorbei«, sagt Thomas und lächelt sie an.

Er hofft, dass Hektor nicht mehr da ist, wenn er im Januar aus der Elternzeit zurückkehrt. Es ist nicht zu übersehen, dass er kein Teil der Firma sein will, und Thomas versteht nicht, warum er sich nicht anderswo bewirbt. Klar, da ist diese Vorstrafe, aber einen Job, bei dem man ein polizeiliches Führungszeugnis vorlegen muss, will er ja sowieso nicht.

Selene zieht Grimassen für Hugo, der darüber lacht. Thomas kann es nicht länger herauszögern, auch wenn dadurch die Stimmung kippen wird.

»Hast du den Schlüssel?«, fragt er.

Thomas hasst es, Selene darum bitten zu müssen. Besonders, weil es ihm vorkommt, als würde er sie ausnutzen. Es war viel leichter, als er das noch einfach selbst machen konnte. Aber schon bald ist es vorbei. Dies ist das letzte Mal. Für Hugo muss er damit aufhören.

Selene kramt in der Handtasche, reicht ihm dann einen Umschlag. Hält ihn noch ein paar Sekunden lang fest, bevor sie ihn mit einem Seufzer freigibt.

»Wozu brauchst du den?«, fragt sie.

»Es tut mir sehr leid, aber das kann ich nicht sagen.«

Selene schluckt, scheint mit den Tränen zu kämpfen. Ohne nachzudenken, legt Thomas seine Hand auf ihre.

»Ich verspreche dir, du hast ihn spätestens morgen Abend zurück«, sagt er.

»Da hab ich Tanzkurs«, sagt Selene. »Kannst du ihn nicht tagsüber vorbeibringen?«

Thomas starrt auf seine Hand. Er sollte sie wieder wegnehmen.

»Das geht leider nicht«, sagt er.

»Es ist nicht gut, wenn die Schlüssel so lange nicht im Büro sind. Brauchst du ihn wirklich heute schon?«

»Ja«, sagt er. »Bevor ich Jenny gegen acht vom Bahnhof abhole.«

»Zwingt Mille dich dazu?«

»Nein, absolut nicht.«

Selene kaut auf ihrer Unterlippe. Das macht sie immer, wenn sie mit sich ringt.

»Bei einer der Fensterbänke ist ein Blech lose. Die rechts vom Vordereingang. Da kannst du den Schlüssel drunterschieben.«

»Danke«, sagt er und drückt ein letztes Mal ihre Hand.

Selene wendet sich wieder an Hugo und lächelt ihn traurig an.

»Die Familie kommt am Dienstag um zehn«, sagt sie. »Wenn der Schlüssel dann nicht da ist …«

»Er wird da sein, versprochen. Mach dir keine Sorgen.«

9

»Irgendwelche Vorschläge?«, fragte Erik, als sie das Maklerbüro verlassen hatten.

»Wir müssen rausfinden, ob es da wirklich einen Konflikt gibt.«

Hanna drehte sich um und sah durchs Fenster, dass Selene ihnen nachgeschaut hatte, jetzt aber schnell den Blick senkte. Ihre Beunruhigung war so deutlich spürbar gewesen, dass Hanna ihre Visitenkarte hinterlassen hatte mit der ausdrücklichen Aufforderung, sich zu melden, falls etwas sein sollte. Dass Selene einen sehr um sie bemühten Vater hatte, war ebenfalls deutlich spürbar gewesen. Hanna fragte sich, wie es wohl gewesen wäre, in einem Familienbetrieb zu arbeiten. Eine Makleragentur Duncker war schwer vorstellbar. Jede andere Art von Zusammenarbeit genauso.

»Sollen wir uns Hektor mal vornehmen?«, fragte Erik.

»Ja. Wenn du fährst, rufe ich bei ihm an. Es ist sicher gut, wenn wir ihn erwischen, bevor jemand aus dem Büro mit ihm spricht.«

»Stimmt.«

Weil Hektor Friberg nicht ans Handy ging, hinterließ Hanna eine Nachricht mit der Bitte um dringenden Rückruf.

»Was machen wir jetzt?«, fragte Erik, als sie aufgelegt hatte.

»Wir können nicht auf gut Glück nach Långöre fahren«, sagte Hanna. »Außerdem müssen wir Thomas' Computer abgeben. Fahren wir doch zuerst zurück zur Wache.«

Ihr Handy piepste. Eine Nachricht von Ove, der sie zur Besprechung aufs Revier bat.

Wir sind unterwegs, schrieb Hanna und teilte Erik mit, dass ein Treffen anberaumt war.

»Haben die was herausgefunden?«, fragte er.

»Keine Ahnung.«

Der Verkehr über die Brücke lief schleppend. Die Schweden hatten ihre Urlaube weitestgehend abgeschlossen, dafür kamen im August die Deutschen mit ihren Wohnmobilen. Hanna schaute aufs Wasser. Sie fühlte sich hier wohl, und zwar auf eine Art, wie es in Stockholm nie möglich gewesen war. Und dann wurde ihr bewusst, dass es ihr gerade wesentlich besser ging, dass sie in guter Verfassung war, um das zu meistern, was vor ihr lag. Anfangs hatte sie Probleme mit Erik gehabt. Fand ihn zu neugierig. Zu drüber. Aber jetzt fiel es ihr leichter, sich das nicht so zu Herzen zu nehmen. Manchmal kam es natürlich noch vor. Aber ihre Wut über seine Reaktion auf das, was sie von den Ermittlungen und Gunnar erzählt hatte, war schon wieder verflogen. Und es konnte ihr ja sowieso niemand sagen, wie sie das handhaben sollte. Letztlich musste sie selbst eine Lösung finden.

Ihr Handy klingelte, aber es war nicht Hektor Friberg, wie sie gehofft hatte, sondern Valerija Leko – die Freundin, die Jenny in Göteborg besucht hatte.

»Sie haben versucht, mich zu erreichen«, sagte die Frau mit breitem Kalmardialekt.

»Genau.«

Nachdem Hanna gefragt hatte, was die beiden Frauen am Wochenende unternommen hatten, kam sie auf das Thema zu sprechen, das sie am meisten interessierte.

»Wie würden Sie das Verhältnis zwischen Jenny und Thomas Ahlström beschreiben?«

Valerija holte tief Luft.

»Wieso fragen Sie?«

»Antworten Sie bitte einfach.«

»Sie lieben sich.«

Das war keine richtige Antwort, was Valerija offenbar auch ohne einen Hinweis von Hanna einsah.

»Natürlich haben sie ihre Probleme, aber nicht mehr als andere Paare.«

»Was für Probleme?«

»Das Übliche. Wer übernimmt was im Haushalt? Jenny war nach ihrer Elternzeit völlig am Ende, weil Thomas sie zu wenig unterstützt hat. Er wird selten wach, wenn Hugo schreit. Und obwohl sie jetzt wieder arbeitet, ist es trotzdem sie, die nachts aufsteht.«

»Könnten Sie sich vorstellen, dass er mit Hugo abgehauen ist?«

»Nein, so krass ist es nicht. Irgendwas muss passiert sein. Jenny war ziemlich schockiert darüber, dass er eine Tochter hat, aber sie hatte ihm noch nicht erzählt, dass sie es weiß.«

Die Ölandbrücke senkte sich über Svinö, die dem Festland vorgelagerte Insel, und Hanna warf einen letzten Blick aufs Meer.

»Was hat Jenny zu der Tochter gesagt?«

»Sie war eigentlich nur verwirrt, weil Thomas ihr nichts davon erzählt hatte. Wieso verheimlicht man ein Kind?«

»Wie nehmen Sie Thomas wahr?«, fragte Hanna.

»Was meinen Sie?«

»Wie würden Sie seine Persönlichkeit beschreiben?«

»Unbekümmert«, sagte Valerija. »Verantwortungslos.«

Das klang nicht gerade so, als würde sie ihn mögen. Vielleicht kannte sie noch eine weitere Facette dessen, was andere als charmant wahrnahmen. *Charmant* war das erste Wort gewesen, mit dem Karl Friberg ihn beschrieben hatte.

»War er in der letzten Zeit anders?«, fragte Hanna.

»Also, ich habe ihn vor ein paar Wochen zuletzt gesehen«, sagte Valerija. »Da war ich auf Öland zu Besuch. Natürlich habe ich die meiste Zeit mit Jenny und Hugo verbracht, aber Thomas war eigentlich wie immer.«

»Dann würden Sie nicht sagen, dass er deprimiert gewirkt hat?«

»Nein, absolut nicht.«

Dabei konnte das niemand so leicht sagen, das wusste Hanna. Man sah es den Menschen nicht immer an, wenn ihnen das Leben zu viel wurde. Und es waren nicht immer die großen Ereignisse, die den Ausschlag gaben, manchmal reichte eine kleine Pechsträhne, und vielleicht traf das ja bei Thomas zu. Hanna bedankte sich für den Anruf und legte auf, als Erik in die Garage der Wache fuhr.

»Ich brauche Kaffee«, sagte er.

»Ich auch.«

Während Erik Thomas Ahlströms Computer zu den Kriminaltechnikern brachte, holte Hanna Kaffee. Da sie dafür anstehen musste, kam sie erst kurz nach Erik ins Dienstzimmer. Alle anderen Mitglieder des Teams waren ebenfalls versammelt. Es handelte sich um ein Großraumbüro, auf der einen Seite saßen sich Daniel und Carina gegenüber, auf der anderen Seite hatten Erik und Amer ihre Stehtische, nur Hanna war mit ihrem Schreibtisch in der Ecke. Vor einer kleinen Trennwand stand ein Konferenztisch, an dem nun alle Teammitglieder entsprechend saßen: Daniel und Carina auf der einen, Erik und Amer auf der anderen Seite. Nur Ove war ein bisschen entfernt am einen Ende.

»Setz dich«, sagte er, als bräuchte sie eine Aufforderung. Und kaum hatte sie sich neben Erik niedergelassen, folgte: »Fang doch gleich an.«

Hanna schob einen der Kaffeebecher zu Erik, worüber Amer nur die Brauen hob. *Und was ist mit mir?*, schien er zu fragen.

»Thomas Ahlströms Frau hat erzählt, dass ihr Mann Probleme mit jemandem bei der Makleragentur hatte«, sagte Hanna. »Aber laut Aussage des Chefs herrscht dort Friede, Freude, Eierkuchen. Die beiden anderen Makler sind seine Kinder, und wir haben bislang nur die Tochter gesprochen, den Sohn noch nicht.«

»Danke für die Zusammenfassung«, sagte Ove. »Ich hoffe, die Befragung an sich war ausführlicher.«

»Selbstverständlich«, sagte Erik.

»Laut Valerija Leko, der Freundin der Ehefrau, gab es in der Beziehung keine ernsthaften Probleme«, sagte Hanna. »Leider habe ich Thomas Ahlströms Freund Mille Bergman noch nicht erreicht. Den hat Jenny Ahlström als Ersten angerufen, als sie nach Hause kam und feststellen musste, dass ihr Mann und Sohn nicht da waren. Ich versuche es gleich nach dieser Besprechung noch mal bei ihm.«

»Gut«, sagte Ove. »Weil Thomas seinen Sohn bei sich hat, müssen wir sie dringend finden, das hat oberste Priorität. Nach dem Wagen wird gefahndet. Außerdem habe ich Kontoauszüge, Verbindungs- und Bewegungsdaten seines Handys angefordert, denn das hat Thomas offenbar dabei. Trotzdem ist es gut, dass wir jetzt seinen Computer haben. Ja, Daniel?«

»Ich bin mit Thomas Ahlström verwandt.«

Carina fuhr zu Daniel herum. Niemand sagte etwas. Schon von Anfang an hatte Hanna den Eindruck gehabt, dass Carina sich als Zweitmutter für den deutlich jüngeren Kollegen empfand.

»Nur entfernt«, fuhr er fort. »Meine Mutter ist seine Cousine zweiten Grades.«

»Zweiten Grades?«, fragte Amer.

»Die Kinder von Cousins und Cousinen sind Cousins oder Cousinen zweiten Grades«, erklärte Carina.

»Mama hieß Ahlström, bevor sie den Namen meines Vaters annahm«, sagte Daniel. »Das ist jetzt nicht so außergewöhnlich. Ich habe sie schon gefragt, ob sie Thomas kennt.«

»Konnte sie etwas über ihn erzählen?«, fragte Erik.

»Nein, Mama hat kaum Kontakt zu dem Teil der Familie.«

»Warum?«

Hanna empfand diese Nachfrage fast als zu privat, aber verstand, wieso Erik sie gestellt hatte. Vielleicht gab es einen Konflikt, der für die Ermittlungen relevant sein könnte.

»Weil sie nie Gebärdensprache gelernt haben«, sagte Daniel. »Meine Mutter kam taub auf die Welt. Aber sie will ihren Großvater mal bei nächster Gelegenheit fragen, der lebt nämlich noch.«

»Okay, gut«, sagte Ove. »Also, meiner Meinung nach ist der Verwandtschaftsgrad entfernt genug und wird nicht zu Konflikten führen.«

Ove schaute sich um, aber niemand schien Einwände zu haben. Dann wanderte sein Blick zurück zu Daniel.

»Wenn du es selbst nicht als Problem siehst, hätte ich gern, dass du dir mal Thomas Ahlströms Tochter Lykke Henriksen näher ansiehst.«

»Mach ich«, sagte Daniel.

»Ich wollte euch noch mitteilen, dass *Missing People* sich eingeschaltet hat«, fuhr Ove fort. »Ihre Meldung geht heute Nachmittag raus, hoffentlich bekommen wir so ein paar Hinweise.«

»Wie ist es bei seinen Eltern gelaufen?«, fragte Hanna.

»Ein paar Kollegen aus Växjö haben mit ihnen gesprochen«, antwortete Ove, »aber sie haben nichts von ihrem Sohn gehört.«

»Wussten sie, dass er vermisst wird?«, fragte Hanna.

»Ja, *Missing People* hatte sie kontaktiert.«

»Nicht die Schwiegertochter?«

»Nein.«

»Ist das nicht sonderbar?«

»Vielleicht«, sagte Ove. »Wir müssen einfach weitermachen und sehen, was sich zeigt.«

Seinen Worten folgte das Kratzen von Stuhlbeinen. Hanna war bereits auf halber Strecke zu ihrem Schreibtisch, als Ove sich ihr in den Weg stellte.

»Hanna, kommst du eben mit in mein Büro?«

10

Hektor Friberg ging auch diesmal nicht ans Handy, und Erik fand es ein bisschen merkwürdig, dass ein Makler sein Telefon so hartnäckig ignorierte. Hanna hatte ihn gebeten, es noch mal von einer anderen Nummer aus bei ihm zu probieren, bevor sie mit Ove verschwunden war. Erik hoffte, dass nichts passiert war. Ove hatte so ernst geklungen.

Erik überlegte, bei Karl Friberg anzurufen, um nachzuhören, ob er mit seinem Sohn gesprochen hatte, aber entschied, doch noch abzuwarten. Dann schaute er zu Amer.

»Hast du Lust, heute mit mir ins Kino zu gehen?«

»Geht nicht«, sagte Amer, ohne von seinem Bildschirm aufzuschauen. »Meine Frau ist mit ihrer Schwester verabredet, das heißt, ich muss die Gören ins Bett bringen.«

Amer hatte einen vierjährigen Sohn und eine sechs Monate alte Tochter. Als seine Finger aufhörten, über die Tastatur zu fliegen, machte er einen Schritt zurück, damit er um die Trennwand schauen konnte.

»Kann von euch jemand heute Abend auf Erik aufpassen?«, fragte er Daniel und Carina.

Sie antworteten mit einem knappen Nein, beide zu beschäftigt, um den Witz zu bemerken. Daniel war nach dem Ironman mit einem Typen nach Hause gegangen, was ihm gar nicht ähnlich sah. Und Erik war unfassbar neugierig auf diesen Typen.

»Nicht lustig«, sagte Erik.

»Doch.« Amer lachte. »Ein bisschen. Aber du hast sie ja gehört, leider musst du heute Abend allein klarkommen.«

Erik hatte keine Lust, in seine leere Wohnung zu fahren. Vielleicht sollte er allein ins Kino gehen oder noch jemanden fragen. In den letzten Wochen hatte er viel Zeit mit einem Typen verbracht, den er zufällig im Supermarkt kennengelernt hatte, der gerade ebenfalls Strohwitwer war. Er ging auf die Internetseite des Kinos und scrollte nach unten. Der erste Film, auf den er klickte, war ein Horrorstreifen. Mal wieder Halloween, allerdings klang er gar nicht so uninteressant, weil er in den USA der Sechzigerjahre spielen sollte. Aber so richtig hatte er keine Lust auf Horror. Der nächste hatte nur zwei Frauennamen im Titel, als Erik dann las, dass es ein romantisches Drama um zwei Roma war, klickte er ihn auch gleich wieder weg. Ein Liebesfilm würde ihn nur noch mehr deprimieren. Er gab die Filmsuche auf. Vielleicht sollte er sich einfach in eine Kneipe setzen, aber er hatte in letzter Zeit schon zu viel außer Haus gegessen. Einen Ironman machte er sicher nicht noch mal, aber Training und Ernährung wollte er gern beibehalten.

»Nur noch vier Tage«, sagte Amer. »Das wirst du schon überleben.«

»Ehrlich gesagt bezweifle ich das gerade.«

Am liebsten wäre Erik noch heute Abend in den nächsten Flieger nach Mumbai gestiegen. Aber das war nur die Nervosität. Supriya hatte ihren Heimflug schon einmal verschoben, weil bei ihrer Mutter noch ein Arztbesuch anstand, zu dem sie mitwollte. Da hatten sie ordentlich gestritten, weil er fand, dass einer ihrer Brüder genauso gut mitgehen konnte. *Du weißt doch, wie sie sind*, hatte sie gesagt. Und klar, das wusste er – sie erwarteten, dass Supriya das übernahm. Trotzdem fand er es auch Nila gegenüber nicht fair, schließlich verpasste sie so die erste Woche Schule nach den Ferien. Erik kämpfte dagegen an, aber verlor und schickte eine SMS an Supriya.

Ihr kommt doch Freitag, oder?

Auf die Antwort musste er nicht länger als eine Minute waren.

Wieso sollten wir das nicht tun?

Darauf folgte ein Mann mit Partyhütchen. Supriyas Emojiwahl war selten leicht zu verstehen.

Keine Ahnung, schrieb er. *Ich habe einfach solche Sehnsucht nach euch.*

Und wir nach dir.

Erik gab sich damit zufrieden, darauf mit einem klopfenden Herzen zu antworten. Amer betrachtete ihn, als er das Handy weglegte.

»Wir sehnen ihre Rückkehr auch sehr herbei«, sagte Amer.

Das Handy klingelte, und obwohl Erik sofort sah, dass nicht Supriya anrief, hörte man ihm trotzdem noch seine Sehnsucht an, als er sich meldete.

»Ich weiß, was er anhatte«, sagte eine Frau.

»Jenny Ahlström?«

In der Eile hatte sie ganz vergessen, ihren Namen zu nennen.

»Ja. Hugo trug sein rotes T-Shirt, das er so sehr liebt, und eine regenbogenfarbene Leggins.«

»Und Ihr Mann?«

»Eine Jeans, nehme ich an. Wie eigentlich immer. Und vermutlich eins seiner T-Shirts. Grau vielleicht.«

»Wie sicher sind Sie sich bei Hugos Sachen?«

»Sehr. Ich kann sie nirgendwo finden. Und die Leggins ist fast neu. Sie müssen unterwegs gewesen sein, um mich abzuholen. Ich glaube, Thomas wollte Hugo ein bisschen herausputzen ...«

Ihre Stimme brach, und Jennys Schluchzen ging Erik durch Mark und Bein. Dass sie sich herausgeputzt hatten, bedeutete nicht unbedingt, dass sie auch zum Bahnhof wollten. Es konnte genauso gut ein Zeichen dafür sein, dass Thomas beschlossen hatte, sich das Leben zu nehmen. Erik war schon häufiger bei Suizidopfern gewesen, die sich extra fein gemacht hatten.

»Haben Sie vielleicht ein Foto von Hugo, wo er diese Sachen trägt?«, fragte er.

Es dauerte einen Moment, bis Jenny sich ausreichend beruhigt hatte, um zu antworten.

»Ja, ich schicke es Ihnen.«

11

Ove deutete auf den Stuhl neben seinem Tisch. Erst als Hanna sich gesetzt hatte, riss er einen rosa Haftzettel vom Block und reichte ihn ihr.

»Das ist die Nummer der für Thomas Ahlström zuständigen Kontaktperson bei *Missing People*«, sagte er.

Hanna schaute auf den Zettel: Freya Amundsdottir.

»Ich habe dich als Ansprechpartnerin bestimmt«, fuhr er fort.

Hanna hätte liebend gern protestiert, denn andere aus dem Team waren wesentlich besser für Aufgaben dieser Art geeignet, aber sie wusste, dass es keinen Sinn hatte. Vermutlich hatte Ove sie gewählt, weil sie auf Öland wohnte. Oder weil er fand, dass sie an ihrer Sozialkompetenz arbeiten sollte.

»Ruf sie an und stell dich vor.«

»Mach ich«, sagte Hanna und fügte sie gleich zu ihren Handykontakten hinzu. »Aber ich schätze, das war nicht der einzige Grund, weshalb du mich sprechen wolltest?«

»Richtig«, sagte Ove. »Ich habe eine anonyme Mail bekommen, in der es um dich geht.«

Ove schaute sie so erwartungsvoll an, als müsste sie wissen, worum es ging, dabei hatte sie keine Ahnung. Aber die leicht schräge Kopfhaltung und die Art, wie er auf seinem Stuhl herumrutschte, verrieten ihr, dass Ove besorgt war. Als sie ganz frisch zum Team gestoßen war, hatte er Erik gebeten, ein Auge auf sie zu haben, das hatte Erik ihr erzählt. Aber seither hatte sie nichts wieder in die Richtung gehört.

»Um was genau?«

Ihr Chef seufzte schwer, dann schaute er sie direkt an. Ihr Herz fing an zu rasen. Sofort musste sie an die Vernehmung denken, als sie neunzehn gewesen war. Als er sich nach vorn gelehnt und ihr erzählt hatte, was ihr Vater getan hatte. Wie er sie und ihre Miene nicht aus den Augen ließ, während er sagte: *Es gibt Beweise. Es besteht kein Zweifel an der Schuld Ihres Vaters.*

Damals hatte sie absolut nicht verarbeiten können, was gerade passierte. Jetzt sah sie die Worte wie einen Hieb. Einen Hieb, der die Möglichkeit gekappt hatte, auf Öland zu bleiben. Genau in dem Moment hatte sie beschlossen, die Insel nach dem Schulabschluss zu verlassen.

»Der Absender behauptet, dich am Freitagnachmittag vor dem Polizeirevier gesehen zu haben.«

»Und?«

Hanna wusste nicht, was sie sonst sagen sollte.

»Du sollst dich in deinen Wagen gesetzt haben«, fuhr Ove fort. »Dann hast du angeblich eine Whiskyflasche aus dem Handschuhfach geholt und ein paar große Schlucke getrunken, bevor du losgefahren bist.«

Hanna konnte ihren Chef nur anstarren, hörte sie recht? Passierte das wirklich? Schlussendlich brach Ove das Schweigen.

»Und dann hast du angeblich beim Rückwärtsfahren einen Siebzehnjährigen angefahren. Laut der Mail.«

»Ich hör wohl nicht recht«, sagte Hanna. »Und das glaubst du?«

»Nein, das klingt überhaupt nicht nach dir.«

»Ich bin nicht betrunken Auto gefahren«, sagte Hanna. »Und angefahren habe ich erst recht niemanden.«

»*Okay*«, sagte Ove.

Sein Tonfall provozierte Hanna.

»Du musst doch nur die Videoaufnahmen von Freitag prüfen«, sagte sie.

Ove setzte eine entschuldigende Miene auf, die Hanna verriet, dass er das schon getan hatte. Aber vielleicht zeigten die Überwachungskameras nicht alle Parkbereiche.

»Entschuldige«, sagte er. »Aber das sind ernste Anschuldigungen, ich musste die Mail ernst nehmen. Besonders, weil ...«

Ove zögerte und schaute sie flehend an.

»Besonders, weil?«

»Die Uhrzeit stimmt, du hast tatsächlich zum angegebenen Zeitpunkt das Revier verlassen. Und auf dem Parkplatz wurde ein Siebzehnjähriger angefahren. Hast du wirklich nichts mitbekommen?«

»Nein, sonst hätte ich doch selbstverständlich eingegriffen.«

Ihr schwirrte der Kopf. Was hatte das zu bedeuten? Hanna verschränkte die Arme vor der Brust. Versuchte, sich an Freitag zu erinnern, aber da kam nichts. Das war nur ein weiterer Tag, an dem sie das Revier verlassen hatte und nach Kleva gefahren war.

»Wie geht es dem jungen Mann?«, fragte sie.

»Er hat ein paar Schürfwunden und Hämatome am Bein davongetragen. Ihm wurde von einem Kollegen geholfen, der kurz darauf erschien.«

»Hat jemand den Wagen gesehen?«

»Der Junge konnte nur sagen, dass er grau war.«

Hannas Wagen war grau, aber die Farbe war nicht gerade unpopulär.

»Wie geht es jetzt weiter?«, fragte sie.

»Es passiert erst mal nichts«, sagte Ove. »Die Mail ist das Einzige, was auf dich hindeutet, und weil sie anonym versendet wurde, gibt es niemanden, den wir befragen können. Hast du ein Problem mit jemandem, der das gewesen sein könnte?«

Hanna musste sofort an Ester Jensens Tochter Maria denken. Die hatte ihr im Frühjahr eine Nachricht geschickt, dass sie besser in Stockholm geblieben wäre. Aber das passte nicht. Maria konnte nicht wissen, wann sie das Revier verlassen hatte. Oder dass jemand angefahren worden war. Aber Carina könnte es ihr erzählt haben. Oder Carina steckte selbst dahinter. Seit der Rückkehr aus dem Urlaub hatten sie nicht viele Worte miteinander gewechselt. Trotzdem konnte Hanna sich kaum vorstellen, dass Carina so etwas machen würde. Aber es gab einen Bezug zu ihrem Vater, da war sie sicher. Seinetwegen mochten die Leute sie nicht. Ove betrachtete sie noch immer, und sie sah sich gezwungen, etwas zu antworten.

»Nein, oder warte … Wann kam die Mail?«

»Heute Vormittag. Warum?«

Aber Hanna schüttelte nur den Kopf. Kurz hatte sie überlegt, ob vielleicht Gunnar dahinterstecken könnte. Aber sie war sicher, dass das etwas mit ihrem Vater zu tun hatte, und da war noch eine Frage, die sie Ove stellen wollte, seit sie angefangen hatte, für ihn zu arbeiten. Ove hatte die Ermittlungen geleitet, hatte ihr eine Kopie der Akte gegeben. *Es besteht kein Zweifel.* Das hatte er gesagt, aber das musste ja nicht zwangsläufig stimmen.

»Kam dir an der Schilderung meines Vaters, wie er Ester Jensen getötet haben will, etwas komisch vor?«

Ove lehnte sich zurück und schielte zur obersten Schreibtischschublade, dabei wusste Hanna, dass dort keine Zigaretten mehr waren. Wobei, vielleicht hatte er ja wieder mit dem Rauchen angefangen. Schließlich war ein Kind verschwunden.

»Dann hast du die Akte gelesen«, stellte er fest.

»Ja.«

»Was ist denn dein Eindruck?«

»Diese extreme Gewalt passt nicht zu ihm. Klar, er hat gesoffen, aber gewalttätig war er trotzdem nie.«

Ove schaute auf seinen Bildschirm. Hanna rechnete schon nicht mehr mit einer Reaktion. Die einzige Erklärung, die sie selbst gefunden hatte, war, dass eine Psychose dahintersteckte. Aber so etwas hatte er vorher nie gehabt, und im Zuge der Verhandlungen wurde ein psychologisches Gutachten angefertigt, was ihm absolute geistige Gesundheit attestierte.

»Ja, das hat mich auch stutzig gemacht«, sagte Ove. »Aber die Beweise … Außerdem hat er ja gestanden. Alles sprach dafür, dass er der Täter war.«

»Da bin ich ganz bei dir«, sagte Hanna. »Aber gab es irgendwelche Hinweise darauf, dass er es nicht allein gewesen ist?«

»Du hast doch die Akte gelesen.«

»Ja, aber …«

Ove seufzte. Er wusste genauso gut wie sie, dass nicht alles in solche Akten floss. Nicht jede kleine Ahnung wurde festgehalten.

»Wie du ja gelesen haben wirst, hat das Feuer das meiste zerstört. Selbstverständlich wurden noch weitere DNA-Spuren gefunden, aber denen wurde nicht viel Bedeutung beigemessen.«

Hanna schaute zum Fenster hinaus. Von hier sah man nur

ein Stück Straße und den großen Parkplatz gegenüber, auf dem jemand einen Siebzehnjährigen angefahren hatte. War er es vielleicht selbst, der behauptete, dass sie es gewesen war?

»Du weißt ja, wie es bei den Leuten aussieht«, fuhr Ove fort. »Und Ester Jensen hatte viel Besuch.«

»Ich weiß«, sagte Hanna.

Ester Jensen war sowohl im Kunst- als auch im Gartenverein aktiv gewesen. Nach ihrem Tod hatten viele Menschen in den Zeitungen ihrer Trauer Ausdruck verliehen, indem sie davon schwärmten, was für ein fantastischer Mensch sie gewesen war. Und wie furchtbar unnötig und grausam ihr Tod. Und es stimmte. *Wie konntest du nur?*, war das Erste gewesen, was Hanna zu ihrem Vater gesagt hatte, als sie ihn nach seiner Verhaftung treffen durfte.

Hanna überlegte, ob sie nach Gunnar oder Kristoffer fragen sollte, aber es fühlte sich falsch an, ihren Bruder so ins Licht zu zerren. Vielleicht fand sie ja noch einen guten Grund, Gunnar zu überprüfen, doch gerade fiel ihr keiner ein.

»Meinst du, du kannst damit jetzt abschließen?«, fragte Ove.

»Ja«, war Hannas schnelle Antwort.

Wenn es nach ihr ging, sollten so wenig Menschen wie möglich wissen, dass sie ihre eigenen, langsam voranschreitenden Ermittlungen in dem Fall gestartet hatte. Zwar war der letzte Drohanruf schon ein paar Monate her, aber man wusste ja nie. Damals war die Aufnahme eines Brandes abgespielt worden. Wer immer sie da malträtiert hatte, es war ihm oder ihr wohl bewusst geworden, dass Hanna so nicht zu brechen war. Hatte dieser Jemand nun stattdessen Ove gemailt?

»Hattest du noch mal Kontakt zu Maria Jensen?«, fragte er.

»Nein.«

Ove glaubte, Maria steckte hinter den Droh-SMS und -anrufen, aber Hanna war sicher, dass die Anrufe von jemand anderem kamen.

»Setz mich bitte sofort in Kenntnis, wenn sie dich wieder bedroht.«

»Selbstverständlich«, sagte Hanna und schaute ihn trotzig an. Es störte sie, dass er ihr nicht zu trauen schien. Oves Handy klingelte, und das, was Hanna vom Telefonat aufschnappte, ließ sie noch bei ihm bleiben.

»Ein Nachbar von Jenny Ahlström hat die Polizei verständigt«, sagte Ove nach dem Auflegen. »Er hat beobachtet, dass sie mitten auf der Straße herumläuft, und ist zu ihr gegangen, um mit ihr zu sprechen. Sie will auf eigene Faust nach Thomas und Hugo suchen, und der Nachbar ist besorgt, weil sie den Eindruck macht, dass es ihr nicht gut geht.«

Hanna stand auf.

»Ich fahre hin und spreche mit ihr.«

12

Das Einzige, was Lykke bewerkstelligt hatte, seit die Polizistin und ihr Kollege gefahren waren: eine Ladung Wäsche anstellen. Sie hatte fast keine frischen Sachen mehr. Jetzt lag sie auf dem Sofa und starrte die Wanduhr an, laut der die Maschine mittlerweile fertig sein müsste. Der Schock, den sie bekommen hatte, als die Polizei in ihrem Garten aufgetaucht war, hatte nicht nachgelassen und äußerte sich in leichter Übelkeit. Dabei hatte sie den schrecklichen Anruf von Jenny am Sonntag noch gar nicht wirklich verdaut. Oder aber es lag an dem verdammten Hunger, dass ihr so schlecht war. Die Gedanken schwirrten herum wie Schmetterlinge, die nirgendwo landen konnten.

Nein, so ging das nicht weiter. Vorsichtig setzte sie sich auf. Wartete, bis ihr nicht mehr schwindelig war, bevor sie an den Kühlschrank trat. Nachdem sie den Schokoladenkuchen ein paar Sekunden lang angestarrt hatte, schlug sie die Kühlschranktür wieder zu.

In der Obstschale lagen zwei Äpfel, aber als sie den einen davon in die Hand nahm, stoben Fruchtfliegen auf. Beide Äpfel waren verfault.

»Verdammter Scheißmonat«, fauchte sie.

Wenn sie was anderes essen wollte als diesen beschissenen Schokoladenkuchen, musste sie einkaufen gehen. Mit einem Seufzer warf Lykke die beiden Äpfel in den Müll, stellte die Obstschale in die Spüle und ließ sie mit Wasser vollaufen. Dann zog sie die Turnschuhe an und ging durch die Küchentür hinaus. Die Schaufel lag noch beim Beet, genau wo Lykke sie hatte fallen lassen. Der Garten musste bis morgen warten.

Als hätten sich ihre Probleme dann in Luft aufgelöst.

Lykke war so sicher gewesen, dass er es ernst gemeint hatte. Ihre Gedanken wurden zu Bildern, die sich ablösten: die Frau und das Kind hinterm Fenster, das Messer im Reifen, wie er sie gegen die Wand gepresst hatte und sie sich nur hatte verteidigen wollen.

Jetzt würde alles rauskommen, und niemand würde ihr glauben.

Bis zum nächsten Supermarkt waren es nur wenige hundert Meter, und Lykke grüßte alle, denen sie begegnete. So machte man das hier. Sowohl die Alteingesessenen als auch die, die nur vorübergehend zu Besuch waren. Die Schlange vorm Eiscafé war lang. Vor ein paar Wochen hatte sie eine Kugel Lakritzeis gegessen. Bei der Erinnerung daran musste sie fast brechen.

Am Schwarzen Brett beim Eingang hing eine Unterschriftenliste. Die Baugenehmigung für ein Resort in Grönhögen war erteilt worden, und viele waren in Aufruhr. Lykke blieb kurz stehen, um ihren Namen hinzuzufügen.

Im Markt holte sie eine simple Tomatensuppe. Dann griff sie zu einer Wassermelone, ein paar Äpfeln und einer Gurke, damit sie nicht morgen gleich wieder losmusste. Als sie sich zur Kasse umdrehte, ging mit einem leisen Surren das Licht aus.

Stromausfall. Verdammte Scheiße.

Handylampen wurden eingeschaltet, um sich den Weg durch

die Gänge zu leuchten. Aber ohne Strom würde niemand für seine Waren bezahlen können. Lykke blieb in der Dunkelheit stehen. Lauschte den Gesprächen, die stetig aufgeregter wurden. Familienmitglieder wurden angerufen, um herauszufinden, wer noch von dem Ausfall betroffen war. Ganz Grönhögen, wie es schien. Diskussionen kamen auf, ob man etwas tun könnte. Aber das konnte man nicht, wieso also die Aufregung? Weil nach mehreren Minuten das Licht immer noch nicht wieder anging, legte Lykke die Sachen zurück und verließ den Laden.

Der Stromausfall war ein Zeichen. Sie sollte nichts essen. Sie sollte die Kontrolle nicht verlieren.

Warum hatte sie diesen Brief nur geschrieben? Dabei wusste Lykke die Antwort nur zu gut: Weil sie sich den Kontakt wünschte. Jemanden, der die Leere ausfüllte. Ihr Leben lang hatte sie sich nach einem Vater gesehnt. Thomas hatte sie angerufen, acht Tage nachdem sie den Brief eingeworfen hatte, obwohl sie keine Nummer angegeben hatte. Und sie war nicht darauf vorbereitet gewesen, was seine Stimme bei ihr auslösen würde. Absolute Panik. Nach einer Minute hatte sie gesagt, dass sie erst mal nachdenken müsse, und dann aufgelegt.

Und jetzt war er verschwunden. Und der kleine Hugo auch.

Lykke hatte den Post von *Missing People* bei Facebook gesehen, viele von Öland hatten ihn geteilt.

Als sie nach Hause kam, öffnete sie den Kühlschrank und starrte eine Weile lang den Schokoladenkuchen an, bevor sie die Tür wieder schloss. Erst da wurde ihr bewusst, dass der Strom zurück war. Aber sie hatte für heute genug Ausflüge gemacht.

Verdammter Hunger.

Lykke zog eine Küchenschublade auf und fand eine Packung Cracker, die ein Gast dagelassen hatte. Sie riss sie mit einer heftigen Bewegung an sich, bevor sie ihre Meinung ändern konnte. Irgendwo tief in ihrem Inneren wusste sie, dass sie das nicht tun sollte. In ihrer Jugend hatte sie mehrere Wochen im Krankenhaus verbracht.

Sie füllte ein Glas mit Wasser, nahm es mit ins Wohnzimmer und schaltete den Fernseher ein. Das Erste, was erschien, waren die Gesichter von Thomas und Hugo. Das Foto von Thomas war dasselbe wie im Post von *Missing People*, aber das von Hugo war neu.

Der Sprecher erzählte von ihrem Verschwinden. Bat um Hinweise. Sagte, dass Hugo zuletzt sehr wahrscheinlich genau diese Sachen getragen hatte. Lykkes Blick klebte an dem Foto. Ihr kleiner Bruder saß rittlings auf einem roten Rutschauto, seine Zehen reichten gerade so bis zum Boden. Er trug ein rotes T-Shirt und eine regenbogenfarbene Leggins und schaute mit einer Mischung aus Frustration und Konzentration in die Kamera.

Lykke schloss die Augen, um das nicht länger sehen zu müssen. Unmöglich, jetzt auch nur einen einzigen Cracker runterzubringen.

13

Hanna fuhr im Schneckentempo durch Hulterstad, konnte Jenny aber nirgendwo entdecken. Dann wendete sie auf dem Kiesplatz vor einem alten Gehöft und bog schließlich in den Weg ein, der zum Haus der Ahlströms führte. Vielleicht hatte Jenny die Suche ja aufgegeben. Jede Lampe im Haus schien eingeschaltet, aber auf ihr Klingeln folgte keine Reaktion. Auch ans Telefon ging Jenny nicht. Also rief Hanna den Nachbarn an, der sie verständigt hatte.

»Wie gut, dass Sie da sind«, sagte er. »Ich konnte sie nicht überzeugen, nach Hause zu gehen. Ich habe Angst, dass ihr was passiert.«

»Wissen Sie, wo sie jetzt ist?«

»Ich glaube, sie ist zur Küste.«

Hanna war bisher nur auf dem Weg nach Ottenby durch Hulterstad durchgefahren, weshalb sie die Abfahrt verpasste und noch einmal wenden musste. Diesmal sah sie das kleine weiße Schild, auf dem stand, dass das Feuchtgebiet Görans Dämme noch einen Kilometer entfernt war.

Der Kiesweg verlief schnurgerade zwischen niedrigen Steinmauern, hinter denen sich Felder erstreckten. Am blauen Himmel sammelten sich leichte Wolken, Bäume zeichneten sich wie vereinzelte Punkte vor dem Horizont ab. Ganz flach war das Land hier nicht, denn das Meer konnte sie noch nicht sehen.

Nach etwa zwei Dritteln des Wegs wurde unbefugter Verkehr auf einen Parkplatz hingewiesen, doch Hanna ignorierte das Schild und fuhr weiter. Kurz darauf tauchte die Ostsee vor ihr auf wie eine Offenbarung. Auf einem kleinen Hügel stand ein Mensch, das musste Jenny sein. Direkt hinter dem Weidegitter stellte Hanna den Wagen ab und stieg aus. Ein paar der frei laufenden Rinder hoben die Köpfe und schauten sie an, nur Jenny drehte sich nicht um.

»Hugo!«, schrie sie.

Der Name wurde vom Wind davongetragen, der hier stärker war als oben im Ort.

Mit das Schlimmste, was Hanna in ihrer Polizeilaufbahn bislang erlebt hatte, war, einen ertrunkenen Dreijährigen aus dem Flatenbadet zu ziehen. Damals arbeitete sie noch in Stockholm. Das war einer von nur wenigen Momenten, in denen sie ihre Berufswahl infrage gestellt hatte. Die gesamte Familie des Jungen war mit im Strandbad gewesen: seine Mutter, sein Vater, seine große Schwester.

Hanna ging zu Jenny und verdrängte die Erinnerung an den Jungen, der damals gestorben war. An sein T-Shirt und die Shorts, die an dem kleinen Körper klebten. Die blauen Lippen. Nichts deutete darauf hin, dass sie Hugo so vorfinden würden.

Schon bald endete die Wiese und ging in Sand und Stein über. Mit wenigen Schritten war Hanna auf dem Hügel. Der Wind peitschte die Wellen heran. Sie waren mehrere Kilometer südlich des Orts, an dem sie aufgewachsen war, aber Wind und Meer waren dieselben.

»Hugo!«, rief Jenny erneut.

Hanna streckte eine Hand aus und berührte sie.

»Kommen Sie«, bat sie.

Jenny schlug die Hand weg.

»Ich muss sie finden.«

Ihre Verzweiflung traf Hanna wie eine Sturmbö, und sie wartete, bis sie sich wieder gefangen hatte.

»Überlassen Sie das doch uns.«

»Aber es ist niemand unterwegs und sucht!«

Jetzt schwang mehr Wut als Verzweiflung in ihren Worten mit. Hanna schluckte, wappnete sich.

»Gerade konzentrieren wir uns auf die Fahndung nach Ihrem Wagen«, erläuterte sie. »Wenn wir den finden, finden wir sehr wahrscheinlich auch Ihren Mann und Ihren Sohn.«

Sie klang überzeugter, als sie war. Dabei stimmte es, der Wagen war ihre beste Chance, aber nun suchten sie schon fast einen Tag lang danach und hatten bisher keine richtige Spur aufgetan. Die triste Wahrheit war, dass sie keine Ahnung hatten, was passiert war. Oder ob überhaupt etwas passiert war. Vielleicht war Thomas Ahlström ganz freiwillig aufgebrochen und hatte Hugo einfach mitgenommen. Schwer vorstellbar, dass man seiner Lebensgefährtin so etwas antat, aber die Menschen handelten nicht immer rational.

Ein paar Mantelmöwen schrien, bevor sie losflogen. Hannas Großmutter hätte jetzt gesagt, das bedeute, dass ein Unwetter im Anmarsch sei. Sie schauten den Vögeln hinterher.

»Ich habe Hugos Kleiderschrank durchforstet«, sagte Jenny so leise, dass der Wind ihre Wörter fast davontrug. »Plötzlich sah ich ihn deutlich vor mir, wie er mit einem Bein im Weidegitter steckte. Wie er vor Schmerzen schrie. Dann lag er im …«

Sie nickte zum Meer.

»Hugo ist nicht hier«, sagte Hanna.

Jenny umschlang ihren Oberkörper fest mit beiden Armen.

»Das glaube ich eigentlich auch nicht. Aber diese Bilder von ihm, sie schienen so wirklich.«

Wieder streckte Hanna die Hand aus, und diesmal wurde sie nicht abgewehrt.

»Bitte, kommen Sie doch mit.«

»Ich habe die von *Missing People* angebrüllt. Dass sie sich kümmern sollen«, sagte Jenny, als hätte sie Hanna nicht gehört. »Die finden mich jetzt sicher anstrengend.«

»Die haben vollstes Verständnis für Sie, glauben Sie mir.«

Mit einem Seufzen drehte Jenny sich um und steuerte den Wagen an. Hanna folgte ihr. Während sie wendete, schaute Jenny durch die Windschutzscheibe aufs Wasser. Es wirkte so, als wären die Bilder vom hilflosen Hugo wieder in ihr hochgekommen.

»Thomas ist hier immer gern mit Hugo hergekommen«, sagte sie. »Sie haben doch nach für ihn besonderen Orten gefragt.«

»Sind Ihnen noch weitere eingefallen?«

»Ich weiß nicht, ob ich das wirklich als besonderen Ort bezeichnen würde, aber Thomas' Eltern haben ein Sommerhaus in Timmernabben, wo gerade niemand ist.«

»Warum haben Sie nicht bei Thomas' Eltern angerufen, als Sie bemerkt haben, dass Thomas und Hugo verschwunden sind?«, fragte Hanna.

»Weil ich wusste, dass er nicht dort sein würde.«

»Wieso waren Sie sich da so sicher?«

»Sie hatten ein schlechtes Verhältnis. *Haben*, meine ich. Du lieber Gott.«

Jenny schlug die Hände vors Gesicht, und Hanna gab ihr ein

paar Sekunden. Schon bald hatten sie die Straße erreicht, und sie hatte den Eindruck, dass ihr die Zeit davonlief, so als bliebe ihr nur die kurze Strecke bis zum Haus, um eine Antwort zu bekommen.

»Wie äußert sich dieses schlechte Verhältnis?«

»Sie kennen ihn nicht«, sagte Jenny. »Sie sehen ihn noch immer so, wie er früher war.«

»Wie war er denn?«

»Rastlos.«

»Mit wem von der Agentur könnte er ein Problem gehabt haben?«

Jenny zuckte nur mit den Schultern. Als Hanna die Frage umformulierte, bekam sie ein »Selene, vielleicht« zur Antwort. Sie hielt vor dem Haus der Ahlströms.

»Soll ich noch mitkommen?«

»Sie haben Besseres zu tun, als mich zu babysitten«, sagte Jenny.

»Versprechen Sie mir, dass Sie jetzt zu Hause bleiben?«, fragte Hanna.

»Ja.«

Jenny war schon im Begriff, die Tür aufzumachen, hielt dann aber inne und schaute Hanna direkt an.

»Diese Ungewissheit ist so schrecklich. Nicht zu wissen, wo sie sind. Was passiert ist …«

Hanna konnte nur nicken, als Jenny schon ausstieg und die Tür zuknallte. Timmernabben lag auf dem Festland, mehrere Kilometer nördlich von Kalmar. Deshalb teilte Hanna ihrem Chef alle Informationen mit, statt selbst hinzufahren. Ove versprach, sofort eine Streife hinzuschicken.

Sicher eine Viertelstunde lang starrte Hanna auf die Haustür der Ahlströms, die sich nicht wieder öffnete. Dann warf sie einen Blick auf die Uhr. Kurz nach fünf, da lohnte es sich nicht, wieder zur Wache zu fahren. Obwohl das ein ziemlicher Umweg war, peilte Hanna den Heimweg nach Kleva über Gårdby an. Der Anblick des Meeres hatte eine Sehnsucht in ihr geweckt, außerdem musste sie dringend Jennys Verzweiflung abstreifen.

Hanna drosselte das Tempo, als sie Gårdby erreichte. In den Dörfern hielt sie sich für gewöhnlich an die Geschwindigkeitsvorgaben. Sie fuhr durch den Ort, ohne nach etwas bestimmtem Ausschau zu halten. An der Schule und der Kirche vorbei, die es gefühlt schon immer gab. Ihr Blick streifte ihr Elternhaus. Das Mörderhaus … Schon überfluteten sie die Erinnerungen. Nicht weit von der Kirche entfernt war sie einmal mit dem Fahrrad gestürzt. Mama wollte, dass sie die große Straße mieden, weshalb sie kleine Schleichwege genutzt hatten. Hanna hatte am Boden gelegen und geheult. Kristoffer hatte angehalten, war vom Fahrrad gestiegen und hatte sich zu ihr gesetzt. Weil sie sich trotzdem nicht beruhigen wollte, hatte er ihr einen grün schimmernden Käfer gezeigt, der über den Boden gekrabbelt war. Hatte ihr erzählt, dass es sich um einen Genetzten Puppenräuber handelte, der vom Aussterben bedroht sei. Mit ziemlicher Sicherheit das allerletzte lebende Exemplar. Das hatte sie ihren Schmerz vergessen lassen.

Hanna hielt vor Rebeckas Haus und blieb mehrere Minuten einfach im Auto sitzen, ohne zu wissen, was sie tun sollte. Wie als Ausrede machte sie ein Foto vom Haus und schickte es an Rebecka.

Hier ist alles in Ordnung.

Schon nach wenigen Sekunden kam eine Antwort.

Danke, ich weiß. Die Schwiegermutter wirft jeden Tag einen Blick aufs Haus.

Und nach ein paar weiteren Sekunden:

Was machst du in Gårdby?

Hanna dachte einen Augenblick nach, bevor sie antwortete:

Ich bin zufällig vorbeigekommen.

Jemand klopfte gegen die Scheibe, und Hanna zuckte zusammen. Vor ihrem Auto stand ein bärtiger Mann mit einem Fahrrad, der sie anlächelte. Er trug eine Jeans und einen Strickpulli, der über den Brustmuskeln spannte. Es dauerte ein paar Sekunden, bis sie ihn zuordnen konnte. Sie ließ die Scheibe herunter.

»Isak Aulin, nicht wahr?«

Isak nickte. Er war Lehrer an der örtlichen Grundschule, und Hanna hatte ihn im Zuge der Ermittlungen um Joel Forslunds Tod getroffen. Als Erstes war ihr aufgefallen, dass er größer war als sie. Aus dem Ziegenbärtchen war ein Vollbart geworden, was ihm wesentlich besser stand. Der Fahrradhelm drückte sein braunes Haar platt gegen seine Stirn. Er lächelte sie noch mal an, und was das Lächeln in ihr auslöste, brachte Hanna ein bisschen aus dem Konzept. Sie suchte nach etwas angemessen Nettem, was sie sagen könnte.

»Was machen Sie denn hier?«

»Ich wohne nicht weit von hier«, antwortete Isak. »Und gerade bin ich auf dem Heimweg. Als ich Ihren Wagen gesehen habe, dachte ich, ich kann vielleicht irgendwie weiterhelfen. Ich habe von dem vermissten Mann und seinem Sohn gehört.«

»Danke, aber das ist nicht nötig«, sagte Hanna. »Ich bin nicht beruflich hier, ich habe nur mal nach dem Haus gesehen.«

»Wie geht es ihnen?«

»Gut, gut«, sagte Hanna.

Weil man das eben so sagte. Sie glaubte nicht, dass Isak Rebecka sonderlich gut kannte, aber sicher war sie nicht.

»Na ja, so ganz stimmt das vielleicht doch nicht«, fügte sie hinzu. »Aber besser auf jeden Fall.«

Isak schaute sie an, das Lächeln umspielte noch immer seine Mundwinkel.

»Ich muss jetzt los«, sagte Hanna.

»Dann bis bald vielleicht«, sagte Isak.

Hanna nickte, ließ aber schon das Fenster hoch und fuhr schnell los.

Dann bis bald vielleicht. Sie drehte und wendete seine Worte. Wieso hatte er das so gesagt? Und dann noch auf diese leicht amüsierte Art? Hanna betrachtete sich kurz im Rückspiegel, aber sie sah aus wie immer. Hatte keinen Fleck im Gesicht.

Bei der Kirche bog sie nach Westen ab, obwohl diese Route etwas länger dauerte, aber sie wollte so schnell wie möglich fort von Gårdby.

An jenem Sommertag vor dreißig Jahren hatten sie die Räder nach Hause geschoben. Dann hatte ihre Mutter ihr Knie mit einem Pflaster verarztet und später noch Zimtschnecken aufgetaut. Sie hatten sie zu viert am Esszimmertisch gegessen, und ihr Vater hatte jede Gelegenheit genutzt, ihre Mutter beiläufig zu berühren. Ihren Verlust hatte er nie verschmerzen können, und trotzdem wünschte Hanna sich nichts mehr als einen Menschen, der sie so berührte. Aber Isak? Sie kannte ihn ja kaum. Schon hatte sie sein Lächeln wieder vor Augen, weshalb sie nur noch mehr aufs Gaspedal trat.

14

Als Hanna nach Kleva einbog, sah sie ihre Nachbarin Ingrid die Dorfstraße entlanggehen. Heute Abend waren sicher alle draußen unterwegs, um sich zu bewegen. Ingrid trug einen Anorak zum Schutz vor dem heftigen Wind, das silbergraue Haar, das über den Sommer sehr lang geworden war, trug sie zu einem Zopf gebunden. Hanna hielt neben ihr und ließ das Fenster runter.

»Kommst du von der Arbeit?«, fragte Ingrid.

»Ja, ist alles ein bisschen viel wegen des vermissten Jungen und seines Vaters.«

Und einem Lehrer aus Gårdby, aber das Letzte sprach sie nicht laut aus. Sie war völlig fertig nach dem Besuch in ihrem Heimatort. Isak hatte eine Sehnsucht in ihr geweckt, mit der sie sich gerade nicht befassen konnte. Ihr Elternhaus zu sehen, hatte sie schwerer getroffen, als sie geahnt hatte. So eine tiefe Kluft zwischen dem Leben, wie es dort einmal gewesen war und wie es sich seither entwickelt hatte.

»Das kann ich mir vorstellen«, sagte Ingrid. »Ich war heute extra lange spazieren, aber ich habe leider nichts gesehen, was für euch von Interesse sein könnte.«

Ingrid war jeden Tag viel an der frischen Luft unterwegs,

genau wie Hanna. Manchmal gingen sie auch zusammen. Für ihre einundachtzig war Ingrid noch sehr rüstig, auch wenn sie ein Problem mit der Hüfte hatte. Hannas Handy vibrierte. Ove teilte mit, dass ein Streifenwagen in Timmernabben gewesen war und das Ferienhaus leer vorgefunden hatte.

»Hast du schon was gegessen?«, fragte Ingrid.

Hanna schüttelte den Kopf. Seit dem Lachssalat im *Kvarnkrogen* hatte sie nur noch Kaffee zu sich genommen. Ingrid öffnete die Beifahrertür und stieg ein.

»Wenn du noch mit zu mir kommst, wartet noch etwas Hackbraten mit Kartoffeln auf dich.«

»Das klingt ganz großartig.«

Konnte Isak gut kochen? Bei der Frage schoss ihr die Farbe in die Wangen. Ingrid schaute sie komisch von der Seite an, aber Hanna ignorierte das.

Hanna parkte den Wagen vor ihrem Haus, und dann gingen sie gemeinsam zu Ingrid. Alles bei ihr war ungefähr doppelt so groß wie bei Hanna. In der Küche stand eine alte Vitrine, und an den Wänden hingen Kupfergeschirr und handbemalte Porzellanteller. Auf Hanna warteten nicht nur Hackbraten und Kartoffeln, sondern außerdem braune Soße, Preiselbeerkompott und eingelegte Gurken. Und ein Glas Milch. Sie brauchte nur wenige Minuten, um alles aufzuessen.

»Mehr habe ich leider nicht«, sagte Ingrid.

»Danke, es war superlecker. Und mehr würde ich sowieso nicht runterkriegen.«

Trotz Ingrids Protest brachte Hanna ihren leeren Teller zur Spüle und wusch ihn ab. Ingrid hatte keine Spülmaschine. Dabei musste sie wieder an Isaks Lächeln denken, und diesmal schlug ihr Herz kurz schneller. Hanna wollte nur, dass es verschwand.

»Was weißt du über Thomas Ahlström?«, fragte sie.

Sie erkundigte sich für gewöhnlich bei Ingrid, wenn jemand von Öland für laufende Ermittlungen relevant war.

»Nicht viel.«

Ingrid stand auf und öffnete einen der Küchenschränke, holte zwei große Teetassen mit Blumenmuster heraus und stellte sie auf ein Tablett. Dann hängte sie Teebeutel hinein. Hanna streckte sich derweil nach dem Wasserkocher und befüllte ihn mit Wasser.

»Und das heißt?«, fragte sie.

»Eine Frau aus meiner Nähgruppe hat mal neben einem Mädchen gewohnt, das mit ihm zusammen war.«

»In Grönhögen?«

»Ja, genau.«

Ingrid wühlte in der übervollen Vorratskammer und förderte Biscotti zutage, die sie in eine Schale füllte.

»Und was konnte sie über ihn erzählen?«, fragte Hanna.

Das Wasser kochte, also goss sie es über die Teebeutel.

»Dass er als junger Mann Ärger gemacht hat, sich das aber wohl verwachsen hat.«

»Inwiefern war er schwierig?«

»Er hat sich rumgetrieben und zu viel getrunken. Es tut mir sehr leid, das ist alles nur Tratsch, nichts Konkretes.«

Sie wechselten aufs Sofa im Wohnzimmer. Die Beschreibung traf auf ziemlich viele gelangweilte Jugendliche der Insel zu. Ingrid griff zu den Biscotti und tunkte eins in den Tee.

»Ist was passiert?«, fragte sie.

»Was meinst du?«

»Du wirkst bedrückt. Mir ist schon klar, dass es nicht leicht ist, wenn ein Kind und sein Vater vermisst werden, aber liegt dir sonst noch was auf dem Herzen?«

Hanna trank einen Schluck Tee. Über Isak und die brennende Sehnsucht nach dem, was ihre Eltern gehabt hatten, wollte sie nicht sprechen. Aber das war sicher auch nicht der Anlass für Ingrids Frage, sondern eher die immerwährende Trauer, die Isak gestreift hatte. Ihre Einsamkeit. Weil sie ihre beiden Eltern verloren hatte und in gewissem Sinne auch ihren Bruder. Ingrid wusste, dass sie die Ermittlungsakte gelesen hatte. Dass es starke Beweise für Lars' Schuld gab. Aber Hanna wusste nicht, ob sie schon bereit war, ihre neuesten Erkenntnisse zu teilen. Sie trank noch einen Schluck Tee. Pustete darauf, obwohl das gar nicht mehr nötig war. Langsam stellte sie die Tasse ab.

»Ich habe gestern Gunnar getroffen, einen Freund meines Vaters«, sagte sie dann.

»Und …?«, sagte Ingrid gedehnt, weil Hanna nicht weitersprach.

»Er behauptet, Papa hätte jemanden geschützt.« Hanna starrte dabei den Tee an, richtete ihre Worte auf die dunkle Flüssigkeit. »Und der Einzige, der da infrage käme, abgesehen von mir, ist …«

Weiter kam sie nicht, sie konnte es einfach nicht aussprechen, aber es war auch gar nicht nötig.

»Dein Bruder«, vervollständigte Ingrid den Satz.

»Ja, aber ich glaube das ehrlich gesagt nicht«, warf Hanna schnell ein. »Vielleicht hat Gunnar das nur gesagt, um sich selbst zu schützen.«

Ingrid betrachtete sie, und Hanna gefiel ihr zweifelnder Blick nicht.

»Gunnar hat Kristoffer nie gemocht«, fuhr sie fort, um den Zweifel auszumerzen.

Ingrid griff zu einem weiteren Biscotti, tunkte ihn in den Tee und kaute langsam darauf herum, während sie offenbar etwas mit sich selbst diskutierte.

»Du solltest noch mal mit Esters Tochter sprechen«, sagte sie dann.

»Warum?«

»Ich glaube, sie weiß mehr über die Hintergründe des Mordes, als sie bisher zugegeben hat.«

Maria gehörte zu den letzten Menschen, mit denen Hanna sprechen wollte. Ihr Besuch bei Maria im Frühjahr war furchtbar gewesen. Maria hasste sie für die Tat ihres Vaters. Vielleicht hatte ja doch Maria die anonyme Mail geschrieben. Vielleicht hatte sie gehofft, dass Hanna deshalb gekündigt wurde. Dass sie wieder nach Stockholm zog.

»Und du solltest definitiv mit Kristoffer sprechen.«

Hanna wusste, dass sie mit Kristoffer sprechen musste, trotzdem schob sie es vor sich her. Musste wieder daran denken, wie er damals so geduldig neben ihr gesessen und gewartet hatte, bis sie sich beruhigte. Wie er sie abgelenkt hatte, damit sie zu weinen aufhörte.

Hanna blieb fast eine Stunde bei Ingrid und erzählte von den Ermittlungen und ihrem Bruder. Ingrid wiederum berichtete von ihrer Enkelin, die, nachdem sie mit dem Studium beinahe fertig war, nun plötzlich zweifelte, ob sie das richtige Studienfach gewählt hatte. Immerhin hatte Ingrids Sohn vorerst aufgehört, seine Mutter davon überzeugen zu wollen, in ein Altersheim umzuziehen. Schließlich hatte Ingrid sie aufgefordert, nach Hause zu gehen, schließlich habe sie Wichtigeres zu tun, als mit ihrer alten Nachbarin zu tratschen.

Hanna blieb in ihrem kleinen Flur stehen, schaute zur Duschkabine. Aber wenn sie jetzt duschte, würde das Telefonat nie zustande kommen. Also griff sie zu ihrem Handy und wählte Kristoffers Nummer. Seine bedächtige Begrüßung beschleunigte ihren Herzschlag.

»Ich habe die Ermittlungsakten gelesen«, sagte sie, während sie ins Wohnzimmer ging, das gerade mal Platz für ein Sofa und einen Fernseher bot.

»Welche Ermittlungsakten?«

»Die zum Mord an Ester Jensen.«

Das folgende Schweigen glich einem zugefrorenen Meer. Hanna starrte die hellgraue Tapete an. Es war gut gewesen, dass sie sich gegen ein Muster entschieden hatte, weil sie es nicht geschafft hatte, die Bahnen gerade an die Wand zu bringen.

»Wozu?«, fragte Kristoffer irgendwann.

Hanna ignorierte die Frage.

»Etwas stimmt nicht. Papa war nicht gewalttätig. Er hätte sie niemals so zusammengeschlagen.«

Ihr Blick wanderte zum Sofa, aber statt sich hinzusetzen, ging Hanna davor auf und ab.

»Er hatte Seiten, die du nicht kanntest«, sagte Kristoffer.

Hanna war wieder fünf und saß mit einer Zimtschnecke am Küchentisch. Darunter suchten sich Papas Füße zu Mamas Füßen.

»Was soll das heißen?«, fragte sie.

»Genau das, was ich gesagt habe.«

Hanna wurde für gewöhnlich nicht laut, diesmal aber doch:

»Und was ist mit dir? Was hast du für Seiten, die ich nicht kenne?«

Sie konnte es einfach nicht ertragen, dass Kristoffer selbst die wenigen guten Erinnerungen, die sie sich an ihren Vater hatte bewahren können, zerstören wollte. Wieder herrschte Schweigen zwischen ihnen, und dadurch fühlte ihr Bruder sich nur noch entfernter an.

»Ich habe mich gestern mit Gunnar getroffen«, fuhr sie fort, ihr Ton deutlich schärfer als geplant. »Und er hat gehört, wie Papa sagte, dass er *ihn nicht hätte schützen sollen.*«

Hanna wünschte, dass Kristoffer alles abstritt, wütend wurde, ihr erklärte, wie alles tatsächlich zusammenhing. Aber das tat er nicht. Er fing an zu weinen. Abgehackt und schluchzend. Ihre Wut löste sich in Luft auf.

»Aber Kristoffer, was ist denn?«, fragte sie.

Doch ihr Bruder antwortete nicht. Er legte auf. Hanna starrte das Telefon an und versuchte zu begreifen, was da gerade geschehen war.

DIENSTAG, 20. AUGUST

15

Hanna touchierte fast einen schwarzen Volvo. Nachdem sie den Motor abgestellt hatte, blieb sie noch im Auto auf dem Parkplatz vor der Polizeiwache sitzen. Sie hatte es sofort noch einmal bei Kristoffer probiert, hatte gedacht, das Gespräch wäre durch äußere Umstände beendet worden, aber er war nicht noch einmal drangegangen. Das Weinen ihres Bruders hatte sie erschüttert. Sie hatte ihn erst zweimal zuvor weinen hören: als Papa ihnen erzählt hatte, dass Mama krank war, und bei ihrer Beerdigung. Seine Reaktion hatte die Verteidigung eingerissen, die Hanna so sorgfältig aufgebaut hatte. Vielleicht war ja doch etwas Wahres an dem, was Gunnar gesagt hatte.

Nein, ihr Vater hatte den Mord nicht auf sich genommen, um Kristoffer zu decken.

Hanna hieb mehrfach mit der flachen Hand auf das Steuer und schrie laut. Eine Frau, die sich durch die geparkten Wagen fädelte, schaute durchs Fenster, und Hanna versuchte, sie anzulächeln, aber spürte selbst, wie sie scheiterte. Die Frau kam ihr vage bekannt vor, und Hanna schätzte, dass sie auch bei der Polizei arbeitete. Mit einem leichten Kopfschütteln eilte die Frau weiter.

Statt weiter auf das Steuerrad einzuprügeln, drückte Hanna sich die Fingernägel in die Handflächen. Jetzt konnte Ove mit einer weiteren empörten Mail rechnen, einer, die diesmal sogar zutraf.

Hanna schaute zum Polizeirevier, die Frau näherte sich dem Eingang. Nein, sie musste sich jetzt auf die Ermittlungen konzentrieren. Auf der Titelseite der *Barometern* prangte heute Morgen die Frage: *Wo sind Thomas und Hugo?* Ein Journalist vom *Expressen* hatte sie angerufen und wollte einen Kommentar. *Rufen Sie in der Pressestelle an*, hatte sie nur gesagt und aufgelegt.

Sie wollte Kristoffer so viel fragen, denn nichts passte zusammen. Die Vorstellung, dass er Ester Jensen erschlagen haben sollte, erschien ihr ebenso unglaublich wie die Annahme, dass ihr Vater der Täter war. Kristoffer war auch nie gewalttätig gewesen. Zumindest nicht soweit sie wusste. Es machte sie so ungeheuer wütend, dass er nicht mit ihr sprechen wollte. Gleichzeitig hätte sie das Gespräch auch besser angehen können. Hanna wünschte, sie hätte sich nicht im Ton vergriffen, außerdem hätte sie vermutlich ganz andere Fragen stellen sollen.

Ihr Handy klingelte. Hanna hoffte, dass es Kristoffer war. Wie viele Nachrichten hatte sie ihm gestern noch hinterlassen? Sicher fast zehn. Sowohl Sprachnachrichten als auch SMS. Aber die ihr unbekannte Nummer war schwedisch. Vielleicht ein weiterer Journalist, dachte sie und drückte auf den grünen Hörer.

Nichts als Schluchzen war zu hören, und sofort umklammerte die Panik ihren Brustkorb. Fingen jetzt die Drohungen doch wieder an?

»Hallo?«, flüsterte sie.

»Er ist tot«, sagte eine helle Stimme abgehackt.

»Wer ist tot?«

»Thomas. Oh, mein Gott, er … Er liegt am Boden.«

Hanna war so, als würde sie die Stimme erkennen, aber sicher war sie sich nicht.

»Entschuldigen Sie bitte, aber wer spricht da?«

»Selene Friberg von Fribergs Immobilien.«

»Selene«, sagte Hanna, weil es oft beruhigend wirkte, mit dem Vornamen angesprochen zu werden. »Wo liegt Thomas?«

»Am Boden.«

»Ja, das sagten Sie bereits. Aber wo am Boden?«

»In einem Haus in Södra Möckleby.«

Hanna schluckte.

»Und Hugo?«

»Ich weiß es nicht …« Selene schluchzte wieder. »Ich weiß nicht, wo er ist. Oh, mein Gott.«

»Was machen Sie in dem Haus?«

Erst als sie die Frage wiederholt hatte, bekam sie eine Antwort.

»Die neuen Eigentümer kommen heute. Ich wollte schauen, ob auch alles in Ordnung ist.«

»Dann ist es ein Haus, das durch Fribergs Immobilien verkauft wurde?«

»Ja.«

»Sind Sie noch im Haus?«

»Nein, es war zu schlimm. Ich konnte einfach nicht …«

»Warten Sie bitte davor«, sagte Hanna. »Die Kollegen sind unterwegs.«

Kaum hatte Hanna aufgelegt, rief sie bei Ove an, damit er so schnell wie möglich einen Streifenwagen und die Kriminaltechnik hinschickte. Am liebsten wäre sie selbst sofort zu der Adresse gefahren, die Selene ihr gegeben hatte, aber Ove wollte, dass sie sich erst kurz besprachen. Dass Thomas nun tot aufgefunden worden war, gab den Ermittlungen eine andere Richtung. Außerdem hatte Ove etwas Neues erfahren, das er nicht übers Telefon durchgeben wollte.

Als Hanna ins Dienstzimmer kam, waren schon alle da außer Carina. Die Verbissenheit auf den Gesichtern der Anwesenden verriet Hanna, dass Ove sie schon über ihr Gespräch mit Selene in Kenntnis gesetzt hatte.

»Was gibt es sonst Neues?«, fragte Hanna.

Sie blieb in der Tür stehen, weil sie noch immer sofort loswollte.

»Ja, also, ich sollte mir ja Thomas Ahlströms Tochter Lykke Henriksen mal näher ansehen«, sagte Daniel. »Sie hat im Frühjahr ihr Biologiestudium in Uppsala abgeschlossen. Ich habe mit dem Studiengangsleiter gesprochen. Es gab einen Konflikt zwischen ihr und einem der Dozenten.«

»Worum ging es bei dem Konflikt?«, fragte Hanna.

Ove zog einen Stuhl für sie hervor, also ging sie zu ihm und setzte sich.

»Er riss sich nicht gerade darum, darüber zu sprechen«, sagte Daniel. »Sie soll einen Dozenten geschlagen haben. Bei ihm zu Hause.«

»Bei ihm zu Hause?«, fragte Amer.

»Ja, genau das habe ich auch gefragt. Offenbar war dies nicht der einzige Zwischenfall dieser Art. Ohne das Wort zu benutzen, hat er sie praktisch als Stalkerin beschrieben. Ich wollte auch noch mit dem betreffenden Dozenten sprechen.«

»Gut«, sagte Ove. »Weiter so.«

Daniel schien angesichts des Lobs etwas verlegen, dabei war Ove schon einen Schritt weiter.

»Wir haben Thomas Ahlströms Handydaten bekommen«, sagte er. »Ich habe eine Spezialistin gebeten, die Anrufliste durchzugehen. Die Angaben der Ehefrau zu ihrem letzten Telefonat stimmen zumindest zeitmäßig.«

»Ortungsdaten?«, fragte Erik.

»Der letzte Funkmast, an dem das Handy sich ins Netz eingewählt hat, war der in Södra Möckleby«, sagte Ove. »Hoffentlich ist es also noch am Tatort. Mittlerweile haben wir auch die Bankbewegungen. Die werden auch schon analysiert.«

»Hast du schon mit Hektor Friberg gesprochen?«, fragte Hanna Erik.

Dieser schüttelte den Kopf. Weil Thomas in einem Haus gefunden worden war, das die Maklerfirma vermittelt hatte, war es noch einmal umso wichtiger, Hektor endlich zu erreichen. Außerdem mussten sie dringend mit Selene sprechen. Jenny Ahlström glaubte schließlich, dass sie es war, mit der ihr Mann Probleme hatte.

»Es sind ein paar Hinweise eingegangen«, sagte Ove. »Die einzig sichere Aussage stammt von einer Frau, die Thomas und Hugo am Sonntag auf einem Spielplatz in Skogsby gesehen hat. Hugo ist im Sandkasten fast an etwas erstickt.«

»Fast?«, fragte Hanna.

»Ja, die Frau erinnerte sich an die beiden, weil die Situation so dramatisch gewesen war. Aber Thomas hat alles aus ihm rausgeklopft, und dann haben sie weitergespielt. Sie haben den Spielplatz um kurz nach elf verlassen.«

»Laut Jenny Ahlström waren Thomas und Hugo in Skogsby, als sie zuletzt telefoniert haben, aber das war doch nachmittags gegen halb drei.«

»Merkwürdig«, sagte Amer. »War er zweimal da oder hat er gelogen?«

»Ich fordere weitere Bewegungsdaten an«, sagte Ove.

»Wie gehen wir vor, um Hugo zu finden?«, fragte Daniel.

Da seine Mutter und Thomas Ahlström verwandt waren, standen er und Hugo in einem bestimmten Verwandtschaftsverhältnis. Aber wie hieß das noch gleich? Es gab ein Wort dafür, aber Hanna kam nicht darauf. Ove nahm eine andere Haltung ein.

»Ich habe drei Streifenwagen losgeschickt«, sagte er. »Zwei der Kollegen sollen das Haus durchsuchen, die anderen vier die Umgebung. Wenn wir Glück haben, steht das Auto dort. Und wenn nicht …«

Ove seufzte schwer. Seine Enkelin Penny war etwa so alt wie Hugo.

»Mein Großvater hat übrigens Thomas Ahlströms Vater erreicht«, sagte Daniel. »Seinen Cousin, also.«

»Hat er etwas erfahren?«, fragte Ove.

»Thomas' Vater sagte, O-Ton: *Wir hatten immer nur Ärger mit dem Jungen, und jetzt das.* Aber das war ja noch, als der Sohn nur als vermisst galt.«

Das Wort Ärger hatte Ingrid auch verwendet.

»Darf ich jetzt nach Södra Möckleby fahren?«, fragte Hanna. Sie hatte lange genug hier gesessen und zugehört. Sie wollte Thomas sehen. Nur so konnte sie einen ersten Eindruck davon gewinnen, was passiert war. Wie sie Hugo finden konnten.

»Ja. Du und Erik – fahrt hin, schaut euch am Fundort um, aber danach müsst ihr Jenny Ahlström informieren. Ich kontaktiere die Polizei in Växjö, damit sie seine Eltern in Kenntnis setzen, sobald ihr bekräftigen könnt, dass er es ist. Die Kollegen müssen sie mit dem konfrontieren, was der Vater angeblich gesagt hat. In der ersten Vernehmung ist nichts dergleichen zur Sprache gekommen.«

Oves Handy klingelte, und nach einem kurzen Blick auf die Nummer ging er dran. Die Falte zwischen seinen Augenbrauen vertiefte sich weiter, während er lauschte.

»Laut der ersten Streife vor Ort wurde Thomas Ahlström ermordet«, sagte Ove. »Sie haben das Haus einmal schnell durchsucht, aber von Hugo fehlt leider jede Spur.«

16

Erik betrachtete durch die Windschutzscheibe die Laternenmasten und das Brückengeländer, das an ihnen vorbeirauschte. Bis zum Morgen hatte er hoffen können, dass Thomas und Hugo noch auftauchten. Dass sie aus freien Stücken aufgebrochen waren. Auch wenn nichts als das fehlende Auto dafürgesprochen hatte. Andererseits hatte aber auch nichts auf ein Verbrechen hingedeutet, abgesehen von der Strafbarkeit der Kindesmitnahme. Er verjagte die Vorstellung eines toten kleinen Jungen. Kinder und Tod gehörten nicht zusammen, so war das einfach. Es bestand immer noch die Möglichkeit, Hugo lebend zu finden.

Das Handy vibrierte in seiner Tasche, und er holte es umständlich heraus. Supriya hatte ihm ein Foto geschickt, das vorm Lilavati Hospital in Mumbai aufgenommen worden war. Sie und Nila standen davor, Aavika zwischen sich.

Alles in Ordnung, schrieb sie.

Schön.

Gerade als Erik die Antwort absenden wollte, zog Hanna auf die Überholspur, um an einem Saab vorbeizukommen, musste aber sofort wieder einscheren, weil ein schneller Wagen von hinten heranschoss.

»Keine Panik, alles unter Kontrolle.«

»Ich habe nichts gesagt.«

»Nein, aber gedacht.«

Erik schüttelte den Kopf. Hanna hatte schon wieder auf die Überholspur gewechselt, versuchte aber nicht, mit dem schnellen Wagen mitzuhalten.

»Was hast du gestern noch gemacht?«, fragte sie.

»Mit Nila und Supriya per Video gechattet«, sagte er und schickte endlich die SMS ab. »Dann hab ich was gegessen, ein paar Gitarrenvideos geschaut und bin dann noch los, um ein Bier zu trinken.«

Das war ein richtig schöner Abend gewesen. Überwiegend wegen des Videochats. Der Zeitunterschied erschwerte solche Vorhaben immer, aber gestern hatte Nila lange aufbleiben dürfen. Hauptsächlich hatte Nila von dem Affen erzählt, der ihre Sonnenbrille geklaut hatte.

Das Bier hatte er im *Slipkajen* getrunken, Varvsholmens derzeit einzigem Restaurant. Die Angestellten dort kannten ihn, und er mochte, dass sie ihn so herzlich begrüßten und ein paar Worte mit ihm wechselten. Außerdem hatte er lange mit seinem zehn Jahre älteren Bruder telefoniert, der überlegte, seinen Job als Polizist an den Nagel zu hängen. Er war sogar schon zu einem Vorstellungsgespräch gewesen für einen Vertretungsjob als Sportlehrer. Ihr Vater war pensionierter Polizist, genauso ihr Großvater und auch ihre Schwester. Einzig deren Zwillingsbruder hatte eine andere Richtung eingeschlagen und war Grafikdesigner geworden. Erik schaute auf sein Handy. Supriya hatte nichts weiter geschrieben.

»Und du?«, fragte er dann.

Hanna verspannte sich ein bisschen, als wäre das eine heikle Frage. Aber weshalb hatte sie selbst sie ihm dann gestellt?

»Ich war eine Weile bei meiner Nachbarin Ingrid«, sagte sie.

»Und dann?«

»Dann habe ich Kristoffer angerufen.«

Gestern hatte Hanna von den Ermittlungen gegen ihren Vater und dem Treffen mit seinem Freund Gunnar erzählt. Dass sie das Thema von sich aus anschnitt, zeigte Erik, wie weit sie gekommen waren. Also nahm er sich vor, besser auf diese Vertrauensbeweise zu reagieren, als er das bisher getan hatte.

»Wie ist das gelaufen?«, fragte er.

»Ich hab ihn zum Weinen gebracht, und dann hat er einfach aufgelegt.«

Hanna bog auf die 136 Richtung Süden, und Erik betrachtete sie, um sicherzugehen, dass das kein Scherz gewesen war.

»Was hast du denn gesagt?«

»Nur wiederholt, was Gunnar mir erzählt hat.«

Erik schaute wieder zu Hanna. Saß sie nicht etwas näher am Steuer als üblich? Er wollte so gern etwas Kluges sagen, etwas, um sie aufzubauen, aber er musste sich eingestehen, dass das gar nicht möglich war. Alles, was ihm einfiel, klang unzureichend oder albern.

»Ich weiß offen gestanden nicht, was ich sagen soll.«

Hanna lachte und lehnte sich im Sitz zurück.

»Das zuzugeben ist dir sicher nicht leichtgefallen.«

»Nein.«

Für den Rest der Fahrt nach Södra Möckleby zwang er sich, den Mund zu halten, weil er deutlich spürte, dass Hanna das gerade brauchte.

Das Haus, in dem Thomas Ahlström gefunden worden war, lag in der Kurve einer langen Straße. Das Nachbargrundstück war nicht bebaut, es schlossen direkt Felder an. Im unteren Teil der Straße zeichnete sich die Silhouette einer Windmühle ab. Hanna parkte hinter einem der Streifenwagen. Kaum waren sie ausgestiegen, kam schon ein Kollege herbei.

»Leider gibt es immer noch keine Spur von dem Jungen, und von dem Auto auch nicht«, sagte er.

»Wie weit seid ihr mit der Suche schon gekommen?«, fragte Erik.

»Bislang waren wir erst in den angrenzenden Straßen, aber wir sind noch dran. Und dann klappern wir alle Nachbarn ab.«

»Wo ist Selene Friberg?«, fragte Hanna.

»Sie sitzt in der Hollywoodschaukel auf …«

Weiter kam er nicht, denn da bog Selene schon um die Hausecke. Erik schaute sich um. Ein Mann zog sich schnell hinter seine Gartenhecke zurück, andere waren nicht ganz so bemüht darum, nicht neugierig zu wirken. Ein alter Mann war sogar bis auf die Straße gekommen, um besser sehen zu können, aber immerhin filmte er nicht. Sie mussten sich hier beeilen, damit sie Thomas' Frau Jenny möglichst bald in Kenntnis setzen konnten.

Sie gingen Selene entgegen und zogen sich in den hinteren Teil des Grundstücks zurück, um sich vor den neugierigen Blicken der Nachbarn zu schützen. Erik wollte erst mit Selene sprechen, bevor sie ins Haus gingen. Die Kriminaltechnik war schon vor Ort, und sie mussten erst mal ungestört arbeiten können.

»Warum sind Sie hergekommen?«, fragte Hanna.

»Was meinen Sie?«

Selenes Unterlippe zitterte. Ihr Gesicht war völlig verquollen. Heute trug sie statt der feinen Stoffhose einen Rock, aber die weiße Bluse war offenbar noch dieselbe, nur etwas zerknittert.

»Sie haben gesagt, dass Sie nachschauen wollten, ob alles in Ordnung ist«, sagte Hanna. »Machen Sie das immer?«

Mit einem Schluchzen wandte Selene sich ab, schaute zum Haus, doch Hanna streckte den Arm aus und berührte sie, damit sie sich wieder auf sie konzentrierte.

»Manchmal. Es kommt darauf an.«

»Worauf?«

»Nicht jeder Verkauf läuft gleich. In diesem Fall wohnen die Verkäufer in Spanien und die Käufer in Oskarshamn. Da läuft vieles auf Entfernung.«

Selene schaute wieder zum Haus, aber gleich wieder zurück zu ihnen. Sie wirkte verwirrt, so als wären sie aus dem Nichts vor ihr aufgetaucht.

»Hatten Sie Grund zur Annahme, dass mit dem Haus was nicht stimmt?«, fragte Hanna.

»Nein, aber …«

Selene schlug die Hände vors Gesicht, murmelte dahinter:

»Was hab ich nur getan?«

»Selene«, sagte Erik streng.

Sie schaute ihn an, das Gesicht starr vor Schreck.

»Ich hatte Angst, dass ich nicht hereinkomme.«

»Hatten Sie denn keinen Schlüssel?«, fragte er.

Selene ließ die Hände sinken, zupfte dann ihre Bluse zurecht.

»Nein, den hätte ich heute dem Käufer übergeben sollen, aber …«

Wieder wandte sie sich dem Haus zu.

»Was ist mit dem Schlüssel passiert?«, fragte Erik.

Selene drehte sich hastig zu ihnen um.

»Wie spät ist es?«

»Was ist mit dem Schlüssel passiert?«, wiederholte Erik.

»Ich … ich habe ihn Thomas gegeben.«

Kaum hatte Selene das ausgesprochen, bog ein großer weißer Umzugswagen in die Straße.

17

Der Wasserdruck in der Dusche war erbärmlich, aber Lykke hatte es noch nicht geschafft, sich darum zu kümmern, wusste nicht mal, ob sich überhaupt was daran machen ließ. Sie schloss die Augen und reckte das Gesicht in den kalten Strahl. Versuchte zu genießen, dass der nächtliche Schweiß weggespült wurde. Ihr Körper wehrte sich gegen die derzeitige Behandlung. Erst in den frühen Morgenstunden war sie eingenickt und hatte dann bis weit in den Vormittag geschlafen.

Lykke stellte das Wasser ab und griff nach dem Handtuch. Dabei warf sie durch das kleine Fenster einen Blick zum Meer. Dies war der erste Tag im Haus, den sie nicht mit einem Sprung in den Kalmarsund eingeleitet hatte. Nachdem sie sich in den dünnen Seidenbademantel gewickelt hatte, ging sie in die Küche und startete die Kaffeemaschine. Tief in ihrem Innern wusste sie, dass sie aufhören musste, bevor sie es zu weit trieb. Bevor sie nicht wieder zurückfand. Aber gerade war sie es nicht wert, dass es ihr gut ging. Während sie wartete, bis der Kaffee fertig war, setzte sie sich an den Küchentisch.

Was sie brauchte, war eine Zukunft. Etwas, nach dem sie sich sehnte. So, wie sie sich nach einem Vater gesehnt hatte.

Lykke betrachtete den Laptop, der vor ihr auf dem Tisch lag. Mit einem Seufzer reckte sie sich danach. Erst mal reichte vielleicht auch ein Grund, um morgens aufzustehen. Sie loggte sich bei der Arbeitsagentur ein und scrollte sich durch die Angebote.

Verkäuferin. Wieso nicht? Lykke klickte auf die Anzeige, es ging um einen Job bei einem Bekleidungsgeschäft in Kalmar. Sofort meldeten sich die negativen Gedanken und störten. Das war zu weit von Grönhögen. Außerdem wollten sie jemanden mit Erfahrung, die sie nicht hatte. Sie wusste eine Menge über Schmetterlinge, aber nicht, wie man eine Kasse bediente.

»Aber ich habe eine schnelle Auffassungsgabe«, sagte sie laut.

Sah sich selbst beim Bewerbungsgespräch gegenüber einer schön gekleideten Frau, die nachsichtig lächelte, während sie kritisch ihre kaputte Jeans und das dreckige T-Shirt begutachtete. Die Waschladung, die sie gestern angestellt hatte, lag noch in der Maschine. Lykke klickte die Anzeige weg und las weiter. Der ambulante Pflegedienst in Mörbylånga suchte Leute, aber den lieben langen Tag von Alten und Sterbenden umgeben zu sein, das würde sie nicht überstehen. Am liebsten würde sie in einem Bereich arbeiten, der zumindest entfernt mit dem zu tun hatte, womit sie sich so viele Jahre an der Uni beschäftigt hatte.

Der Kloß in ihrem Hals wuchs. Die Erinnerung an seine plötzliche Wut war wieder da. Er hatte sie gegen die Wand gepresst, und sie hatte nach etwas getastet, mit dem sie sich hatte wehren können.

Er hatte etwas falsch gemacht. Nicht sie.

Lykke stand auf und füllte eine der Tassen vom Abtropfständer mit frischem Kaffee. Es gab eine Spülmaschine, die benutzte sie aber nicht, wenn sie allein hier wohnte.

Sie schaute von der Tasse zum Küchentisch. Es wirkte unmöglich, sie dorthin zu bekommen. Sie hasste es, wenn es ihr so ging. Alles war mit Widerstand verbunden. Stillsitzen. Etwas tun. Dann wanderte ihr Blick zum Küchenschrank, eine leise Stimme flehte, sie möge doch wenigstens einen Cracker essen. Seit der Clementine am Sonntag hatte sie nichts gegessen.

Vorsichtig trank sie einen Schluck Kaffee. Dann noch einen. Er stillte den Hunger zumindest ein bisschen.

Nein, sie würde nichts essen. Nicht jetzt. Das würde nur alles zum Einstürzen bringen.

Die Stimme, die ständig jammerte, dass sie doch was essen solle, fand zudem, dass es nur eins gab, was wirklich helfen würde.

Du musst mit der Polizei sprechen.

»Halt die Fresse!«, schrie Lykke und warf den Kaffeebecher gegen die Wand.

18

Dem plötzlichen Abbremsen des Umzugswagens folgte ein langes Hupen. Hanna fluchte innerlich, jetzt würde selbst der Letzte mitkriegen, dass hier etwas passiert war. Ein Auto scherte hinter dem Umzugswagen aus und blieb daneben stehen, sodass die komplette Straße blockiert war. Der Fahrer sprang heraus.

»Das ist der Käufer«, sagte Selene. »Ich muss mit ihm sprechen.«

»Nein«, sagte Hanna und griff nach Selenes Arm, während Erik auf den Mann zuging.

»Dies ist eine polizeiliche Ermittlung«, fuhr sie fort. »Wir übernehmen das Gespräch mit dem Käufer.«

Selene versuchte, sich loszureißen.

»Wie spät ist es?«, fragte sie erneut. »Sie wollten doch erst um zehn kommen.«

Die Maklerin stand offenbar unter Schock, und Hanna ignorierte ihre Frage nach der Uhrzeit. Das Einzige, was gerade zählte, war, richtig loszulegen. Alles zu geben, um Hugo zu finden.

»Ich muss mit ihm sprechen«, wiederholte Selene und ruckte stärker an ihrem Arm, aber Hanna ließ nicht los.

Sie schaute sich um. Der Kollege, der sie informiert hatte, war längst wieder weg. Im schlimmsten Fall musste sie Erik laut um Hilfe bitten.

»Selene«, sagte sie. »Konzentrieren Sie sich mal auf mich.«

Die Maklerin wandte sich ihr zu.

»Mir ist bewusst, wie schlimm es für Sie gewesen sein muss, Ihren Kollegen tot aufzufinden«, sagte Hanna. »Aber ich brauche jetzt Ihre Hilfe.«

»Wie kann ich helfen?«

»Indem Sie mir ein paar Fragen beantworten. Wie sind Sie ohne Schlüssel ins Haus gekommen?«

»Die Tür war nicht abgeschlossen«, sagte Selene. »Erst war ich echt wütend auf ihn, dann bin ich rein, und da lag er.«

»Warum haben Sie Thomas Ahlström den Schlüssel gegeben?«

Selene konnte sich nicht konzentrieren, ihr Blick wanderte wieder.

»Ist es wirklich schon zehn?«, fragte sie. »Sie sollten erst um zehn kommen.«

Sie schaute den Käufer an, der neben dem Umzugswagen stand und mit Erik sprach. Der Fahrer des Umzugswagens war ebenfalls ausgestiegen. Vorsichtig ließ Hanna Selenes Arm los und verstellte ihr die Sicht.

»Warum haben Sie Herrn Ahlström den Schlüssel gegeben?«, wiederholte Hanna.

»Weil er mich darum gebeten hat«, antwortete Selene.

»Hat er gesagt, wozu er den Schlüssel braucht?«

»Nein. Ich wollte ihn dazu bringen, mir das zu erklären, aber er meinte, er kann nicht. Hätte er es nur mal getan, dann …«

Aber Selene brachte nicht heraus, was das für einen Unterschied gemacht hätte.

»Haben Sie ihm schon vorher mal einen Schlüssel gegeben?«

Selene schüttelte den Kopf. Die beiden Fahrer kehrten in ihre Wagen zurück, und Selenes Aufmerksamkeit ging wieder auf Wanderschaft. Der Pkw startete zuerst und setzte nicht zurück, sondern fuhr weiter geradeaus. Auf der Rückbank saß ein etwa vierjähriges Mädchen, die Hände gegen die Fensterscheibe gepresst. In der einen hielt sie ein heruntergeliebtes Stoffkaninchen. Die Frau saß neben ihr statt auf dem Beifahrersitz. Erik kehrte zu ihnen zurück.

»Was machen sie jetzt?«, fragte Selene.

»Schauen, wo sie die Möbel unterstellen können, und suchen sich ein Hotelzimmer.«

Der Fahrer des Umzugswagens musste zurücksetzen, da er an den vielen Polizeiwagen nicht vorbeikam. Langsam entfernte er sich, bog um die Ecke und fuhr davon.

»Ich habe alles kaputt gemacht«, schluchzte Selene. »Das wird meinen Vater ruinieren.«

Sie schaute zum Haus, von dort über die Felder. Der Wind spielte im Roggen, der vermutlich bald geerntet werden würde. Der Himmel war trostlos grau.

»Gab es einen Konflikt zwischen Ihnen und Herrn Ahlström?«, fragte Hanna.

Selene schüttelte energisch den Kopf.

»Absolut nicht«, sagte sie.

»Laut Aussage Ihres Vaters ist Fribergs ein gut laufender Familienbetrieb«, sagte Hanna. »Aber wie würden Sie die Stimmung beschreiben?«

Selene schluchzte erneut.

»So lala.«

»Könnten Sie das genauer beschreiben?«

»Die Kommunikation zwischen Hektor und meinem Vater läuft nicht gut, und ich verstehe einfach nicht, warum. Papa hat mich immer unterstützt. Manchmal musste ich …«

Zum sicher dritten Mal richtete Selene ihre Bluse.

»Was mussten Sie manchmal?«, fragte Hanna, der es irgendwie gelang, dass man ihr die Ungeduld nicht anhörte.

»Manchmal geht es mir nicht so gut«, sagte Selene.

»Es kann nicht leicht gewesen sein für Herrn Ahlström«, sagte Erik. »Als Einziger im Büro, der nicht zur Familie gehörte.«

»Nein«, stimmte Selene zu. »Hektor war nicht gerade nett zu Thomas, wenn man so etwas über seinen eigenen Bruder sagen darf.«

»Dann kamen Hektor und Thomas also nicht miteinander klar?«, fragte Hanna.

Selene schaute sie fast flehend an, als glaubte sie tatsächlich, sie würden es ihr nachsehen, nicht darauf zu antworten.

»Wir müssen das wissen«, sagte Erik.

»Ja«, flüsterte Selene.

»Wissen Sie, was das Problem war?«

»Thomas hat ihm Geld geschuldet.«

»Wie viel?«

»Ich habe keine Ahnung. Aber ich war sehr wütend auf Hektor. Das hat er doch nur gemacht, um Druck auf Thomas ausüben zu können.«

»Wie hat Thomas sich Hektor gegenüber verhalten?«, fragte Hanna.

»Er hat versucht, ihn zu ignorieren. Aber als ich einmal ins Büro kam, haben sie so heftig gestritten, dass ich dachte, die würden sich gleich prügeln.«

»War Ihr Vater auch da?«

»Nein, keiner von beiden wollte, dass mein Vater was davon mitbekam.«

Selene erschauderte, offenbar ohne es selbst zu merken.

»Darf ich jetzt fahren? Ich möchte nicht länger hier sein.«

»Gleich«, sagte Erik. »Wissen Sie, wo Hektor gerade ist?«

»Wie bitte? Wieso?«

»Wir erreichen ihn nicht und fragen uns, ob Sie wissen, wo er ist.«

»Nein, woher soll ich das wissen?« Selene atmete hektisch ein. »Muss ich das meinem Vater erzählen?«

»Nein«, sagte Hanna. »Das machen wir. Aber zuerst müssen wir Thomas Ahlströms Frau informieren.«

»Was mache ich denn jetzt?«, fragte Selene und klang, als meinte sie damit den Rest ihres Lebens.

»Fahren Sie nach Hause«, sagte Hanna. »Und wenn jemand anruft, gehen Sie nicht dran. Ganz besonders, wenn es ein Familienmitglied ist.«

Weil Selene so mitgenommen wirkte, bot Hanna an, sie zu fahren. Doch sie lehnte ab, und zwingen konnten sie sie auch nicht. Nachdem sie ihrem Wagen nachgesehen hatte, wandte Hanna sich an Erik.

»Was hat der Mann gesagt, der einziehen wollte?«

»Nicht viel. Sie hatten keinen Schlüssel, deshalb waren sie ja hier mit der Maklerin verabredet.« Erik seufzte. »Er wollte wissen, ob er den von uns bekommt.«

Hanna nickte zum Haus.

»Wollen wir …«

Schweigend gingen sie los. Das Erste, was Hanna sah, als sie das Haus betrat, war ein großer Kamin aus weißem Stein. Er lag an der gegenüberliegenden Gebäudeseite in dem Raum, der das

Wohnzimmer sein musste. Die Kriminaltechnik hatte Trittplatten ausgelegt, und die führten in die andere Richtung, zur Küche.

Thomas Ahlström lag seitlich auf dem braunen Linoleum, direkt hinter dem Türrahmen. Sein Gesicht wurde von seinem Arm verborgen. Am einen Zeigefinger klebte ein Kinderpflaster, aber das war wegen des vielen Blutes kaum zu erkennen. Seine Kehle war durchtrennt, und vermutlich hatte er die Hände gegen die Wunde gepresst. Das Blut hatte sich unter seinem Kopf gesammelt, außerdem waren Spritzer am Kühlschrank. Letzterer gehörte zum einzig Neuen der Einrichtung, der Rest war düsteres Siebzigerjahre-Mobiliar.

»Man muss kaum Einstein sein, um zu sehen, dass die Halswunde die wahrscheinliche Todesursache ist«, sagte ein Kriminaltechniker in Schutzmontur. »Die Blutmenge deutet darauf hin, dass er hier gestorben ist.«

»Womit wurde er verletzt?«

»Keine Ahnung. Noch haben wir nichts gefunden, das als Mordwaffe infrage käme, aber irgendwas Scharfes wird es gewesen sein.«

Hanna betrachtete Thomas. Er trug eine Leinenhose und ein graues T-Shirt. Wirkte ein bisschen herausgeputzt. Vielleicht hatte Jenny ja recht, vielleicht hatte er sich besonders zurechtgemacht, um sie abzuholen. Von hier konnte man seine Augen nicht sehen, weil sein Arm so komisch lag. War er so gelandet oder war sein Arm später noch bewegt worden? Aber wenn ja, wozu?

»Könntest du den Arm mal anheben?«, bat sie den Kriminaltechniker.

Sofort starrten sie in Thomas' offene Augen.

Sie waren matt, die Pupillen groß. Sie wusste, dass dies in

keinem Zusammenhang mit dem stand, was er zum Zeitpunkt seines Todes erlebt hatte. Dass sich der Körper veränderte. Trotzdem schien es so: Er sah verängstigt aus. Verzweifelt.

»Schaut euch das mal an«, sagte der Kriminaltechniker.

Hannas Blick folgte seinem Zeigefinger. Entlang des Unterarms verlief eine lange Schnittwunde. Hanna hatte genügend Schnittwunden gesehen, um zu erkennen, dass hier etwas anders war. Sie bat den Kriminaltechniker, den Arm für sie zu halten, und lehnte sich vor. In der Wunde war etwas Schwarzes, fast wie Pulver. Hanna schloss die Augen, um besser nachdenken zu können. Verbannte die Leiche aus ihren Gedanken, damit sie sich ganz auf das dunkle Pulver konzentrieren konnte.

Das musste Ruß sein, dachte sie. Asche. Ihre Großmutter hatte einen Kachelofen in der Küche gehabt, und Hanna hatte es geliebt, danebenzusitzen und Omas Geschichten über Öland zu lauschen.

Hanna öffnete die Augen und ging die wenigen Schritte ins Wohnzimmer. An den weißen Steinen des Kamins fand sich dasselbe schwarze Pulver. Sie schaute sich um. Neben dem Kamin stand eine Garnitur mit Schürhaken und Bürste. Manchmal hatte sie ihrer Großmutter beim Anfeuern oder Reinigen des Ofens geholfen. Zu so einer Garnitur gehörte eigentlich auch eine Schaufel.

19

Nach weniger als zehn Minuten hatten sie das Haus wieder verlassen. Erik trat auf die Veranda und schaute in den Himmel, an dem die Wolken sich um die besten Zuschauerplätze zu drängen schienen. Dies war nun ein Mordfall, und seit Hugo vermisst gemeldet wurde, waren inzwischen über sechsunddreißig Stunden vergangen.

»Wo steckt der Junge nur?«

Offenbar hatte er das laut ausgesprochen, denn Hanna antwortete:

»Ja, du sagst es.«

Er war beeindruckt, weil sie die Asche in der Wunde entdeckt hatte. Die Kriminaltechniker würden nun akribisch Spuren am Kamin sichern und die Garnitur mitnehmen. Wahrscheinlich handelte es sich bei der fehlenden Schaufel um die Mordwaffe. Erik wollte den ehemaligen Eigentümer kontaktieren, damit er ihnen hoffentlich beschrieb, wie das fehlende Stück aussah, nach dem sie nun suchten.

»Was, glaubst du, steckt dahinter?«, fragte er.

»Ich glaube, Ahlström war in irgendwas Kriminelles verwickelt oder untreu«, antwortete Hanna. »Wozu hätte er sonst den Schlüssel gebraucht?«

Während sie zum Auto zurückkehrten, gab Erik ihrem Chef eine kurze Zusammenfassung. Oberste Priorität war jetzt, Thomas Ahlströms Frau vom Tod ihres Mannes zu unterrichten. Erik ging eine ganze Menge durch den Kopf, aber er sprach nichts davon aus. Was vor ihnen lag, ließ sich nicht schönreden. Todesnachrichten zu überbringen, gehörte zum schwersten, was sie in ihrem Job zu tun hatten. Und diesmal war es noch schwieriger. Jenny würde so viele Fragen haben und sie keine Antworten.

Wo war Hugo? Erik starrte aufs Alvar, und doch hatte er nur den ermordeten Thomas auf dem Küchenboden vor Augen. Wie waren er und sein Sohn getrennt worden? Erik griff zu seinem Handy und schickte Supriya ein Herz. Beobachtete die drei blinkenden Pünktchen, bis eine Reihe von unterschiedlichen Gesichtern und Tieren auftauchte. Offenbar hatte Nila antworten dürfen. Wie schön, dass sie da waren, auch wenn gerade so viele tausend Kilometer zwischen ihnen lagen. Aber warum schrieb Supriya nichts?

Hanna parkte vor dem Haus der Ahlströms, und sofort kam Jenny heraus, ganz wie bei ihrem ersten Besuch hier. Sie trug noch die gleichen Sachen, die Strickjacke war immer noch auf links, aber die Körpersprache nicht mehr ganz so angespannt. All die Stunden voller Sorge und des Nichtwissens hatten sichtlich an ihr gezehrt. Sie blieb auf der Veranda stehen und schlang die Jacke enger um sich. Vermutlich ahnte sie, dass sie mit schlechten Nachrichten kamen. Vielleicht sah man es ihnen an, als sie sich langsam auf sie zubewegten.

»Sagen Sie es einfach«, sagte Jenny.

»Lassen Sie uns erst mal reingehen und uns setzen«, sagte Erik.

»Nein, ich möchte es sofort wissen.«

Erik suchte Unterstützung bei seiner Kollegin.

»Kommen Sie«, sagte Hanna.

Jenny ging voran ins Wohnzimmer. Dann sank sie genau dort aufs Sofa, wo sie auch bei ihrem ersten Besuch gesessen hatte. Nichts schien seither bewegt worden zu sein, die Spielzeugeisenbahn lag noch immer verstreut am Boden. Die Szene sah genau gleich aus, dabei waren die Vorzeichen ganz anders.

»Sagen Sie es einfach.«

Hanna saß im Sessel direkt in ihrer Nähe und hatte ja eigentlich den besseren Draht zu ihr, schien die Wörter aber nicht über die Lippen zu bekommen. Also sprach er sie aus:

»Wir müssen Ihnen leider mitteilen, dass Ihr Mann tot ist.«

Jenny schloss die Augen. Lautlose Tränen rollten über ihre Wangen.

»Und Hugo?«

»Hugo haben wir nicht gefunden«, sagte Hanna. »Er war nicht dort.«

Jenny riss die Augen auf.

»Wie? Nicht dort? Wo wurde Thomas denn gefunden?«

»In einem Haus in Södra Möckleby.«

»Aber wo ist Hugo dann?«

»Das wissen wir nicht«, sagte Erik.

Diese vier Wörter waren zu viel für Jenny, sie lehnte sich vor und schrie. Erik musste den Impuls unterdrücken, sich die Ohren zuzuhalten. Der gellende Schrei ging ihm durch Mark und Bein. Hanna eilte zum Sofa und legte Jenny eine Hand auf den Rücken. Ihre Blicke trafen sich durch die Verzweiflung, die das Zimmer vereinnahmt hatte.

»Arzt?«, formte er mit den Lippen.

Hanna schüttelte den Kopf. Und vielleicht war es besser, wenn sie abwarteten, bis sie wussten, wie schlimm es wirklich um Jenny stand. Der Schrei wandelte sich in Schluchzen, und als Jenny wieder aufnahmefähig wirkte, versicherte Erik ihr, dass sie alle Kräfte vereint hatten, um Hugo zu finden. Trotzdem hob dies nicht auf, was er vorher gesagt hatte. Dass sie nicht wussten, wo Hugo war. Das Einzige, was sie in den folgenden Minuten für Jenny tun konnten, war, ihr Taschentücher und ein Glas Wasser zu holen. Sie presste sich das Taschentuch vor die Augen und blieb eine ganze Weile so sitzen. Wiegte sich vor und zurück.

»Können wir jemanden verständigen?«, fragte Hanna.

»Nein.«

»Wir könnten Ihnen psychologischen oder kirchlichen Beistand rufen«, verdeutlichte Erik.

Er spürte, dass Jenny mehr brauchte, als sie ihr gerade geben konnten. Aber Jenny schüttelte nur den Kopf. Erst jetzt ließ sie das Taschentuch sinken.

»Was wollte Thomas in Södra Möckleby?«

»Das dürfen wir leider nicht beantworten«, sagte Hanna, wodurch es klang, als wüssten sie den Grund. Dabei hatten sie ja keine Ahnung.

»Kannte er dort jemanden?«, fragte Erik.

»Nein«, sagte Jenny. »Das heißt, ich weiß es nicht.«

Wieder presste sie das Taschentuch gegen die Augen. Nach einer Weile schnäuzte sie sich hinein.

»Eine Frau hat Ihren Mann und Hugo Sonntagvormittag auf dem Spielplatz in Skogsby gesehen«, fuhr Erik fort. »Angeblich ist Hugo dort fast an etwas erstickt.«

Er wollte, dass Jenny dies von ihnen erfuhr, falls die Aussage der Frau ihren Weg in die Medien finden sollte.

»Wie? Fast an etwas erstickt?«

»Er hat sich was in den Mund gesteckt und keine Luft mehr bekommen. Aber Thomas konnte es aus der Luftröhre herausklopfen.«

»Herausklopfen?«, wiederholte Jenny. »Wieso hat er davon gar nichts erwähnt?«

»Laut der Frau haben die beiden dann einfach weitergebuddelt.« Er spielte die Situation bewusst herunter, damit sie nicht so aufwühlend war. Er konnte sich selbst noch zu gut daran erinnern, wie Nila zu ihm gestolpert war, ganz blau im Gesicht. Sie hatte sich an einem Stück Apfel verschluckt, das er glücklicherweise herausbekommen hatte.

»Aber Thomas hat doch erzählt, dass sie erst nachmittags dort waren?«

Jenny schaute sie anklagend an, dabei war klar, dass dieses Rätsel sich nicht mehr lösen ließe. Thomas war tot. Offenbar störte ihr Schweigen die junge Frau.

»Ich möchte, dass Sie jetzt gehen.«

»Gleich«, sagte Hanna. »Warum haben Sie uns erzählt, dass Ihr Mann ein Problem mit Selene hat?«

»Weil sie komisch ist«, sagte Jenny.

»Inwiefern?«

»Das ist schwer zu erklären, aber irgendwas stimmt mit ihr nicht.«

»Und Hektor?«

»Bitte, ich kann nicht mehr. Sie müssen jetzt gehen.«

»Und Sie möchten ausdrücklich nicht, dass wir jemanden für Sie verständigen?«, versicherte Erik sich noch einmal.

»Ja. Das Einzige, was Sie für mich tun können, ist, Hugo zu finden.«

Der letzte Tag

Hugos Schreie auf dem Rücksitz sind wie Messerstiche in den Bauch. Sie tun Thomas körperlich weh. Das Mittagessen mit Selene hat gedauert. Sie musste sich einiges von der Seele reden, weil sie fürchtet, dass ihre Eltern sich trennen wollen. Wieso sollte das so schlimm sein, sie waren schließlich alle erwachsen. Aber beim Gedanken daran, was sie für ihn tut, fühlte es sich falsch an, sie einfach sitzen zu lassen. Irgendwann musste er ihr trotzdem sagen, dass er aufbrechen musste. Er stimmte zu, dass Selene seinen Sohn auf den Schoß nahm, während er auf die Toilette ging, und als er zurückkehrte, war Hugo endlich mal ruhig. Thomas hofft, dass sich für Selene alles zum Guten wendet. Dass sie jemanden findet.

»Willst du nicht ein bisschen schlafen?«, fragt Thomas mit aufgesetzter Stimme und wirft einen Blick in den Rückspiegel.

Dabei kann er nur Hugos wackelnden Kopf sehen. Der Kindersitz ist entgegen der Fahrtrichtung angebracht, weil es so am sichersten ist. Jenny hat sich schon häufig darüber lustig gemacht, wie er mit ihrem Sohn spricht, aber selbst wenn Thomas sich Mühe gibt, normal zu reden, verfällt er wieder in diesen Singsang. Hugo hat ihn wirklich verändert.

»Was ist denn los, kleiner Mann?«

Für einen Moment bleibt Hugo still, aber nur zum Luftholen. Der folgende Schrei ist noch lauter, und ans Weiterfahren ist nicht zu denken. Thomas tritt auf die Bremse, um auf eine Bushaltestelle zu ziehen. Sofort wird hinter ihm gehupt, und Thomas hebt entschuldigend die Hand. Kaum hat ihn der Wagen passiert, steigt er aus und eilt zu seinem völlig übermüdeten Sohn.

Thomas löst den Gurt und hebt ihn aus dem Sitz. Presst Hugos rot verschwitzten Kopf an sich.

»Alles gut«, flüstert er. »Wir sind ja gleich zu Hause.«

Dabei stimmt das nicht ganz. Sie haben gerade erst Kleva erreicht.

Hugo hört durch das Wiegen auf zu schreien. Thomas küsst ihn vorsichtig auf die Stirn, vielleicht wird er ja krank. Aber Hugo hat kein Fieber, er ist nur schlafwarm. Thomas reckt sich nach der Wickeltasche und holt die Wasserflasche heraus. Ein paar Schlucke kann er dem Kind sogar einflößen, bevor er die Flasche wegschlägt. Ein Auto saust vorbei, und Hugo schaut ihm nach. Als Thomas ihn wieder in den Kindersitz verfrachtet, jammert er, aber fängt immerhin nicht an zu schreien.

»Schlaf ein bisschen«, sagt Thomas mit seiner Babystimme und muss über sich selber lachen.

Hugo schläft nicht ein, wimmert aber nur noch leise. Das lässt sich viel besser ertragen als das schrille Kreischen. Thomas biegt nach Resmo ab, dann geht es durch die Felder, die bald geerntet werden, und vorbei an der Kirche. Er hat gehört, dies sei die älteste mittelalterliche Kirche in Schweden, die noch in Gebrauch ist, aber er weiß nicht, ob das stimmt. Er kennt hier jeden kleinen Feldweg, jede Windmühle, jeden archäologischen Fund.

Dann kann er endlich nach Osten abbiegen, um das Alvar zu durchqueren, und sofort tritt er aufs Gas.

»Wir sind gleich zu Hause«, sagt Thomas.

Diesmal stimmt es.

Nachdem er den Wagen in der Auffahrt abgestellt hat, holt er den noch immer verschwitzten Hugo aus seinem Sitz. In der Küche füllt er ein paar Eiswürfel in eine Plastiktasse. Behält seinen Sohn auf dem Schoß, weil er nicht will, dass er wieder zu schreien anfängt. Doch Hugo ist jetzt zufrieden, weiß, was ihn erwartet.

Thomas setzt Hugo in den Kinderstuhl und stellt die Tasse vor ihn. Sofort steckt Hugo die Hand hinein und lacht, weil die kalten Eisstücke herumgleiten. Er lächelt glücklich, als er eins in den Mund bekommt. Sofort überfällt Thomas wieder die Sorge. Vielleicht sollte Thomas die Stücke noch kleiner machen, aber Hugo hat schon oft Eiswürfel bekommen, ohne dass etwas passiert ist.

»Hast du Hunger?«, fragt er.

»Nicht Hunger«, sagt Hugo.

Er ist erst vierzehn Monate alt und bildet schon Sätze mit zwei Wörtern. Vor Stolz schwillt Thomas die Brust. Es ist so toll, das mitzuerleben. Er streichelt seinem Sohn über den Kopf, und da trifft ihn die Erkenntnis, dass er Lykke in ähnlichem Alter zuletzt gesehen hatte. Etwas über ein Jahr, nachdem er sich von Lykkes Mutter Natalie getrennt hatte, waren sie zusammen in Färjestaden essen gewesen. Auf Natalies Initiative. So viele Jahre später ist ihm klar, dass sie wohl gehofft hatte, ihn so dazu zu bringen, eine Rolle im Leben der Tochter spielen zu wollen. Damals hat er das nicht begriffen. Thomas schämt sich dafür, wie er früher war. Klar fand er Lykke niedlich, aber er wollte doch mit Mille nach Kalmar ins Fußballstadion fahren. Bier trinken. Gedanklich war er schon dort gewesen.

Ein Eiswürfel rutscht aus Hugos Hand auf den Boden. Thomas steht auf und spült ihn ab, bevor er ihn Hugo zurückgibt.

Ob er noch mal bei Lykke anrufen soll? Wenn sie sich nicht von selbst meldet, muss er das übernehmen. Seit dem ersten Telefonat sind schon fast drei Wochen vergangen. Sie hat gesagt, sie müsse nachdenken, aber vielleicht wollte sie nur prüfen, ob er es wirklich ernst meint? Dass er nicht länger unzuverlässig ist und einfach verschwindet. Ihm ist es so wichtig, alles richtig zu machen, seit er diese Chance bekommen hat, die er eigentlich gar nicht verdient.

Hugo ist dabei, aus dem Kinderstuhl zu klettern, also hebt Thomas ihn heraus. Das Mittagessen mit Selene hat sie aus dem Rhythmus gebracht, er muss den Jungen dringend ins Bett bringen.

Thomas macht Hugo eine frische Windel und trägt ihn durchs Haus. Jenny mag das nicht, aber nur so kann man ihn beruhigen, wenn er so übermüdet ist. Außerdem findet Thomas das sehr kuschelig.

Jenny hat mich gerettet.

Das hat Thomas schon häufiger gespürt, aber nie so deutlich wie in diesem Augenblick – mit Hugos schwerem Kopf an seiner Schulter. Ihrem gemeinsamen Kind. Seit Jenny ihn vor sechs Jahren im *Krögers* in Kalmar angesprochen hatte, gibt er sich solche Mühe, ein besserer Mensch zu sein, aber erst seit Hugos Geburt hat sich seine Einstellung grundlegend geändert. Natürlich kann er mit Mille immer noch dem Fußball und dem Bier frönen, aber es ist nicht so wichtig wie das hier.

Vorsichtig legt er Hugo ins Gitterbett und schleicht ins Wohnzimmer. Setzt sich aufs Sofa, legt die Füße auf den Tisch und reckt sich nach der Fernbedienung. Hoffentlich kann er eine Folge *Vikings* gucken. Hugo schläft meist eine Stunde lang.

Sieben Minuten, eine längere Pause ist ihm nicht vergönnt, denn es klingelt an der Tür. Fluchend springt Thomas auf und rennt zum Öffnen, bevor der Besuch auf die Idee kommt, noch einmal auf die Klingel zu drücken.

Wer zur Hölle meint denn, jetzt vorbeischauen zu müssen?

20

Bis zum Maklerbüro waren es gut dreißig Kilometer, und Hanna wurde ungeduldig hinterm Steuer. *Wir werden ihn finden*, hatte sie zu Jenny gesagt. Solcherlei Versprechen sollte man niemals machen, aber es hätte sich völlig unzureichend angefühlt, einfach nur zu betonen, dass sie ihr Bestes geben würden. Trotzdem taten sie das natürlich, Erik neben ihr nutzte dazu gerade ausgiebig das Handy. Sie hörte, dass er mit dem ehemaligen Besitzer des Hauses in Södra Möckleby sprach.

»Die Kamingarnitur hatte definitiv eine Schaufel«, sagte er nach dem Auflegen. »Er wusste noch, wo er die gekauft hat, ich leite die Angaben an Ove weiter.«

Hanna bog ab und hielt vor Fribergs Immobilien. Drinnen brannte Licht, aber an der Tür hing ein Zettel: *Geschlossen.*

»Was soll das denn?«, murmelte sie und drückte gegen den Griff.

Abgeschlossen. Also wählte sie Hektors Nummer, aber der ging nicht dran. Erik sagte, Karls Handy sei abgestellt. Ein Mann um die dreißig in Jeans und Polohemd trat ebenfalls vor die Tür und ruckte daran. Er fluchte, als er den Zettel sah.

»Wissen Sie, wo die sind?«, fragte er.

»Keine Ahnung«, antwortete Erik.

Hanna war schon wieder auf dem Weg zum Wagen, aber hörte noch, dass der Mann etwas von einem Vorstellungsgespräch sagte. Sie rief Ove an, um ihm die Lage zu schildern. Als Erik ebenfalls eingestiegen war und die Tür zugezogen hatte, schaltete sie den Lautsprecher ein, damit sie keine Zeit damit verschwenden musste, das Gespräch später zusammenzufassen.

»Fahrt zu Hektor nach Hause«, sagte Ove. »Oberste Priorität ist, mit ihm zu sprechen. Er war sechs Monate wegen Unterschlagung im Gefängnis.«

»Irgendwas Neues vom Haus?«, fragte Erik.

»Nein, nicht die geringste Spur von Hugo«, sagte Ove, weil er wusste, dass sie nichts dringender wissen wollten. »Wir müssen ihn unbedingt finden. Die Medien rufen schon an. Ich habe mit *Missing People* gesprochen, die veranstalten eine Suche in und um Södra Möckleby, und wir machen eine Nachbarschaftsbefragung.«

Da fiel Hanna auf, dass sie sich noch gar nicht bei Freya Amundsdottir von *Missing People* gemeldet hatte, und sofort bat sie Ove um Entschuldigung, der aber einfach weitersprach.

»Ein Rettungseinsatz wurde ausgelöst. Ein Militärhubschrauber ist unterwegs, außerdem haben wir die Hundestaffel angefordert und werden alle Einwohner Södra Möcklebys bitten, ihre Grundstücke, Hütten, Schuppen und so weiter abzusuchen, in die Hugo gekrabbelt sein könnte.«

Alle verfügbaren Kräfte wurden nun für die Suche nach Hugo eingesetzt. Wäre Thomas nur eher entdeckt worden. Sofort schob Hanna den Gedanken beiseite. Der nutzte auch nichts.

»Hatte Thomas Ahlström sein Handy bei sich?«, fragte sie.

»Leider nicht, aber die Kriminaltechnik konnte sich problemlos

Zugang zu seinem Computer verschaffen. Hoffen wir, dass wir dort etwas finden. Und dass du sofort auf die Sache mit dem Kaminbesteck gekommen bist, war wirklich großartig.«

Ove verfiel kurz in Schweigen, griff dann wieder das Thema auf, das sie alle bedrückte.

»Irgendwelche Ideen zu Hugo?«

»Entweder hat der Täter ihn mitgenommen«, sagte Erik. »Oder er hat sich auf eigene Faust vom Haus entfernt. Oder aber er ist noch im Auto.«

»Aber wenn der Täter ihn nicht mitgenommen hat, wäre er doch längst irgendwo aufgetaucht?«, sagte Ove.

»Nicht zwingend. Es kommt ganz darauf an, wo der Wagen steht oder wohin Hugo gegangen ist.«

»Vielleicht geht es ja auch um ihn«, sagte Hanna.

»Wie meinst du das?«, fragte Ove.

Hanna wusste nicht ganz genau, wieso sie das gesagt hatte. Sie hatte einfach nur an das Foto von Hugo denken müssen, auf dem er mit seiner Mutter gespielt hatte. Das Glück in diesem kleinen Gesicht war einfach überwältigend gewesen. Wer könnte das nicht wollen?

»Wäre ja immerhin möglich, dass jemand an Hugo interessiert war.«

Darauf erwiderte erst mal niemand etwas.

»War nur so ein Gedanke«, sagte Hanna. »Weil es erklären könnte, warum nur Thomas Ahlström gefunden wurde.«

»Okay«, sagte Ove. »Behaltet das im Hinterkopf, aber ermittelt weiter mit Thomas als primärem Opfer. Sucht Hektor und sprecht mit Karl über den Schlüssel. Vorher verlasst ihr Öland nicht.«

Das Letzte war sicher nur halb scherzhaft gemeint. Hanna legte auf.

»Meinst du wirklich, dass es eigentlich um Hugo geht?«, fragte Erik.

»Ich weiß es nicht«, antwortete Hanna. »Das war, ehrlich gesagt, nicht mehr als ein Gedanke.«

Sie suchte Hektors Adresse heraus, und er wohnte glücklicherweise nur wenige Blocks vom Maklerbüro entfernt. Erik holte Luft, und Hanna ahnte, was jetzt kam.

»Hast du heute Abend schon was vor?«

Das fragte Erik fast jeden Tag. Es war fast zum Ritual geworden.

»Arbeiten vermutlich«, sagte sie.

»Und danach?«

»Wir könnten irgendwo was essen gehen«, sagte Hanna. »Aber ich kann nichts versprechen.«

»Danke.« Erik lächelte. »Das reicht schon.«

Hannas Handy klingelte, als sie gerade in Hektors Straße geparkt hatte. Sie schluckte beim Anblick der Nummer. Omas Pflegeheim. Sie selbst konnte längst nicht mehr telefonieren, die Demenz hatte ihr schon vor Jahren die Sprache geraubt. Jedes Mal, wenn das Pflegeheim anrief, fürchtete Hanna, dass ihre Großmutter gestorben war.

»Iris hat hohes Fieber«, sagte die Schwester. »Wenn es nicht bald sinkt, müssen wir sie ins Krankenhaus bringen.«

21

»Willst du hinfahren?«, fragte Erik, als er von ihrer Großmutter erfahren hatte.

»Noch nicht. Sie haben mir versprochen, sich zu melden, wenn es ihr so schlecht geht, dass sie ins Krankenhaus muss.«

Erik versuchte nicht, sie zu überzeugen, schließlich mussten sie so schnell wie möglich mit Hektor sprechen. Sie überquerten die Straße und betraten das hellbraune, dreistöckige Haus. Laut Klingelschild wohnte Hektor ganz unten. Zu Eriks großer Verwunderung öffnete er sofort. Hektor ähnelte mehr seiner Schwester als seinem Vater. Er trug das rötliche Haar halblang, die Wangen waren von Sommersprossen übersät. Seine Kleidung bestand aus einer Jogginghose und einem T-Shirt.

»Was wollen Sie?«, fragte er.

»Polizei«, sagte Hanna und hielt ihre Dienstmarke hoch. »Wir versuchen schon den ganzen Tag, Sie zu erreichen. Wieso gehen Sie nicht ans Telefon?«

Hektor zuckte mit den Schultern und machte einen Schritt zurück.

»Ich hab von Thomas gehört«, sagte er. »Und wo er gefunden wurde. Das ist wirklich entsetzlich.«

»Wer hat es Ihnen erzählt?«, fragte Erik.

»Mein Vater.«

Erik wechselte einen schnellen Blick mit Hanna.

»Und woher weiß er davon?«

»Der Käufer des Hauses hat ihn angerufen«, sagte Hektor. »Ziemlich panisch. Aber das ist ja nur verständlich. So ein Schock. Meine arme Schwester.«

»Könnten wir uns setzen?«, fragte Hanna.

Hektor brachte sie in ein kleines Wohnzimmer, in dem es schwach nach Zigarettenqualm roch. Das Einzige, was an der Wand hing, war ein riesiger Fernseher. Auf dem Schrank darunter lagen ein paar Hanteln. Weder Hektor noch seine Wohnung hatten Maklervibes, er musste eher an den klassischen Junggesellen denken. Allerdings beschränkten sich Eriks Erfahrungen mit Maklern weitestgehend auf Malmö, das war sicher ein großer Unterschied zu Öland.

Hektor nahm den Sessel in Beschlag und überließ ihnen damit die schwarze Ledercouch, die so durchgesessen war, dass Erik unweigerlich gegen die Rückenlehne knallte. Sein Körper protestierte immer noch wegen Samstag und wollte ihm nicht richtig gehorchen. Hektor grinste ihn an.

»Alles okay?«, fragte er.

»Ich hab am Wochenende den Ironman mitgemacht.«

»Krass. Den würde ich auch gern mal mitmachen. War es hart?«

Erik öffnete den Mund, um zu antworten, kam aber nicht dazu, weil Hanna sich nun zu Wort meldete.

»Wie war das Verhältnis zwischen Ihnen und Thomas Ahlström?«

Widerwillig ließ Hektor das Thema Ironman ziehen und schaute Hanna an.

»Nicht besonders«, sagte er. »Aber ich schätze, dass Sie das schon wissen, sonst wären Sie ja nicht hier.«

»Wir sprechen mit allen, zu denen Thomas Ahlström Kontakt hatte«, sagte Erik. »Sie liegen aber richtig, wir haben gehört, dass Sie ein Problem miteinander hatten. Was war denn der Grund?«

Er wollte Hektor nicht verraten, was sie bereits erfahren hatten.

»Er hat mir Geld geschuldet«, sagte Hektor.

»Wie viel?«

»Vierzehntausend Kronen.«

Dass weder Erik noch Hanna darauf reagierten, schien Hektor zu triggern.

»Klar, ich war wütend auf Thomas«, fauchte er, »aber wegen so einer albernen Summe bringe ich doch niemanden um.«

Vor ein paar Jahren hatte Erik in einem Mordfall ermittelt, da war ein Mann wegen zweihundert Kronen erstochen worden. Erst wenige Wochen zuvor hatten Täter und Opfer zusammen Weihnachten gefeiert, weil beide keine Familie hatten. Auch Alkohol hatte eine Rolle gespielt, aber Schnaps war trotzdem selten die Ursache.

Dass Hektor eher zu den aufbrausenden Menschen gehörte, war nicht zu übersehen, und so, wie er jetzt das Gesicht verzog, war ihm bewusst, dass er zu heftig reagiert hatte.

»Es tut mir leid«, sagte er. »Ich nehme an, dass Sie von meiner Zeit im Gefängnis wissen? Es geht mir so auf den Geist, dass die Leute nicht darüber wegkommen.«

Erik blieb weiter still, Hanna auch. Offenbar war dies der beste Weg, um Hektor zum Reden zu bringen. Genervt riss er die Arme in die Luft.

»Der Knast hat mich verändert«, sagte er. »Deshalb hab ich Thomas das Geld geliehen. Ich wollte nett sein. Alles ist leichter, wenn man einander hilft.«

Dann starrte er sie lange an, als wollte er, dass sie seine gerade getätigte Aussage infrage stellten.

»Wozu brauchte er das Geld?«, fragte Erik.

»Keine Ahnung«, sagte Hektor. »Aber er brauchte immer Geld. Also, ich rege mich ja manchmal auf, aber da gibt es eine klare Grenze, die ich nie übertrete. Bei Thomas war das andersrum. Alle fanden ihn so wahnsinnig charmant, aber er konnte wirklich die Kontrolle verlieren. Und man muss sich schon fragen, wieso er so häufig den Job gewechselt hat.«

Hektor sprach so schnell, dass Erik kaum mitkam.

»Können Sie genauer erklären, was passiert ist, wenn er die Kontrolle verlor?«

»Einmal hat er mich wie so ein Irrer angeschrien, weil ich eine Anzeige zu spät abgegeben habe. Ein anderes Mal war er stinksauer, weil ich einen Kundentermin verpasst habe. Glücklicherweise kam da gerade meine Schwester rein, sonst hätte er mir sicher eine verpasst.«

»Wieso hat Ihr Vater ihn dann eingestellt?«, wollte Hanna wissen.

»Das müssen Sie ihn selbst fragen. Aber er sieht sich gern als den Retter. Ich kann gar nicht sagen, wie viele ausgesetzte Katzen er in all den Jahren nach Hause gebracht hat.«

Der Sessel knarzte, als Hektor seine Haltung änderte. In seinem Tonfall lag eine Spur Hohn, was Erik erstaunlich fand, schließlich hatte Hektor doch gerade erst versucht, ihnen weiszumachen, dass er Thomas das Geld geliehen hatte, weil er so ein netter Kerl war.

»Wie kommen Sie und Ihr Vater zurecht?«, fuhr Hanna fort.

»Sind Sie Therapeutin oder Polizistin?«

Hektor lachte über seinen Scherz.

»Antworten Sie bitte einfach auf die Frage«, sagte Erik.

»Mir ist nicht ganz klar, was das damit zu tun hat«, erwiderte Hektor. »Aber gut. Wir kommen gut miteinander zurecht. Ich hatte zwar andere Pläne, als in Papas Agentur zu arbeiten, aber ohne seine Hilfe wäre ich jetzt arbeitslos.«

Hektor verbarg ein Gähnen in der Armbeuge.

»Entschuldigung«, sagte er. »Aber ich muss bald ins Bett.«

»Wir haben nur noch ein paar Fragen«, sagte Erik. »Wissen Sie, was Thomas Ahlström in dem Haus wollte?«

»Nein. Ich finde es völlig verrückt, dass er dort gefunden wurde. Ich kapiere das nicht. Aber ich habe mich wirklich gefragt, warum er so oft den Job gewechselt hat. Vielleicht hat er ja was Illegales abgezogen. Dabei wirkte es so, als wäre ihm der Job bei uns echt wichtig, und ich glaube ehrlich nicht, dass er die Firma in Gefahr gebracht hätte.«

Sie wussten noch nicht, wann Thomas gestorben war, aber als der Kriminaltechniker seinen Arm anhob, hatte die Leichenstarre schon nachgelassen, vermutlich war es also irgendwann Sonntagabend passiert.

»Was haben Sie Sonntagabend gemacht?«, fragte Erik.

»Ich war zu Hause und hab hier was gegessen«, sagte Hektor. »Dann hab ich einen Film geguckt. War irgendwie schlapp, deshalb hab ich mich zu nichts aufraffen können. Normalerweise fahre ich sonntags zu meinen Eltern, und wir essen zusammen.«

Wieder verstand er ihr Schweigen, als würden sie seine Aussage infrage stellen.

»Ich bin krank«, sagte er. »Deshalb bin ich gerade nicht im Büro. Und deshalb mache ich vielleicht auch einen gefühlskalten Eindruck. Aber mir geht es halt wirklich beschissen. Thomas konnte ich nicht ausstehen, trotzdem verdient niemand den Tod. Und dass der Kleine vermisst wird, finde ich schrecklich. Ich hoffe wirklich, dass Sie ihn finden. Wenn ich gesund wäre, würde ich bei der Suche helfen.«

»Aber gestern haben Sie gearbeitet?«, fragte Erik.

»Ja«, sagte Hektor. »Manchmal ist es nicht leicht, zu Hause zu bleiben. Das sollten Sie als Polizist doch nachvollziehen können.«

22

»Der war ja fast so gesprächig wie du«, sagte Hanna, als sie das Gebäude verließen.

»Schönen Dank auch.« Erik grinste.

Daran, dass Hektors Wut mal aus dem Ruder gelaufen war, zweifelte Hanna kein Stück. Die Frage war nur, wann. Sie drehte sich um und schaute zu seinem Fenster hinauf, aber dort stand niemand. In der Wohnung darüber goss allerdings eine grauhaarige Frau Blumen. Sofort musste sie an das Telefonat mit dem Pflegeheim denken. Die ältere Frau entdeckte sie und nickte zum Gruß. Hanna lächelte und hob kurz die Hand.

»Wie sieht's aus? Willst du doch zu deiner Großmutter fahren?«, fragte Erik.

»Nein, ihr wäre gar nicht klar, dass ich da bin. Ich mach das nach der Arbeit.«

»Dann wird wohl nichts aus dem Abendessen mit mir?«

Er ließ die Mundwinkel hängen.

»Leider nicht. Du musst dir jemand anderen suchen.«

Sie fuhren die kurze Strecke bis zum Maklerbüro. Hanna bat Erik, eine Nachricht an Ove zu schicken. Jemand musste Thomas Ahlströms ehemalige Arbeitgeber kontaktieren. Nicht nur wegen dem, was Hektor gesagt hatte, sondern allem voran, weil er in einem Haus gewesen war, das die Agentur verkauft hatte. Selbst wenn er dort nichts Illegales getan hatte, so war das Verhalten an sich schon auffällig.

Im Büro brannte nun kein Licht mehr, und ein Saab setzte gerade von einem der Parkplätze zurück. Schnell blockierte Hanna den Weg, dabei saß gar nicht Karl Friberg am Steuer. Der Mann hupte wütend, und sie ließ ihn schnell ausparken.

»Da hängt ein anderer Zettel«, sagte Erik.

Also fuhr Hanna so dicht vor die Tür, dass er ihn lesen konnte.

»Dort steht, dass sie kurz weg sind. Und eine Nummer.«

Erik wählte sie sofort an.

»Geht niemand dran«, seufzte er. »Was machen wir jetzt?«

Hanna wollte nicht nach Kalmar zurückkehren, ohne mit Karl Friberg gesprochen zu haben. »Dann müssen wir ihm wohl auch zu Hause einen Besuch abstatten.«

Karl und seine Frau Madeleine wohnten im Osten von Färjestaden. Ein paar Jungs hatten ein Hockeytor auf die Straße gestellt und übten Penaltys. Kaum bog der Wagen in die Straße, rannten zwei von ihnen zum Tor und trugen es geübt beiseite.

Fribergs Haus war das letzte der Reihe, ein blau gestrichenes Holzhaus mit nur einer Etage. Der Garten war einfach, aber sehr gepflegt. Davor standen ein paar Obstbäume, ein Blumenbeet führte an der Gebäudeseite entlang. Auf der Veranda neben der Eingangstür stand ein in Stein gemeißelter Hund. Hanna klingelte, aber nichts geschah. Nach wenigen Sekunden klingelte sie erneut.

»Ich komme«, rief eine Stimme von drinnen.

Eine Frau öffnete ihnen. Sie trug eine mehlige Schürze und

war nur weniger Zentimeter kleiner als Hanna. Das dünne Haar war kurz.

»Sind Sie Madeleine Friberg?«

»Das bin ich, und Sie sind vermutlich von der Polizei?«

Hanna und Erik nickten.

»Ist Ihr Mann zu Hause?«, fragte Erik.

»Leider nein«, sagte Madeleine.

Sie drehte sich um, und erst da fiel Hanna die dürre Katze auf, die hinter einer Kommode hervorlugte. Sie machte einen Satz, aber Madeleine verhinderte mit dem Bein, dass das Tier herausschlüpfen konnte. Es hatte kein Fell. Fauchend verzog es sich unter die Kommode.

»Wann haben Sie ihn zuletzt gesprochen?«, fragte Erik weiter.

»Vor ungefähr einer halben Stunde«, antwortete sie. »Aber nur etwa eine Minute lang. Er hetzt die ganze Zeit rum, es ist nur noch eine Frage der Zeit, bis er einen Herzinfarkt bekommt.«

Madeleine schaute an sich hinunter.

»Alles steht gerade Kopf«, fuhr sie fort. »Furchtbar, was da passiert ist, und wenn ich gestresst bin, backe ich.«

»Könnten Sie Ihren Mann anrufen?«, fragte Hanna.

»Ja, aber dann müssten Sie hereinkommen und die Tür schließen, damit die kleine Hexe nicht ausbüxt.«

Sie taten, was ihnen aufgetragen wurde. Die Sekunden vertickten, ohne dass Madeleine zurückkehrte. Wurden zu Minuten. Im Haus selbst war kein Laut zu hören. Die Katze glotzte sie an. Hanna ging ein paar Schritte weiter ins Haus und entdeckte Madeleine, die sich gegen die Arbeitsplatte lehnte. Darauf standen Schüsseln, Messbecher und Backzutaten. Sie presste das Handy ans Ohr.

»Er geht nicht dran«, sagte sie.

»Richten Sie ihm bitte aus, dass er sich mit uns in Verbindung setzen soll, wenn Sie ihn das nächste Mal sprechen«, sagte Hanna.

Erst jetzt bemerkte sie die Katze auf einem der Küchenstühle. Sie hatte langes graues Fell und schien zu schlafen.

»Das werde ich«, sagte Madeleine.

Sie legte das Handy auf die Arbeitsfläche.

»Haben Sie das arme Kind schon gefunden?«

»Wir dürfen uns zu laufenden Ermittlungen leider nicht äußern.«

»Nein, natürlich nicht. Es ist einfach so schrecklich, dass er weg ist. Haben Sie eine Ahnung, was passiert sein könnte?«

»Wir dürfen uns zu laufenden Ermittlungen leider nicht äußern«, wiederholte Hanna.

»Haben Sie Sonntag zusammen zu Abend gegessen?«, fragte Erik, der ebenfalls ins Haus gekommen war.

Eine Falte zeigte sich zwischen Madeleines grauschwarzen Augenbrauen.

»Wieso fragen Sie?«

»Antworten Sie bitte einfach«, bat Erik.

»Normalerweise kommen unsere beiden Kinder zum Abendessen vorbei, aber Hektor war krank, und Selene konnte sich nicht aufraffen.«

»Aber Sie und Ihr Mann haben zusammen gegessen?«

»Ja, gegen halb sechs. Weil wir allein waren, habe ich nur Reste aufgewärmt. Dann habe ich ferngesehen, und Karl war im Schuppen.«

»Was macht er dort?«

»Er baut ein Kanu. Ich bin um kurz vor zehn schlafen gegangen, und da kam Karl gerade erst wieder rein.«

»Dann war er den ganzen Abend im Schuppen?«, fragte Erik.

Madeleine trank ein paar Schlucke aus dem Wasserglas, das auf der Arbeitsfläche gestanden hatte.

»Ja, war er«, sagte sie. »Wenn er weggefahren wäre, hätte ich das mitbekommen.«

»Kannten Sie Thomas Ahlström?«, fragte Erik.

»Ich habe ihn einmal getroffen. Bei einem kleinen Firmenfest, das Karl hier bei uns abgehalten hat. Wir haben nicht viel gesprochen, aber er hat einen netten Eindruck auf mich gemacht.«

Hannas Handy klingelte, und als sie sah, dass es Daniel war, bedankte sie sich bei Madeleine und eilte hinaus.

»Ove lässt ausrichten, dass ihr noch mal mit Lykke Henriksen sprechen sollt«, sagte Daniel.

Hanna drehte sich um. Im Küchenfenster war niemand zu sehen.

»Warum?«, fragte sie.

»Weil ich mich mit ihrem Dozenten Roger Wasselius unterhalten habe, der bestätigt hat, dass sie ihn verfolgt hat. Sie hat sich eingebildet, dass sie zusammen sind. Kurz nachdem er sie damit konfrontiert hatte, wurden an seinem Wagen die Reifen zerstochen. Dann ist sie bei ihm zu Hause aufgetaucht. Er hat sie reingelassen, weil er dachte, er könne sie überzeugen, damit aufzuhören, aber sie wollte nicht zuhören. Als er sie vor die Tür setzen wollte, hat sie sich einen Kerzenständer gepackt und ihm damit eins übergezogen.«

»Könnte es sein, dass er lügt?«, fragte Hanna und setzte sich ans Steuer. »Dass da tatsächlich was zwischen ihnen gelaufen ist?«

»Ich habe auch mit seiner Frau gesprochen«, sagte Daniel. »Sie hat Lykke mehrfach vor ihrem Haus rumlungern sehen. Sie hat einfach dagestanden und zu ihnen gestarrt. Die Frau fand das äußerst unangenehm. Sie wollte, dass ihr Mann sie anzeigt, aber er hat sich nicht getraut.«

»Wieso hat er sich nicht getraut?«, fragte Hanna.

»Er hatte Angst, dass er alles verlieren würde, wenn sie Lykke glaubten.«

»Okay, wir fahren sofort nach Grönhögen.«

23

Vierzig Minuten später bog Hanna auf Lykke Henriksens Grundstück, und Erik spähte in den Garten. Heute herrschte schlechteres Wetter, diesmal war sie nicht im Beet zugange. Während ihres ersten Besuchs hatte unübersehbar etwas nicht gestimmt. Wenn richtig war, was Lykkes Dozent und seine Frau erzählt hatten, machte das Lykke aber nicht automatisch zur Mörderin. Sie würden sie über Thomas Ahlströms Tod in Kenntnis setzen müssen. Zwar hatte es ja offenbar keine wirkliche Beziehung zwischen ihnen gegeben, aber er war trotz allem ihr Vater.

Der Wind riss an seiner Jacke, als er ausstieg. So schön diese Lage auch war, sie war auch allen Wettern ausgeliefert. Hannas Telefon klingelte, und nachdem sie wenige Sekunden gelauscht hatte, sagte sie:

»Wenden Sie sich damit an die Pressestelle.«

»Wie viel wissen sie?«, fragte Erik.

»Das meiste, aber dazu muss man ja nicht gerade brillant sein, wenn man an den Großeinsatz in Södra Möckleby denkt und an die Suche nach dem Jungen, die jetzt angeleiert wird.«

Erik wollte gerade anklopfen, da öffnete sich schon die Tür. Lykke musste sie durchs Fenster gesehen haben. Ihre verkniffene Miene verriet, wie wenig sie gerade an Besuch interessiert war.

»Wir müssen noch einmal mit Ihnen sprechen«, sagte Erik.

»Ich bin beschäftigt.«

»Es wird nicht lange dauern«, sagte Hanna und machte einen Schritt auf sie zu.

Mit einem Seufzer ließ Lykke sie in den schmalen Flur. Sie bewegte sich langsam, ganz so, als würde sie sonst zusammenbrechen. Es roch intensiv nach Kaffee. Erik warf einen Blick in die Küche, an der sie vorbeikamen, und eine Wand war von einem riesigen Kaffeefleck bedeckt, am Boden lagen Porzellanscherben.

Sie setzten sich ins Wohnzimmer, wo zwei Sofas fast den ganzen Platz einnahmen. Es war eng, aber gemütlich. Es gab einen offenen Kamin, der offenbar auch genutzt wurde. Ein Fernseher stand auf dem Boden, gegen die Wand gelehnt. Eriks Blick blieb an einem Korb mit Spielzeug hängen. Der kurze Hintergrundcheck hatte ergeben, dass Lykke weder Geschwister noch Kinder hatte, aber vielleicht hütete sie manchmal die Kinder von Freunden?

»Ich vermiete das Haus oft«, sagte Lykke, der sein Blick wohl nicht entgangen war. »Viele Familien mit kleinen Kindern mieten das Haus, und die freuen sich über die Spielsachen.«

Erik vermutete, die Information über Thomas Ahlströms Tod war noch nicht in den Medien gelandet, aber dass *Missing People* eine Suchaktion nach Hugo gestartet hatte, wurde schon eifrig verbreitet.

»Ihr Vater wurde heute Morgen tot aufgefunden.«

Lykkes ganzer Körper versteifte sich, aber ihr Gesicht war noch immer zum Korb mit dem Spielzeug gerichtet, also konnte er ihre Miene nicht sehen. Langsam wandte sie sich ihnen zu.

»Wo?«

»Das dürfen wir nicht beantworten«, sagte Erik nur.

Dabei würden sie kaum geheim halten können, um welches Haus es sich handelte, dazu wussten es zu viele. Alle Nachbarn hatten sie gesehen. Jenny hatten sie es gesagt, bei Lykke war das komplizierter. Sie hatte ihren Vater ja praktisch nicht gekannt. Außerdem gab es Umstände, die sie potenziell verdächtig machten. Erik rechnete mit weiteren Fragen, aber es kamen keine. Sollte sie sich nicht wenigstens noch nach ihrem kleinen Bruder erkundigen? Lykke erschien ihm irgendwie abwesend. Er schaute ihr in die Augen, aber sie schien nicht unter Drogeneinfluss zu stehen.

»Wir haben mit der Universität Uppsala gesprochen«, fuhr er fort. »Würden Sie uns erzählen, was zwischen Ihnen und Ihrem Dozenten passiert ist?«

Beim Wort *Dozent* schloss Lykke die Augen.

»Mit wem haben Sie gesprochen?«, fragte sie.

»Spielt das eine Rolle?«, fragte Erik zurück. »Das sollte ja keinen Einfluss auf Ihre Antwort haben.«

Lykke winkelte die Beine an und stützte das Kinn auf die Knie. Ihre Augen waren wieder offen, aber sie schaute keinen von ihnen direkt an.

»Ich habe ihm mit einem Kerzenständer gegen den Kopf geschlagen«, sagte sie.

»Und mit ›ihm‹ meinen Sie Roger Wasselius, nehme ich an?«

Lykke nickte.

»Wieso haben Sie ihn mit einem Kerzenständer geschlagen?«, fragte Hanna.

»Weil der am nächsten stand.«

»Okay, aber warum haben Sie ihn überhaupt geschlagen?«

Lykke drehte das Gesicht zum Fenster. Das Einzige, was Erik draußen sehen konnte, war die Wand des Nebengebäudes.

»Ich dachte, ich würde ersticken«, sagte sie. »Er hat mich gegen die Wand gedrückt, einen Arm gegen den Hals.«

»Was wollten Sie bei ihm zu Hause?«, fragte Erik.

Lykke antwortete nicht, starrte nur weiter aus dem Fenster.

»Es ist wichtig, dass Sie das erzählen«, sagte Hanna.

Lykkes einzige Reaktion darauf war, dass sie ihre Beine noch fester umklammerte.

»Laut Universität war dies nicht der erste Zwischenfall«, sagte Erik.

Ihre Miene war immer noch regungslos, als Lykke wieder zu ihnen schaute.

»Was soll das heißen?«

»Uns wurde gesagt, dass Sie Ihren Dozenten gestalkt haben.«

Erik hatte den Eindruck, Lykke hätte ihn nicht gehört, doch plötzlich sprang sie auf und rannte aus dem Wohnzimmer.

24

Das Porzellan fühlte sich kühl an. Lykke zitterte richtig, so aufgewühlt war sie, und sie konnte nicht loslassen, obwohl sie das sollte. Das Waschbecken war nicht für eine solche Belastung ausgelegt, und es knarzte bedenklich in den Leitungen.

Ja, sie hatte Roger geschlagen, aber sie hatte doch keine Wahl gehabt. Ihre Wut hatte sich mit dem vermischt, was sie in seinem Gesicht gesehen hatte. Vielleicht passten sie doch viel besser zusammen, als ihnen bewusst gewesen war.

Es klopfte an der Badezimmertür.

»Alles in Ordnung?«, fragte der Polizist.

Er war ihr so schnell gefolgt, als hätte sie abhauen wollen.

»Bin gleich wieder da«, brachte Lykke heraus.

Kaum waren die beiden in ihr Haus gekommen, hatte sie das Gefühl gehabt, nicht mehr in ihrem Körper zu sein. *Erzähl es,* hatte ihre rationale, beobachtende Stimme gefordert. *Erzähl alles.* Aber sie konnte nicht.

Thomas war tot. Nein, nicht daran denken. Nicht jetzt. Das war zu viel.

Wieso hatte sie Roger nicht angezeigt? Dabei kannte sie die Antwort. Es hätte Wort gegen Wort gestanden. Und all die Male, die sie sich freiwillig mit ihm getroffen hatte, wären gegen sie verwendet worden. Außerdem hätte sie keine Verletzungen aufweisen können, sondern nur er. Erschrocken hatte er von ihr abgelassen und sich die Hand gegen die Schläfe gedrückt. Die Hand, die gerade noch aggressiv nach ihrer Vulva gesucht hatte, während er sie gegen die Wand gepresst und mit dem anderen Arm fast erwürgt hatte. Die Wut in seinem Gesicht und alles, was er danach gebrüllt hatte, war der Grund dafür gewesen, dass sie so schnell wie möglich weggelaufen war.

Endlich konnte Lykke das Waschbecken loslassen. Sie wusch sich mit eiskaltem Wasser das Gesicht und betrachtete sich im Spiegel. Versuchte, Rogers Stimme nachzuahmen: *Du bist verrückt.* Aber es kam nur ein Krächzen.

Es klopfte erneut.

»Ja«, sagte sie. »Eine Minute noch.«

Am folgenden Montag war Lykke zum Studiengangsleiter gegangen, und schätzungsweise war es dieser Typ gewesen, mit dem die Polizei gesprochen hatte. Sie hatte wirklich geglaubt, dass er auf ihrer Seite war. Sie hatte von dem Verhältnis erzählt, hatte gesagt, dass Roger gewalttätig geworden war, nachdem sie ihn mit seinen Lügen konfrontiert hatte. Er hatte gefragt, ob sie Anzeige bei der Polizei erstatten wollte, und als sie verneinte, sagte er nur, dass es gut war, dass sie sich an ihn gewandt hatte. Dass #metoo der Universität wirklich geholfen habe, sich solchen Herausforderungen zu stellen. Er hatte versprochen, sich mit Roger zu unterhalten. Ihn zu der Einsicht zu bringen, dass ein solches Verhalten absolut *inakzeptabel* war. Bei der Erinnerung an das Wort grinste Lykke ihr Spiegelbild höhnisch an. Seither hatten sie und Roger kaum noch Kontakt gehabt.

Aber gestalkt?

Ja, sie hatte ein paarmal vor seinem Haus gestanden, aber doch nur, weil er plötzlich ihre Anrufe nicht mehr angenommen hatte. Sie hatte sich Sorgen gemacht, hatte seine Adresse rausgesucht und war hingefahren. Durch das Fenster hatte sie seine Frau und sein Kind gesehen und erst richtig kapiert, was für ein Scheißkerl er war. Einen Tag später hatte sie vorm Evolutionsbiologischen Zentrum die Reifen seines Wagens zerstochen. Wieder einen Tag später hatte sie noch mal zu seinem Haus zurückkehren müssen. Ganz so, als traute sie ihrer Erinnerung nicht länger, was sie dort gesehen hatte.

Sofort drängte sich eine andere Erinnerung auf, die ihr fast den Atem verschlug. Sie hatten ein Wochenende auf Vaxholm verbracht, nur sie beide. Hatten im Hotel übernachtet, gut gegessen und waren ausgiebig über die Insel spaziert ... Dort hatte Roger ihr gesagt, dass er noch nie jemanden wie sie getroffen hatte. Dass sie witzig und klug war. Schön. Dass er sich wünschte, sie könnten für immer zusammen sein. Zum ersten Mal seit sehr langer Zeit war sie glücklich gewesen.

Irgendetwas stimmte nicht mit ihr. Es war doch nicht normal, sich so zu verhalten. Autoreifen aufzuschlitzen. Roger zu besuchen und sich einzubilden, das würde irgendetwas ändern. Zu glauben, es würde helfen, nichts zu essen. Thomas war tot. Nein, nicht daran denken. Lykke schlug mit den Handflächen aufs Waschbecken und verließ dann das Bad. Der Polizist stand noch immer vor der Tür, und Lykke schaute ihm nicht in die Augen. Folgte ihm einfach zurück ins Wohnzimmer.

Erzähl es, forderte die Stimme. Und ihr war klar, dass sie es zumindest versuchen musste.

»Wir haben auch mit Roger Wasselius gesprochen«, sagte der Polizist.

»Lassen Sie mich raten, er sagt auch, dass ich ihn gestalkt habe?«

»So in etwa. Stimmt das nicht?«

»Nein.«

»Rogers Frau hat ausgesagt, dass sie Sie mehrfach vor ihrem Haus gesehen hat«, fuhr der Polizist fort.

»Ja«, sagte Lykke.

Mehr brachte sie nicht raus. Sie schämte sich für so vieles an dieser Geschichte.

»Wie würden Sie selbst Ihre Beziehung zu Roger Wasselius beschreiben?«, fragte die Polizistin.

Die ganzen Fragen nach Roger störten Lykke, aber ihr war klar, worum es ging. Die Polizei wollte wissen, was sie für ein Mensch war.

Etwas stimmt nicht mit mir.

Lykke verdrängte den Gedanken.

»Ich war wahnsinnig verliebt«, sagte sie. »Natürlich fand ich's komisch, dass wir uns immer nur bei mir getroffen haben, aber ich dachte halt, das liegt daran, dass er mein Dozent war. Einen Abend wollte ich ihn überraschen und bin zu ihm nach Hause. Da habe ich dann gesehen, dass er Frau und Kind hat. Dass er mich angelogen hat. Und das habe ich wohl nicht so gut verkraftet.«

»Was haben Sie dann gemacht?«

»Ich habe die Reifen seines Autos aufgeschlitzt, und er wurde unfassbar wütend. Hat damit gedroht, mich anzuzeigen.«

»Und die anderen Male, als Sie bei ihm waren?«

»Ich konnte nicht glauben, dass ich wirklich gesehen hatte, was ich gesehen hatte, und dann …«

Lykke starrte auf den Orientteppich, denn sie näherte sich

dem Teil, der am schwierigsten in Worte zu fassen war, und sie konnte dabei keinem der beiden in die Augen schauen. Ihr Magen schmerzte, der Kopf hämmerte. Und Thomas war tot.

»Und was ist dann passiert?«, fragte die Polizistin.

»Ich bin noch mal zu ihm, weil seine Frau wissen musste, was für ein Scheißkerl er ist, aber sie war nicht da. Er hat mich gegen die Wand gepresst, und ich dachte, er bringt mich um. Deshalb hab ich ihn geschlagen.«

»Gibt es etwas, womit Sie Ihre Beziehung beweisen können?«, fragte der Polizist.

Lykke hielt den Blick auf den Teppich gerichtet. Es tat so weh, angezweifelt zu werden.

»Was denn, zum Beispiel?«, fragte sie.

»Liebesbriefe, SMS, Quittungen, eigentlich alles Mögliche.«

»Wir haben ziemliche viele SMS geschickt, aber er hat immer nur ein R druntergesetzt.«

Lykke ratterte seine Handynummer runter, als sie danach gefragt wurde.

»Gibt es Fotos von Ihnen beiden?«

»Nein. Roger hat immer gesagt, er hasst es, fotografiert zu werden.«

Lykke hörte selbst, wie abwesend sie klang. Sie war so fertig, sie könnte sofort einschlafen. Wie oft hatte Roger nach dem Handy gegriffen, wenn sie ihn fotografieren wollte, und behauptet, dass sie das wesentlich hübschere Motiv sei? Naiv, wie sie nun mal war, hatte sie sich geschmeichelt gefühlt. Nein, nicht naiv. Ausgehungert. Die einzige Beziehung, die sie davor gehabt hatte, war mit einem pickligen und unsicheren Gymnasiasten gewesen, der sie nach wenigen Monaten abserviert hatte, weil er sie so unzugänglich gefunden hatte.

Die Erkenntnis traf sie wie ein Schlag in den Bauch. *Die glauben, dass ich lüge, und deshalb werden sie mir auch bei Thomas nicht glauben.*

»Was ist in der Küche passiert?«, fragte der Polizist.

Erst wusste Lykke nicht, was er meinte, doch dann sprach er plötzlich von Kaffee.

»Ein Missgeschick«, sagte sie.

Wieso hatte sie das nicht längst beseitigt? Gerade, in diesem Moment hasste sie sich selbst für ihre Unfähigkeit. Sie biss sich auf die Lippe, bis sie Blut schmeckte.

»Stimmt das, was Sie über Thomas Ahlström gesagt haben?«, fragte die Polizistin.

»Was meinen Sie?«

»Dass Ihr einziger Kontakt das Telefonat war?«

Erzähl es, forderte die Stimme, aber Lykke konnte nur nicken.

25

Vom Auto aus rief Hanna bei Daniel an und gab durch, was Lykke Henriksen ihnen erzählt hatte. Er wollte die Handynummer prüfen. Sie mussten Genaueres über das wissen, was zwischen ihr und dem Dozenten passiert war, denn wenn seine Aussage stimmte, mussten sie die Beziehung zwischen ihr und Thomas noch einmal ganz anders beleuchten. Der Eindruck, den sie bei ihrem ersten Besuch bei Lykke gewonnen hatte, war nur stärker geworden. Der jungen Frau ging es nicht gut.

»Können wir in Södra Möckleby halten?«, fragte Hanna.

»Warum?«

»Weil ich mich Freya Amundsdottir von *Missing People* vorstellen muss«, sagte sie. »Außerdem möchte ich mir die Suchkette mal anschauen. Danach können wir ja einen erneuten Versuch wagen, Karl Friberg aufzutreiben.«

Erik fragte nicht weiter, worüber Hanna dankbar war. Natürlich konnte sie Freya auch anrufen, aber das kam ihr zu wenig vor, nachdem sie sich nicht gleich bei ihr gemeldet hatte. Sich persönlich vorzustellen, war ihr Versuch, das wiedergutzumachen. Die Unterstützung von *Missing People* war wichtig für die Polizei, die Beziehung wollte gut gepflegt sein. Außerdem wollte sie sehen, wie viele sich an der Suche beteiligten. Und wer. Nachdem Joel Forslund tot am Möckelmossen gefunden worden war, hatte Hanna dort jeden Tag Fotos von den Menschen gemacht, die den Tatort besucht hatten. So hatten sie den Täter schließlich gefunden. Vielleicht beteiligte sich Thomas' Mörder ja an der Suche. Oder Hugos Entführer, wenn es denn nun eigentlich um das Kind ging.

Überall entlang der Straße parkten schon Autos, trotzdem fuhr Hanna weiter Richtung Kirche. Södra Möckleby war ein Kirchdorf, ein rundes Dorf, bei dem die Häuser um die Kirche im Zentrum gebaut worden waren. Sämtliche Höfe und Felder befanden sich am äußersten Kreis. Vor der kleinen Bibliothek, die geschlossen zu sein schien, war eine schmale Parklücke, in die Hanna gekonnt den Wagen zwängte. Auf der Wiese vor der Kirche stand eine Frau mit roter Weste auf einem umgedrehten Altglasbehälter und gab mithilfe eines Megafons Anweisungen. Das musste Freya Amundsdottir sein, also blieb ihr und Erik nichts anderes übrig, als zu warten.

»Hallo«, sagte jemand leise neben ihr.

Isak.

Er hatte sich direkt neben sie gestellt. So nah waren sie sich noch nie gewesen. Es roch nach Zitrus. Musste sein Duschgel sein. Hanna schluckte.

»Hallo«, sagte sie. »Was machen Sie denn hier?«

Und dann lief sie wegen dieser bescheuerten Frage rot an. Sogar noch roter, als ihr klar wurde, dass sie ihm genau dieselbe Frage in Gårdby gestellt hatte. Musste er so nah stehen? So konnte man sich ja auf nichts konzentrieren.

»Ich wollte bei der Suche helfen«, sagte Isak.

»Schön«, sagte sie.

Schön? Was war das denn für ein beknacktes Wort? Besonders in diesem Zusammenhang. Sie schielte zu ihm, sah aber keine Anzeichen dafür, dass er Anstoß an dem Wort nahm. Er lächelte, und sie war kurz davor, ihn ein Stück wegzuschieben, nur damit sie die Kontrolle wiederfand. Er trug einen Isländerpulli, und der Wind hatte ihm Kopf- und Barthaar zerzaust. Männer und Bärte war ein spezielles Thema. Fabian hatte einen gehabt, als sie sich kennenlernten, war immer zu trendigen Barber-Salons gegangen, bis ihm das zu nervig wurde und er sich einfach wieder glatt rasierte.

»Haben Sie schon eine Ahnung, was …«

»Ich darf leider nicht über laufende Ermittlungen sprechen.«

»Schon klar«, sagte Isak. »Das weiß ich ja eigentlich auch. Es ist einfach so schrecklich.«

Wieso war sie ihm ins Wort gefallen? Isak schaute sie an, und da fiel ihr auf, dass sie gar nicht auf seinen Kommentar reagiert hatte.

»Ja, schrecklich.«

Hanna hätte gern noch mehr gesagt, aber ihr wollte nichts Vernünftiges einfallen. Sie wandte sich von ihm ab, aber auch das half nicht. Da verstummte Freya, und Hanna nickte in ihre Richtung.

»Ich muss mit ihr sprechen.«

»Klar«, sagte Isak.

Etwas zögerlich, als wollte er nicht, dass sie ging. Vielleicht hatte er ja etwas zu berichten.

»Kannten Sie Thomas Ahlström?«, fragte sie.

»Nein, aber ich versuche zu helfen, wenn so was hier passiert.«

Aus dem Augenwinkel sah sie, dass Freya sich entfernte, also entschuldigte sie sich und eilte ihr hinterher. Sofort fiel ihr das Atmen leichter.

»Hallo, ich bin Hanna Duncker von der Polizei Kalmar.«

»Wie gut, dass Sie gekommen sind.« Freya lächelte. »Gibt es Neuigkeiten?«

»Leider nicht.«

»Wollen Sie sich an der Suche beteiligen?«

Hanna schaute sich nach Erik um. Er stand noch beim Auto, den Blick sehnsüchtig auf das kleine Café gerichtet. Eine Journalistin vom *Barometern* näherte sich ihm.

»Nein, ich … ich wollte mich nur kurz vorstellen«, sagte Hanna. »Und mich dafür entschuldigen, dass ich mich bisher nicht gemeldet habe.«

»Ach, das ist doch nicht schlimm. Mir ist schon klar, dass Sie gerade viel um die Ohren haben.«

Hanna nickte. Das hatte sie in der Tat. Nicht nur wegen der Ermittlungen.

»Könnte ich eine Liste über alle bekommen, die sich zur Suche angemeldet haben?«, fragte Hanna.

»Sicher, ich maile sie Ihnen«, sagte Freya. »Bisher haben sich mehrere Hundert gemeldet, aber das werden sicher noch mehr. Wir wollten nur so schnell wie möglich loslegen.«

»Vielen Dank dafür.«

Hannas Blick landete auf Isak, doch sie schaute schnell weiter, betrachtete die gemischte Menschenmenge, die sich versammelt hatte. Viele waren weit übers Pensionsalter hinaus, während andere vermutlich gerade erst volljährig geworden waren, und achtzehn musste man mindestens sein, um sich an der Suche zu beteiligen. Es war früher Nachmittag, die Berufstätigen würden erst später dazustoßen können.

Wieso hatte sie darauf bestanden herzukommen? Doch genau in diesem Moment erblickte sie eine Frau, die sie intensiv anschaute, sie offenbar gern ansprechen wollte. Die Frau wirkte zu unsicher für eine Journalistin, also ging Hanna zu ihr. Selbst wenn sie nicht die Täterin war, vielleicht war sie hergekommen, weil sie etwas wusste.

»Hallo«, sagte Hanna. »Wieso beteiligen Sie sich an der Suche?«

»Weil ich helfen will.«

Ein Hubschrauber flog über sie hinweg, und Hanna wartete, bis das ohrenbetäubende Dröhnen sich weit genug entfernt hatte.

»Sind Sie mit der Familie bekannt?«, fragte sie.

»Du erkennst mich wohl nicht, was?«

Hanna wusste nicht, was sie darauf erwidern sollte.

»Ich heiße Klara«, sagte die Frau. »Mein kleiner Bruder Robin war mit Kristoffer befreundet.«

Weil Klara Robins große Schwester und sie Kristoffers kleine Schwester war, hatten sie sich selten in denselben Kreisen bewegt, aber Gårdby war klein, und Hanna schämte sich dafür, sie nicht erkannt zu haben. Das lange braune Haar und die kleine Himmelfahrtsnase waren noch genau gleich. Trotzdem war nicht zu übersehen, dass die zurückliegenden sechzehn Jahre sie verändert hatten. Ihre Haltung war anders, außerdem hatte sie Ringe unter den Augen. Eigentlich müsste Hanna jetzt fragen, wie es Klara ging und was Robin machte. Aber dann würde sie auch über sich selbst sprechen müssen. Und, noch schlimmer: über Kristoffer.

Klara schaute sie weiter mit diesem intensiven Blick an. Was suchte sie? Spuren ihres Vaters, des Mörders?

»Schön, dich wiederzusehen«, sagte Hanna. »Aber ich muss wieder an die Arbeit.«

Sie kehrte zu Erik zurück, ohne noch einen Blick in Isaks Richtung zu werfen. Die Journalistin war weitergezogen und interviewte jetzt eine Frau, die sich an der Suche beteiligen wollte. Hanna sah sofort das erwachende Interesse, als sie an ihnen vorbeikam. Sie wurde viel häufiger kontaktiert als ihre Kollegen. Nichts schlug einen Kommentar von Ermittlerin Hanna Duncker, der Tochter des Mörders. Die Journalistin ließ die Frau stehen und eilte ihr nach.

»Wir fahren nach Färjestaden«, sagte sie zu Erik und setzte sich schnell ans Steuer, bevor die Journalistin sie einholen konnte.

26

»Datest du gerade?«, fragte Erik.

Hanna löste kurz den Blick von der Straße. Sie hatte einen Starenschwarm über den Feldern gesehen, plötzlich war das Auto von ihnen umringt. Erik keuchte vor Schreck. Die Stare klangen wie ein Chor aufgebrachter Soprane, die sich stritten, was sie als Nächstes singen sollten. Hanna ging leicht vom Gas.

»Nur die Ruhe«, sagte Hanna. »Sind doch nur Vögel. Und nein, ich date gerade niemanden.«

Die Stare schwärmten einen Augenblick um den Wagen, dann zogen sie weiter. Für jemanden, der aufs Land ziehen wollte, hatte Erik echt keine Ahnung. Aber dann fiel ihr wieder ein, dass er den Gedanken ja ad acta gelegt hatte und stattdessen jetzt Gitarre spielen lernte.

»Daniel hat sich am Samstag abschleppen lassen«, sagte Erik. »Nach dem Ironman.«

»Woher weißt du das?«

»Weil er so plötzlich verschwunden war, hab ich mich mal erkundigt.«

»Wie aufmerksam von dir.«

»So kann man es nennen.«

Hanna schätzte, dass Daniel auch den Sonntag mit diesem Typen verbracht hatte. Dass er sich deshalb einen Sonnenbrand geholt hatte. Isaks Lächeln tauchte vor ihrem inneren Auge auf, und sofort trat sie wieder aufs Gaspedal. Gerade hatte sie weder für ihn noch für Kristoffer Zeit. Die Begegnung mit Robins Schwester Klara hatte eine weitere Erinnerung in ihr heraufbeschworen. Kristoffer und Robin hatten viel zusammen unternommen in dem Frühjahr, bevor alles explodiert war. Einmal, als sie mal abends von Rebecka nach Hause gekommen war, hatten sie in der Küche gesessen und Poker gespielt. Hatten gefragt, ob sie mitmachen wollte. Ausnahmsweise hatte Kristoffer mal glücklich gewirkt, und damals hatte sie gedacht, es könne sich doch noch alles zum Besseren wenden. Papa war unterwegs gewesen, vermutlich sturzbetrunken, aber genau in dem Augenblick hatte sich alles gut angefühlt, fast wie in alten Tagen. Etwa einen Monat später war die Polizei vorgefahren, um ihren Vater zu verhaften.

Die Fahrt nach Grönhögen und Södra Möckleby hatte fast zwei Stunden gedauert, trotzdem hing der Zettel, dass sie kurz weg wären, noch immer an der Tür des Maklerbüros. Diesmal ging Karl Friberg jedoch ans Telefon, als Hanna anrief.

»Ich bin in ein paar Minuten zurück«, sagte er. »Vielleicht können Sie ja vorm Büro warten?«

Hanna und Erik setzten sich auf die Bank einer Bushaltestelle wenige Meter vom Büro entfernt. Das war netter, als im Auto zu hocken.

»Da unten gibt's einen Imbiss«, sagte Hanna und nickte zum Hafen. »Die haben sicher was Vegetarisches.«

»Danke, aber ein bisschen halte ich noch durch.«

Die paar Minuten entpuppten sich als Viertelstunde. Doch dann schoss Karl Fribergs Saab um die Ecke und auf den kleinen Parkplatz vor dem Büro.

»Der fährt wie du«, sagte Erik.

Hanna lachte. Dann stand sie auf und eilte zu Karl Friberg. Sie hätte ihm gern eine Menge gesagt, besonders dazu, dass er ihre Anrufe ignoriert hatte, aber gerade brauchte sie Antworten. Er schloss auf und ließ sie hinein. Nachdem er den Zettel von der Tür genommen hatte, wandte er sich an sie.

»Ich muss mich bei Ihnen entschuldigen«, sagte er. »Ich weiß, dass ich mich gleich hätte zurückmelden sollen, aber es ist gerade wahnsinnig stressig. Hektor ist krank, und Selene kann auch nicht arbeiten. Ich musste sie in die Psychoambulanz fahren. Angesichts der jüngsten Vorfälle ist das sicher nicht die richtige Regung, aber ich bin wahnsinnig enttäuscht von ihr.«

»Dann hat sie von dem Schlüssel erzählt?«, fragte Hanna.

»Ja, sie hat sofort angerufen, nachdem der Käufer mich kontaktiert hatte. Ich arbeite seit über dreißig Jahren als Makler. Und so etwas … Ich verstehe wirklich nicht, was Thomas mit dem Schlüssel wollte.«

Karl Friberg schüttelte den Kopf, verschwand in der kleinen Küche und kehrte mit einer Tasse Kaffee zurück.

»Oh, möchten Sie vielleicht auch einen?«, fragte er.

»Nein danke«, sagte Erik.

»Es tut mir leid«, sagte Karl Friberg. »Ich bin gerade ziemlich durch den Wind.«

Sie setzten sich in den kleinen Raum, in dem sie schon bei ihrem ersten Besuch gewesen waren. Diesmal war es bedeutend kühler, sodass Karl Friberg den Ventilator nicht einschalten musste. Es war nur ein Tag vergangen, aber er schien in den letzten Stunden um Jahre gealtert zu sein.

»Wissen Sie, ob Herr Ahlström schon zu anderen Gelegenheiten Schlüssel zu Immobilien mitgenommen hat?«, fragte Hanna. »Also vor seiner Elternzeit?«

»Nein«, antwortete er. »Wenn ich davon etwas mitbekommen hätte, dann hätte ich ihn längst vor die Tür gesetzt.«

»Vielleicht hatte er eine gute Entschuldigung«, sagte Hanna. »Dass er einfach nur vergessen hat, ihn zurückzulegen?«

»Nein«, wiederholte Karl Friberg.

Fast hätte er die Kaffeetasse umgestoßen, als er danach griff.

»Das will einfach nicht in meinen Kopf«, fuhr er fort. »Die arme Jenny. Und das ist so schlimm mit dem kleinen Jungen. Wissen Sie noch immer nicht, was mit ihm passiert ist?«

Hanna schüttelte den Kopf.

»Ich war so froh, dass sich endlich meine beiden Kinder für die Firma engagieren«, sagte Karl. »Aber jetzt ... Ja, wahrscheinlich ist es egoistisch, in dieser Situation an sich selbst zu denken, aber ich weiß einfach nicht, wie das mit uns weitergehen soll. Die Kunden kehren uns jetzt schon den Rücken.«

Karl war ungefähr so redselig wie sein Sohn, allerdings war er Hanna wesentlich sympathischer. Obwohl er sich gerade als egoistisch bezeichnet hatte, war es nicht zu übersehen, dass er sich um die Familie Ahlström sorgte.

»Wo verwahren Sie die Schlüssel?«, fragte Erik.

»In einer abschließbaren Geldkassette in diesem Schrank dort.«

Er deutete auf einen grauen Metallschrank, der auf der anderen Seite der Glaswand stand. Hanna fragte sich, wieso die Makler eigentlich alle so besessen waren von Glaswänden. Wollten sie, dass alle den glücklichen Moment miterleben konnten, wenn ein Vertrag unterschrieben wurde?

»Wer hat Zugang zu der Kassette?«, fragte sie.

»Alle, die im Büro arbeiten. Aber Thomas hat seinen Schlüssel dafür natürlich zurückgegeben, bevor er in Elternzeit ging.«

»Und Sie haben wirklich keine Ahnung, was er mit dem Schlüssel wollte?«

»Bedauerlicherweise nicht«, sagte er. »Vielleicht wollte er mal zu Hause raus.«

Er lächelte verlegen, und es war klar, dass er das selbst nicht glaubte.

»Wussten Sie, dass Thomas Ihrem Sohn Geld schuldete?«, fragte Erik.

»Nein.«

Aber die Antwort kam sehr schnell, weshalb Hanna sich ziemlich sicher war, dass das nicht stimmte.

»Wusste Thomas, dass Hektor mal im Gefängnis gewesen ist?«

Karl Friberg betrachtete sie lange, bevor er antwortete.

»Nein, das ist eine Art Familiengeheimnis.«

Er trank einen Schluck Kaffee.

»Und ich habe die Finanzen der Firma fest im Blick«, fuhr er fort. »Hektor war jung und dumm. So etwas würde er nicht noch mal versuchen. Er ist endlich etwas zur Ruhe gekommen.«

»Ihnen ist sicher klar, dass wir das fragen müssen: Wo waren Sie Sonntagabend?«

»Ich war zu Hause. Eigentlich hätten wir unser übliches Familienabendessen gehabt, aber weil weder Hektor noch Selene kommen wollten, waren Madeleine und ich allein. Nach dem Essen war ich im Schuppen. Das müsste ungefähr sechs Uhr gewesen sein. Madeleine kann das bestätigen.«

Die Tür zum Maklerbüro wurde geöffnet. Herein kam der Mann, der am Vormittag mit ihnen vor verschlossenen Toren gestanden hatte.

»War das alles? Dann würde ich jetzt gern weitermachen«, sagte Karl Friberg. »Ich tue, was ich kann, um die Firma zu retten.«

»Ja, uns reicht das erst mal«, sagte Hanna.

Hannas und Eriks Handys piepten simultan, und sie eilten hinaus. Hanna hoffte, dass es um Hugo ging. Dass er gefunden worden war.

Das Bild von Hugo mit dem roten T-Shirt war einmal durch alle Medien gewandert, und auch *Missing People* hatte es in ihren neuen Aufruf aufgenommen – den, der nur noch den Jungen betraf. Es waren sehr viele Hinweise eingegangen, und just diesen fand Ove so glaubwürdig, dass er eine Überprüfung durch sie wünschte. Er hatte ihnen ein Foto weitergeleitet, das eine Frau heimlich von ihrer Nachbarin gemacht hatte. Laut der Frau hatte die Nachbarin psychische Probleme und keine Kinder. Auf dem Foto spielte sie in ihrem Garten mit einem kleinen Jungen in rotem T-Shirt.

Der letzte Tag

Thomas kommt nur wenige Schritte Richtung Tür, ehe Hugo losbrüllt. Unentschlossen bleibt er stehen, dann eilt er zum Gitterbettchen. Hugo hat sich aufgesetzt und starrt erschrocken vor sich, scheint nicht zu begreifen, wo er ist. Thomas nimmt ihn auf den Arm und presst ihn gegen seine Brust, flüstert beruhigend. Sein Sohn hört auf zu weinen, aber als die Klingel ein weiteres Mal kreischt, geht das Heulen sofort wieder los.

Hugo hasst das Geräusch, und Thomas kann ihn verstehen. Es klingt, als würde ein Kleinkind ein Xylofon attackieren. Wenn er es schafft, fährt er kommende Woche nach Kalmar und besorgt eine Türklingel, die nicht so schrecklich laut ist. Das würde Jenny auch gefallen.

»Ich komme ja schon«, murrt Thomas und steuert nun mit Hugo die Tür an.

Davor steht Karl.

»Hallo«, sagt Thomas verwundert.

Dann bricht sofort die Panik über ihn herein: Hat Selene ihn wegen des Schlüssels verpetzt? Karl grüßt zurück, aber sein Blick ist auf Hugo gerichtet. Wahrscheinlich hält er Thomas für den schlechtesten Vater der Welt, weil Hugo so weint. Dabei ist das ja seine Schuld. Widerwillig lässt Thomas seinen Chef herein. Karl spricht von einer Besichtigung, die er heute hatte, in einem Haus in Sandvik direkt am Wasser, während er sich umschaut. Auf dem Boden liegen Bauklötze und Plastikautos verstreut. Beides gehört zu Hugos derzeitigen Lieblingsspielzeugen.

Karl ist nervös, denkt Thomas. Aber warum?

»Wie läuft die Elternzeit?«, fragt Karl.

»Gut«, sagt Thomas.

Karl hat ihm erzählt, wie sehr er es bereut hat, weder bei Hektor noch Selene zu Hause geblieben zu sein. Seine Frau Madeleine scheint den Großteil des Haushalts zu schmeißen. Sie ist jetzt seit fast einem Jahr krankgeschrieben, davor hat sie als Lehrerin gearbeitet. Gott sei Dank beruhigt Hugo sich. Thomas weiß, dass er Karl zum Sitzen auffordern sollte, macht es aber nicht.

»Ich will nicht lange stören«, sagt Karl.

»Kein Problem«, sagt Thomas.

Aber er bezweifelt, dass Hugo so schnell wieder einschlafen wird.

»Ich wollte das bloß lieber persönlich machen«, fährt sein Chef fort.

»Was denn?«, fragt Thomas.

Karl ist vor dem Regal stehen geblieben, genau vor der kleinen Schachtel, in der Lykkes Brief liegt. Die Erinnerung an sein Scheitern, als er zum ersten Mal Vater wurde. Hugo wird langsam schwer, also nimmt Thomas ihn auf seine andere Seite.

»Wir müssen uns leider von dir trennen.«

Erst hält er das für einen Witz. Das kann schließlich nicht wahr sein. Aber Karl weicht seinem Blick aus, außerdem steht ihm der Schweiß auf der Stirn. Wut überkommt Thomas wie eine Druckwelle. Er will sie an Karl auslassen, hält sich aber wegen Hugo zurück.

»Warum?«

Karl seufzt.

»Weil du jetzt Vater bist, wirst du verstehen, warum ich Hektor den Vorzug gebe.«

Dann geht es also um den Streit mit Hektor, nicht um den Schlüssel. Thomas hat schon kurz befürchtet, dass Karl was gemerkt hat, aber vielleicht hat Hektor auch einfach nur Mist über ihn erzählt.

»Was hat Hektor behauptet?«

»Ich habe selbst Augen im Kopf«, sagt Karl. »Aber er hat deine Schulden erwähnt.«

Karl macht einen Schritt vor und streckt die Hand nach Hugo aus, doch Thomas dreht sich ab. Ja, er würde alles für seinen Sohn tun. Aber Hektor ist doch kein Kleinkind mehr. Hektor ist ein Idiot, und das ist Karl auch, weil er es zulässt, dass Hektor alles zerstört. Ihn. Die Firma. Hektor kommt mit allem davon, wofür Thomas beim letzten Job gekündigt wurde. Manchmal taucht Hektor nach einer durchzechten Nacht erst nach dem Mittagessen im Büro auf oder er vergisst wichtige Termine. Ja, Thomas schuldet ihm Geld, aber er leistet insgesamt wesentliche bessere Arbeit als der blöde Angeber.

»Es ist zu viel vorgefallen«, fährt Karl fort. »Nicht nur das mit Hektor. Es funktioniert einfach nicht länger.«

Eine neue Welle der Wut schlägt über Thomas zusammen. Was funktioniert nicht länger? Das ist so verdammt ungerecht, und Thomas droht die Kontrolle zu verlieren. Er ist kurz davor, Karl an den Kopf zu werfen, was er von ihm hält. Aber er beherrscht sich.

»Ich möchte, dass du jetzt gehst«, presst er hervor.

Da schaut sein Chef ihn an. Lächelt unsicher. Vermutlich aus Nervosität, trotzdem provokant. Karl betont sonst immer, wie wichtig es ist, einander zu unterstützen, und dass jeder eine zweite Chance verdient, aber offenbar gilt das nur für seine Kinder. Wie gern würde Thomas ihm sagen, dass er von Hektors Zeit im Knast weiß, doch er hält sich zurück. Glaubt Karl wirklich, dass er davon keine Ahnung hat?

»Mir ist klar, dass …«

»Geh«, unterbricht er ihn.

»Wenn ich irgendetwas tun kann, dann …«

»Nein.«

Endlich geht er, und als die Haustür zuschlägt, umarmt Thomas seinen Sohn. Als dieser anfängt zu weinen, tut Thomas das auch. Wieso muss denn alles so verdammt schwierig sein? Er hätte sich mit Hektor mehr Mühe geben müssen. Aber ihn stört einfach alles an diesem Idioten: seine Oberflächlichkeit, seine Gleichgültigkeit. Dem ist seine Familie doch völlig egal. Vielleicht erinnert er Thomas zu sehr daran, wie er früher mal war. Ihm hätte klar sein müssen, dass er kein Geld von Hektor annehmen sollte, aber er war naiv genug gewesen zu glauben, dass Hektor sich verändert hatte. Dabei hatte dieser mehrfach die ausstehende Summe genutzt, um ihm seine Arbeit aufzuhalsen.

Hugo hat aufgehört zu weinen und betrachtet ihn verwundert. Thomas wischt sich die Tränen weg, aber es kommen immer mehr. Er hätte sich auch bei Lykke mehr Mühe geben sollen. Was ist aus ihr geworden? Thomas hat keine Ahnung und muss sich eingestehen, dass er das alles nicht nachholen kann. Er hat sie im Stich gelassen, und er muss ihr erklären, wie schwer das auch heute noch auf ihm lastet. Sie muss verstehen, wie glücklich ihn der Brief gemacht hat. Dass er nichts lieber will, als Teil ihres Lebens zu sein.

»Papa«, sagt Hugo und streichelt ihm über die Wange.

»Papa ist ein bisschen traurig. Aber das wird schon.«

Dabei fühlt es sich an, als hätte Karl ihm den Boden unter den Füßen weggezogen. Das Fundament zerstört. Er braucht diesen Job. Braucht das Gehalt, die Stabilität. Jenny.

27

Das Foto war nicht sonderlich scharf. Der Junge stand auf dem Rasen und schaute irgendwohin, unklar, wohin genau. Erik zoomte sein Gesicht heran, wodurch die Konturen nur noch undeutlicher wurden. Seine Miene war schwer einzuschätzen, aber er wirkte nicht aufgewühlt, eher verwundert. Die Haare waren blond, das Alter schien zu stimmen, aber allem voran trug er ein rotes T-Shirt – und sie waren recht sicher, dass Hugo bei seinem Verschwinden ein solches trug.

»Was meinst du?«, fragte er.

»Schwer zu sagen«, antwortete Hanna. »Aber es ist sicher gut, den Hinweis ernst zu nehmen.«

»Ganz deiner Meinung, ich …«

Weiter kam er nicht, denn Ove rief an.

»Ich möchte, dass ihr hinfahrt«, sagte er. »Und meldet euch nicht vorher bei ihr. Wenn es sich tatsächlich um Hugo handelt, alarmieren wir sie noch. Das können wir nicht riskieren.«

»Das klingt vernünftig. Habt ihr die Frau schon überprüft?«

»Bisher wissen wir nur, dass sie Olivia Sandén heißt. Sie ist in keinem unserer Register, und es ist unklar, wie sie ihren Lebensunterhalt bestreitet. Ich schicke euch die Adresse. Und falls ihr es noch nicht mitbekommen habt: Leider ist nun allgemein bekannt, in welchem Haus Thomas gefunden wurde, und dass die Maklerfirma, für die er gearbeitet hat, mit dessen Verkauf betreut war.«

Eine Stimme im Hintergrund wurde laut.

»Ich muss auflegen«, sagte er dann. »Die Medien machen ziemlich Druck wegen des Jungen.«

Erik war froh, nicht an Oves Stelle zu sitzen. Er fühlte sich nicht oft beruflich gestresst, aber dies war einer der seltenen Momente. Sein Vater und seine Schwester hatten sich via SMS erkundigt, ob er an den Ermittlungen beteiligt war, nur der Bruder, der mit dem Gedanken spielte, aus dem Polizeiberuf auszusteigen, hatte nichts von sich hören lassen. Der kleine Hugo war nun seit über vierzig Stunden verschwunden, und sie mussten ihn dringend finden. Erik klickte auf die Adresse.

»Wir müssen nach Gårdstorp«, sagte er.

»Also wieder nach Süden«, sagte Hanna.

Kaum hatten sie Färjestaden verlassen, spähte Erik in den Himmel. Das mit dem Vogelschwarm war extrem unheimlich gewesen, aber immerhin konnte Erik gerade nur einen in weiter Ferne entdecken. Dafür gab es umso mehr Wolken, dabei sollte das Unwetter laut Wettervorhersage erst morgen einsetzen, und er hoffte inständig, dass sie Hugo bis dahin gefunden hatten. Nachts waren es mittlerweile nur noch zehn Grad.

Knapp eine halbe Stunde später passierten sie das Ortseingangsschild, auf dem Gårdstorp stand.

»Wie weit ist es von hier nach Södra Möckleby?«, fragte Erik.

»Gleich der nächste Ort.«

Kurz vorm Ende der Ortschaft bremste Hanna, drehte und hielt auf dem Grünstreifen vor einem kleinen roten Holzhaus.

»Sollen wir zuerst mit der Nachbarin sprechen?«, fragte sie.

»Ich glaube, besser nicht. Unser Auftritt wird nicht unbemerkt geblieben sein, man kann uns vom Haus aus sehen. Wir müssen sofort nachsehen, ob Hugo dort ist.«

Sie stiegen aus, öffneten das Metalltor zum Grundstück, das leer war. Keine Kinderstimme war zu hören. Es gab eine Terrasse, aber keinerlei Spielzeug. Eine Frau um die fünfzig öffnete die Tür des Nachbarhauses, und Erik gestikulierte schnell, dass sie wieder hineingehen solle.

Sie traten vor die Haustür, und weil es keine Klingel gab, klopften sie an. Die Frau, die ihnen öffnete, war etwa Mitte dreißig, trug ein Top und dazu einen langen, gemusterten Rock. Die Haare hatte sie zu einem lockeren Zopf zusammengefasst. In Indien war Erik einer ganzen Reihe von Europäerinnen und Europäern begegnet, die genauso aussahen. Im Haus lief der Fernseher. Es klang nach einem Zeichentrickfilm für Kinder, die Stimmen hatten diesen schrillen, leicht hysterischen Ton. Sie präsentierten ihre Dienstmarken.

»Was ist passiert?«, fragte die Frau.

»Sind Sie Olivia Sandén?«

»Ja.«

»Sind Sie allein?«

»Nein …«

Auf ihrem Gesicht spiegelte sich wider, was ihr gerade durch den Kopf gehen musste. Aber wovor hatte sie Angst? Dass jemand Nahestehendes verstorben war? Oder dass ihr der Junge weggenommen würde, den sie entführt hatte?

»Könnten wir kurz reinkommen?«, fragte Erik.

»Selbstverständlich. Aber worum geht es?«

»Wer ist denn außer Ihnen noch da?«

Olivia zögerte, schaute sich dann um, als wäre sie auf der Suche nach einem Fluchtweg. Oder einer Waffe. In einem Korb neben der Tür standen ein Regenschirm und ein langer Schuhlöffel aus Metall.

»Noah«, sagte sie.

»Wer ist Noah?«, fragte Erik.

»Mein Neffe.«

»Wieso ist er hier?«

»Weil … Also, was wollen Sie denn genau?«

Zu der Angst in Stimme und Gesicht mischte sich noch etwas anderes. Ein bisschen Wut vielleicht. Sie waren noch immer nicht weiter in den Flur gekommen.

»Das erklären wir Ihnen gern«, sagte Hanna. »Aber erst möchten wir Noah kurz sehen.«

Sie gingen ins Wohnzimmer, wo ein kleiner Junge neugierig vom Fernseher zu ihnen schaute. In Wirklichkeit wirkte er älter als auf dem Foto. Erik schätzte ihn auf mindestens zwei. Hugo war das mit an Sicherheit grenzender Wahrscheinlichkeit nicht, aber den kannten sie ja trotz allem nur von Fotos.

»Hallo«, sagte Erik. »Wie heißt du?«

»Noah.«

»Wie alt bist du?«

Noah dachte nach und hielt dann Daumen und Zeigefinger in die Luft.

»Könnten Sie mir jetzt bitte erklären, worum es geht?«, bat Olivia.

»Gern«, sagte Erik. »Aber es ist besser, wenn wir dazu woanders hingehen.«

Olivia brachte sie in die Küche, wo sie sich an einen runden Holztisch setzten, der blau gestrichen worden war. Darauf stand eine Vase mit selbst gepflückten Blumen. Die Einrichtung war eine Mischung aus Alt und Neu. Die Fensterbänke waren voller abstrakter Metallskulpturen, davor hing eine weiße Spitzengardine. Der Horizont erschien als gerade Linie Hunderte von Kilometern entfernt. Vielleicht waren das noch Nachwirkungen des Vogelschwarms, aber der trostlose Ausblick erinnerte Erik an einen Horrorfilm.

»Es geht um den vermissten Jungen«, sagte er.

Olivia schaute sie verständnislos an.

»Jemand dachte …«

Weiter kam Erik nicht, da fiel Olivia ihm schon ins Wort: »Meine verdammte Nachbarin.«

Erik wollte durch eine Bestätigung nicht zu weiterem nachbarschaftlichem Unmut führen, also sagte er einfach nur, dass er nicht mitteilen dürfe, woher der Tipp gekommen sei.

»Ich hab sie da draußen rumschleichen sehen«, sagte Olivia, als hätte sie ihn nicht gehört. »Deshalb hab ich Noah gerufen, und wir sind reingegangen.«

Erik schätzte, dass dies der Moment war, den die Nachbarin mit dem Handy eingefangen hatte.

»Bestimmt hat sie auch noch was zu meiner geistigen Verfassung gesagt, oder?«, fuhr Olivia fort.

»Wie geht es Ihnen denn?«, fragte Erik.

Bevor sie wieder aufbrachen, mussten sie sich über ihren Zustand versichern. Aber selbst wenn nicht alles in Ordnung wäre, hätte sie das wohl kaum zugegeben.

»Bestens, vielen Dank. Und Noah auch. Sie können ihn gern selbst fragen, wenn Sie mir nicht glauben.«

»Das ist nicht nötig«, sagte Erik.

Noah erschien ihm wie ein ganz gewöhnlicher Zweijähriger.

»Wie kommt sie denn auf die Idee, dass etwas nicht mit Ihnen stimmen könnte?«, fragte Hanna.

»Ach, wissen Sie, ich bin gern allein«, sagte Olivia und nickte dann zum Haus der Nachbarin. »Und gewisse Menschen können das nicht verstehen. Außerdem schreibe ich gerade an einem Buch über Indien. Ich habe dort Filmwissenschaften studiert.«

Erik musste darüber lächeln, dass er ihr das mit Indien angesehen hatte. Olivia verstand es offenbar als Reaktion auf das Buchprojekt. Jetzt lächelte sie auch.

»Ja, schon klar. Völlig bekloppt, sich zu isolieren und ein Buch zu schreiben, oder? Lieber in einer erfundenen Welt leben zu wollen als in der echten.«

28

Die Nachbarin wartete bei der niedrigen Steinmauer, die ihre Grundstücke voneinander trennte, als sie Olivia Sandéns Haus verließen. Hanna ging zu ihr, wollte dafür sorgen, dass sie Olivia und ihren Neffen in Frieden ließ. Auf ihrer Seite war das Gras gemäht, die Beete waren gepflegt. Olivias Vorgarten war ein bisschen verwildert, und das meiste, was hier wuchs, war essbar.

»Der Junge ist ihr Neffe«, sagte Hanna.

Die Enttäuschung auf dem Gesicht der Nachbarin war nicht zu übersehen.

»Sind Sie sicher?«

»Ja«, sagte Hanna.

»Vielleicht sollten Sie den Jungen trotzdem mitnehmen«, fuhr die Nachbarin fort. »Ich halte Olivia nicht für geeignet, auf ein Kind aufzupassen. Wissen Sie, was …«

»Der Junge hat es gut bei ihr.«

Die Nachbarin wollte widersprechen, aber Hanna bat sie freundlich, wenn auch bestimmt, wieder ins Haus zu gehen. Und sie blieb so lange an der Mauer stehen, bis die Nachbarin genau das getan hatte. Erik wartete schon im Wagen auf sie.

»Ich bin froh, dass die nicht meine Nachbarin ist«, sagte Hanna, während sie sich ans Steuer setzte.

»Ich auch«, sagte Erik. »Unsere direkten Nachbarn sind sehr nett. Wir treffen uns manchmal zum Essen. Apropos Essen: Allmählich wird der Hunger akut. Hier gibt es kein Restaurant, oder?«

»Nein«, antwortete Hanna. »Das nächste ist wohl die Pizzeria in Degerhamn.«

»Degerhamn?«

»Oder was in Södra Möckleby? Das ist ja fast das Gleiche.«

Erik schüttelte nur den Kopf.

»Vielleicht ist das Café im Pfarrhaus von Smedby die beste Wahl«, sagte Hanna. »Das ist ein Stück nördlich von hier.«

Nach dem Treffen mit Gunnar am Sonntag hatte sie nicht das geringste Verlangen nach Pizza. Sie musste sich unbedingt wieder bei ihm melden, aber noch nicht jetzt. Erst wollte sie anders vorankommen. Bloß wie? Es kostete ungefähr genauso viel Überwindung, weiter Kristoffer nachzulaufen, wie sich bei Ester Jensens Tochter Maria zu melden. Gerade hatte Hanna das Gefühl, sich festgefahren zu haben, aber vielleicht lag es auch daran, dass ihr die derzeitigen Ermittlungen so viel abverlangten. Es war fast unmöglich, sich auf etwas anderes zu konzentrieren als auf Hugo.

Eine Viertelstunde später saßen sie im Garten des Cafés, beide eine Schale mit vegetarischem Chili vor sich. Hanna war vor ein paar Wochen mit Ingrid hier gewesen. Ihre Nachbarin hatte sich Göran Schröder anhören wollen, einen klassischen Gitarristen. Da war es noch Hochsommer gewesen, eine geradezu tropische Nacht. Heute dagegen war es fast mutig, draußen zu sitzen, so kalt war es. Vor allem wegen des Winds.

»Lecker«, sagte Erik.

Dabei wäre das vermutlich gerade sein Urteil für alles Essbare. Es dauerte nicht lange, bis er aufgegessen hatte. Ein Blick auf die Uhr verriet, dass es schon drei am Nachmittag war. So war das manchmal an intensiven Arbeitstagen, da kamen sie einfach nicht zum Essen.

»Fahren wir dann jetzt zurück aufs Revier?«, fragte Erik.

»Ja, mehr gibt es für uns schließlich hier gerade nicht zu tun.«

Kaum hatte Hanna das ausgesprochen, klingelte ihr Handy. Das Display zeigte, dass Freya von *Missing People* anrief. Sofort keimte Hoffnung auf. Dass Hugo noch immer vermisst wurde, lastete schwer auf den Ermittlungen. Nein, auf allem.

»Wir haben das Auto gefunden«, sagte Freya atemlos. »Aber es ist niemand drin.«

Hanna schüttelte den Kopf, weil Erik sie so intensiv anschaute.

»Wo steht es?«, fragte sie.

»Auf der unbefestigten Straße, die zum Steinbruch führt. Hier ist so was wie eine Mülldeponie.«

»Wie weit vom Haus in Södra Möckleby entfernt?«

»Oh, das kann ich gar nicht sagen. Mit dem Auto nicht mehr als ein paar Minuten, aber zu Fuß? Keine Ahnung. Wo ist der Junge denn nur?«

»Wir sind in wenigen Minuten da«, sagte Hanna. »Fassen Sie nichts an.«

Während Hanna aufs Gas trat, rief Erik bei Ove an. Die Kriminaltechnik musste kommen, um den Wagen zu untersuchen, außerdem musste das Gebiet für Hubschrauber und Hundestaffel hierher verlegt werden.

An der Einfahrt zu der unbefestigten Straße stand ein Schild, das die Zufahrt nur Berechtigten erlaubte. Nach wenigen Hundert Metern erblickte sie Freya.

Außer Freya standen drei weitere Menschen dort. Einer von ihnen war Isak. Ihr Blick streifte ihn und huschte schnell weiter. Sie wollte nicht, dass er dort war. Nicht ausgerechnet jetzt. Sie hatte nur Kapazitäten für Hugo.

»Gut, dass Sie so schnell kommen konnten«, sagte Freya.

»Wir waren sowieso gerade in der Nähe«, sagte Hanna.

Sie und Erik gingen zu dem Wagen. Es war nicht zu übersehen, dass er hier abgestellt worden war, damit man ihn vom Dorf aus nicht erkennen konnte. Ein großer Haufen von brennbarem Material, überwiegend Äste und Zweige, verdeckte die Sicht auf den Wagen. Außerdem stand er ein Stück abseits des Wegs. Man hätte leicht einfach daran vorbeigehen können, ohne ihn wirklich wahrzunehmen. Weil man glaubte, er gehörte dem Besitzer des Grundstücks oder jemandem, der nur in der Gegend spazieren war. Hanna wusste nicht, wie weit es von hier bis zum Steinbruch war, aber sicher noch einen Kilometer.

Als sie näher kamen, sahen sie, dass eine der hinteren Türen leicht offen stand. Das Fenster war ein Stück heruntergelassen, genauso die Scheibe der Fahrertür. Auf der Rückbank war ein Kindersitz, im Fußraum lag eine leere Babyflasche. Könnte Hugo allein ausgestiegen sein? Oder hatte Thomas ihn bei sich gehabt? Oder war der Wagen später erst versetzt worden? Hanna hatte noch immer keine Ahnung, was genau passiert war.

»Du oder ich?«, fragte Erik.

Anstelle einer Antwort ging Hanna zum Kofferraum und legte die Hand an den Griff. Langsam öffnete sie die Klappe. Schluckte, versuchte, sich zu wappnen.

Doch darin verbargen sich nur ein zusammengeklappter Kinderwagen und ein Stoffbeutel mit Spielzeug für den Sandkasten.

Also kehrten sie und Erik zu den anderen zurück. Ihr fiel es immer noch schwer, Isak anzuschauen, sie hielt bewusst Abstand von ihm.

»Wer hat den Wagen gefunden?«, fragte sie.

»Das waren wir«, sagte Isak und nickte zu den beiden Frauen neben sich.

»Wer war zuerst dicht dran?«

»Ich«, sagte Isak.

»Haben Sie etwas angefasst?«

»Nein, ich habe nur durchs Fenster geguckt.«

Sie spürte Isaks unsicheren Blick, vermied es trotzdem, ihn anzusehen.

»Wir sollten die Suche fortsetzen«, sagte Freya. »Von hier ausgehend.«

»Das ist eine gute Idee«, sagte Hanna. »Aber Sie müssen noch warten, bis die Kriminaltechnik da war, damit sie erst eventuelle Spuren sichern können.«

Erik hatte das Absperrband aus dem Auto geholt und war bereits damit zugange. Die Umstehenden wichen zurück, machten ihm Platz.

»Und wenn wir auf der anderen Seite ansetzen?«, fragte Freya. »Wir könnten zum Steinbruch fahren und von dort anfangen.«

Hanna hatte nicht daran gedacht, dass es ja noch weitere Zufahrtswege gab. Cementa hatte den Steinbruch genutzt, um Zement herzustellen, aber die Produktion war vor wenigen Monaten eingestellt worden.

»Machen Sie das«, sagte sie.

Ihre Antwort wurde fast vom Geräusch des Hubschraubers ertränkt, der herandröhnte. Er glitt über sie hinweg zum Steinbruch.

»Wir suchen noch mal alles vom Haus in Södra Möckleby bis hier ab«, sagte Freya. »Vielleicht haben wir ja beim ersten Mal was übersehen. Sicher ist sicher.«

Hanna nickte. Ihre Dankbarkeit für die Arbeit dieser Frau und aller anderen Freiwilligen, die so viel Zeit investierten, um Hugo zu suchen, war enorm. Sie mussten ihn einfach finden. Es gab keine Alternative. Und gleichzeitig: Die Wahrscheinlichkeit, dass er noch lebte, dürfte mittlerweile auf wenige Prozent gefallen sein. Aber nein, so durfte sie unmöglich denken.

Sie konnte Isak nicht länger ignorieren, verstohlen warf sie ihm einen Blick zu, der ihm nicht entging. Sofort lächelte er sie an. Die braunen Augen funkelten. Hanna zwang ihre Mundwinkel ebenfalls hinauf und wandte dann schnell den Blick ab.

Freya und die kleine Gruppe machte sich auf den Weg zurück in den Ort. Sie selbst mussten beim Auto bleiben, bis die Kriminaltechnik eingetroffen war.

»Ich rufe Frau Ahlström an«, sagte Hanna.

»Sollten wir nicht lieber hinfahren?«, fragte Erik.

»Das dauert zu lange«, sagte sie. »Du weißt doch, wie die Leute sind. Dass der Wagen aufgetaucht ist, kann jederzeit in die Medien wandern, und wenn sie das von jemand anderem als uns erfährt, bekommt sie Panik.«

Jenny Ahlström ging direkt ans Telefon, ihr Tonfall verriet eine sonderbare Mischung aus Hoffnung und Furcht.

»Wir haben Hugo noch nicht gefunden«, setzte Hanna an, »dafür aber Ihr Auto.«

Ein Aufatmen. Dann war die Verbindung unterbrochen. Als Hanna es erneut probierte, war die Leitung besetzt.

»Was ist los?«, fragte Erik.

»Keine Ahnung.«

Hanna zwang sich abzuwarten. Nach etwa einer Minute klingelte ihr Handy.

»Entschuldigung«, sagte Jenny Ahlström. »Ich habe das Telefon zu fest gegen meine Brust gedrückt.«

Ihre Stimme war belegt und schwer zu verstehen.

»Da gibt es nichts zu entschuldigen.«

»Wo wurde das Auto gefunden?«

»Auf einer unbefestigten Straße unweit des Hauses, wo Ihr Mann aufgefunden wurde.«

»Und was heißt das?«

»Das wissen wir noch nicht«, sagte Hanna. »Aber *Missing People* hat die Suche nun verfeinert. Wir geben alles, um Hugo zu finden.«

Auf der darauffolgenden Stille lasteten zu viele offene Fragen und Sorgen.

»Sollen wir vorbeikommen?«, fragte Hanna.

»Nein, machen Sie bitte einfach weiter«, sagte Jenny. »Meine Eltern sind unterwegs zu mir.«

Hanna legte auf und folgte Erik, der zum Steinbruch aufgebrochen war.

»Hugo!«, rief Hanna.

Und leiser, nur für sich hörbar: *Wo bist du?* Die einzige Antwort kam vom Wind, der im Gras und im Gestrüpp raschelte, das entlang des Wegs wuchs. Daran schlossen die Felder an. Hanna starrte auf den schwarzen Punkt, der sich langsam voranarbeitete.

Ein Mähdrescher.

29

Die Seerettung näherte sich dem Segelboot, das vor dem Hafen von Grönhögen auf Grund gelaufen war. Lykke verfolgte das Drama von ihrem Garten aus. Hätte ihre Kraft gereicht, sie wäre hineingegangen, um das Fernglas zu holen. Es war windig, aber nicht mehr als vier oder fünf Meter pro Sekunde. Lykke konnte die nervösen Bewegungen an Deck des Segelbootes erahnen. Ein Seil wurde hinübergeworfen und entgegengenommen. Schon beim zweiten Versuch konnte die Seerettung das Boot befreien, und Lykke verlor das Interesse.

Nach dem Besuch der Polizei war sie auf dem Sofa liegen geblieben, aber danach war es ihr doch gelungen, den Kaffee aufzuwischen und die Überreste der Tasse wegzukehren. Außerdem hatte sie die Waschmaschine geleert, in der über einen Tag lang die fertige Wäsche gesteckt hatte. Jetzt hing sie auf der Leine und hoffentlich gelang es dem starken Wind, den Geruch hinauszupusten.

Sie sollte die Arbeitssuche fortsetzen, aber sie war zu müde, und gerade scheint jeder Gedanke an die Zukunft unmöglich.

Lykke schaute wieder aufs Meer hinaus. Das Boot schwankte und war viel zu schnell, doch diesmal gelang die Einfahrt in den Hafen.

Eine kräftige Windböe ließ Lykke erschaudern. Die Sonne hatte sich hinter einer dichten Wolkendecke verborgen. Lykke fror gerade durchgehend. Sie stand auf, um sich eine Stickjacke zu holen.

Ihr Telefon klingelte, und nach kurzem Zögern ging sie dran. Die Nummer kam ihr vage bekannt vor. Vielleicht war es die Polizei, und sie wagte es nicht, das Gespräch mit ihnen zu meiden. Kaum hörte sie die Stimme am anderen Ende, bereute sie ihre Entscheidung. Es war Jenny.

Jenny wirkte so anders als ihre Mutter. So hart. Und Lykke fragte sich unweigerlich, was Thomas wohl in ihr gesehen hatte. Dabei wusste sie, dass sie ungerecht war. Jennys Kind war verschwunden und ihr Mann gerade gestorben.

Nein, Lykkes Vater war gestorben.

Trotzdem durfte sie nicht traurig sein.

»Wieso hast du Kontakt zu Thomas aufgenommen?«, wollte Jenny wissen.

»Weil er mein Vater ist.«

»Du hast alles zerstört!«

»Ich habe gar nichts …«

»Doch, wenn du diesen Brief nicht geschrieben hättest, wäre … Dann wäre ich …«

Ihre Worte gingen in Schluchzen unter. Lykke setzte noch einmal zu einer Erklärung an, doch da hatte Jenny schon aufgelegt. So oder so egal. Lykke wusste schließlich, was sie angerichtet hatte. Dabei war das nicht der Plan gewesen, sie hatte einfach nur eine Lücke füllen wollen. Jemanden haben, den sie Familie nennen konnte.

Erst jetzt kamen die Tränen. Ihr ganzer Körper bebte von all den Emotionen, die hinauswollten. Der Druck war unerträglich. Lykke schrie laut auf. Doch dann bekam sie so große Angst, dass jemand die Polizei verständigen könnte, dass sie sich zusammenreißen konnte. Sie sackte auf einen Stuhl. Mehrere Minuten saß sie so und ließ den Tränen freien Lauf. Rang um Luft. Irgendwann ebbte der Weinkrampf ab.

Der Schokoladenkuchen im Kühlschrank kam ihr in den Sinn. Ihre vernünftige innere Stimme sagte, sie solle aufstehen und davon essen, aber sie hatte solche Angst. Wenn sie das machte, dann hatte sie gar nichts mehr. Gerade konnte sie zumindest eins gut. Nichts essen.

Lykke stand wieder auf, vorsichtig, aber sie wagte sich wegen des verdammten Schokoladenkuchens nicht ins Haus, also ging sie stattdessen zum Ufer hinunter. Sie musste an ihre Mutter denken. An all den Streit, den sie während ihrer Jugend hatten. Über Freunde. Übers Essen. Über Kleidung. Und wie das alles verschwunden war, nachdem Lykke gesagt hatte, dass sie einen Studienplatz bekommen hatte.

Während ihres ersten Besuchs nach dem Umzug nach Uppsala waren sie sich wie zwei Erwachsene begegnet. Ihre Mutter hatte ihr endlich auf ihre Frage hin von Thomas erzählt. Gesagt, er sei ein charmanter Idiot gewesen. Witzig und gesellig, attraktiv – so ein Typ, auf den die Mädchen standen, aber halt auch einer, der einfach keine Verantwortung übernehmen konnte. Er habe immer mit seinem Kumpel abgehangen, einem gewissen Mille, der vielleicht sogar noch schlimmer gewesen war als Thomas. Und dann irgendwann hatte sie ihn einen egoistischen Scheißkerl genannt. In dem Moment hatte Lykke begriffen, wieso es in ihrer Kindheit und Jugend so viele Regeln gegeben hatte. Ihre Mutter hatte sie in eine bestimmte Richtung steuern wollen. In eine andere als die, die Thomas – und auch sie selbst – eingeschlagen hatte.

Irgendwann musste Thomas sich jedenfalls verändert haben, schließlich hatte er diese Jenny dazu gebracht, mit ihm zusammenzuziehen und ein Kind zu bekommen. Außerdem wusste sie aus der Zeitung, dass er zuletzt als Maklerassistent gearbeitet hatte. Aber eigentlich war es gar nicht so verwunderlich, dass es zwischen ihm und seiner Mutter nicht geklappt hatte. Die beiden waren ja noch Jugendliche gewesen, als sie sich verliebten.

Lykke hatte sich noch kein Bild von Thomas machen können. Ihr Kontakt war so zaghaft gewesen. So überlagert von der jahrelangen Enttäuschung über ihn. Und jetzt konnte sie ihn gar nicht mehr richtig kennenlernen.

Erzähle es. Wieder die Stimme. Aber was würde passieren, wenn sie die Polizei anriefe und sagte: *Es tut mir sehr leid, aber ich habe gelogen. Ich habe Thomas sehr wohl getroffen.*

Nein, das ging einfach nicht.

30

Der Mähdrescher fräste sich unaufhörlich voran. Hanna verbannte den Gedanken an ein Kind, das von ihm zerfetzt wurde, aus ihrem Kopf und rannte weiter. Bevor sie losgelaufen war, hatte sie Erik aufgetragen, Ove darauf anzusetzen, den Eigentümer des Grundstücks zu finden, aber sie war davon überzeugt, dass sie das schneller herausbekam. Der Roggen schlug ihr gegen die Beine. Er reichte ihr bis zum Oberschenkel. In diesem Augenblick war sie sehr dankbar über ihre Größe, und dass dies kein Maisfeld war.

»Hugo!«, rief Hanna.

Eher, um ihre Angst in Schach zu halten, als irgendetwas anderes. Sie versuchte, gleichzeitig nach ihm zu suchen, aber das Wichtigste war erst mal, den Mähdrescher zu erreichen. Ihn zum Stoppen zu bringen. Als sie noch etwa fünfzig Meter entfernt war, fing sie an, mit den Armen zu wedeln. Die gewaltige Maschine steuerte geradewegs auf sie zu, in der Kabine saß jemand mit Baseballkappe. Das Gesicht konnte sie nicht erkennen. Die Ohren waren unter einem großen gelben Gehörschutz verborgen.

Endlich blieb der Mähdrescher stehen. Der Fahrer öffnete die Tür und sprang heraus, riss sich den Schutz von den Ohren.

»Was ist los?«, schrie er.

Er war jünger, als sie erwartet hatte. Etwa ihr Alter. Hanna zeigte ihre Dienstmarke und erklärte atemlos, dass sie den Wagen gefunden hatten, der dem ermordeten Thomas Ahlström gehörte. Dass sie hoffte, die Ernte konnte ausgesetzt werden, bis das Feld abgesucht worden war, schließlich wurde der Sohn immer noch vermisst.

»Ja, selbstverständlich«, sagte er. »Meine beiden Eltern beteiligen sich gerade an der Suche nach dem Jungen.«

»Gehört Ihnen das ganze Grundstück?«, fragte sie.

»Nein, es gibt noch mehr Eigentümer, aber wir sind die Einzigen, die schon mähen.«

Hanna bekam seine Telefonnummer und versprach, sich zu melden, sobald die Suche abgeschlossen war. Der Mann verriegelte die Maschine und ging quer übers Feld davon. Hanna kehrte zu Erik zurück, der gerade mit zwei Hundeführern sprach. Die Schäferhunde saßen artig da und warteten. Nach einem kurzen Nicken in ihre Richtung nahmen sie die Suche im Feld auf. Der eine Hund fiepste vor Aufregung.

Erik erklärte, er habe die direkte Umgebung des Autos abgesucht und nichts gefunden. Also machten sie sich wieder auf den Weg zum Steinbruch, denn weder sie noch er konnte einfach nichtstuend herumstehen und warten. War Hugo allein los? Konnte ein Kind in seinem Alter wirklich eine Autotür von innen aufbekommen? Sie fragte Erik.

»Das bezweifle ich«, sagte er. »Aber vielleicht war sie ja nicht richtig geschlossen.«

Frustriert schaute Hanna sich um. Hier gab es so viele Durchschlupfmöglichkeiten. Die Mauer entlang des Wegs hatte zahllose Löcher. Wie der Weg im weiteren Verlauf aussah, wusste sie nicht mehr. Verzweigte er sich noch? Und, wenn ja, wie häufig? Sie war nur einmal hier gewesen, und das war siebzehn Jahre her. Gab es Brunnen? Das mussten sie auch unbedingt prüfen. Hanna drehte sich um. Sie konnte Ahlströms Wagen fast nicht mehr sehen, sie konnten sich unmöglich noch weiter entfernen. Die Beweiskette durfte nicht unterbrochen werden.

»Wir können nicht länger rechtfertigen, die Suche hier nicht fortzusetzen«, sagte sie.

Erik war ganz ihrer Meinung, also rief sie Freya an, um ihr zu sagen, dass sie einen Trupp durchlassen sollten, der vom Wagen ausgehend starten konnte. Sie erwähnte außerdem, dass die Roggenernte erst mal ausgesetzt wurde und zwei von der Hundestaffel das Feld absuchten. Wenige Minuten später tauchten fünf Leute auf, keiner von ihnen Isak. Hanna war gleichzeitig erleichtert und enttäuscht. Sie führten die kleine Gruppe durch den abgetrennten Bereich, und alle schauten zum Auto.

Erik war hingegangen und lief vorsichtig um den Wagen herum, schien etwas zu suchen.

»Was ist los?«, fragte sie.

»Keine Wickeltasche«, sagte er.

»Und was bedeutet das?«

»Keine Ahnung, aber wo könnte sie sein?«

Auch im Haus in Södra Möckleby war keine gewesen, aber vielleicht war sie ja schon lange vor Thomas Ahlströms Tod verschwunden. Sie wussten schließlich immer noch nicht, wo er gewesen war, seit er am Vormittag den Spielplatz in Skogsby verlassen hatte.

Hannas Handy klingelte. Die Nummer sagte ihr nichts, also musste sie drangehen, schließlich konnte es mit den Ermittlungen zusammenhängen.

»Hallo, ich heiße Veronika Krans und arbeite für den *Expressen*. Können Sie mir etwas über das Fahrzeug erzählen? Gibt es darin Spuren von Hugo?«

»Kein Kommentar«, sagte Hanna und drückte den Anruf weg.

Als Veronika es erneut probierte, ließ Hanna das Telefon einfach klingeln.

Erst eine halbe Stunde später tauchte die Kriminaltechnik auf, aber sie starteten sofort durch. Für Hanna und Erik gab es keinen Grund mehr zu bleiben. Suchen konnten andere besser. Sie gab noch schnell die Information weiter, dass sie eine kleine Gruppe von *Missing People* durchgelassen hatten, aber dass nicht sicher war, ob sie in diese Richtung zurückkommen würden.

Seit Thomas Ahlström tot aufgefunden worden war, hatten sich die Ereignisse überschlagen, zum Innehalten und Nachdenken war keine Zeit geblieben. Nun war es schon sechzehn Uhr, aber der Arbeitstag allem Anschein nach noch lange nicht vorbei.

»Wollen wir Thomas Ahlströms Kumpel Mille Bergman einen Besuch abstatten?«, fragte Hanna.

»Gute Idee«, sagte Erik.

Er klang erschöpft. Besorgt. Genauso ging es ihr auch. Dass ein kleines Kind verschwunden war, zehrte. Sicher war es für ihn noch mal schlimmer, schließlich war er selbst Vater. Die Sehnsucht schlug zu. Das selbst mal erleben.

Laut Jenny war Mille der Einzige von Thomas' Freunden, den sie nach seinem Verschwinden angerufen hatte. Der Einzige, mit dem er auch über Persönliches sprach. Trotzdem hatte Mille sich bisher noch nicht mit ihr in Verbindung gesetzt, obwohl sie in ihrer Sprachnachricht dringend darum gebeten hatte. Er wohnte in Skogsby und hatte einen kleinen Tabakladen in

Färjestaden. Weil er auch jetzt nicht ans Telefon ging, fuhren sie zuerst zu seiner Meldeadresse, trafen ihn dort aber nicht an.

Vor dem Tabakladen prangten die Schlagzeilen der Abendzeitungen. Mit großen schwarzen Lettern fragten sie: *Wo ist Hugo?*

Es missfiel Hanna, dass Mille sie derart ausgestellt hatte. Aber sie wusste auch, dass sie seit sechzehn Jahren ein besonders kaputtes Verhältnis zu den Abendzeitungen hatte. Nach der Festnahme ihres Vaters waren Fotografen auf der Suche nach dem besten Schnappschuss um ihr Elternhaus geschlichen. Um ihre Schule. Außerdem hatten Journalisten sie und ihren Bruder mit Anrufen terrorisiert. Theoretisch war sie erwachsen gewesen, aber damit hatte sie trotzdem nicht umgehen können.

Erik schaute sie fragend an, doch sie schüttelte nur den Kopf.

Hinter dem Tresen stand ein junger Mann, der nicht älter als zwanzig sein konnte.

»Wir suchen Mille Bergman«, sagte Hanna. »Ist er da?«

»Mille!«, rief er durch die Tür nach hinten.

Der Mann, der daraufhin erschien, kam ihr bekannt vor. Als er sie erblickte, blieb er stehen und blinzelte. Vermutlich war ihm klar, dass sie von der Polizei kamen. Dann fiel Hanna ein, wo sie ihn schon mal gesehen hatte.

»Sie waren bei Fribergs Immobilien«, stellte sie fest. »Sie haben sich um die Klimaanlage gekümmert.«

Das Fußballtrikot hatte er gegen ein weißes Hemd getauscht, und nach Alkohol roch er auch nicht mehr.

»Ja«, sagte Mille. »Ich bin Alleskönner.«

»Aber Klimaanlagen?«

»Ich kriege das meiste wieder ans Laufen, das nicht funktioniert. Bei Beziehungen sieht das allerdings anders aus.«

Mille klang ernst dabei, meinte das also nicht scherzhaft.

»Wir würden gern mit Ihnen über Thomas Ahlström sprechen«, sagte Erik.

»Ja, schon klar«, sagte Mille. »Aber lassen Sie uns lieber rausgehen, hier drinnen ist es so eng.«

Sie verließen den kleinen Laden, und Mille ging um die Ecke zum Waldrand. Am Boden lagen Unmengen von Zigarettenstummeln und bei einer der Kiefern eine zusammengeknüllte Chipstüte.

»Ich stehe noch immer unter Schock«, sagte er. »Ich kann einfach nicht begreifen, dass er tot sein soll.«

»Wie lange kennen Sie sich schon?«, fragte Hanna.

»Seit der ersten Klasse«, sagte Mille. »Wir sind beide in Färjestaden aufgewachsen, und er ist der Einzige aus Grundschulzeiten, mit dem ich noch was zu tun habe.«

»Was hat er über seine Arbeit erzählt?«

»Die Einzige, die er da mochte, war Selene – warum auch immer. Hektor hielt er für einen Angeber und Karl für eine Memme.«

»Aha.«

»Aber das hat er nicht an die große Glocke gehängt. Das ist wohl der größte Unterschied zwischen uns beiden. Er war schon immer zu nett. Mir ist es nie schwergefallen zu sagen, was ich denke.«

»Was haben Sie gegen Selene?«

»Wir waren mal zusammen, ist vielleicht so ein Jahr her. Wissen Sie, was Thomas passiert ist?«

Hanna ignorierte seine Frage.

»Was können Sie uns über den Konflikt zwischen Thomas und Hektor erzählen?«

»Thomas hat ihm Geld geschuldet. Sein Auto musste in die Werkstatt, und er hatte nicht rechtzeitig für die Versicherung gezahlt, das wollte er Jenny aber nicht sagen. Hektor hat das Telefonat mit der Werkstatt mitbekommen und ihm dann angeboten, ihm das Geld für die Reparatur zu leihen.«

Mille betrachtete wütend die Zigarettenstummel.

»Hier stehen immer die Kids und rauchen … Aber ich verkaufe natürlich nur an Volljährige.«

»Natürlich«, sagte Hanna. »Und das Auto hätten Sie nicht reparieren können?«

»Autos sind nicht so mein Ding«, sagte Mille. »Klimaanlagen, Kopierer, Computer … So was kriege ich wieder hin.«

»Wie war die Beziehung zwischen Thomas und seiner Frau?«, fragte Erik.

»Gut, schätze ich.«

Mille starrte weiter zu Boden und wirkte so, als würde er liebend gern mit den Füßen auf die Zigarettenstummel losgehen.

»Aber …«, sagte Erik.

»Jenny ist ziemlich herrisch, und damit war Thomas nicht ganz glücklich. Wie gesagt, er war nicht gerade der Beste darin, den Mund aufzumachen.«

»Ist einer von beiden mal fremdgegangen?«

»Das kann ich mir nicht vorstellen. Wobei das das Einzige wäre, was Thomas mir nicht erzählen würde. Es tut mir echt leid, aber ich muss jetzt wieder rein.«

»Sie bleiben noch kurz«, sagte Hanna. »Thomas hat einen Schlüssel aus dem Maklerbüro mitgenommen. Haben Sie eine Ahnung, was er damit wollte?«

»Dann stimmt es also? Dass er in einem Haus gefunden wurde, das sie verkauft haben?«

»Wissen Sie was zu dem Schlüssel?«, hakte Hanna nach.

»Nein, ich habe keine Ahnung, was er damit wollte.«

»Was haben Sie Sonntagabend gemacht?«, fragte Erik.

»Ich war bis ungefähr fünf im Fitnessstudio. Dann bin ich nach Hause, hab geduscht, was gegessen und bin aufm Sofa eingepennt. Ich arbeite mehr, als gut für mich ist, deshalb ist mit mir abends nicht mehr viel los.«

»Leben Sie mit jemandem zusammen?«

»Nein, leider nicht.«

»Wieso haben Sie Sonntag so viel getrunken?«, fragte Hanna.

Mille verschränkte die Arme vor der Brust und schaute zu den Baumkronen.

»Ich hab mich allein gefühlt.«

Hanna und Erik ließen ihn zurück in seinen Laden, nachdem er versprochen hatte, beim nächsten Mal ans Telefon zu gehen, wenn sie anriefen. Hanna seufzte.

»Wir kommen echt gar nicht voran.«

»Was hab ich dir gesagt?«

»Was denn?«

»Du musst positiv denken.«

Hanna schlug spielerisch nach ihm. Das hatte ihre Großmutter auch immer gesagt.

»Ich muss mal bei meiner Großmutter vorbei«, sagte sie.

»Gute Idee«, sagte Erik. »Ich kann dich beim Pflegeheim absetzen, nachdem wir uns kurz mit Ove besprochen haben.«

Sie setzten sich ins Auto, und Erik rief Ove an. Er hatte den Lautsprecher eingeschaltet und fasste schnell die Ergebnisse ihrer Befragung von Mille Bergman zusammen.

»Einer der Nachbarn konnte etwas Interessantes berichten«, sagte Ove. »Am Sonntagabend stand ein Lieferwagen auf der

Straße vorm Haus. Er war sich ziemlich sicher, dass es kurz nach sieben gewesen war. Leider konnte er nur über das Fahrzeug sagen, dass es weiß war und irgendwas mit Bau auf der Seite stand. Ich hab Amer darauf angesetzt.«

»Hat die Befragung früherer Arbeitsgeber etwas ergeben?«, fragte Hanna.

»Nein«, sagte Ove. »Thomas wurde nur einmal rausgeworfen, und da nur, weil er vergesslich und unzuverlässig war. Überall sonst hat er selbst gekündigt. Wartet, mein Telefon klingelt.«

Ove beendete das Telefonat, rief aber nach weniger als einer Minute wieder an.

»Die Hundeführer haben ein Kuscheltuch in Form eines Kaninchens gefunden. Blau. Es lag ganz in der Nähe des Wegs auf dem Feld, Richtung Steinbruch. Erkundigt euch bitte bei Jenny Ahlström, ob Hugo so eins hatte.«

Diesmal legte Erik auf und schaute sie dann an.

»Ich übernehme das«, sagte er. »Aber vorher setze ich dich beim Pflegeheim ab.«

Hanna zögerte, aber das Bedürfnis war noch stärker als vorhin: Sie musste ihre Großmutter besuchen.

»Okay«, sagte sie.

Von hier war es nicht mal ein Kilometer bis zum Pflegeheim, doch es fühlte sich zu weit zum Gehen an. Morgen würde sie mit dem Bus zur Arbeit fahren müssen, schließlich stand ihr eigener Wagen noch vorm Revier.

Erik hielt vorm Eingang, aber Hanna konnte noch nicht aussteigen. Hugos mögliches Schicksal ließ sie nicht los.

»Wenn Hugo noch im Wagen saß oder sich allein vom Haus entfernt hat und ihn jemand gefunden hat … Jeder Mensch bei klarem Verstand hätte doch sofort die Polizei verständigt. Was, wenn dieser Mensch nicht bei klarem Verstand war?«

»Ich hab das auch schon gedacht«, sagte Erik. »Vielleicht hatte Hugo das große Pech, einem Pädophilen in die Arme zu laufen.«

Hanna hätte am liebsten dagegen argumentiert, aber es vergriffen sich statistisch gesehen wesentlich mehr Menschen an Kindern, als dass es Mörder gab.

»Geh ruhig«, sagte Erik. »Ich sprech mit Ove, sobald ich das mit dem Kaninchen geprüft habe.«

Hanna stieg aus und klingelte an der Pforte.

»Gut, dass Sie kommen«, sagte Besma.

Besma arbeitete schon lange hier. Hanna hatte sie schon bei einem ihrer ersten Besuche kennengelernt. Ihr Name war arabisch und bedeutete Lächeln. Besma lächelte zwar nicht oft, aber sie war sehr nett.

»Ihrer Großmutter geht es besser«, sagte sie. »Das Fieber ist gesunken, und wir haben ein bisschen Flüssigkeit in sie bekommen.«

Besma begleitete sie bis zum Zimmer.

»Sie sind Polizistin, nicht wahr?«

»Ja.«

»Ich hoffe, Sie finden den Jungen.«

»Das hoffe ich auch.«

Hanna verharrte kurz vor der Zimmertür. Versuchte, die Ermittlungen weitestgehend auszuklammern, genauso die Hoffnung, dass ihre Großmutter plötzlich wieder zu sich gefunden hatte. Sie lag auf dem Rücken und starrte an die Decke. Hanna setzte sich zu ihr ans Bett. Abgesehen davon gab es eine kleine Sitzgruppe, eine Kochnische und ein Bad. Gemütlich war es auf jeden Fall. Fotos, Kissen und allerhand Kleinkram aus Omas ehemaligem Zuhause. Einem Leben, das es nicht länger gab. Eins der Fotos zeigte ihre Mutter und Oma auf dem Markusplatz in Venedig. Entstanden war es in den frühen Achtzigern während Omas erster Auslandsreise. Vermutlich war es auch die erste ihrer Mutter gewesen, aber das wusste Hanna nicht mit Sicherheit, was sie traurig machte.

Ihr Handy summte, und Hanna fand eine Nachricht von Erik vor: *Hugo hat so ein Kuscheltuch, aber seins ist gefleckt und hat einen Kuhkopf.*

Hanna nahm die Hand ihrer Oma. Sie reagierte nicht mal, als Hanna sie drückte. Sie war so klein und gebrechlich. Ein Teil von Hanna fand, dass sie nun sterben dürfe. Dass sie lange genug gelitten hatte. Ein anderer Teil wollte sie niemals loslassen. Wollte ihre Großmutter zurück. Die, mit der sie sprechen konnte. Die wusste, wer Hanna war. Die sie zu einer Reise nach Italien einladen konnte.

Hanna konnte sich noch gut an das erste Mal erinnern, als Großmutter sie nicht erkannt hatte. Freudig überrascht hatte sie von ihrem Strickzeug aufgeschaut und sie Kristina genannt. Kristina war ihre Tochter, Hannas Mutter und bereits über zehn Jahre tot. Einmal hatte sie Hanna für eine alte Schulfreundin gehalten. Zum Ende hin, kurz bevor sie ganz in sich verschwunden war und nicht länger sprach, hatte sie gedacht, Hanna arbeite im Heim. Das Einzige, auf das sie manchmal reagierte, waren Kinder. Einen Abend hatten sie im Gemeinschaftsraum gesessen, und eine Angehörige von jemand anderem war mit einem kleinen Jungen vorbeigekommen. Da hatte Oma den Kopf gehoben und ihn angelächelt.

Jetzt klingelte Hannas Handy, aber selbst darauf reagierte Oma nicht. Hanna trat ans Fenster, um den Anruf entgegenzunehmen. Dachte, dass ihre Stimme vielleicht dennoch beruhigend auf ihre Großmutter wirkte.

»Hallo, Klara Svensson, wir haben uns heute Vormittag getroffen.«

»Robins Schwester«, sagte Hanna, um deutlich zu machen, dass sie sich erinnerte.

»Ich wollte dir eigentlich was erzählen, aber das war nicht der richtige Zeitpunkt.«

»Was denn?«

»Kristoffer hat mich angerufen.«

»Aha«, sagte Hanna.

Sie konnte nicht begreifen, wieso Kristoffer bei Klara angerufen haben sollte, wo er sich doch noch immer weigerte, mit ihr zu sprechen.

»Wir müssen uns unterhalten«, sagte Klara.

»Worüber?«, fragte Hanna.

»Das kann ich nicht am Telefon sagen.«

MITTWOCH, 21. AUGUST

31

»Wie anzunehmen war, wurde Thomas Ahlström mit der Kaminschaufel erschlagen«, sagte Ove. »Sowohl in der Hals- als auch der Armwunde wurde Asche gefunden. Die Rechtsmedizinerin …«

Hanna umklammerte ihre Kaffeetasse und konzentrierte sich auf Oves Mund, auf die Wörter, die über seine Lippen kamen. Laut Bericht der Rechtsmedizin war Thomas im Laufe des Sonntags irgendwann zwischen siebzehn und zweiundzwanzig Uhr gestorben. Dank des Vorbesitzers wussten sie nun, wie die Mordwaffe aussah, was aber nichts an dem Umstand änderte, dass sie nach wie vor nicht wussten, wo sie war. Doch egal, wie sehr Hanna versuchte, sich auf die Ermittlungen zu konzentrieren, so kreisten doch ganz andere Fragen durch ihren Kopf.

Was wollte Robins Schwester Klara? Die Antwort darauf würde Hanna erst zur Mittagspause bekommen, denn dann war sie bei Klara in Lindsdal. Eigentlich hatte Robins Schwester den Abend vorgeschlagen, doch so lange hätte Hanna unmöglich durchgehalten. Mehrmals hatte sie Kristoffers Nummer angetippt, aber schlussendlich doch nicht angewählt. Eine Hand legte sich leicht auf ihren Arm und zog sie zurück. Daniel schaute sie besorgt an, und erst da bemerkte sie, dass sie wie manisch auf ihrer Tätowierung herumgedrückt hatte. Sie schüttelte nur kurz den Kopf in seine Richtung.

»Das Haus war besenrein«, sagte Ove, »aber der Wind hatte weiße Asche aus dem Kamin geblasen, weil die Drosselklappe offen gelassen worden war. Die Spurensicherung hat einen halben Schuhabdruck direkt vorm Kamin in der Asche gefunden, deshalb ist es äußerst wahrscheinlich, dass er vom Täter stammt.«

Ove warf ein Foto des Schuhabdrucks an die Leinwand. Er bestand aus drei Reihen aus Rechtecken. Die mittlere Reihe war schmaler. Die Muster von Stiefel- oder Turnschuhsohlen waren für gewöhnlich viel verzweigter.

»Da es kein ganzer Abdruck ist, lässt sich die Schuhgröße nur schätzen«, fuhr Ove fort. »Aber es handelt sich vermutlich eher um eine zweiundvierzig als um eine achtunddreißig. Die Kriminaltechnik versucht herauszufinden, um welches Modell und welche Marke es sich handelt. Sicher ist, dass die Abdrücke nicht mit den Sohlen der Schuhe zusammenpassen, die Thomas und Selene getragen haben.«

»Was für Schuhe hat Selene denn getragen, als sie Thomas fand?«, fragte Erik.

»Pumps, Größe neununddreißig.«

Ove verfiel in Schweigen und betrachtete das Foto. Sicher war es gut, den Abdruck zu haben, aber der Beweisgehalt hing stark davon ab, was die Kriminaltechnik noch darüber herausfinden konnte. Oves Schweigen zog sich so lange, dass Amer so tat, als würde er den Chef anrufen. Da wandte Ove sich an Hanna.

»Gute Idee mit dem Pädophilen«, sagte er. »Also, gut ist in diesem Zusammenhang sicher das falsche Wort, aber du weißt ja, wie ich's meine … Leider sind in Södra Möckleby und den umliegenden Ortschaften gerade keine verurteilten Sexualstraftäter gemeldet. Also, ›leider‹ ist hier bestimmt genauso eine unglückliche Wortwahl, aber …«

Er seufzte, und da wurde Hanna bewusst, dass er völlig am Ende war. Sie alle waren erschöpft. Hanna betrachtete Daniel aufmerksam. Klar, er sah auch fertig aus, aber nicht so verzweifelt. Schien gut zu laufen mit seinem Fang.

»Vor dem Hintergrund des Todeszeitpunkts wird der Lieferwagen natürlich besonders interessant«, fuhr Ove fort. »Konntest du ihn ausfindig machen, Amer?«

»Ich habe bei jeder Baufirma der Insel angerufen, aber niemand war Sonntagabend in Södra Möckleby. Ich würde schätzen, dass der Aufkleber angebracht wurde, um keine unnötige Aufmerksamkeit zu erregen. Er stand schließlich vor einem Haus, das gerade verkauft worden war.«

»Bedauerlich, aber such bitte trotzdem weiter«, sagte Ove. »Die Kollegen in Växjö haben noch einmal mit Thomas' Eltern gesprochen, die diesmal ein etwas anderes Bild ihres Sohnes lieferten. Er hatte immer große Probleme mit Beständigkeit. Während des Studiums, bei Arbeitsstellen und bei Beziehungen … Zumindest bis er Jenny kennenlernte.«

»Hat er mal was verbrochen?«, fragte Erik.

»Er ist einmal alkoholisiert Moped gefahren und mit einem Fahrradfahrer kollidiert. Und er hat ihnen Geld gestohlen, aber immer nur Kleinbeträge.«

Ove nahm seine schwarze, runde Brille ab und putzte sie mit einem Hemdzipfel.

»Wie läuft es mit Lykke Henriksen?«, fragte er und schaute zu Daniel. »Kann jemand bestätigen, dass sie eine Beziehung mit diesem Dozenten hatte?«

»Die Nummer, die sie uns gegeben hat, gehört zu einer nicht registrierten Prepaidkarte, wir können sie also unmöglich sicher mit Roger Wasselius in Verbindung bringen.«

»Okay, dann konzentriere dich erst mal auf was anderes«, sagte Ove. »Finde jemanden, der was über Lykke und den Dozenten weiß. Oder auch einfach nur über Lykke.«

Daniel nickte, und Ove wandte sich an Carina.

»Kannst du uns etwas über die Finanzen der Familie Ahlström erzählen?«

»Jenny Ahlströms Gehalt hält die Familie über Wasser. Der Job bei Fribergs ist die längste Anstellung, die Thomas vorweisen kann. Bis dahin hatte er überwiegend Gelegenheitsjobs und recht lange Phasen der Arbeitslosigkeit. Die größte Last ist der Hauskredit. Sie haben das Haus vor weniger als einem Jahr gekauft.«

»Deutet irgendwas auf kriminelle Machenschaften hin?«, fragte Ove.

»Vielleicht«, sagte Carina. »Es gibt ein paar Einzahlungen von Beträgen zwischen zwei- und fünftausend Kronen. Insgesamt handelt es sich um achtundzwanzigtausend Kronen.«

»Wer hat sie getätigt?«

»Vermutlich er selbst. Aber das wird noch genauer analysiert.«

»Gut. Und was geben die Handydaten her, Daniel?«

»Thomas Ahlström hat überwiegend mit seiner Frau telefoniert«, sagte Daniel. »Und diesem Mille Bergman. Darüber hinaus gibt es eine Reihe …«

»Wie war die Kommunikation mit der Frau?«, unterbrach Erik ihn.

»Nichts deutet auf Probleme hin«, sagte Daniel. »Es handelt sich um kurze Gespräche, fast keine SMS. Schätzungsweise haben sie über WhatsApp oder einen anderen Messenger geschrieben.«

»Okay, entschuldige die Unterbrechung.«

»Das Auffälligste ist der Kontakt mit Hektor. In den vergangenen Wochen haben sie sehr viele SMS geschrieben, und der Ton wurde immer aggressiver. Offenbar wollte Hektor sein Geld zurück.«

»Wie weit gingen die Drohungen?«, fragte Ove.

»*Ich mach dein Scheißauto platt, wenn du nicht zahlst*«, las Daniel vor.

»Okay«, sagte Ove. »Darauf müssen wir Hektor unbedingt ansprechen. Sonst noch was?«

»Thomas war am Sonntag mit Selene zum Mittagessen verabredet, das geht aus mehreren SMS hervor. Und …«

»Selene hat ausgesagt, dass sie Thomas vor zwei Wochen zuletzt gesehen hat«, fiel Hanna ihm ins Wort.

»Okay, dann werdet ihr auch bei ihr noch mal nachhaken müssen«, sagte Ove.

Der Tag hatte kaum angefangen, und schon war die Aufgabenliste lang. Aber sie mussten einfach alles geben. Weder beim Steinbruch noch entlang des Weges, an dem der Wagen stand, hatte *Missing People* eine Spur des Jungen gefunden. Auch die Hundestaffel hatte mit nichts als dem Kuscheltuch aufwarten können, das jemand anderes verloren haben musste. Södra Möckleby war einmal durchsucht, genauso die umgebenden Felder, und die Polizei hatte fast jedes Haus des Orts abgeklappert. Wer bisher nicht angetroffen worden war, würde heute einen weiteren Besuch bekommen. Oft dauerte es, bis man alle erreicht hatte. Manche waren nicht zu Hause, andere wollten nicht öffnen. Die Suche wurde trotzdem fortgeführt, das Gebiet auf die Umgebung von Södra Möckleby erweitert, falls Hugo sich eigenständig entfernt hatte.

»Hat die Kontrolle der Freiwilligen, die sich an der Suche beteiligen, schon was ergeben?«, fragte Hanna.

»Die Liste wird noch geprüft«, sagte Ove. »Bisher ist nur ein auffälliger Name dabei: eine Frau, die des Menschenraubs verdächtigt wird. Ihr solltet mal mit ihr sprechen, du und Erik.«

Hanna nickte. Wenn jemand Hugo entführt hatte, ob nun absichtlich oder weil sich die Gelegenheit bot, standen die Chancen gut, ihn noch lebend zu finden.

32

Die Verdächtige hieß Linda Claesson und wohnte im Trollbackevägen in Berga, einem nördlichen Stadtteil von Kalmar. Dort wohnte auch die Frau, deren sechsjährige Tochter sie mutmaßlich entführt haben sollte. Da Hugo oberste Priorität hatte, fuhren sie zuerst zu ihr. Seit seinem Verschwinden waren nun über sechzig Stunden vergangen.

»Meinst du, dort finden wir Hugo?«, fragte Erik und fuhr auf den Norra vägen.

Hanna zuckte mit den Schultern. Letzte Nacht hatte Erik von toten Kindern geträumt. Er hatte neben dem verlassenen Auto gestanden und zum Mähdrescher geschaut. Der grauschwere Himmel war dunkel gewesen vor Vögelsilhouetten. Der Fahrer des Mähdreschers war angerannt gekommen und hatte geschrien, dass er tot sei. So etwa zu dem Zeitpunkt hatte Erik begriffen, dass dies ein Albtraum war, trotzdem hatte er nicht aufwachen können. Er war zu seinem Wagen zurückgekehrt und hatte Nilas blutüberströmten Körper auf dem Rücksitz vorgefunden. Dann endlich hatte ihn der Traum freigegeben, und als er sich einigermaßen beruhigt hatte, musste er sofort einen Videoanruf nach Indien starten. Als er seine Tochter wohlauf im Display sah, konnte der Albtraum sich vollständig von ihm lösen. Nila und Supriya ging es gut.

»Das ist ein ganz schönes Stück von Berga noch Södra Möckleby«, sagte er dann.

»Stimmt«, sagte Hanna. »Aber sie könnte ihn ja während der Suche gefunden haben.«

»Sind sie nicht in Gruppen unterwegs?«

»Doch, aber auch aus Gruppen kann man sich fortschleichen«, sagte Hanna. »Oder behaupten, dass man eine Pause braucht, und etwas zurückfallen.«

Sie sprach schnell und klang leicht wütend, als wolle sie ihn in seine Schranken verweisen.

»Was ist los?«, fragte er.

Vielleicht war auch sie von Albträumen geplagt worden. Albträumen, die sie noch in ihren Fängen hatten.

»Was meinst du?«

»Du bist komisch.«

»Komischer als sonst, meinst du?«, fragte Hanna.

Sie musste selbst gehört haben, dass ihr Scherz nicht funktioniert hatte, denn sie fuhr fort:

»Es ist was passiert, aber darüber kann ich gerade nicht sprechen.«

»Okay«, sagte Erik und verkniff sich jedes weitere Wort.

Man konnte nicht bis zum Haus vorfahren, also stellte er den Wagen auf den Parkplatz. Sie umrundeten die Schranke und gingen das kurze Stück bis zu dem schmutzig gelben Mehrfamilienhaus. Linda Claesson war krankgeschrieben und sollte zu Hause sein. Im großen Innenhof gab es eine Rasenfläche, Bäume und einen Spielplatz, wo eine Mutter ihr Kind auf der Schaukel anstieß.

Vermutlich wohnten hier recht viele Familien mit Kindern. Erik hielt einer Frau die Tür auf, die gerade umständlich einen Kinderwagen die Treppe herunterbugsiert hatte. Es gab keinen Aufzug, aber Linda Claessons Wohnung lag glücklicherweise im Erdgeschoss. Stufen machten seinen Beinen noch immer zu schaffen, doch der Muskelkater ließ allmählich nach. Erst nach mehrmaligem Klingeln wurde ihnen von einer Frau in einem alten rosafarbenen Bademantel geöffnet.

Erik sagte, dass sie von der Polizei seien, woraufhin nicht die sonst übliche Reaktion folgte. Kein Stress. Keine Angst. Diese Frau hatte offenbar nichts zu verlieren.

»Dürften wir kurz reinkommen?«, fragte er.

»Ungern. Ich habe gerade geschlafen und würde mich gern gleich wieder hinlegen.«

»Hatten Sie eine harte Nacht?«, fragte Hanna.

Ihre Biestigkeit war weg. Was immer passiert war, sie hatte sich davon befreien können.

Linda nickte.

»Wir werden Sie nicht lange aufhalten«, sagte Erik.

Sie mussten in die Wohnung, damit sie sich umsehen konnten.

»Worum geht es?«, fragte Linda Claesson.

»Um Hugo«, antwortete Hanna. »Den verschwundenen Jungen.«

Linda ließ die Türklinke los und machte ein paar Schritte rückwärts in den Flur. Sie folgten ihr. Sie fragte nicht mal, warum sie mit ihr über das Kind sprechen wollten, und das fand Erik auffällig. Linda ging voran in die kleine Küche. In der Spüle stand ein tiefer Teller mit Resten angetrockneter Sauermilch. Bevor Erik sich setzte, bat er, sich kurz umsehen zu dürfen, und sie nickte nur.

Es handelte sich um zwei Zimmer, in denen nur das Nötigste stand. Auf den ersten Blick sah es ordentlich aus, weil nichts herumlag, aber vor den Fußleisten sammelte sich der Staub. Erik öffnete alle Schränke und schaute ins Bad. Nirgendwo gab es Hinweise auf ein Kind. Auf einer Kommode stand das gerahmte Foto eines lächelnden Mannes um die dreißig. Aufgenommen im Schlosspark. Erik blieb kurz vor dem Foto stehen, bevor er in die Küche zurückkehrte. Die Wohnung und ihre Bewohnerin lösten ein Gefühl von Unbehagen bei ihm aus. Gestern hatte er nicht anders gekonnt, er hatte die Ermittlungen mit seinem Vater diskutieren müssen, und der schien Hannas Einschätzung zu teilen, dass Hugo entführt worden war.

»Erzählen Sie uns, was vergangenen Monat passiert ist«, bat Hanna.

»Aber das habe ich doch schon alles den anderen Polizisten gesagt.«

»Wiederholen Sie es bitte für uns.«

»Das war ein Missverständnis. Das Mädchen war allein draußen im Hof und hat sich gelangweilt. Ich war mit ihr im Kiosk und hab ihr ein Eis gekauft.«

»Sie waren über drei Stunden weg«, sagte Hanna.

Dazu zuckte Linda nur mit den Schultern, wollte dem wohl nichts mehr hinzufügen. Seit dem Vorfall waren ein paar Wochen vergangen, und die Staatsanwaltschaft beriet noch immer, ob Anklage erhoben werden sollte oder nicht. Erik hoffte es, aber er war nicht wegen der Sechsjährigen hier, sondern wegen Hugo.

»Wieso haben Sie sich an der Suche beteiligt, die *Missing People* organisiert hat?«, fragte Erik.

»Ich wollte helfen«, sagte Linda.

Sie wandte das Gesicht ab zum Fenster, das zum Spielplatz im

Hof führte. Gestern Abend hatte Erik zu Hause gegessen und war dann noch mal spazieren gegangen, um die Beine ein bisschen zu lockern. Bei der Badestelle Kattrumpan hatte er sich auf eine Bank gesetzt und den Leuten zugeguckt, die noch eine Runde schwimmen gingen oder auf dem Spielplatz waren. Nila fehlte ihm so sehr, ihm war das Herz ganz schwer geworden. Kattrumpan war einer ihrer Lieblingsorte. Sie hatte gedacht, das war ein Scherz, als sie den Namen zum ersten Mal hörte. Wieso nannte man einen Badeplatz auch Katzenpopo? Es war schon zu spät zum Telefonieren gewesen, wahrscheinlich hatte das mit zu dem Albtraum geführt.

»Und wieso sind Sie heute nicht dabei?«, fragte Erik.

»Das war zu anstrengend.«

»Sind Sie Hugo gestern begegnet?«, fragte Hanna.

Linda schüttelte den Kopf. Mehr schien sie nicht herauszubringen. Noch stellte sie nicht infrage, wieso sie das überhaupt von ihr wissen wollten. Dann wiederum deutete Hannas Frage schließlich an, dass sie Hugo gefunden und dann versteckt haben könnte.

»Wünschen Sie sich Kinder?«, hakte Hanna weiter nach.

»Mit meinen Eileitern stimmt was nicht«, antwortete Linda. »Ich kann nicht schwanger werden.«

Aus jedem Wort sprach tiefe Sehnsucht.

Als Nila wenige Jahre alt war, hatten Erik und Supriya sich ein Geschwisterchen für sie gewünscht, aber nach drei erfolglosen künstlichen Befruchtungen aufgegeben. Für eine In-vitro-Fertilisation war Supriya dann zu alt. Wie wäre das gewesen, wenn sie zu dem Zeitpunkt Nila nicht gehabt hätten? Schließlich waren sie auch zu dritt eine Familie.

Erik konnte ihre Sehnsucht nachfühlen, aber sie war trotzdem keine Entschuldigung für ihre Tat. Mehrere Stunden lang hatte eine Mutter nicht gewusst, was mit ihrem Kind geschehen war. Die Sechsjährige hatte ausgesagt, dass es anfangs lustig gewesen sei, doch als sie dann zu ihrer Mutter zurückwollte, habe Linda das verboten. Von ihr verlangt, ihre Tochter zu spielen. Damit gedroht, sie sonst wegzusperren. Die Sechsjährige hatte sie außerdem als klammerig beschrieben.

»Wer ist der Mann auf dem Foto im Wohnzimmer?«, fragte Erik.

»Mein Ex. Er hat mich wegen meiner Unfruchtbarkeit verlassen.«

Linda schaute noch immer aus dem Fenster. Die beiden Frauen draußen schienen einander zu kennen. Sie sprachen miteinander, während ihre Kinder schaukelten.

»Haben Sie hier Verwandtschaft?«, fragte Erik.

»Meine Eltern. Wieso?«

»Unterstützung ist immer gut«, sagte er. »Können Sie mit Ihren Eltern sprechen?«

Linda schüttelte den Kopf. Eigentlich wollte er mit seiner Frage herausfinden, zu wem sie Kontakt hatte. Ob es jemanden gab, bei dem sie Hugo vielleicht gelassen haben könnte.

»Und irgendwelche engen Freunde oder Freundinnen?«, fuhr er fort. »Mit denen Sie das hier teilen können?«

»Von denen erträgt mich niemand mehr«, sagte Linda.

Erik schaute zu Hanna, die bisher ungewöhnlich still geblieben war. Ihr Blick war auf einen schmalen Eckschrank gerichtet, der neben dem Fenster stand. Im Schrank standen viele Teller, nur in einem Fach lag ein schwarzes Fernglas. Linda fuhr herum, um zu sehen, was die beiden betrachteten.

»Ich möchte, dass Sie jetzt gehen.«

33

An der Decke im Wohnzimmer war ein Riss. Der war Lykke bisher nicht aufgefallen, obwohl er mehrere Zentimeter lang war. Sie sollte ihn verspachteln und dann überstreichen, aber was, wenn dies ein Zeichen dafür war, dass mit dem Haus etwas nicht stimmte?

Lykke drehte sich auf die Seite, um ihn nicht länger sehen zu müssen. Sie hatte die vergangene Nacht auf dem Sofa verbracht, hatte es nicht bis ins Bett geschafft. Die Erinnerungen an Roger lauerten überall. Wie sie zusammen im Bett gelegen und Kris Kristofferson gehört hatten. Mit der Musik an sich hatte Lykke nicht viel anfangen können, aber sie hatte gern Roger zugehört, wie er davon erzählte. Von seiner Sehnsucht, dass es ihn fortzog. Sie wäre so gern mit ihm nach Nashville gezogen. Immerhin waren sie wenige Wochen später nach Vaxholm gefahren.

Lykke reckte sich nach ihrem Handy auf dem Couchtisch und suchte die Nachrichten von Roger heraus.

Ich liebe dich. /R

Er hatte ihr eine Menge solcher Liebesbekenntnisse geschickt, und es tat unfassbar weh, jetzt zu wissen, dass er nichts davon ernst gemeint hatte. Wie hatte sie so naiv sein können? Wut keimte in ihr auf. Dieselbe Wut, die sie gespürt hatte, als sie seine Autoreifen zerstach. Als sie bei ihm zu Hause anrief, um seiner Frau zu sagen, was für ein Mistkerl er war.

Was wäre passiert, wenn Rogers Frau zu Hause gewesen wäre? Lykke will es sich nicht mal vorstellen. Selbst wenn seine Frau ihn verlassen hätte, wäre er danach kaum richtig mit ihr zusammengekommen. Am meisten litt wohl das Kind unter der Situation, das nur wenige Monate älter war als ihr kleiner Bruder.

Hugo.

Lykke sah ihn vor sich. Wie er auf die Rutsche geklettert war und sich auf den Bauch gelegt hatte. Erst da war ihr richtig bewusst geworden, dass sie einen Bruder hatte. Es hatte so gefährlich ausgesehen, weshalb sie über den Zaun gesprungen und zu ihm gerannt war, aber Thomas war vor ihr dort gewesen.

Dieser Scheißroger. Alles war seine Schuld.

Obwohl sie wusste, dass sie es nicht tun sollte, schickte Lykke ihm eine SMS.

Du hast mein Leben zerstört.

Vermutlich hatte sie wegen Roger die Doktorandenstelle nicht bekommen. Nicht weil er einen irgendwie gearteten Einfluss hätte, den hatte aber ihr Studiengangsleiter.

Mehrere Minuten lang lag Lykke da und starrte aufs Display, aber es kam keine Antwort. Sicherlich hatte Roger das Telefon gar nicht mehr. Lykke schleuderte ihr Handy weg. Es knallte auf den Boden. Verdammt, das war jetzt bestimmt auch kaputtgegangen. Sie hob es wieder auf, fuhr mit dem Finger übers Display, konnte aber keine Risse oder Kratzer entdecken.

Wie konnte es sein, dass sie ihn vermisste? Nach allem, was er getan hatte?

Mit zittrigen Beinen ging sie in die Küche, öffnete den Kühlschrank und starrte eine Weile lang den Schokoladenkuchen an. Dann schloss sie die Tür wieder und griff nach der Kaffeekanne.

Der Hunger war ein Monster, das betäubt werden musste. Einen Schluck, mehr bekam sie nicht runter. Der Magen wollte keinen Kaffee, der Magen wollte Nahrung. Lykke stürzte zum Kühlschrank, riss den Kuchen aus seiner Packung und stopfte ihn sich Stück für Stück in den Mund, kaute kaum, schluckte direkt.

Jetzt war die Angst das Monster. Warf sich mit ihren scharfen Krallen auf sie. Zerfetzte sie. Sie war wertlos. Was sie getan hatte, war unverzeihlich. Sofort rannte sie ins Bad, ging vor der Kloschüssel in die Knie, steckte sich den Finger in den Hals und übergab sich.

34

»Wozu brauchen Sie ein Fernglas?«, fragte Hanna.

Linda Claesson hatte den Blick immer noch auf das Eckregal gerichtet.

»Ich schaue gern in den Hof«, sagte sie.

»Warum?«

»Ich bin einsam.«

Sie wandte den Kopf weiter ab.

»Ich möchte, dass Sie jetzt gehen«, wiederholte sie.

Sie hatte zwar all ihre Fragen beantwortet, aber richtig anwesend war sie nicht gewesen. Vermutlich nahm sie irgendwelche Medikamente. In ihr lauerte eine tiefe Dunkelheit, und Hanna ahnte, dass mehr dahintersteckte als die Sehnsucht nach Kindern. Nach einem kurzen Zögern stand sie auf.

Hugo war nicht hier. Trotzdem fühlte es sich wie ein Versagenseingeständnis an zu gehen. Ihre Gedanken wanderten zu Robins Schwester Klara, aber Hanna zwang sie schnell zurück. Diese Dunkelheit musste warten.

»Ich glaube, wir sollten ihre Eltern verständigen«, sagte Hanna zu Erik, als sie das Haus verlassen hatten.

»Ja, das hab ich auch schon gedacht«, sagte Erik.

Hanna suchte die Nummer heraus. Lindas Eltern hatten noch einen Festnetzanschluss.

»Sie sprechen mit Familie Claesson«, sagte eine Männerstimme.

Hanna stellte sich vor und erklärte, warum sie und ihr Kollege bei seiner Tochter gewesen waren. Dann fragte sie, wann sie Linda zuletzt gesehen hatten.

»Was hat sie jetzt wieder angestellt?«, fragte der Vater.

»Wieso fragen Sie das?«

»Ich dachte, es geht vielleicht um den Nachbarsjungen«, sagte er deutlich vorsichtiger.

»Wieso sollte es um den Nachbarsjungen gehen?«

Das Kind, das Linda mutmaßlich entführt hatte, war ein sechsjähriges Mädchen gewesen. Der Vater flüsterte mit jemandem, vermutlich seiner Frau. Hanna schnappte nur *Polizei* und *Linda* auf.

»Sie hatte letzte Woche Streit mit einer Nachbarin«, sagte der Vater dann.

»Was war der Grund?«

»Der Sohn der Nachbarin. Die Nachbarin fand, Linda war zu aufdringlich, und drohte damit, die Polizei zu rufen.«

»Was hat Linda denn mit dem Jungen gemacht?«

»Das weiß ich nicht«, sagte der Vater. »Linda meinte, sie hat nur beim Spielplatz gesessen und ihm beim Spielen zugeschaut. Aber … Ich schätze mal, da war noch mehr. Sie werden ja sicher bemerkt haben, dass es ihr nicht gut geht.«

»Es geht um Hugo«, sagte Hanna. »Den Jungen, der …«

Ein leichtes Keuchen ließ sie verstummen. Offenbar hörten am anderen Ende zwei zu.

»Wie Sie hören, wissen wir, wer das ist.«

»Hat Linda von ihm gesprochen?«

»Nein. Wieso waren Sie denn deshalb bei ihr?«

»Sie hat sich an der Suche beteiligt.«

»Aha«, machte der Vater. »Mit uns spricht sie kaum noch. Wir scheinen ihr zu anstrengend zu sein.«

»Wann haben Sie Linda zuletzt gesehen?«, fragte sie noch einmal, weil ihr das nicht beantwortet worden war.

»Letzten Samstag.«

Der Vater versprach, noch heute zu seiner Tochter zu fahren. Hanna war davon überzeugt, dass die Eltern nichts über Hugo wussten, trotzdem hatte das Telefonat die Sorge in ihr nur verstärkt. Linda Claesson hatte also tatsächlich psychische Probleme, und der Zwischenfall mit dem Mädchen war nicht das einzige Mal gewesen, dass sie sich einem Kind gegenüber auffällig verhalten hatte. Was, wenn sie wirklich Hugo entführt hatte? Was hatte sie dann mit ihm angestellt? Sicher nichts Gutes. Wieder drängte sich ihr der Gedanke an Klara auf. Als wäre ihr ganzer Körper in Alarmbereitschaft.

»Und jetzt? Wollen wir nach Öland?«, fragte Erik.

Hanna warf einen Blick auf die Uhr. Bald halb elf. Es würde dauern, Hektor und Selene Besuche abzustatten. Kurz dachte sie darüber nach, Klara zu sagen, dass sie es doch nicht schaffen würde. Aber nein, sie musste das jetzt wissen. Sonst stand es ihr bei ihrer Arbeit im Weg.

»Wie wäre es erst mit einem frühen Mittagessen?«, fragte sie. »Ich muss nach Lindsdal.«

»Hat das mit dem zu tun, worüber du vorhin nicht sprechen wolltest?«

Hanna zögerte, entschied dann aber, von dem gestrigen Anruf zu erzählen, und dass sie die Schwester eines alten Freundes ihres Bruders treffen wollte.

»Soll ich mitkommen?«

Verwundert schaute sie ihn an.

»Ist das so eine sonderbare Frage?«, wollte er wissen. »Wir verstehen uns doch mittlerweile supergut.«

Sie spürte, dass sie rot anlief. Meinte er das ernst? Sie war sich nicht sicher. Vielleicht war das ein Scherz.

»Ja«, sagte sie. »Da hast du recht, das tun wir.«

Meist fühlte sie sich auch wohl mit ihm, aber das war etwas, das sie allein machen musste, das spürte sie. Auch, wenn nicht sogar besonders, wegen der laufenden Ermittlungen. Und Erik bestand nicht auf sein Angebot, sondern sagte, er würde mit Ove noch einmal über Linda Claesson sprechen. Sie mussten dringend herausfinden, wie sie die letzten Tage verbracht hatte.

Während sie zum Wagen zurückkehrten, rief Hanna bei Freya von *Missing People* an, aber sie erreichte nur die Mailbox. Also hinterließ sie die Nachricht, dass sie um einen Rückruf bat – ohne einen Anlass zu nennen. Sie wollten wissen, ob Linda Claesson während der Suche irgendwie aufgefallen war.

Nachdem sie Erik beim Polizeirevier abgesetzt hatte, fuhr sie in den Norden der Stadt. Sie hatte überlegt, sich vorher etwas zu essen zu besorgen, aber am Ortseingang von Lindsdal gab es nur eine Pizzeria, und darauf hatte sie noch immer keinen Appetit. Vielleicht würde sie etwas Kleines in dem Geschäft daneben finden, aber dann wurde ihr bewusst, dass sie sowieso keinen Bissen herunterbekäme. Sie musste einfach sofort zu Klara Svensson. Musste wissen, was sie ihr erzählen wollte. Bisher hatte sie nur erfahren, dass Kristoffer irgendwann nach ihrem Gespräch Montagabend bei Klara angerufen hatte. Aber warum?

Der letzte Tag

Zur Hölle mit Karl Friberg. Thomas' Verzweiflung war wieder der Wut gewichen, er war so wütend auf seinen Chef, dass er gar nicht wusste, wohin mit sich. Dass Karl die Frechheit besaß herzukommen, um ihn zu feuern, und dann einen auf gut Freund zu machen und so zu tun, als würde ihm das alles nahegehen. Aber Selene konnte ihm nicht von dem Schlüssel erzählt haben, oder? Nein, sonst hätte er ihn zurückverlangt.

Oder? Es wäre sicher klug, die Sache abzublasen, aber egal wie sehr Thomas das möchte, er weiß, dass es nicht geht.

Thomas kehrt ins Schlafzimmer zurück und legt Hugo wieder in sein Bettchen, aber sein Sohn spürt seine Aufregung, und es ist unmöglich, ihn zum Einschlafen zu bewegen. Hugo weint und strampelt sich immer wieder frei, obwohl Thomas vor dem Bett am Boden sitzt, eine Hand durch die Gitterstäbe gesteckt. Nach einer Weile hebt er Hugo hoch und legt sich mit ihm ins Ehebett. Aber auch das hilft nicht. Hugo weigert sich stillzuhalten. Nicht mal, als Thomas mit ihm im Arm auf und ab geht, kommt er zur Ruhe. Schlussendlich weiß sich Thomas nicht anders zu helfen, als in die Küche zu gehen, Hugo in seinen Hochstuhl zu setzen und ihm ein Wassereis zu geben.

Jenny mag es nicht, wenn Thomas dem Kleinen Süßigkeiten gibt, aber ein Wassereis ist ja praktisch nichts anderes als gefrorener Saft. Davon wird die Welt schon nicht untergehen.

Außerdem ist Wochenende.

Fasziniert beobachtet Thomas seinen Sohn dabei, wie er über das Eis lacht. Er liebt es, sich kalte Dinge in den Mund zu stecken. Vielleicht kommen ja schon die nächsten Zähne. Bisher hat Hugo erst vier. Alles, was jetzt noch an seine Untröstlichkeit erinnert, sind die geröteten Wangen.

Thomas macht ein Foto und schickt es Jenny. Zu spät fällt ihm auf, was er da getan hat.

Zuckerschnute!, schreibt sie, ohne das Eis weiter zu kommentieren.

Wir haben Sehnsucht nach dir, schreibt Thomas.

Und es stimmt, er hätte nicht gedacht, dass man überhaupt solche Sehnsucht haben kann. Er freut sich nur nicht darauf, ihr erzählen zu müssen, dass Karl ihn vor die Tür gesetzt hat. Erst vor einer Woche hatte Jenny betont, wie schön es sei, dass er endlich ein geregeltes Einkommen habe. Sie wird sicher verlangen, dass er Karl verklagt, schließlich darf man niemanden feuern, weil er Elternzeit nimmt. Dabei ist das nicht der wahre Grund. Geht es wirklich nur um Hektor oder weiß er von den Schlüsseln? Thomas kann sich von der Befürchtung nicht frei machen, dass Karl Bescheid weiß. Aber dann hätte er ihn doch längst angezeigt. Oder auch nicht. Karl würde nichts tun, um die Firma in Gefahr zu bringen.

Thomas betrachtet seinen Sohn, und schon überwältigt ihn eine Woge des Selbstmitleids. Jenny wird ihn für einen noch größeren Versager halten. Mit der Kündigung könnte sie vielleicht noch leben, mit dem anderen nicht. Dass er sich nicht gegen

Mille durchsetzen konnte. Sie wird ihn rausschmeißen, und dieser Gedanke reißt ihm den Boden unter den Füßen weg. Er will sich das mit Jenny nicht versauen, will nicht zu dem zurückkehren, wie es war, bevor er sie kannte.

»Mehr«, sagt Hugo.

Thomas ignoriert das Betteln seines Sohnes und hebt ihn aus dem Kinderstuhl. Er muss das irgendwie rumreißen. Muss der Vater werden, den Hugo verdient.

»Wollen wir mit dem Zug spielen?«, fragt Thomas.

»Zug!«, wiederholt Hugo.

Sie haben ihm zum ersten Geburtstag eine Spielzeugeisenbahn geschenkt. Er ist immer noch zu klein dafür, aber er mag es, die Räder zu drehen.

Hugo stolpert zur Kiste mit den Einzelteilen, und Thomas hilft ihm, sie auszukippen. Schnell räumt er die Bauklötze und anderen Spielzeuge weg, die verstreut herumliegen. Dann fügt er Schienenteile zusammen, während Hugo die Lok vor und zurück zieht. Die Angst, nicht mehr Teil von Hugos Leben sein zu können, ist plötzlich überwältigend. Er kann nicht zulassen, dass Karl so mit ihm umspringt. Er muss seinem Chef einen Besuch abstatten und ihn dazu zwingen, die Kündigung zurückzunehmen.

35

Hanna bog in die leere Auffahrt, die zu dem weißen Backsteinhaus gehörte, in dem Klara Svensson wohnte. Sie sah sofort, dass in der Küche kein Licht brannte. Was, wenn Klara gar nicht zu Hause war? Sie war fast eine Stunde zu früh, und Hanna hatte sich nicht vorab melden wollen, aus Angst, dass Klara dann gleich absagen würde.

Hanna drückte einen Reporter des *Barometern* weg. Er hatte gestern Abend schon mal angerufen, aber er hatte sich nur vorstellen können, dann hatte sie ihn schon weggedrückt und seine Nummer einschließlich seines Namens gespeichert. Hanna stieg aus, ging dann über die Steinplatten, die bis zur Veranda führten. Hier war es so anders als in der Gegend, in der sie aufgewachsen war. Die Häuser standen viel dichter, und die Natur, die den Ort umgab, bestand aus Hügeln, Feldern und Wäldern.

Ihr Herz setzte einmal aus, als sich ihr Finger der Klingel näherte. Sie wollte das hier so sehr, wie sie es nicht wollte. Fast augenblicklich waren Schritte zu hören. Hanna warf einen Blick zum Auto, doch zum Umkehren war es zu spät. Klara öffnete mit einem Baby auf dem Arm und einem Kleinkind, das sich an ihr Bein klammerte.

»Ich bin zu früh, ich weiß«, sagte Hanna. »Ich hoffe, das ist in Ordnung.«

»Kein Problem«, sagte Klara. »Entschuldige das Chaos. Ich bin in Elternzeit mit dem Baby, und die Große ist erkältet. Ich hatte noch vor aufzuräumen.«

»Ich bin einfach froh, dass es so schnell klappt.«

Das Kind, das Klara *die Große* genannt hatte, war schätzungsweise vier Jahre alt. Sie hatte ganz glasige Augen und eine laufende Nase. Hanna lächelte sie an, woraufhin das Mädchen sich hinterm Bein ihrer Mutter versteckte.

»Ich werfe das Unterhaltungsprogramm an«, sagte Klara. »Du kannst dich gern so lang in die Küche setzen.«

Klara verschwand mit den Kindern die Treppe hinunter, und Hanna zog die Schuhe aus und ging ins Haus. Trat sofort auf einen Legostein, konnte einen Fluch aber gerade noch unterdrücken. Sie hob den Legostein auf und legte ihn auf die Anrichte. Obwohl sie damit gerechnet hatte, zuckte sie beim Dröhnen des Fernsehers zusammen, weil er so laut war. Als Klara zu ihr zurückkehrte, hatte sie nur noch das Baby auf dem Arm.

»Sie ist erst fünf Monate alt«, sagte Klara. »Sie versteht noch nichts von dem, was wir besprechen.«

Hanna lächelte auch dieses Kind an, und diesmal wurde ihr Lächeln erwidert.

»Wer hat denn gestern auf die Kinder aufgepasst, als du bei der Suche warst?«

»Meine Schwiegermutter kümmert sich jeden Dienstagnachmittag um die beiden«, sagte Klara. »Da war die Große schon ein bisschen verrotzt, aber so schlimm wie heute war es nicht. Und ich wollte gern bei der Suche nach Hugo helfen.«

Hanna nickte. Dieses Bedürfnis konnte man ja nur gutheißen.

Es war wirklich rührend, wie viele sich an der Suche beteiligten. Laut Angaben des Lokalsenders waren es gestern um die tausend Freiwillige gewesen.

»Wie schon gesagt hat Kristoffer mich Montag angerufen«, setzte Klara an.

Dann schwieg sie, als ob die Erwähnung ihres Bruders ausreichte, damit Hanna verstand, worum es ging. Doch das tat sie nicht. Natürlich ahnte sie, dass es mit ihrem Gespräch über Gunnar und die Ermittlungen zu tun hatte, aber wieso hätte Kristoffer sich danach ausgerechnet bei Klara melden sollen? Sie hatte gedacht, ihr Bruder habe alle Kontakte nach Schweden gekappt.

»Und was wollte er?«, fragte Hanna also.

»Mit Robin sprechen, und er hatte gehofft, dass ich den Kontakt herstellen könnte.«

Schon die Art, wie Klara das sagte, verriet Hanna, dass sich zu Robin kein Kontakt mehr herstellen ließ. Trotzdem war sie auf den nächsten Satz nicht vorbereitet.

»Robin ist tot«, sagte Klara.

Dabei betrachtete sie ihre kleine Tochter, die auf ihrem Schoß saß, an ihrer Hand zog und fröhlich gluckste. Von unten war ein schrilles Lachen zu hören.

Wann war er gestorben? Wo? Wie? Das hätte Hanna gern sofort gefragt, sprach aber erst mal ihr Beileid aus. Weil Klara nicht von sich aus weitersprach, hakte Hanna schließlich nach, wie es passiert war.

»Ein Autounfall«, sagte Klara. »Vor fünf Jahren.«

Hanna spürte die Schwere alles Ungesagten.

»Was wollte Kristoffer von ihm?«

»Keine Ahnung.«

»Aha«, machte Hanna und konnte ihre Enttäuschung nicht verbergen. »Aber wieso wolltest du dann mit mir sprechen?«

»Robin ging es schlecht«, sagte Klara. »Direkt nach der Schule hat er erst mal beim Supermarkt gejobbt, aber nach einem Jahr hat er so ziemlich jede Energie verloren. Er hat nie was mit seinem Leben angefangen, und nach dem wenigen zu urteilen, was er erzählt hat, lag das auch irgendwie an Kristoffer.«

»Wie denn?«

»Ich glaube, die haben zusammen was Dummes angestellt.«

Hanna wusste nicht, was sie darauf erwidern sollte. Also betrachteten sie beide das Baby, das nun das Hemd seiner Mutter gepackt hatte und daran zog. Vielleicht hatte es Hunger. In Hannas Kopf jagten die Gedanken einander. Was Dummes. Zusammen. Wieder musste sie an den Abend beim Pokern mit Robin und Kristoffer denken. Wie aufgedreht die beiden gewesen waren.

»Was hat Robin denn gesagt, das dich auf diese Idee gebracht hat?«, fragte Hanna schließlich.

»Dass er nicht auf ihn hätte hören sollen«, sagte Klara. »Und ihre Freundschaft endete ja praktisch vom einen Tag auf den anderen. Ich hab mal vorgeschlagen, dass er Kristoffer anrufen solle, ich fand einfach, er konnte mal was anderes tun als nur vorm Computer rumhängen. Dazu sollte ich vielleicht erwähnen, dass Robin eine Zeit lang bei mir gewohnt hat.«

»Was hat Robin darauf erwidert?«

»Nichts. Er hat mich nur angeglotzt, als wäre ich verrückt.«

Jetzt schaute Klara sie direkt an.

»Weißt du, was das gewesen sein könnte?«, fragte sie. »Was die beiden angestellt haben?«

»Hat Kristoffer irgendwas gesagt?«, fragte Hanna.

»Nein, aber er hat ziemlich komisch reagiert, als ich sagte, Robin ist tot. Er hat einfach aufgelegt.«

Hanna musste an ihr Telefonat mit Kristoffer denken. Das genau auf die gleiche Art geendet hatte. Allerdings hatte er vor dem Auflegen geweint.

»Seit Robins Tod will ich wissen, was ihn geplagt hat«, fuhr Klara fort. »Und als ich dich gesehen habe und mir klar wurde, wo du arbeitest, dachte ich, du kannst mir vielleicht helfen. Oder wir einander. Wie geht es Kristoffer denn eigentlich? Am Telefon hat er jetzt auch nicht gerade den besten Eindruck gemacht.«

36

Erik saß an seinem Computer und klickte ein Foto von Hugo an. Das, auf dem er auf dem Boden saß und mit Bauklötzen spielte. Um sich daran zu erinnern, was auf dem Spiel stand.

Der Bericht der Kriminaltechnik zu Thomas Ahlströms Wagen war gerade gekommen, die Auswertung einer Reihe von gesicherten Spuren würde noch dauern. Leider war sein Handy nicht im Auto gewesen. *Missing People* suchte noch immer, aber das Gebiet wurde größer und größer. Brunnen waren geprüft worden, genauso verlassene Gebäude, in die Hugo geklettert sein könnte. Es wurde immer wahrscheinlicher, dass der Junge entführt worden war, entweder bevor oder nachdem Thomas getötet wurde.

Aber von wem? Und warum? Erik hoffte inständig, dass es nicht Linda Claesson oder jemand wie sie gewesen war. Erik hatte mit ihrem Ex-Freund gesprochen, der gesagt hatte, sich nicht etwa wegen ihrer Unfruchtbarkeit von ihr getrennt zu haben, sondern weil sie den Kindern seiner Schwester gegenüber zu aufdringlich geworden war. Ove hatte Daniel aufgetragen, Linda Claesson noch einmal genau zu prüfen.

Hugo wurde nun auch durch Interpol gesucht. Jährlich verschwanden Tausende Personen in Schweden, ein Zehntel von ihnen waren Kinder. Die meisten konnten innerhalb weniger Stunden gefunden werden. Wenn sich, wie in diesem Fall, die Polizei einschaltete, wurden ganze siebenundneunzig Prozent gefunden. Und von den Kindern? Erik wusste es nicht, aber ihm wollte kein einziger Fall einfallen, wo in Schweden ein verschwundenes Kind nicht wiedergefunden wurde. Aber was nutzte das, wenn Hugo immer noch vermisst wurde und der Rettungseinsatz bereits den zweiten Tag lief?

Erik klickte das Foto weg und suchte stattdessen eins von Nila. Auf dem Bild war sie vier Jahre alt. Die Aufnahme stammte aus dem Sommer, trotzdem lag sie mit einer Weihnachtsmütze und rosa Ohrenschützern im Bett. Sie hatten Gäste gehabt, und obwohl Nila sie gebeten hatte, leise zu sein, war es ihnen nicht ganz geglückt. Aber seine Tochter war so einfallsreich und witzig und … Erik reckte sich nach seinem Telefon, um Supriya zu schreiben, aber genau in dem Moment rief Ove an.

»Wir haben noch einen Freiwilligen, der sich an der Suche von *Missing People* beteiligt hat, den ihr überprüfen müsst.«

»Wer ist es?«

»Isak Aulin.«

Erik brauchte einen Moment, um dem Namen das richtige Gesicht zuzuordnen. Isak Aulin hatte den Wagen gefunden, und er war Lehrer an der Schule in Gårdby. Erik war ihm das erste Mal im Zuge der Ermittlungen um Joel Forslunds Tod begegnet.

»Wieso ist er für uns interessant?«

»Er steht im Verdachtsregister. Wegen Misshandlung.«

»Wegen Misshandlung?«, fragte Erik.

Das entsprach nicht gerade dem Eindruck, den er von Isak

Aulin gewonnen hatte, aber Menschen waren nicht immer, wie sie auf den ersten Blick wirkten.

»Ja, er hat im Sommer als Betreuer bei einem Ferienlager gearbeitet und dort einen Jungen so heftig gepackt, dass der blaue Flecken bekam. Außerdem hat er vor sieben Jahren seine Partnerin verloren.«

»Inwiefern ist das relevant für …«

»Sie war im achten Monat schwanger.«

»Wie ist sie gestorben?«

»Sie war krank.«

»Okay, Hanna und ich sprechen mit ihm.«

Erst nach dem Auflegen fiel Erik auf, dass es da vielleicht ein Problem gab. Er hatte den Eindruck, dass Hanna sich ein bisschen in Isak verguckt hatte. Sollte er sie fragen? Nein, sie würde es nur abstreiten. Also rief Erik erst mal bei Isak Aulin an, um festzustellen, wo er war, und tat so, als ginge es um das gefundene Fahrzeug. Dann blieb er erst mal sitzen und starrte das Telefon an.

»Du siehst nachdenklich aus«, sagte Hanna, die gerade ins Dienstzimmer trat.

»Dich wollte ich just in diesem Moment anrufen«, sagte Erik. »Wollen wir los nach Öland?«

»Darf ich noch kurz einen Blick in meine Mails werfen?«

»Klar.«

In der Zwischenzeit versuchte Erik, Selene und Hektor zu erreichen. Selene ging nicht ans Telefon, aber Hektor war im Büro und versprach, dort zu bleiben. Erst als sie im Wagen saßen und schon die Tiefgarage verlassen hatten, erklärte Erik, dass sie zu einer weiteren Vernehmung mussten.

»Zu wem denn?«

»Isak Aulin.«

Erik sah aus dem Augenwinkel, dass sie sich zu ihm drehte, konnte aber ihren Gesichtsausdruck nicht erkennen, weil er gerade nach links abbog.

»Warum?«

Erik berichtete von der Misshandlung und der schwangeren Partnerin, die gestorben war.

»Und davon schließen wir darauf zurück, dass er Hugo hat?«

»Du hast doch die Theorie aufgeworfen, dass Hugo entführt wurde.«

»Ja, schon, aber … Wissen wir, wo er ist? Isak, meine ich.«

»Er ist in der Schule. Er hat gesagt, er wartet dort auf uns. Ich finde, wir sollten mit ihm anfangen, schließlich wäre es eine Spur Richtung Hugo.«

»Hast du erwähnt, worum es geht?«

»Ich hab behauptet, es hat mit dem gefundenen Wagen zu tun.«

Je weiter nach Osten sie kamen, desto dunkler wurde der Himmel. Den ganzen gestrigen Tag über hatte es sich angefühlt, als wäre ein Unwetter im Anmarsch, jetzt war es nicht mehr weit. Selbst die Luft im Auto war drückend. Hanna starrte stur geradeaus. Am liebsten hätte er gefragt, ob er das allein übernehmen solle, doch darauf würde er nur ein irritiertes Nein ernten. Und egal, wie kompliziert das emotional für sie war, er zweifelte nicht daran, dass sie eine Befragung professionell durchführen konnte. Das hatte er häufig genug beobachtet, selbst wenn diese Art von Gefühl bislang keine Rolle gespielt hatte.

Sie erreichten Gårdby, und Erik hielt unter einem dunkelgrauen Himmel vor der Schule. Beim Aussteigen bekamen sie die ersten Tropfen ab. Ein paar Kinder spielten auf dem Hof

Fangen oder etwas Ähnliches. Isak kam ihnen entgegen, und Erik beobachtete aufmerksam ihn und Hanna. So, wie sich die beiden verstohlen anschauten, war eine gewisse Spannung nicht zu übersehen.

»Wir können uns ins Lehrerzimmer setzen«, sagte Isak.

»Müssen Sie die Kinder nicht beaufsichtigen?«

»Ich habe mittwochs früh Feierabend, das heißt, ich bin gerade nicht für sie verantwortlich. Eigentlich wollte ich mich jetzt wieder der Suche anschließen, aber das kann warten. Gibt es was Neues?«

»Nein«, sagte Hanna. »Leider nicht.«

»Viele Eltern sind besorgt«, sagte Isak. »Sie bringen ihre Kinder zur Schule, holen sie wieder ab, lassen sie abends nicht raus.«

Eine junge Lehrerin saß in einem der Sessel und las das *Ölandsbladet*, aber sie ging, als Isak sie darum bat. Er bot ihnen Kaffee an, doch sie lehnten beide ab. Dann setzten sie sich an einen kleinen Tisch.

»Warum möchten Sie mit mir über den Wagen sprechen?«, fragte Isak.

»Weil Sie ihn gefunden haben«, sagte Erik.

»Das war ja nicht ich allein.«

»Nein, aber Sie haben doch erzählt, dass Sie ihn zuerst erreicht hatten.«

»Das stimmt.«

»Was genau haben Sie dann gemacht?«

»Erst habe ich das Kennzeichen geprüft, ob es wirklich der richtige Wagen ist. Dann habe ich hineingeschaut, ob Hugo vielleicht drinsitzt. Weil er nicht drin war, habe ich die anderen geholt.«

Isak sprach langsam, als müsse er dabei nachdenken.

»Dann habe ich Freya angerufen.«

Erik nickte.

»Würden Sie uns erklären, was im Sommer in Mörbylånga passiert ist?«

»Bei dem Ferienlager?« Isak sah verwundert aus.

»Genau.«

»Ein Zwölfjähriger hat einen Neunjährigen in einen Abstellraum gesperrt und ihn schwul genannt. Als ich ihn bat, die Tür aufzuschließen, hat er nur gelacht. Dann hab ich ihn weggezerrt. Das bereue ich absolut nicht, selbst wenn ich dafür verurteilt werde.«

Mit jedem Wort sprach er schneller. Es war nicht zu übersehen, dass ihn die Frage aufgeregt hatte. Erik schluckte. Was er als Nächstes tun musste, machte ihn nicht froh, aber es gehörte nun mal zum Job.

»Sie haben vor sieben Jahren Ihre schwangere Partnerin verloren«, sagte er.

»Ja ...«

Alles an ihm sackte ab: Schultern, Mundwinkel, Augenbrauen ... Er schielte zu Hanna, die kein Wort gesprochen hatte, seit Erik die Befragung gestartet hatte.

»Mir ist nicht klar, was der Tod meiner Partnerin damit zu tun hat«, fuhr er fort.

Er schaute Erik flehend an, und dann blitzte Wut in seinen Augen auf.

»Sie glauben doch nicht etwa, dass ich Hugo entführt habe?«

37

Hinter Isak befand sich eine Pinnwand, an der Zeichnungen und Postkarten hingen. Hanna war zu weit entfernt, um sie lesen zu können, nahm aber an, dass es Grüße von Schülern waren. Sie sollte etwas sagen oder Isak wenigstens anschauen – aber stattdessen starrte sie ein gelbes Viereck an, das vermutlich die Schule darstellen sollte. Es war von krakeligen schwarzen Bäumen umgeben.

»Wieso sollte ich Hugo entführen?«

»Bitte, bleiben Sie ruhig«, sagte Erik. »Wir machen nur unseren Job.«

»Das macht nicht den Eindruck.«

Die Wörter vibrierten vor unterdrückter Wut.

»Wir wollen Hugo finden«, sagte Erik. »Und um das zu tun, müssen wir jede Möglichkeit in Betracht ziehen.«

»Wie können Sie …«

Weiter kam er nicht. Hanna warf ihm einen kurzen Blick zu. Er tat ihr so unendlich leid – was für ein unfassbarer Verlust das damals für ihn gewesen sein musste. Und ja, solche Verluste konnten zu geistiger Verwirrung führen. Aber Isak erweckte nicht den Eindruck, geistig verwirrt zu sein. Im Gegenteil: er schien sein Leben völlig unter Kontrolle zu haben. Und doch hatte er einen Zwölfjährigen viel zu fest gepackt. Konnte man seiner Version trauen? So viele widerstreitende Gedanken und Gefühle wirbelten in Hanna, das stärkste war das Bedürfnis, sich bei ihm dafür zu entschuldigen, einfach hier reingetrampelt zu sein und nach seiner Partnerin gefragt zu haben. Aber Erik hatte natürlich recht, sie hatten keine andere Wahl. Hugo wurde seit drei Tagen vermisst, sein Vater war tot aufgefunden worden, und sie tappten noch immer im Dunkeln.

»Wenn Sie keine weiteren Fragen haben, wäre ich froh, wenn Sie jetzt gehen«, sagte Isak. »Dann kann ich mich wieder der Suche nach Hugo anschließen.«

»Wir sind gleich fertig«, sagte Erik. »Was haben Sie gemacht, nachdem Sie den Wagen gefunden haben?«

»Ich bin nach Hause gefahren«, sagte Isak. »Ich konnte einfach nicht weitersuchen.«

»Hat jemand gesehen, wie Sie weggefahren sind?«

»Ich habe den anderen aus der Gruppe gesagt, dass ich aufbreche, von denen wird mich jemand gesehen haben.«

Hanna wollte einfach nur, dass die Fragerei aufhörte. Als Erik aufstand, tat sie das Gleiche. Das einzige Gefühl, das sie beim Verlassen des Lehrerzimmers begleitete, war, etwas zerstört zu haben, das sie nicht hatte zerstören wollen. Im Flur stieß sie fast mit der Lehrerin zusammen, die Zeitung gelesen hatte. Gerade war sie mit einer leeren Tasse unterwegs ins Lehrerzimmer. Sie war klein und niedlich, und sofort hatte Hanna es sogar noch eiliger. Kaum war sie durch die Eingangstür hinausgetreten, atmete sie erst einmal tief die kühle Luft ein. Sie war feucht und schwer, das Unwetter konnte jederzeit losgehen.

»Wir müssen allen Hinweisen nachgehen«, sagte Erik.

»Ich weiß«, sagte sie. »Mir ist nur nicht klar, wieso ich so reagiere.«

Erik grinste nur, woraufhin sie ihm einen finsteren Blick zuwarf. Sie kehrten zum Auto zurück.

»Scheiße«, sagte sie. »Ist es so offensichtlich?«

»Ja, aber immerhin ist er nicht schwul.«

Im Frühjahr war Erik nicht entgangen, welche Wirkung Daniel auf sie gehabt hatte, und irgendwann hatte er ihr erklärt, wieso sie bei dem Kollegen keine Chancen gehabt hätte. Sofort kämpfte sie mit dem Selbstmitleid. Sie hatte so wenige Menschen, denen sie sich anvertrauen konnte. Eigentlich nur Ingrid und bis zu einem gewissen Grad auch Rebecka und Erik, aber das verstärkte die Sehnsucht nur noch. Sie wollte nicht länger allein sein.

»Ich werde mal mit den anderen aus Isaks Suchtrupp sprechen«, sagte Erik.

Sie stiegen ein und fuhren los.

»Manchmal ist es einfach so wahnsinnig ungerecht«, seufzte Hanna.

»Was meinst du?

»Das Leben an sich, wie sich die Dinge entwickeln.«

»Ja, da hast du recht.«

Auf halber Strecke nach Färjestaden brach das Unwetter über sie herein. Der Regen donnerte aufs Dach und auf den Asphalt. Mit ihrem Seufzer hatte sie sich selbst genauso gemeint wie Isak. Hin und wieder dachte sie nämlich darüber nach, wie ihr Leben wohl verlaufen wäre, wenn ihre Mutter nicht gestorben wäre, wenn ihr Vater nicht … Aber was hatte er denn genau getan? Schon wanderten ihre Gedanken wieder zu Klara, zu dem, was sie erzählt hatte. Eigentlich hatte sie mit Klara über Ester Jensen sprechen wollten, aber hatte dann doch davon abgesehen. Klara hätte das sofort durchschaut, und Hanna musste erst Kristoffer erreichen. Jetzt konnte sie ihn unmöglich anrufen, weil sie nicht allein war. Deshalb schickte sie eine SMS:

Ich habe Robins Schwester getroffen. Worüber wolltest du mit Robin sprechen?

Es kam keine Antwort. Nicht, dass sie damit gerechnet hätte. Sie würde Kristoffer weiter bearbeiten müssen.

Erik parkte direkt vor der Maklerfirma, und obwohl sie hinrannten, waren sie fast durchweicht.

»Was für ein Wetter«, sagte Erik.

Hektor ignorierte den Small-Talk-Versuch. Er war allein im Büro, stand nicht mal auf für sie. Also gingen sie zu ihm, und Hanna warf einen Blick auf seine Füße. Er trug polierte schwarze Lederschuhe.

»Welche Schuhgröße haben Sie?«

»Zweiundvierzig«, sagte Hektor. »Was wollen Sie denn jetzt schon wieder von mir? Ich vermute, Sie interessieren sich nicht nur für meine Füße?«

Obwohl Hanna wusste, dass es nicht die gesuchte Sohle sein würde, bat sie, unter den Schuh sehen zu dürfen. Die Sohle dieser Schuhe war fast glatt.

»Sie haben Thomas Ahlström gedroht«, stellte Hanna fest.

»Hab ich das?«

Hanna las die SMS vor:

»Ich mach dein Scheißauto platt, wenn du nicht zahlst.«

»Sie haben das Auto doch gefunden«, sagte Hektor. »War es platt gemacht?«

»Nein«, antwortete Hanna nach kurzem Zögern. »Aber das ändert ja an der Drohung nichts. Vielleicht haben Sie ja spontan lieber ihn plattgemacht.«

»Das war doch nur hohles Gelaber«, sagte Hektor. »Übrigens war ich Sonntagabend gar nicht zu Hause. Montagmorgen auch nicht.«

»Wo waren Sie denn?«, fragte Erik.

»Bei einer Frau.«

»Wieso haben Sie das nicht gleich gesagt?«, fragte Hanna.

»Ich dachte nicht, dass es was zur Sache tut«, sagte Hektor. »Ich hab das erste Mal bei ihr übernachtet, und ich wollte mir nicht eine mögliche Wiederholung verbauen, indem ich ihr gleich die Bullen auf den Hals hetze, die nachfragen, ob ich wirklich bei ihr war.«

»Namen und Telefonnummer«, forderte Erik.

Hektor schrieb beides auf einen Zettel und reichte ihn rüber.

»Rufen Sie ruhig an«, sagte er. »Ich glaube, sie ist sowieso nix für mich.«

Ohne ein weiteres Wort verließen sie das Büro und rannten zurück zum Wagen. Der Regen schlug aufs Autodach. Sofort musste sie an Hugo denken. Wie er auf einem Feld kauerte, durchgefroren, hungrig und verängstigt. Aber diese Vorstellung war dennoch besser als die Alternativen. Hanna stellte die Heizung und Lüftung im Auto an. Sie wollte gerade Selenes Nummer wählen, da rief Ove an. Der Bericht von der Kriminaltechnik zu Thomas Ahlströms Kleidung war gekommen.

»An den Schuhen waren Spuren von Schattenlilien. Das sind …«

»Seltene Blumen, ich weiß. Seine Tochter Lykke hat Schattenlilien im Garten.«

Der letzte Tag

Der Pullover sitzt zu eng am Hals. Thomas legt das Schienenteil weg und zieht am Halsbündchen. Er bekommt keine Luft. Verzweifelt schaut er zu Hugo, der immer noch die Lok übers Parkett zieht. Sein kleiner Sohn könnte ihm so oder so nicht helfen. Thomas will aufstehen und in die Küche, aber er kommt nur bis zum Sessel. Keuchend sinkt er hinein. Sein Mund ist wie ausgetrocknet. Es sticht im linken Arm.

Ich habe einen Herzinfarkt. Ich sterbe.

Sein Gesichtsfeld verengt sich zu einem Streifen. Verzweifelt versucht er, sich an Hugos Anblick zu klammern, der vor ihm auf dem Boden sitzt. Wie soll er klarkommen, bis Jenny wieder zu Hause ist? Was, wenn er rausläuft? Auf die Straße? Nein, das darf einfach nicht passieren. Irgendwie muss Thomas den Notruf erreichen. Wo ist sein Handy? Er sieht nur Schatten um sich tanzen und schluchzt laut.

»Papa«, sagt Hugo.

Thomas schaut in die Richtung, aus der das Geräusch kommt, und dort, auf dem Boden vor seinem Sohn, ist ein schwarzer Fleck. Das muss es sein.

Das ist kein Herzinfarkt. Du hast eine Panikattacke.

Kaum begreift Thomas dies, lässt der Druck auf den Brustkorb nach, und er kann ein paarmal hektisch durchatmen. Kann Hugo anlächeln, der daraufhin sofort wieder im Spiel versinkt. Er hält den Blick auf seinen Sohn gerichtet und zwingt sich, langsam zu atmen. Dann gelingt es ihm endlich, aufzustehen und in die Küche zu schwanken. Er füllt ein Glas mit eiskaltem Wasser und stürzt es hinunter. Ein paar Sekunden lang bleibt er an die Spüle gelehnt stehen, bis sein Herzschlag sich wieder ganz beruhigt hat. Dann kehrt er ins Wohnzimmer zurück.

»Tuut tuut«, macht sein Sohn glücklich.

Thomas setzt sich zu ihm. Er weiß, woher die Panikattacke kam. Auslöser war die Idee, Karl zu konfrontieren. Ihn anzuflehen, die Kündigung zurückzuziehen. Thomas braucht diesen Job. Muss Jenny weiter beweisen, dass er es wert ist. Die Angst, seine Familie zu verlieren, treibt seinen Puls wieder in die Höhe, diesmal kann er die Panik jedoch in Schach halten.

»Du hast eine Schwester«, sagt er zu seinem Sohn, und es hört sich gut an, das ausgesprochen zu hören.

Hugo hat eine Schwester, und die kann er ihm nicht vorenthalten. Thomas hat sich oft Geschwister gewünscht. Jemand anderes, auf den seine Eltern ihre Hoffnungen setzen konnten. Sie haben ihm immer das Gefühl gegeben, ein Versager zu sein. Nichts, was er machte, war je gut genug. Vielleicht Hugo, aber bei ihrem letzten Besuch hat seine Mutter betont, wie gut es ist, dass Hugo wenigstens ein patentes Elternteil hat. Thomas ging sofort in Verteidigungshaltung, sagte, er sei durchaus ein guter Vater, und da behauptete die Mutter dann, das wäre nur ein Scherz gewesen.

Thomas war zu jung, als Lykke zur Welt kam. Das war nicht vergleichbar. Und er weiß, dass er sie besuchen muss. Dass das nicht warten kann. Natürlich hat er Angst, dass er nervös wird, wenn er sie trifft. Dass er sich in Entschuldigungen verstrickt, die nicht stimmen. Aber das darf ihn nicht hindern. Sie zu besuchen, fühlt sich trotz allem leichter an, als vor Karl zu Kreuze zu kriechen.

»Wir beide machen jetzt einen Ausflug«, sagt Thomas.

Mit einem freudigen Quieken steht Hugo auf und rennt zur Tür. Dass er den ganzen Weg von Färjestaden bis hier geweint hat, ist längst vergessen. Eigentlich wollte Thomas den Nachmittag zu Hause verbringen, aber ein ganzer Nachmittag zu Hause erscheint ihm jetzt unmöglich. Er muss nach Grönhögen. Muss Lykke beweisen, dass er es ernst meint. Dass er ihr ein Vater sein will. Wenn dieses Treffen gut läuft, wird es ihm viel leichter fallen, Karl aufzusuchen.

Hugo lacht in seinem Kindersitz und spricht mit allem, was an den Fenstern vorbeisaust. Den Häusern, dem Himmel, den Kühen. Hugo liebt Kühe. Sie gehen oft an den Strand, wenn die Kühe dort frei laufen. Sein Kuscheltuch hat einen Kuhkopf, und den hält er jetzt hoch, damit die Plüschkuh mit ihren Freunden draußen sprechen kann.

Hinter jedem Atemzug lauert die Panik. Er kann nicht schon wieder arbeitslos sein. Auch bei seinem letzten Arbeitgeber wurde er gefeuert, aber bei den Jobs davor hat er selbst gekündigt, sobald es ihm zu langweilig wurde. Was selten länger als ein paar Monate dauerte. Wie hatte er nur so egoistisch und kindisch sein können? Ein Auto biegt aus einer Auffahrt, und Thomas muss auf die Bremse treten, damit sie nicht kollidieren. Er schaut in den Rückspiegel und sieht, dass Hugo eingeschlafen ist.

Wie gut, dass Hugo endlich ausruhen kann. Als Thomas vor Lykkes Haus in Grönhögen parkt, schläft Hugo noch immer. Er öffnet die Fenster und lässt ihn im Wagen. Die Sonne scheint, aber es ist wie immer windig, und er wird ja nie weit weg sein, Hugo also sofort hören, falls er schreit.

Wie wird Lykke darauf reagieren, dass sie einen kleinen Bruder hat? Dass er einfach so vorbeischaut? Während ihres Telefonats hatte sie ja ausdrücklich gesagt, dass sie Zeit zum Nachdenken brauche. Seit der Brief angekommen war, hatte Thomas das alles mit sich herumgetragen wie eine Trauerblume. Es war ein Fehler gewesen, sein Kind so zu vernachlässigen. Gleichzeitig weiß er, dass er keine Wahl hatte. Aber wie kann er ihr das begreiflich machen?

Nach Eintreffen des Briefs hatte er nach ihrer Adresse gesucht und verwundert festgestellt, dass sie in Uppsala gemeldet war. In ihrem Brief schrieb sie von Grönhögen. Vom Haus ihrer Mutter. Aber vielleicht verbringt sie nur den Sommer hier?

Natalie wohnte in Grönhögen, als sie sich kennenlernten. Bei ihren Eltern in just diesem Haus. War Natalie also hiergeblieben? Er weiß, dass sie vor ein paar Jahren gestorben ist. Mille hat ihm davon erzählt, als er die Todesanzeige gesehen hat.

Thomas betrachtet die hellgelbe Fassade und muss daran denken, wie er sich mal nachts angeschlichen und dann kleine Steinchen gegen ihr Fenster geworfen hatte. Er konnte sie zum Mitkommen überreden.

Hugo wimmert, und Thomas dreht sich um. Aber es ist nur ein Traum. Hugos Augen sind noch geschlossen, die Lider zucken. Am liebsten würde er ihn wecken, ihn vor dem schützen, was er da träumt, trotzdem geht er über den Rasen zum Haus. Hält sich in der Nähe des Nachbargrundstücks. Ist immer noch nicht sicher, ob er das wirklich machen sollte. Natalie war ein fröhlicher, unternehmungslustiger Mensch. Aber auch launisch: Wenn was nicht lief, wie sie wollte, warf sie mit Gegenständen.

Ich war nicht bereit.

Der Gedanke war ein Stich ins Herz. Thomas wollte als Neunzehnjähriger nicht Vater werden. Aber jetzt? Wieso zögert er? Weil er Angst hat vor Lykkes Reaktion. Und vor dem, was Jenny zu dem Ganzen sagt. Kein Job, aber eine erwachsene Tochter. Diesmal will er doch alles richtig machen. Jenny hat ein paar Ähnlichkeiten mit Natalie. Vor allem das Launische.

Auf der Vorderseite gibt es eine Terrasse, die von Büschen und Blumen und einer niedrigen Steinmauer umgeben ist. Er ist sich ziemlich sicher, dass es die noch nicht gegeben hat, als er mit Natalie zusammen war. Er bleibt bei einem Apfelbaum stehen, den es ganz sicher gegeben hat. Einmal hatten er und Natalie eine Apfelschlacht gemacht mit den Früchten, die schon am Boden gelegen hatten und faulig waren. Langsam geht er weiter zur Steinmauer. Er muss sich entscheiden. Zieht er das jetzt durch oder nicht?

38

»Wir müssen noch mal nach Grönhögen und mit Lykke Henriksen sprechen«, sagte Hanna und erklärte dann den Grund – dass an Thomas' Schuhen Spuren von Schattenlilien gefunden worden waren.

Sie saßen im Wagen vor der Maklerfirma und mussten laut sprechen, um das Unwetter zu übertönen. Der Scheibenwischer arbeitete auf Hochtouren, konnte gegen den Regen trotzdem fast nichts ausrichten. Die Bürgersteige waren leer, und auf der Straße krochen die Autos langsam vorbei.

»Dann ist er dort gewesen«, sagte Erik.

»Ja, vermutlich. Aber das heißt nicht zwingend, dass sie sich auch getroffen haben.«

Hanna hoffte, dass sie sich nicht getroffen hatten, weil sie es so leid war, angelogen zu werden, und jede Lüge erschwerte ihre Arbeit. Wenn man jedoch bedachte, wie gewöhnlich solche Lügen waren und wie auffällig Lykke sich verhalten hatte, dann war sie fast sicher, dass die beiden sich gesehen hatten. Eine ältere Frau stand unter einem kleinen Dachvorsprung und drückte sich gegen die Wand. Hanna hätte sie gern zu sich in den Wagen geholt, aber sie mussten los. Da klingelte ihr Handy.

»Sie haben versucht, mich zu erreichen«, sagte Selene.

»Wie geht es Ihnen?«, fragte Hanna.

Kaum hatte sie die Frage ausgesprochen, fiel ihr wieder ein, dass Karl Friberg sie ja in die Psychiatrie gefahren hatte.

»So lala«, sagte Selene. »Ich bin jetzt wieder zu Hause. Mein Vater hat Ihnen doch erzählt, dass ich … Na, ich gehe davon aus, dass Sie nicht deshalb angerufen haben.«

»Sie haben am Sonntag mit Thomas zu Mittag gegessen.«

»Ja.«

»Wieso haben Sie uns das verschwiegen?«

Auf die Frage folgte Schweigen, und Hanna saß es aus. Wortlos gab sie Erik zu verstehen, er soll losfahren. Bis nach Grönhögen würden sie bei dem Wetter eine Weile unterwegs sein.

»Ich wollte es nicht erzählen.«

»Warum nicht?«

»Wegen Jenny.«

»Hatten Sie ein Verhältnis mit Thomas?«

»Nein, aber Jenny ist sehr eifersüchtig, und ihr hat es nicht gefallen, wenn wir uns nach der Arbeit getroffen haben.«

»Kam das oft vor?«

»Nein, nur hin und wieder. Mit Thomas konnte man gut reden.«

Selene holte Luft, und Hanna wollte nicht hören, wie fantastisch Thomas gewesen war, und wie sehr sie ihn vermisste.

»Haben Sie sich aus einem besonderen Anlass getroffen?«

»Ja, um ihm den Schlüssel zu geben.«

»Welchen Eindruck hat Thomas auf Sie gemacht?«

»Er war gestresst. Irgendwie auf dem Sprung.«

»Wofür brauchte er den Schlüssel?«

»Das wollte er nicht sagen.«

Wieder schwieg Hanna bewusst. Sie betrachtete den Regen

vorm Fenster, nichts deutete darauf hin, dass er bald nachlassen würde. Im Gegenteil. Es schüttete so heftig, die Wassermassen bildeten fast eine Wand. Erik hatte das Fernlicht eingeschaltet, aber selbst das kam nicht gegen die plötzliche Dunkelheit an.

»Es tut mir sehr leid, dass ich nicht gleich von dem Mittagessen erzählt habe«, sagte Selene. »Aber was den Schlüssel angeht, sage ich die Wahrheit. Ich weiß wirklich nicht mehr.«

Hanna beendete das Gespräch und fasste es für Erik zusammen, dem es jedoch schwerfiel, sich auf etwas anderes als aufs Fahren zu konzentrieren. In den Dörfern wirkte es fast so, als würden sich die Häuser zusammenkauern, um dem Regen zu entkommen. Die Welt war geschrumpft. Die armen Freiwilligen, die gerade nach Hugo suchten. Nein, der arme Hugo – falls er denn nun da draußen unterwegs war.

Als sie durch Södra Möckleby fuhren, hörte der Regen auf, und kurz vor der Abzweigung nach Grönhögen riss die Wolkendecke zumindest so weit auf, dass man den Eindruck bekam, es herrschte noch Tag.

Niemand öffnete auf Eriks Klopfen, also ging Hanna ums Haus. Auf der Wäscheleine hingen tropfnasse Sachen. Durch das Wohnzimmerfenster sah sie Lykke, die versuchte, sich hinterm Kamin zu verstecken. Das teilte sie Erik mit, der noch einmal laut klopfte und sich gegen die Tür lehnte.

»Wir wissen, dass Sie zu Hause sind«, sagte er. »Wenn Sie nicht freiwillig mit uns reden wollen, müssen Sie mitkommen aufs Revier.«

Dann öffnete Lykke und brachte sie wortlos ins Wohnzimmer. Sie war barfuß, ihre Füße klein. Vermutlich nicht größer als sechsunddreißig oder siebenunddreißig. Aber größere Schuhe anzuhaben war deutlich leichter als umgekehrt.

»War Thomas Ahlström hier?«, fragte Hanna.

Lykke starrte auf den Couchtisch. Ihre Wangen waren eingefallen, und sie trug einen dicken Wollpulli. Vielleicht war sie krank.

»Ja«, flüsterte Lykke.

»Wann?«, fragte Erik.

»Sonntagnachmittag.«

»Was ist passiert?«

Lykke hielt den Blick auf den Tisch gerichtet, dabei kratzte sie sich gedankenverloren mit den Fingernägeln über den linken Unterarm.

»Sie müssen schon mit uns sprechen«, sagte Hanna schließlich.

»Ich war mit dem Fahrrad beim Supermarkt und habe Obst gekauft«, sagte Lykke. »Und als ich zurückkam, stand er im Garten.«

Wieder entstand eine Pause, aber diesmal fand sie selbst heraus.

»Ich habe ja keinerlei Erinnerungen an ihn, aber mir war sofort klar, dass er es war. Und es war wirklich merkwürdig, ihn zu sehen. Ich war nicht darauf vorbereitet, was das mit mir machen würde.«

»Was hat es denn mit Ihnen gemacht?«

»Mich verwirrt. Ja, ich hab den Brief geschrieben. Aber dann war ich mir nicht mehr sicher, ob ich wirklich Kontakt zu ihm wollte.«

»Warum?«

Lykke schaute Hanna an, als wäre das die dümmste Frage, die sie je gehört hatte, und vielleicht stimmte das sogar. Demonstrativ wandte sie den Blick ab.

»Haben Sie miteinander gesprochen?«, fragte Erik.

»Kurz.«

»Worüber?«

»Ich hab ihn gefragt, ob er Thomas ist, und er hat genickt.«

Sie sprach langsam, als müsste sie jedes Wort sorgfältig wählen. Hanna wurde wütend. Sie mussten Hugo finden, sie hatten keine Zeit für so was. Erik warf ihr einen strengen Blick zu.

»Und weiter?«, fragte er.

»Ich hab gesagt, dass ich nicht mit ihm reden könne. Dass ich noch mehr Zeit zum Nachdenken bräuchte. Und dass er das akzeptieren müsse.«

»Hatte er Hugo dabei?«

»Nein. Das heißt, keine Ahnung. Ich glaube, er saß im Auto.«

»Wieso glauben Sie das?«

»Weil Thomas sich die ganze Zeit umdrehte.«

Wieder kratzte sie sich am linken Arm, diesmal aber fast auf Achselhöhe.

»Was ist dann passiert?«

»Nichts«, sagte Lykke. »Ich bin reingegangen.«

Hanna hätte sie am liebsten gepackt und geschüttelt, um sicherzustellen, dass sie diesmal die Wahrheit sagte. Aber sie erntete nur einen noch strengeren Blick von Erik.

»Wie hat Thomas darauf reagiert?«, fragte er.

»Er hat nach mir gerufen.«

Lykke hörte auf, sich zu kratzen, und betrachtete ihre Finger. Vielleicht rechnete sie damit, Blut unter den Nägeln zu sehen. Hanna sagte ihren Namen, und da schaute Lykke wieder zu ihr.

»Es ist sehr wichtig, dass Sie uns diesmal alles erzählen.«

Lykke nickte.

»War Thomas wütend, als er nach Ihnen rief?«, fragte Hanna.

»Ich glaube nicht«, sagte Lykke. »Er war wohl hauptsächlich traurig.«

»Wie lange war er noch vorm Haus?«

»Keine Ahnung. Als ich eine Viertelstunde später rausschaute, war er jedenfalls weg.«

39

Irgendwann waren die beiden von der Polizei endlich gegangen. Lykke lehnte die Stirn gegen die geschlossene Tür. Ihr Herz schlug so wild in ihrer Brust, dass ihr übel wurde.

Wieso hatte sie die Chance nicht genutzt und alles erzählt? Sie hatte es sich doch vorgenommen, und versucht hatte sie es auch, aber gerade gelang ihr rein gar nichts.

Selbsthass flackerte in ihr auf, und Lykke schlug mit der Stirn gegen die Tür. Die Wahrheit war zu schrecklich und hässlich. Sie war überhaupt nicht verwirrt gewesen, als sie Thomas im Garten angetroffen hatte, sondern wahnsinnig wütend. Am Telefon hatte sie ihm gesagt, sie bräuchte Zeit zum Nachdenken, aber darüber hatte er sich einfach hinweggesetzt. Mama hatte recht gehabt, er war ein egoistischer Mistkerl, der nur an sich dachte.

Lykke hätte sich am liebsten auf ihn gestürzt und zugeschlagen, und das hätte sie unmöglich vor der Polizei zugeben können. Das wäre nur missverstanden worden, schließlich hielten sie Lykke ja jetzt schon für eine durchgeknallte Stalkerin durch die Sache an der Uni in Uppsala. Wenn sie das jetzt auch noch erfahren würden? Das würde alles nur noch schlimmer machen.

Erst als Lykke hörte, wie der Wagen gestartet wurde und sich entfernte, ging sie in die Küche. Sie griff nach dem Wasserkessel und bemerkte, dass ihre Hand zitterte. Sie füllte Wasser hinein und stellte ihn auf den Herd. Dann hängte sie einen Teebeutel in die Tasse. Während sie darauf wartete, dass das Wasser zu kochen anfing, setzte sie sich an den Küchentisch.

So viele Jahre lang hatte sie Thomas für das gehasst, was er ihrer Mutter und ihr angetan hatte. Und sie hatte diesen Hass loswerden wollen. Diese schmerzende, drängende Sehnsucht in der Brust. Die sie schon immer gehabt hatte, die Roger jedoch zu einem großen schwarzen Loch gesprengt hatte.

Aber bei dem Telefonat mit Thomas hattc sie gemerkt, dass das, was er getan hatte, vielleicht schlicht unverzeihlich war.

Und als sie ihn im Garten erblickte, wie er da in den Schattenlilien stand, ohne dass es ihn im Geringsten zu kümmern schien, dass er sie dadurch zertrampelte, brach plötzlich etwas in ihr. All das Dunkle quoll heraus. Und in diesem Moment hasste sie sich selbst mehr als ihn. Durch ihre Kontaktaufnahme hatte sie ihre Mutter verraten. Und ihre Mutter hatte die Schattenlilien genauso geliebt wie sie. Nein, noch mehr sogar. *Selbst Schönes kann im Schatten wachsen und gedeihen*, hatte sie oft gesagt. *Vergiss das nie.*

Hitze stieg ihr in die Wangen, als sie sich an das erinnerte, was sie gebrüllt hatte. In dem Moment hatte er sich zu seinem Auto abgewandt, aber Lykke war nicht klar gewesen, dass darin ein Kind saß. Sie war überzeugt gewesen, dass er wieder abhauen wollte. Lykke konnte sich nicht vorstellen, dass die Nachbarn etwas davon mitbekommen hatten. Sonst hätten die von der Polizei andere Fragen gestellt.

Der Wasserkessel fing an zu pfeifen, und Lykke zwang sich,

aufzustehen. Dass sie geschrien hatte, dass sie ihn hasste, damit konnte sie leben, aber nicht mit dem, was danach passiert war.

Lykke hatte Angst vor sich selbst. Vor dem, wozu sie fähig war.

Wieder hatte sie Hugo vor Augen. Wie er vor Glück strahlte, als er sich auf den Bauch legte, um mit dem Kopf voran die Rutsche runterzurutschen. Dort würde sie gern neu ansetzen. Sie wünschte, sie wäre nicht hingelaufen. Und noch mehr wünschte sie, dass sie sich hätte beherrschen können, als Thomas herauskam.

40

Die Zeit im Polizeirevier bewegte sich ungefähr so langsam wie jemand, der durchs Wasser watete mit Unmengen Tang an den Beinen. Hanna klickte auf das nächste Dokument. Es frustrierte sie, dass sie noch nicht weitergekommen waren, also ging sie alle Hinweise, die als uninteressant eingestuft worden waren, durch. Vielleicht hatten sie ja etwas übersehen. Dieser Hinweis kam von einer Frau, die überzeugt war, Thomas und Hugo an einer Tankstelle kurz vor Kiruna gesehen zu haben. Schon nach dem ersten Satz schloss Hanna das Dokument wieder. Als diese Beobachtung gemacht wurde, hatte Thomas schon tot in Södra Möckleby gelegen.

Wo steckte Hugo bloß?

Mit jeder Minute verringerte sich die Chance, ihn lebend zu finden. Wenn es nicht längst zu spät war. Ein weiterer Tag neigte sich dem Ende. Nun waren bald siebzig Stunden vergangen, seit Jenny nach Hause gekommen war und entdeckt hatte, dass Mann und Sohn verschwunden waren.

Ove und der Pressesprecher hatten vor knapp einer Stunde eine Pressekonferenz gegeben, das wenige über die Lage berichtet, das sie berichten konnten, und erneut die Bevölkerung um Mithilfe gebeten. Weiter eingehende Hinweise würden jedoch an anderer Stelle entgegengenommen, der Rettungseinsatz war abgeschlossen, auch wenn *Missing People* die Suche fortsetzte. Ove war mit Fragen bombardiert worden: *Läuft ein Mörder frei herum? Wie können Eltern ihre Kinder schützen? Wer hat Thomas Ahlström getötet? Was tun Sie, um den Jungen zu finden? Haben Sie die Suche eingestellt?*

Ove hatte ruhig und in aller Deutlichkeit geantwortet: *Wir tun alles, was in unserer Macht steht, um den Jungen zu finden, aber die Suche mit Hunden und Hubschraubern fortzuführen war nicht länger plausibel.*

Nur eine Frage hatte ihn merklich gestresst und aufgebracht: *Glauben Sie, Hugo ist tot?*

Hanna verdrängte die Frage, weil sie sich über die Antwort keine Gedanken machen wollte. Das einzig Sinnvolle war weiterzumachen. Wenn sie davon ausgingen, dass Thomas das primäre Opfer war, hatten sie zwei Spuren: Entweder war er in etwas Illegales verwickelt gewesen, wofür er den Hausschlüssel gebraucht hatte. Hanna hatte seine Ehefrau nach den Einzahlungen aufs Konto gefragt, und sie hatte behauptet, nichts davon zu wissen. Oder es hatte mit seiner Tochter Lykke zu tun. Hingegen war nicht länger wahrscheinlich, dass Hektor involviert war. Die von ihm genannte junge Frau hatte sein Alibi bestätigt und sehr detailliert berichtet, was sie am Abend und in der Nacht getan hatten: zu Abend gegessen, lange geredet, Sex gehabt. Entgegen Hektors Hoffnung schien das Telefonat mit der Polizei das Interesse der Frau an ihm noch erhöht zu haben.

Aber was, wenn Hugo das eigentliche Ziel gewesen war? Wenn jemand Thomas Ahlström getötet hatte, um an seinen

Sohn zu kommen? Dann handelte es sich um eine psychisch gestörte Person oder eine, die sich Kinder wünschte, oder beides. Allerdings war es auch möglich, dass jemand Hugo mitgenommen hatte, ohne dass dies im Zusammenhang mit dem Mord stand. Vielleicht hatte jemand ihn gesehen und die Gelegenheit ergriffen. In dem Fall suchten sie nicht nur einen Täter, sondern zwei. Hanna massierte sich die Schläfen. Ein Spannungskopfschmerz arbeitete sich den Weg von den Schultern hinauf.

Seufzend wählte sie Freyas Nummer, weil sie sich den ganzen Tag über nicht gemeldet hatte. Freya ging sofort dran.

»Tut mir leid, dass ich noch nicht zurückgerufen habe. Es gab ein Problem bei meinem Brotjob.«

Hanna wusste ja, dass selbst die Einsatzleiter bei *Missing People* Freiwillige waren, nicht nur jene, die sich den Suchen anschlossen. Trotzdem konnte man das leicht vergessen.

»Kennen Sie Linda Claesson?«, fragte Hanna.

»Ja, geht es ihr gut?«

»Wieso fragen Sie das?«

»Sie hat Dienstag mitgeholfen und ist dann aber so plötzlich verschwunden, dass die anderen aus ihrer Gruppe sich Sorgen gemacht haben.«

Ein anderer Anruf klopfte an, also beendete Hanna das Gespräch mit Freya. Als sie dann entdeckte, dass es wieder der Journalist vom *Barometern* war, drückte sie ihn weg. Vermutlich war er nicht zufrieden mit den Informationen, die bei der Pressekonferenz präsentiert worden waren.

Daniel saß gerade an einer gründlichen Überprüfung von Linda Claesson, also schickte sie ihm eine Nachricht mit dem, was sie gerade von Freya erfahren hatte, und bat ihm, da mal nachzuhaken. Dann knöpfte sie sich wieder die eingegangenen Hinweise vor. Am Montag hatte eine Frau aus Södra Möckleby angerufen und berichtet, sie habe einen älteren Mann mit einem kleinen Jungen gesehen, der große Ähnlichkeit mit Hugo hatte. Hanna las die Aussage noch einmal, um sicherzustellen, dass sie alles richtig verstanden hatte. Wieso war dem niemand nachgegangen? Aber die Antwort war offensichtlich: Thomas Ahlströms Leichnam war noch nicht gefunden worden. Sie suchten noch nach Vater und Sohn. Hanna rief bei der Frau an, stellte sich vor und sagte, warum sie sich meldete.

»Kennen Sie den Mann?«, fragte sie.

»Leider nicht«, antwortete die Frau. »Ich wohne nicht auf Öland, war nur bei meiner Schwester zu Besuch.«

»Würden Sie mir noch mal haarklein beschreiben, was Sie gesehen haben?«

»Ich habe aus dem Fenster geschaut, und der Mann ging mit dem Jungen vorbei. Er hatte ihn auf dem einen Arm, die Wickeltasche über dem anderen. Ich weiß noch, wie sehr ich mich darüber gefreut habe. Weil ich dachte, das ist ein älterer Verwandter, der die jungen Eltern entlasten will.«

»Wie spät war es?«

»Etwa fünf in der Früh. Ich war schon auf, weil ich nicht mehr schlafen konnte.«

»Konnten Sie sehen, was der Junge anhatte?«

»Leider nicht. Es war windig, und der Mann hatte ihn sich so in die Jacke gesteckt. Aber als ich die Fotos von dem vermissten Vater und Sohn sah, musste ich direkt daran denken. Vielleicht war es der Kleine. Allerdings – ganz sicher bin ich mir nicht.«

»Haben Sie mit Ihrer Schwester darüber gesprochen? Weiß sie, wer der Mann sein könnte?«

»Sie ist nie so früh auf, sie hat ihn also nie gesehen.«

»Können Sie mir den Mann beschreiben?«

»Er hatte die Kapuze aufgesetzt, also habe ich sein Gesicht nicht gesehen.«

»Wieso sind Sie dann sicher, dass es ein älterer Mann war?«

»Er hat sich so bewegt. Und eine kreideweiße Haarsträhne schaute unter der Kapuze hervor.«

Hanna bedankte sich, legte auf und rief sofort bei Ove an, der jemanden darauf ansetzen wollte, eine Liste älterer Männer in Södra Möckleby zu erstellen. Es war immerhin möglich, dass ein älterer Mann Hugo beim Morgenspaziergang im Auto entdeckt und ihn einfach mitgenommen hatte. Aber wieso hatte er sich dann bisher nicht bei der Polizei gemeldet?

Dann ertrug Hanna es einfach nicht mehr auf dem Revier. Sie fuhr ihren Rechner runter und machte sich auf den Weg zum Auto. Die letzten Tage waren intensiv und lang gewesen, und jetzt zeigte die Uhr schon fünf. Sie musste nach Hause. Vielleicht konnte sie auf dem Rückweg ja noch für ein, zwei Stunden *Missing People* unterstützen, die in immer größerem Umkreis um Södra Möckleby suchten.

Schon war sie gedanklich wieder bei Hugo. Wo konnte er nur sein?

Bei Isak jedenfalls nicht. Das konnte er einfach nicht sein. Hanna schob die Gedanken an Isak beiseite. Wie bestürzt und verletzt er ausgesehen hatte da im Lehrerzimmer, als sie ihn mit dem Verdacht auf Körperverletzung konfrontiert hatten. Wie traurig ihn die Frage nach seiner verstorbenen Partnerin gemacht hatte.

Sie startete den Wagen und fuhr los nach Öland. Wirklich zur Ruhe fand sie erst auf der Brücke. Jedes Mal. Ihr tat es gut, nach

Hause zu fahren. Dort entschied sie, doch direkt Kleva anzusteuern. Es machten so viele Freiwillige bei der Suche mit, dass ihre Beteiligung keinen Unterschied machen würde. Außerdem musste sie sich ausruhen, morgen wieder früh auf der Arbeit sein.

Als Hanna in ihre Auffahrt bog, sah sie, dass etwas vor ihrer Haustür stand. Sie stieg aus und näherte sich vorsichtig. Es war ein weißer und somit relativ durchsichtiger Benzinkanister, weshalb sie direkt sehen konnte, dass er leer war. Wieso hatte jemand einen Benzinkanister vor ihre Tür gestellt? Fieberhaft suchte ihr Verstand nach sinnvollen Erklärungen. Dass sie ihn verliehen hatte und er nun zurückgegeben worden war. Dass jemand dachte, sie wollte vielleicht einen leihen. Aber all das stimmte nicht. Jemand wollte, dass sie an Brandstiftung dachte. An Ester Jensen.

Der Benzinkanister war eine Drohung.

Hanna schloss die Augen. Sie wusste nicht, wie sie damit umgehen sollte. Es griff sie auf so vielen Ebenen an. Die Angst war stärker denn je. Jemand wollte ihr wirklich was. Sie atmete bewusst ein, konnte aber kein Benzin riechen. Also öffnete sie die Augen wieder und zwang sich vorwärtszugehen.

Nachdem sie geprüft hatte, dass die Haustür noch verschlossen war, holte sie eine Papiertüte und Einmalhandschuhe, um den Kanister hineinzustecken. Dann verharrte sie. Schließlich brachte sie ihn in den kleinen Schuppen auf ihrem Grundstück. Sie sollte den Kanister an die Kriminaltechnik übergeben, aber wenn sie das tat, musste sie überhaupt erst davon erzählen.

Hanna ging in die Küche und steckte eine Tiefkühlpizza in den Backofen, die sie etwas später bei einer Episode *Call the*

Midwife – Ruf des Lebens aß. Aber so richtig konnte sie der vorbeiflimmernden Handlung nicht folgen. Sie sollte Kristoffer anrufen und mit dem konfrontieren, was Robins Schwester ihr erzählt hatte. Auf die SMS, die sie ihm geschickt hatte, war bisher keine Antwort gekommen. Gerade konnte sie keine weiteren offenen Fragen ertragen. Ganz besonders nicht von Kristoffer. Bevor sie zu lange darüber nachdenken konnte, schickte sie ihm noch eine SMS.

Wir müssen reden. Über Robin und was du von ihm wolltest. Du kannst mich nicht länger ignorieren.

Nachdem sie die Nachricht verschickt hatte, bekam sie so große Angst, dass sie aufstehen und sich bewegen musste. Sie hatte etwas angestoßen und war sich nicht sicher, ob sie tatsächlich wissen wollte, wie es ausging. Aber Kristoffer wusste mehr über das, was Ester Jensen zugestoßen war, davon war sie überzeugt. Was, wenn er sogar am Mord beteiligt gewesen war? Es war, als könne sie sich jetzt erst dieser Möglichkeit öffnen. Dass Gunnar vielleicht die Wahrheit gesagt hatte. Wieso hätte Kristoffer sonst so reagieren sollen? Sowohl bei ihrem Anruf als auch als er erfuhr, dass Robin tot war?

Hanna ertrug es nicht, zu Hause zu sein, und eilte zu ihrer Nachbarin. Mittlerweile kannte sie Ingrids Terminplan und wusste, dass sie nur donnerstagabends regelmäßig bei einer Freundin zum Abendessen war. Die Nähgruppe traf sich sonntagnachmittags.

»Was ist passiert?«, fragte Ingrid, als sie ihr Gesicht sah.

Sofort bahnten Hannas Sorgen sich ihren Weg über ihre Lippen. Dass jemand sie nicht hierhaben wollte. Dass das Gespräch mit Klara Svensson bedeutete, dass sie nicht länger die Augen vor der Möglichkeit verschließen konnte, dass Kristoffer irgendwie in den Mord an Ester Jensen verwickelt war. Dass sie Hugo nicht mehr lebend finden würden. Dass sie vermutete, dass es eigentlich um ihn gegangen war, weshalb sie einen armen Mann seiner Entführung verdächtigt hatten, weil dieser seine schwangere Frau verloren hatte. Ohne zu fragen, ob sie überhaupt einen wollte, schenkte Ingrid ihnen Whisky ein.

Hanna genoss die Wärme, die sich durch den Alkohol in ihrem Brustkorb ausbreitete.

»Sprichst du von Isak Aulin?«, fragte Ingrid.

»Woher weißt du das?«

»Das war schlimm, als seine Freundin starb«, sagte sie. »Ich kenne seine Mutter ein wenig.«

»Was ist denn damals passiert?«

»Sie hatte einen Schlaganfall. Er hat sie tot im Bett gefunden.«

Hanna trank noch einen Schluck Whisky.

»Er ist nett«, fuhr Ingrid fort. »Und ganz ansehnlich.«

Sofort lief Hanna rot an, doch sie wischte das alles fort.

»Das ist der falsche Zeitpunkt für so was. Ein Kind ist verschwunden.«

Ingrid lächelte sie an.

»Für so was ist nie der falsche Zeitpunkt.«

»Außerdem ist meine Oma krank«, fuhr Hanna fort. »Ich war gestern bei ihr.«

Kaum hatte Hanna das ausgesprochen, musste sie an ihre Großmutter zu Beginn der Krankheit denken. Daran, wie heute und früher sich vermischt hatten, und daran, dass sie Hanna häufig für ihre eigene Tochter gehalten hatte oder glaubte, zu spät für die Schule zu sein. Es gab also noch eine Erklärung dafür, dass ein älterer Mensch Hugo vielleicht mitgenommen, sich aber noch nicht mit der Polizei in Verbindung gesetzt hatte.

Eine weitaus schönere Erklärung, als dass es sich um einen Pädophilen handelte. Hanna griff zu ihrem Handy, wählte Oves Namen und schickte ihm eine SMS.

Ich glaube, wir sollten uns auf ältere Männer mit Demenz konzentrieren.

DONNERSTAG, 22. AUGUST

41

Hanna stand bei dem umgedrehten Ruderboot und schaute auf den Kalmarsund. An diesem Morgen brauchte sie den Spaziergang zum Meer. Es war bedeckt und windig, aber als sie am Nachbarhaus vorbeigegangen war, hatte Ingrid ihr zugerufen, dass es heute nicht regnen würde. Und wenn Ingrid von einer Sache etwas verstand, dann vom Wetter.

Der Aussichtspunkt, der nicht mehr als eine Lücke im Kiefernwald war, lag direkt südlich der Badestelle. Der Wanderweg führte bis nach Ottenby, aber heute hatte Hanna es eilig. Nach einem weiteren tiefen Atemzug kehrte sie zum Parkplatz zurück, der zur Badestelle gehörte. Dort stand jetzt ein grauer Volvo. Hinterm Steuer saß ein blonder Mann, der mit seinem Handy beschäftigt war.

Hanna lief den geraden Schotterweg entlang, der zurück ins Dorf führte. Er war ungefähr achthundert Meter lang. Auf der einen Seite stand der Mais, auf der anderen war kürzlich geerntet worden. Der Straßengraben war so von Unkraut überwuchert, dass man die niedrige Steinmauer kaum noch sah. Hanna streckte die Hand aus und berührte die langen Grashalme. Dachte an all die Kindheitstage auf der Insel zurück, an denen sie entlang genau solcher Wege geschlendert war.

Ein Motorgeräusch näherte sich von hinten, also machte Hanna einen Schritt zum Maisfeld, um das Auto durchzulassen. Vielleicht hatte der blonde Typ sich verfahren und hatte nur so kurz auf dem Parkplatz gehalten, um einen Blick auf die Karte zu werfen.

Der Motor heulte auf, und Kies flog laut gegen die Kotflügel. Verärgert darüber, dass er so schnell fuhr, drehte Hanna den Kopf. Es war, als würde die Zeit stehen bleiben, so vieles prasselte gleichzeitig auf sie ein. Wie nah das Auto war. Dass der Mann aufs Gas trat, um sie zu überfahren. Dass sie etwas tun musste. Sofort. Die Zeit nahm wieder Fahrt auf, und Hanna warf sich über die niedrige Steinmauer, spürte noch den Windzug des Volvos, der vorbeirauschte.

Hanna landete im Maisfeld auf dem Ellbogen, aber das Adrenalin betäubte jedes Schmerzempfinden. Das Training hatte sie auf Situationen wie diese vorbereitet, sofort sprang sie auf und war bereit, es mit dem Fahrer aufzunehmen, sollte er anhalten. Der Mais stand fast zwei Meter hoch, sodass sie nur Teile des Schotterwegs vor sich erkennen konnte. Aber das Motorgeräusch entfernte sich, also sprang Hanna über die kleine Mauer zurück. An der Kreuzung bog der Volvo nach rechts ab und verschwand in südlicher Richtung.

Jede Kraft wich aus Hanna. Sie sackte auf dem Weg zusammen. Lag da und keuchte, während die Wirkung des Adrenalins nachließ.

»Verdammte Scheiße!«, brüllte sie.

Hätte sie sich ganz umgedreht, nicht nur den Kopf, dann hätte sie es nicht geschafft. Dann hätte der Volvo sie erwischt und gegen die Mauer geschleudert, und sie hätte weit schlimmere Verletzungen davongetragen als einen schmerzenden Ellbogen.

Ich hätte sterben können.

Hanna brüllte noch einmal, schrie sich die Angst aus dem Leib. Erst der Benzinkanister und jetzt das. Warum ausgerechnet jetzt?

Vorsichtig stand sie auf und ging weiter. Beugte den Arm. Gebrochen war jedenfalls nichts. Sie holte ihr Handy heraus und schrieb das wenige auf, was sie wahrgenommen hatte. Marke und Farbe des Wagens, Charakteristika des Mannes, die sogar noch geringer ausfielen. Haarfarbe und ein mögliches Alter. Sie würde ihn auf zwanzig schätzen, ohne das begründen zu können. Schließlich hatte sie ihn nur im Profil gesehen.

Sollte sie Ove anrufen? Dabei konnte sie sich das Gespräch lebhaft vorstellen.

Hallo, irgendein verfluchter Idiot wollte mich überfahren.

Bleib, wo du bist, ich schicke eine Streife.

Die Folge wäre nur, dass wichtige Leute bei den laufenden Ermittlungen fehlten, denn hier ging es nicht um Hugo, sondern um ihren Vater. Sie kam irgendetwas zu nahe, wenn ihr auch unklar war, was genau. Aber sie wollte es mehr denn je wissen, allein damit das endlich aufhörte. Trotzdem musste es warten. Hugo war wichtiger als ihre verfluchte Familie.

Hanna erreichte die Kreuzung, wo ein Motorgeräusch ihren Puls zum Rasen brachte, aber es handelte sich nur um einen dunkelgrünen Renault, der langsamer wurde, um in den Weg zur Badestelle einzubiegen. Automatisch hob Hanna die Hand, um den Mann am Steuer zu grüßen.

Hanna suchte nach Ingrid, als sie am Haus der Nachbarin vorbeikam, doch sie musste hineingegangen sein. Der Schmerz pochte in ihrem Ellbogen. Schnell verschwand Hanna in ihrem kleinen Reich, klopfte ihre Sachen ab und warf ein paar Schmerztabletten ein. Sie war schon wieder zur Haustür hinaus, als ihr auffiel, dass sie noch eine andere Jacke suchen musste, weil diese am Ellbogen aufgescheuert war. Immerhin das Hemd war unbeschadet geblieben. Den Arm selbst schaute sie lieber nicht an. Dann holte sie die Papiertüte mit dem Benzinkanister und legte ihn in den Kofferraum. Bevor sie losfuhr, schaute sie sich einmal gründlich um.

Hanna erreichte mit Verspätung das Polizeirevier. Sie eilte ins Besprechungszimmer, und zu ihrer großen Verwunderung war Ove noch nicht da. Sie schaute in den Flur, wo er gerade herbeigeeilt kam, einen Kaffeebecher in der einen Hand, mit der anderen das Handy ans Ohr gepresst. Also suchte Hanna sich einen Platz. Das Einzige, was sie vom Telefonat mitbekam, war, dass er es mit *Kusskuss* beendete. Bislang hatte sie seine Frau nicht kennengelernt, nur die jüngste Tochter, die noch zu Hause wohnte. Einmal hatte sie ihren Schlüssel vergessen und war vorbeigekommen, um sich seinen zu borgen. Rosafarbene Haare und schwarze Klamotten. »Unsere Rebellin« hatte Ove sie mit sehr viel Wärme in der Stimme genannt. Sie ging in die neunte Klasse und war deutlich jünger als ihre Schwestern.

Ove leitete die Besprechung mit den Worten ein, dass sie nichts auf die Berichterstattung geben sollten. Hanna hatte heute noch keine Zeitung gelesen, aber offenbar waren die Journalisten einhellig der Meinung, die Polizei habe aufgegeben, obwohl ein Großteil des Hauses mit diesem Fall beschäftigt war. Ihre Arbeit war nur nicht so sichtbar. Nachdem Ove die Motivationsansprache beendet hatte, fasste er den Hinweis auf den Mann mit dem Jungen zusammen, der am frühen Montagmorgen durch Södra Möckleby marschiert war.

»Hanna hat den Hinweis entdeckt und findet, wir sollten uns erst mal auf die dementen Männer der Gegend konzentrieren.«

»Wieso ausgerechnet dement?«, fragte Carina.

Hannas Wangen wurden heiß vor Wut. Doch dann schaute sie sich um. Amer kratzte sich den gepflegten Bart, wie so oft, wenn er über etwas nachdachte. Daniels konzentrierter Blick war auf Ove gerichtet. Nur Erik schielte komisch zu ihr. War sie zu empfindlich? Hörte nur sie die Spitze in Carinas Frage? Ove trank einen Schluck Kaffee.

»Weil jeder Mensch bei klarem Verstand längst die Polizei verständigt hätte«, sagte Hanna, »wenn er oder sie einen Jungen in Hugos Alter ohne Eltern gefunden hätte.«

»Okay«, sagte Carina.

Aber sie klang skeptisch. Hanna schloss die Augen, damit sie sich nicht zu einer Reaktion verleiten ließ, und genau in dem Augenblick spürte sie den Volvo vorbeirauschen. Als sie begriff, dass der morgendliche Vorfall hinter ihrer Wut steckte, verflog die Lust, etwas zu sagen.

»Ich habe den Pflegedienst kontaktiert«, sagte Ove. »Auf der Insel gibt es ja nur den von der Gemeinde. Die konnten mir ein paar Namen mitteilen, die für uns interessant sein könnten. Allen voran der hier.«

Er griff zu seinem Handy und suchte eine Nachricht.

»Ragnar Hagfors. Er ist zweiundfünfzig und hat Alzheimer.«

Zweiundfünfzig. Wie schrecklich, so früh schon unter dieser fürchterlichen Krankheit zu leiden. Als Hannas Großmutter zweiundfünfzig gewesen war, hatte Hanna gerade erst angefangen, erste Sätze zu sprechen. Omas Welt war erst verrottet, als Hanna schon erwachsen war. Ohne ihre Großmutter hätte Hanna den Tod ihrer Mutter nicht bewältigen können. Genauso wenig das, was später mit ihrem Vater passierte.

»Wo wohnt er?«, fragte Hanna.

»In derselben Straße, wo das Haus steht, in dem Thomas Ahlström gefunden wurde«, sagte Ove. »Ein Kollege hat versucht, ihn anzurufen, hat aber niemanden erreicht. Auch keinen seiner Angehörigen.«

Hanna schaute auf der Karte, wo die Schwester der Zeugin wohnte, und das war ungefähr auf halber Strecke zwischen dem Haus, in dem Thomas gefunden wurde, und dem Ort, an dem der Wagen abgestellt war.

»Welche Haarfarbe hat der Mann?«, fragte sie, weil die Zeugin eine weiße Strähne gesehen hatte.

»Unbekannt.«

»Wurde er bei der Nachbarschaftsbefragung angetroffen?«, fragte Amer.

»Nein«, sagte Ove. »Hanna und Erik, fahrt bitte zu ihm.«

Hanna rückte schon mit dem Stuhl zurück.

»Warte noch kurz«, sagte Ove. »Wir müssen erst noch ein paar andere Sachen durchgehen. Daniel?«

»Linda Claesson können wir abhaken«, sagte er. »Zumindest hat sie Hugo nicht während der Suchaktion entführt. Der Grund für ihr plötzliches Verschwinden war, dass sie zu ihrem Psychologen gefahren ist. Sie hatte einen Nottermin gebucht. Er wollte nicht genau sagen, worum es in der Sitzung ging, aber seiner Aussage nach ist es völlig undenkbar, dass sie das getan hat, was wir vermuten. Aber dann hab ich noch die zuständige Stelle für die Ermittlung im Falle der Entführung kontaktiert und ihnen von dem neuen Vorfall erzählt, und auch das, was der Ex-Freund berichtet hat. Jetzt wird definitiv Anklage erhoben.«

Als Daniel fertig war, fasste Ove noch zusammen, welche Ergebnisse die Kriminaltechnik geliefert hatte, und welche noch ausstanden, wie zum Beispiel die Analyse des Schuhabdrucks.

Auf Thomas' Computer hatten sie nichts Interessantes gefunden – weder in den Mails noch im Suchverlauf oder in den Dateien. Das Handy wurde nach wie vor vermisst. Laut Bewegungsdaten war Thomas ziemlich viel unterwegs gewesen. Nach dem Besuch in Grönhögen war er wahrscheinlich noch in Färjestaden gewesen. Handydaten waren auf Öland nicht das zuverlässigste Werkzeug, da es nur so wenige Funkmasten gab. Hanna fiel es schwer, sich zu konzentrieren, weil ihr der Volvo nicht aus dem Kopf ging. Sie wollte nur raus und weg. Es gab zumindest den Hauch einer Chance, dass Ragnar Hagfors den Jungen bei sich hatte. Vielleicht war Hugo bei seinem Vater gewesen und dann allein in der Gegend herumgeirrt, nachdem Thomas ermordet worden war. Allein und verängstigt, und dann hatte er Ragnar getroffen, der dachte, er würde helfen, wenn er das Kind mit nach Hause nahm.

42

Nur noch ein Tag, dann konnte Erik endlich wieder Nila und Supriya in die Arme schließen. Er hatte seine Frau gleich nach dem Aufwachen angerufen, da war sie gerade auf dem Weg zum Abendessen mit ihren Eltern gewesen. Dann wollten sie zurück nach Hause, um den Rest zu packen. Ihre Eltern hatten viele Freunde und Verwandte zu diesem Abschiedsessen eingeladen. *Das letzte Mahl*, hatte Supriya gesagt und traurig geklungen. Der Flug ging am Morgen ihrer Zeit, mitten in der Nacht für Erik. Sechzehn Stunden dauerte die Reise mit einer Zwischenlandung in Frankfurt.

»Nur noch ein Tag«, sagte Hanna und schaute eine Mikrosekunde von der Straße zu ihm.

»Ja«, sagte Erik. »Hast du irgendwelche Pläne für heute Abend?«

Hanna grinste und schüttelte den Kopf.

»Vielleicht kann ich dich auf ein Bier begleiten«, sagte sie. »Aber ich verspreche nichts. Das kommt auf den Arbeitstag an.«

Sollte er etwas sagen? Erik hätte so gern gefragt, ob Hanna irgendwelche Pläne hatte. Isak Aulin hatte ihn gestern noch angerufen, um sich für sein Aufbrausen zu entschuldigen. Erik hatte klargestellt, dass das gar nicht nötig gewesen wäre, und als

Isak dann noch rumgedruckst hatte, fühlte Erik sich genötigt zu fragen, ob er noch etwas wolle. Da hatte Isak um Hannas Privatnummer gebeten. Zwei der Frauen aus seinem Suchtrupp hatten bestätigt, dass Isak in seinen Wagen gestiegen und losgefahren war, das wusste Erik. Aber trotzdem hatte er sich geweigert, Hannas Nummer rauszugeben, weil er kein gutes Gefühl dabei hatte. Allerdings war es auch nicht so schwer, sie anderweitig herauszubekommen. Vielleicht hatte Isak sich also schon bei ihr gemeldet. Sie machte nämlich den Eindruck, als wäre irgendwas passiert.

Damit er nicht drauflosplauderte, schaute Erik bewusst aus dem Fenster übers Brückengeländer. Der gesprenkelte Himmel schien die Wasseroberfläche zu berühren. An diesem Anblick konnte man sich nicht sattsehen, doch dann fiel ihm wieder ein, wohin sie unterwegs waren. Ja, die Arbeit. Vermutlich würde sie ihn den ganzen Tag in Beschlag nehmen. Verhindern, dass er an seine Familie dachte. Wenn er niemanden überzeugen konnte, den Abend mit ihm zu verbringen, würde er einfach länger arbeiten. Dann in der Nähe vom Revier was essen, nach Hause fahren und ein paar Gitarrenlektionen machen. Erik konnte schon fast »Hakuna matata« von *Der König der Löwen*, und das war das Erste, was er Nila vorspielen wollte, die den Film liebte.

Noch immer sicherte Flatterband das Haus, in dem Thomas Ahlström tot aufgefunden worden war. Der Käufer des Hauses hatte Erik gestern kontaktiert und nachgefragt, wie die Ermittlungen liefen. Er hatte deutlich resignierter geklungen als bei ihrem ersten Zusammentreffen hier vor Ort, als er darauf bestanden hatte, man möge ihm jetzt den Schlüssel aushändigen. Die Familie war erst einmal im Hotel untergebracht, aber sie waren nicht sicher, ob sie jetzt überhaupt noch einziehen wollten.

Wie verkauft man ein Haus, in dem jemand gestorben ist?, hatte der Mann gefragt, als hätte er geglaubt, Erik wisse darauf eine Antwort.

Gerade war das Flatterband der einzige Zeuge dessen, was an diesem Ort passiert war. *Missing People* wollte auch heute wieder die Suche fortsetzen, diesmal weiter nach Norden und nach Süden. Den Bereich nach Osten bis zum Steinbruch hatten sie bereits ordentlich abgesucht, genauso den nach Westen Richtung Meeresufer.

Zwischen dem Tatort und der Adresse, unter der Ragnar Hagfors gemeldet war, lagen nur acht Häuser. Vielleicht war Hugo dabei gewesen, als sein Vater starb. Vielleicht hatte Thomas' Mörder es nicht über sich gebracht, auch das Kind zu töten. Oder sich darauf verlassen, dass ein so junger Zeuge sowieso niemanden identifizieren könnte. Aber dann wäre die Wickeltasche ja im Haus gewesen. Es sei denn, die Tür hatte offen gestanden und Ragnar war hineingegangen und hatte Hugo mitsamt der Tasche mitgenommen.

Da wurde Erik bewusst, dass es noch eine Erklärung gab, die sie bisher nicht bedacht hatten.

»Vielleicht hat ja der Täter den Wagen umgesetzt.«

»Vielleicht«, sagte Hanna. »Aber warum?«

Hanna parkte auf der Straße vor Ragnar Hagfors' Haus, und sofort tauchte in einem der Fenster des gegenüberliegenden Hauses ein Gesicht auf. Sehr viele Falten umgeben von zotteligem grauem Haar. Erik hob die Hand zum Gruß, da verschwand das Gesicht sofort wieder. Als sie bei Hagfors klingelten, öffnete ein dunkelhaariger Mann um die dreißig. Er trug Jeans und ein gemustertes Hemd, außerdem große gelbe Gummihandschuhe. In der einen Hand hielt er einen Spülschwamm. Er wirkte gehetzt.

»Was wollen Sie?«, fragte er.

»Wir sind von der Polizei«, sagte Erik und zeigte seine Dienstmarke.

»Was wollen Sie?«, wiederholte der Mann.

»Wir möchten mit Ragnar Hagfors sprechen«, sagte Hanna.

»Ich bin sein Sohn. Warum möchten Sie mit ihm sprechen?«

»Ist er da?«, fragte Erik.

»Nein, aber Sie wissen, dass er krank ist, oder? Natürlich kann man mit ihm sprechen, aber auf das, was er sagt, sollte man sich nicht unbedingt verlassen.«

Der Sohn zuckte hilflos mit den Schultern.

»Wo ist er?«, fragte Erik.

»Im Krankenhaus.«

»Seit wann?«

»Seit gestern. Ich bin hergekommen, weil ich ihn nicht erreicht habe. Ich habe vom Mord hier in der Straße gehört, was mich natürlich nervös gemacht hat. Und dann lag er hier am Boden. Anfangs dachte ich, er …« Der Mann schluckte. »Es war schrecklich. Schätzungsweise hat er einen ganzen Tag so hier gelegen.«

Wenn der Sohn ihn am Mittwoch gefunden hatte, hieß das, er war im Laufe des Dienstags gestürzt. Wann genau, konnte sicher niemand sagen.

»Aber kommt denn kein Pflegedienst?«, fragte Erik.

»Doch, bloß nicht jeden Tag. Sie helfen beim Einkauf, bei der Körperpflege und dem einen oder anderen. Ich habe einen Antrag auf mehr Hilfe gestellt, aber noch keine Rückmeldung.«

»Dürfen wir uns mal umsehen?«, fragte Hanna.

»Ich möchte zuerst wissen, worum es geht.«

»Wir suchen den kleinen Jungen«, sagte Erik. »Hugo. Sein Vater ist nicht weit von hier gefunden worden, und wir haben den Hinweis bekommen, dass ein älterer Mann mit einem kleinen Jungen gesehen wurde. Vielleicht hat ihr Vater ja helfen wollen und ihn mitgenommen.«

Mit einem Seufzen trat der Mann beiseite, um sie hereinzulassen. Während er wieder im Bad verschwand, um dort weiterzuputzen, durchsuchten Erik und Hanna das Haus. Sicherheitshalber schauten sie in alle Schränke und unter die Betten. Das Haus war voll mit Ölgemälden, Garnknäueln und Staub. Hugo fanden sie nicht, und auch keine Spuren, die darauf hindeuteten, dass er je hier gewesen war. Sie hatten sich gerade bedankt und die Haustür geöffnet, als ein Schrei durch die Straße hallte.

43

Die Erinnerung daran, wie Hugo sich auf die Rutsche gelegt hatte, tauchte permanent vor ihrem inneren Auge auf. Die Vorfreude und Erwartung auf dem kleinen, runden Gesicht. Im verzweifelten Versuch, das Bild aus dem Kopf zu bekommen, verließ Lykke das Haus.

Erst hatte sie schwimmen gehen wollen, aber ihr war viel zu kalt. Außerdem wusste sie nicht, ob ihre Haut das aushalten würde. Ihr ganzer Oberkörper juckte ja so schon unerträglich.

Du musst was essen, mahnte die Stimme, die endlich aufgehört hatte, ihr zu sagen, sie müsse der Polizei alles erzählen.

Lykke schaute zur Wäscheleine. Ihre Sachen hatten das gestrige Unwetter abbekommen, sie musste sie also definitiv noch einmal waschen. Wenige Sekunden lang hatte sie das Gefühl, das sofort erledigen zu können. Aber sie musste nur eine der inzwischen bretthartenJeans berühren, um sich vom Gegenteil zu überzeugen. Langsam verließ sie das Grundstück und wanderte zum Hafen. Sie ging gern über den steinernen Pier und ließ sich von der Gischt das Gesicht benetzen.

Ich hätte nicht zu ihm rennen sollen.

Die Reue traf sie wie ein Schlag in den Magen, und sofort

presste sie die Hände dagegen. Wäre sie nicht hingerannt, hätte das Treffen vielleicht anders geendet.

Ein Paar mit einer vielleicht zehnjährigen Tochter war dabei, ein Motorboot aus dem Wasser zu holen. Die Urlaubssaison war vorüber, vermutlich verließen sie die Insel. Lykke hatte sie hier den ganzen Sommer über gesehen, wusste aber nicht, wo genau sie wohnten.

Auf der Hälfte des Piers blieb sie stehen. Konnte nicht mehr. Der Wind schlug die Wellen gegen die Steinwand, weißer Schaum wurde aufgeschleudert. Gerade war es aber nicht windig genug, um den Pier komplett zu überspülen.

In Vaxholm waren Roger und sie zwischen den Booten hindurchspaziert. Der Gasthafen dort war bedeutend größer als der hier. Der Frühling hatte gerade eingesetzt, und die Sonne hatte geschienen. Vier Monate war das her und trotzdem ein ganzes Leben. Wie glücklich sie gewesen war. Als sie vorgeschlagen hatte, ein Boot zu kaufen, hatte Roger genickt und ihre Hand genommen. Sie sanft gedrückt. Als Kind hatte sie sich sehnlichst ein Boot gewünscht, aber ihre Mutter war immer schnell seekrank geworden und hatte sich entsprechend ungern auf dem Wasser aufgehalten. Außerdem hätten sie sich auch gar kein Boot leisten können.

Alles mit Roger war eine Lüge gewesen.

Lykke drehte sich um und ging zurück. Der Hass pulsierte in ihren Adern.

»Scheiß auf dich!«, brüllte sie.

Jemand in einem wettergepeitschten Fischerboot riss den Kopf hoch, aber Lykke tat so, als hätte sie das nicht mitbekommen. Der Mann im Boot wohnte schon sein Leben lang im Dorf, sein Garten stand voll mit Apfelbäumen. Am Zaun hing ein Zettel, der dazu aufforderte, zu pflücken, so viel man wollte. Er war einer von vielen gewesen, die auf sie aufgepasst hatten, wenn ihre Mutter abends arbeiten musste. Ihre Mutter hatte wegen der Schwangerschaft die Schule nicht abschließen können. Eher gesagt nicht abschließen wollen. Dann hatte sie sich mit allen möglichen Gelegenheitsjobs durchgeschlagen. Putzhilfe, Verkäuferin, Kassiererin, Pflegeassistenz und vieles mehr. Sie war so glücklich gewesen, als Lykke ihr von der Zulassung für die Universität Uppsala erzählt hatte.

Was machte sie hier eigentlich? Ließ Roger gewinnen, indem sie ihre Zukunft zerstörte. Genau das, wovor ihre Mutter sie ihr Leben lang gewarnt hatte. Sie hatte Lykke im Prinzip den Umgang mit Männern verboten. Ihre rationale Stimme wollte, dass sie aufgab und zum Supermarkt ging, um sich massenweise Essen zu kaufen. Gleichzeitig hatte sie eine Heidenangst, was passieren würde, wenn sie das tat. Dass sie kein bisschen Kontrolle mehr behalten würde. Wieder war da die Erinnerung an die ungetrübte Freude auf Hugos Gesicht. Die dem Entsetzen gewichen war.

44

Ein vielleicht Vierjähriger war mit dem Rad gestürzt. Hanna war schneller bei ihm als Erik, aber auch ein Vater kam herbeigerannt mit einem bedeutend kleineren Kind in einer Trage vorm Bauch.

»Du musst hören, wenn ich dir sage, du sollst nicht so losbrettern«, rief er.

Aber der Kleine schrie viel zu laut, um seinen Vater verstehen zu können. Das Baby in der Trage schaute seinen großen Bruder nur mit großen Augen an. Hanna legte dem Mann beruhigend die Hand auf den Arm, konzentrierte sich dann weiter auf den Jungen. Knie und Ellbogen waren aufgeschürft, aber offene Brüche waren keine zu verzeichnen. Als der Junge wieder stand, überließ sie ihn dem Vater und ging zurück zu Erik.

»Und jetzt?«, fragte er.

»Ich rufe Ove an«, sagte Hanna. »Vielleicht hat er ja mittlerweile noch mehr Leute, die wir prüfen sollen.«

Sie wartete, bis sie im Wagen saßen, ehe sie Oves Nummer wählte.

»Ragnar Hagfors hatte Hugo nicht«, sagte sie.

»Wie sicher seid ihr euch?«, fragte Ove.

»Sehr. Er liegt im Krankenhaus. Er wurde zwar erst nach dem Mord eingeliefert, aber nichts in seinem Haus deutet darauf hin, dass Hugo dort war. Hast du weitere Namen für uns?«

»Ja, da war ein Mann, ganz in der Nähe vom Fundort des Wagens, warte …«

Hanna schaute zu Erik und verdrehte die Augen, und dieser verstand sofort. Ove hatte so eine Angewohnheit, zwischendurch zu verschwinden.

»Nein, der ist doch weggefallen«, sagte Ove, als er wieder am Hörer war. »Amer hat mit seiner Frau gesprochen. Der Mann wird am Wochenende in ein Pflegeheim einziehen, und sie ist seit mehreren Tagen bei ihm und hilft beim Packen.«

»Sonst noch wer?«

»Ja, da gibt es einen Bror Erlander, aber …«

»Aber?«

Hanna war langsam wirklich ungehalten.

»Er wohnt ein gutes Stück vom Fundort der Leiche und des Autos entfernt«, sagte Ove matt. »Außerdem hat ein Kollege am Tag nach dem Auffinden der Leiche mit ihm gesprochen. Ich leite euch das Befragungsprotokoll weiter.«

Nachdem Hanna die Adresse bekommen hatte, legte sie auf und bat Erik, das Protokoll zu lesen. Der Hinweis hatte Hanna Hoffnung gegeben, weil es die einzige handfeste Spur war. Aber vielleicht hatte die Zeugin ja mit ihrer ersten Vermutung genau richtiggelegen: dass es einfach nur ein älterer Verwandter gewesen war, der eine junge Familie entlasten wollte und deshalb auf ihr Kind aufpasste. Trotzdem gab es keine Alternative, sie mussten weitermachen. Hanna klammerte sich ans Steuer und schob die Gedanken an den grauen Volvo weg. Ihr

Ellbogen schmerzte, hinderte sie aber nicht am Fahren. Mittlerweile waren fünfundachtzig Stunden vergangen, seit Jenny entdeckt hatte, dass ihr Mann und ihr Sohn verschwunden waren. Fünfundachtzig Stunden. Es kostete immer mehr Kraft, sich davon zu überzeugen, dass sie Hugo noch lebend finden würden.

Bror Erlanders Haus lag gegenüber der Kirche von Södra Möckleby. Nicht weit von der Stelle entfernt, an der sich die Freiwilligen am ersten Tag der Suche versammelt hatten. Es handelte sich um ein großes weißes Haus, das von einer hohen Hecke umgeben war, und Hanna parkte auf der Straße direkt davor. So wahnsinnig weit war es bis zum Steinbruch und dem Schotterweg nicht, es standen nur ein paar Häuser dazwischen. Eine einzige Zeugin. Hätte es nicht mehr Leuten auffallen müssen, wenn Bror mit einem kleinen Kind vorbeigekommen war? Wenn nicht gleich, dann doch spätestens seit die Fotos von Hugo verbreitet wurden. Aber die Uhrzeit spielte sicher auch eine Rolle. Eigentlich hatten sie großes Glück gehabt, dass überhaupt jemand ausgerechnet zu dem Zeitpunkt aus dem Fenster geschaut hatte.

»Was hat Bror Erlander dem Kollegen erzählt?«, fragte Hanna.

»Dass er im Garten stand und Holz gehackt hat, weshalb er angeblich rein gar nichts gesehen hat.«

Sie stiegen aus und betraten das Grundstück. In der Auffahrt stand kein Wagen, und im Haus brannte kein Licht. Da es so bedeckt war, legte dies den Schluss nahe, dass niemand zu Hause war.

Sie folgten dem Kiesweg bis zur Steintreppe. Über der Haustür gab es einen kleinen Dachvorsprung, was praktisch ein Merkmal der alten öländischen Häuser war.

»Ist das nicht merkwürdig, dass hier so viele Demente wohnen?«, fragte Erik.

»Die Bevölkerung von Südöland ist im Durchschnitt recht alt«, sagte Hanna. »Und ich glaube, etwa zwanzig Prozent aller Menschen über achtzig haben eine Form von Demenz. Wie alt ist er?«

»Dreiundachtzig.«

Hanna klingelte. Niemand kam zur Tür, also klingelte sie noch einmal. Dann schaute sie sich um. Sowohl Dienstag als auch Mittwoch hatte es im Ort von Menschen gewimmelt, aber die hohe Hecke versperrte die Sicht.

»Lass uns mal ums Haus gehen«, sagte Erik.

Es gab einen Schuppen mit säuberlich gestapeltem Brennholz. Daneben war ein Hackklotz mitsamt Axt. Die Axt steckte in einem Scheit, das gespalten worden war. Irgendwie störte Hanna diese Axt. Sollte er wirklich so eine haben dürfen? Die Diagnose ihrer Großmutter war der Auftakt einer Menge von Einschränkungen. Mit das Erste, was sie hatte aufgeben müssen, war die Fahrerlaubnis gewesen.

Die Wiese wucherte fröhlich vor sich hin, außerdem stand hier eine kaputte Wäschespinne. Die einzigen Möbel auf der Holzveranda waren ein Tisch und ein paar Stühle. Hanna betrat die Veranda und versuchte, durch die Fenster zu schauen, doch der Blick wurde durch dichte Spitzengardinen versperrt. Also klopfte sie energisch gegen die Scheibe und rief laut Hallo.

Vielleicht war Bror Erlander schwerhörig. Da glitt die Gardine beiseite, und ein Kindergesicht tauchte auf. Ein Gesicht umgeben von blonden Locken, in dem hellblaue Augen prangten. Darunter: ein schmutziges rotes T-Shirt. Hanna war so erschrocken, dass sie einen Schritt rückwärts machte. Ihre Hand schlug gegen einen der Stühle, der Schmerz sauste vom Handgelenk bis zum verletzten Ellbogen, wo er explodierte. Hanna fluchte.

Schon war das Gesicht verschwunden.

Der letzte Tag

Die Autotür schlägt zu heftig zu, und Hugo wimmert leise. Thomas rechnet mit Geschrei, doch es kommt keins. Er sollte den Wagen starten und losfahren, um die Chancen zu erhöhen, dass Hugo nicht aufwacht. Es ist schon Nachmittag, und alle vorherigen Schlafversuche sind gestört worden. Gleichzeitig wäre es vielleicht gut, wenn er nicht schläft, damit er das in der Nacht tut. Thomas steckt den Schlüssel in die Zündung, kann aber nicht starten. Lykkes Worte brennen in ihm.

Ich hasse dich.

Das hat sie geschrien und ist weggestürmt.

Wieso hat sie denn dann Kontakt zu ihm aufgenommen? Doch egal wie verletzt Thomas ist, er kann Lykke für ihr Verhalten keine Vorwürfe machen. Er ist eine wandelnde Enttäuschung. Das, was er Natalie angetan hat, war furchtbar. Er hat ihr allein die Verantwortung für ein Baby überlassen, nur weil er selbst keine Lust dazu hatte. Auch wenn sie nicht mehr ineinander verliebt gewesen waren, Lykke hätte er trotzdem nicht verleugnen dürfen. Der Schmerz und die Wut in ihrem Blick, sie taten ihm so weh. Ihr Leben lang hat sie sich abgelehnt gefühlt. Von ihm. Irgendwie muss er das wiedergutmachen.

Thomas hat den Impuls, seinem Sohn die Hand auf die Brust zu legen, aber er hält sich zurück. Ich werde dich nie verlassen, denkt er.

Dann schaut er zum Haus, aber Lykke ist nicht zu sehen. Soll er nach einer Weile noch mal anklopfen? Vielleicht hat sie sich dann beruhigt. Vielleicht kann er Hugo mitnehmen, wenn er bis dahin aufgewacht ist. Thomas bezweifelt, dass Lykke von ihrem kleinen Bruder weiß. Wenn Hugo dabei ist, wird sie ihn sicher nicht anschreien. Vielleicht kann er sie so zum Zuhören bringen.

All seine Verpflichtungen zerren ihn in jede denkbare Richtung.

Das Handy brüllt seinen Klingelton ins Auto. Scheiße, wieso hat er das Ding nicht auf lautlos gestellt? Hugo wacht schreiend auf.

Es ist Jenny, und Thomas nimmt den Anruf an.

»Tut mir leid«, sagt Jenny, als sie das Geschrei hört.

»Er war gerade eingeschlafen«, sagt Thomas.

Das stimmt so nicht, aber er will das schlechte Gewissen loswerden.

»Ich wollte nur mal hören, wie es euch geht«, sagt Jenny.

Ihr Ton ist sanft und legt sich um sein Herz, nimmt etwas der Schuld.

»Uns geht es gut«, sagt Thomas und schaut zu Lykkes Haus.

Er könnte es ihr jetzt erzählen. Bloß wie? Er spricht die Worte gedanklich aus: *Ich habe eine Tochter.* Nein, unmöglich, weil er keine Ahnung hat, wie Jenny reagieren wird. Und vielleicht muss er es auch gar nicht erzählen, denn allem Anschein nach hat Lykke kein echtes Interesse an Kontakt zu ihm. Aber er an ihr. Er kann sie nicht einfach wieder gehen lassen.

»Wir sitzen im Auto«, sagt er dann.

»Warum?«, fragt Jenny.

Thomas sucht nach Misstrauen in ihrer Stimme, findet keins.

»Wir waren beim Spielplatz in Skogsby.«

»Schön«, sagt Jenny.

Und das war im Prinzip ja richtig, bloß schon ein paar Stunden her. Seit wann ist er jemand, der immer lügt?

»Ich werde mal losfahren«, sagt er. »Vielleicht schläft er dann wieder ein.«

»Mach das«, sagt Jenny und fügt dann nach einer kurzen Pause hinzu: »Ich vermisse euch.«

»Wir freuen uns, wenn du wieder zu Hause bist«, sagt Thomas.

Und das ist keine Lüge. Sie beenden das Gespräch mit *Ich liebe dich*. Die Worte beruhigen auch Hugo. Thomas schließt die Augen, hat das Gefühl, der Platz in seinem Brustkorb reicht nicht für sein Herz. Jenny ist überall. Um ihn. In ihm. Bevor sie nach Hause kommt, muss er seinen Job zurückhaben. Er kann ihr einfach nicht in die Augen schauen und sagen, dass ihm gekündigt wurde. Jenny bringt ihn immer wieder dazu, besser zu werden. Mille hat sich darüber lustig gemacht. Findet, dass Thomas an der kurzen Leine gehalten wird. Aber Mille hat keine Ahnung. Oder aber er ist einfach eifersüchtig. Er hat sich ein kleines Haus in Skogsby gekauft, weil er das will, was Thomas hat: eine Beziehung, die hält. Mille war es auch gewesen, der ihnen den Spielplatz gezeigt hatte.

»Deine Mama ist fantastisch«, sagt Thomas und schaut dabei in den Rückspiegel.

Klar, Jenny hat zu fast allem eine Meinung, aber sie engt ihn nicht ein und hackt auch nicht auf ihm herum. Und das gefällt ihm. Dass sie weiß, was sie will. Daran, dass sie ihn liebt, hat er nie gezweifelt. Wenn Mille das nächste Mal einen Witz macht, weist er ihn zurecht.

Thomas streichelt Hugo kurz über den Kopf und startet den Wagen. Plötzlich sieht er so klar. Wie gern er Lykke kennenlernen will, und dass es an ihm liegt, das auch in die Tat umzusetzen. Und dass er Mille nicht länger helfen will. Vielleicht muss er dazu komplett den Kontakt abbrechen, und das wird umso schwieriger, wenn er schon wieder ohne Arbeit dasteht. Er muss sofort mit Karl sprechen. Muss dafür sorgen, dass er seine Entscheidung rückgängig macht, bevor Jenny zu Hause ist.

45

»Scheiße«, sagte Hanna und schaute zu Erik. »Hast du das gesehen?«

Aber Erik war schon an der Terrassentür und rüttelte an der Klinke. Abgeschlossen. Dann legte er die Stirn und eine Hand gegen die Fensterscheibe, aber von Hugo war nichts mehr zu erkennen, sonst hätte er sich nicht so frustriert umgedreht. Hanna rief Ove an, um ihm die Lage zu schildern, und eilte hinter Erik her zur Straßenseite des Hauses. Die Eingangstür war ebenfalls verschlossen.

»Bist du sicher, dass es Hugo ist?«, fragte Ove.

»Ja«, sagte Hanna.

»Was für einen Eindruck hat er auf dich gemacht?«

»Einen guten. Aber wir wissen ja nicht, was jetzt passiert.«

Hanna starrte mit aufsteigender Panik die Tür an. Sie war ausgebildet, konnte mit stressigen Situationen umgehen. Aber die Vorkommnisse des Morgens steckten ihr noch in den Knochen, und eine Situation wie diese hatte sie bisher nie erlebt. In Stockholm war sie mal zu einer Schießerei an einer Tankstelle gerufen worden, aber als sich diese zu einer Geiselnahme entwickelte, übernahm sofort eine andere Einheit. Eine Spezialeinheit mit dem entsprechenden Training. Gerade hatten sie es mit einem kranken, älteren Mann und einem kleinen Kind zu tun. Konnte man auf so etwas überhaupt vorbereitet werden?

Wo war Bror Erlander? Wenn er Hugo allein gelassen hatte, mussten sie sich sofort Zugang verschaffen. Aber vielleicht schlief er auch nur. Oder war krank oder verletzt. Weiter kam Hanna nicht, denn aus dem Haus dröhnte eine Männerstimme, dass sie verschwinden sollten. Gefolgt von einem metallischen Zurren. Dass es klang wie eine Flinte, die durchgeladen wurde, konnte sie gerade noch denken, bevor schon die Gardine des kleinen Fensters der Haustür beiseitegeschoben und der Lauf auf sie gerichtet wurde. Sie und Erik zogen sich schnell zurück.

»Was ist los?«, fragte Ove beunruhigt.

»Bror hat uns angeschrien«, sagte Hanna. »Er ist nicht gerade erfreut über unseren Besuch. Und er ist bewaffnet.«

Durch die Leitung hörte Hanna, wie Ove auf die Tastatur hackte.

»Herr Erlander hatte einen Waffenschein«, sagte er dann. »Aber der wurde ihm entzogen, weil ihn ein Arzt gemeldet hat. Ich schicke Verstärkung. Und einen Rettungswagen. Schätzungsweise brauchen wir auch eine Verhandlungsgruppe.«

Hanna war nicht sicher, ob es wirklich eine gute Idee war, wenn noch mehr Leute aufkreuzten. Klar, der Mann war bewaffnet, aber er war eben auch krank und schien mit Druck nicht gerade gut umgehen zu können.

»Ich bezweifle, dass es viel zu verhandeln gibt«, sagte sie.

»Ich rufe auch beim Pflegedienst an«, sagte Ove. »Höre mal nach, womit genau wir es zu tun haben.«

Hanna nahm Ove das Versprechen ab, dass die Verstärkung sich erst mal auf Abstand hielt. Dann ging sie zum Wagen und gab Erik ein Zeichen, ihr zu folgen. Wieder auf der Straße, schaute sie sich um. Vielleicht gab es noch jemanden in der Nachbarschaft, zu dem Bror Erlander Kontakt hatte. Sie brauchten zwingend jemanden, den er kannte.

»Hat er Kinder in der Nähe?«, fragte sie.

»Moment«, sagte Ove, und schon wieder war Tippen zu hören. »Eine Tochter in Färjestaden.«

»Gib mir ihre Nummer.«

Weniger als eine Minute später hatte Hanna seine Tochter Beatrice in der Leitung. So schnell sie konnte, fasste sie die Lage zusammen.

»O Gott«, keuchte Beatrice. »Moment …«

Hanna hörte, wie sie jemandem erklärte, dass sie schon mal ohne sie anfangen sollten.

»Ich war gerade unterwegs zu einem Meeting«, erklärte sie. »Haben Sie gerade wirklich gesagt, dass mein Vater den kleinen Jungen bei sich hat? Und außerdem ein Gewehr?«

»Ja.«

Ihre größte Panik hatte sich gelegt. Im Job verfügte Hanna trotz allem über ein gewisses Selbstvertrauen, auch wenn diese Situation neu war. Ganz anders sah es bei der Sache mit ihrem Vater und Kristoffer aus, die so viel düsterer und verfahrener war.

»Mein Vater ist wahnsinnig wütend geworden, als ihm der Waffenschein entzogen wurde«, sagte Beatrice. »Aber er hat beteuert, dass er die Waffe verkauft hat. Ich habe das Haus auch danach durchsucht und keine gefunden. Hätte ich mal …«

»Waren Sie diese Woche bei Ihrem Vater?«, unterbrach Hanna sie.

»Ich habe es nicht geschafft«, sagte Beatrice. »Auf der Arbeit war so viel zu tun. Normalerweise besuche ich ihn am Wochenende. Der Pflegedienst hat am Dienstag angerufen, weil er sie nicht reinlassen wollte.«

»Kommt das häufiger vor?«

»Nein, aber die vom Pflegedienst dachte, dass es einfach an der Aufregung im Ort lag. Wegen der Suche und so.«

Ihre Stimme zitterte beim letzten Satz.

»Wie weit ist seine Demenz fortgeschritten?«, wollte Hanna wissen.

»Er hat gute und schlechte Tage, kommt aber recht gut allein klar. Die einzige Herausforderung ist, dass er sehr launisch ist. Er kann fürchterlich wütend werden.«

»Erkennt er Sie noch?«

»Ja«, sagte Beatrice. »Ich habe natürlich schon über einen Umzug ins Pflegeheim für ihn nachgedacht, aber die Entscheidung fällt uns beiden sehr schwer. Ich bin in dem Haus aufgewachsen.«

Hanna wusste durch ihre Großmutter, dass Verschlechterungen plötzlich auftreten konnten. Und eine der typischen Reaktionen darauf war Wut.

»Wie schlimm sind seine Wutanfälle?«

»Meist scheint er klarzukommen. Er macht sogar Scherze über seine Krankheit. Aber manchmal …«

»Es wirkt, als würde er uns als Bedrohung sehen.«

Darauf erwiderte Beatrice nichts, und Hanna gefiel das Gefühl nicht, dass das Schweigen bei ihr auslöste. Eine Frau mit einem Labrador blieb stehen und schaute neugierig zu ihnen. Hanna hielt ihre Dienstmarke hoch und zeigte der Frau mit einer Handbewegung, dass sie weitergehen solle. Ohne ein Wort tat sie genau das. Immerhin war Erlanders Haus etwas abgeschirmt.

»Was haben Sie jetzt vor?«, fragte Beatrice.

Deutliche Härte in der Stimme. Hanna ahnte, dass ihr das Wort Bedrohung nicht sonderlich geschmeckt hatte.

»Ehrlich gesagt sind wir da noch unentschlossen«, sagte Hanna.

»Sie können sich nicht gewaltsam Zugang verschaffen. Besonders nicht, wenn er bewaffnet ist.«

Da sie sich in ihre Aufregung hineinsteigerte, versuchte Hanna, sie abzulenken.

»Haben Sie noch Geschwister?«, fragte sie.

»Nein«, sagte Beatrice. »Obwohl, richtiger ist wohl, ich hatte mal einen Bruder. Aber der ist im Alter von zwei Jahren bei einem Unfall gestorben.«

46

Eriks Blick wanderte zwischen Hanna und dem Haus hin und her. Ihr Gesichtsausdruck hatte sich versteinert, Bror Erlanders Tochter berichtete offenbar nichts Gutes. Hanna sagte, sie müsse die nächsten Schritte mit ihrem Chef besprechen, und legte auf.

»Und?«, fragte er.

»Eins von Brors Kindern ist gestorben, es kann also gut sein, dass er Hugo für dieses Kind hält.«

»Dann wird er ihn beschützen«, sagte Erik.

»Genau«, sagte Hanna. »Verstärkung ist unterwegs, unter anderem eine Verhandlungsgruppe, aber es kann noch dauern, bis die eintrifft. Allerdings ist es ja sowieso fraglich, ob sie überhaupt mit ihm sprechen können. Und sich gewaltsam Zugang zu verschaffen, ist auch keine Lösung, da Erlander bewaffnet ist. Die Tochter sagt, er neigt zu Wutausbrüchen. Was meinst du, sollten wir tun?«

Erik schaute wieder zum Haus. Ihn störte, dass kein Licht brannte. Wie waren die letzten Tage für Hugo gewesen? Und was ging gerade im Kopf des alten Mannes vor? Irgendwie mussten sie ihn zurück ins Hier und Jetzt holen.

»Entweder bitten wir die Tochter herzukommen. Oder Hugos Mutter.«

»Nicht die Mutter«, sagte Hanna. »Das wäre nicht gut, wenn was passiert. Außerdem könnte sie Brors Verfassung negativ beeinflussen.«

Erik stimmte ihr voll und ganz zu. Er wusste nicht, warum er diesen Vorschlag überhaupt gemacht hatte. Aber sie mussten jede Möglichkeit durchgehen. Erik rief Ove an, der es ebenfalls für eine gute Idee hielt, dass die Tochter herkam. Kaum stand das fest, nickte Erik seiner Kollegin zu, die sofort wieder Beatrices Nummer wählte. Erik versprach Ove, die Tochter darauf hinzuweisen, dass sie sich nicht mit dem Vater in Kontakt setzen solle, ehe Verstärkung vor Ort war. Laut der Mitarbeiterin des Pflegedienstes war Bror bei ihrem Erscheinen auf die Veranda gerannt und hatte sie angeschrien, noch bevor sie parken konnten. Ove hatte sie gebeten, heute nicht vorbeizukommen.

Das Warten war grauenhaft. Gerade konnten sie nichts tun, als das Haus im Blick zu behalten. Hanna beugte langsam den Arm und verzog das Gesicht.

»Hast du Schmerzen?«, fragte er.

»Ich bin gestürzt, als ich heute Morgen laufen war«, sagte sie. »Bin auf dem Ellbogen gelandet.«

Erik wollte gerade scherzen, wie gefährlich das Laufen war, da erschien kurz etwas im Fenster.

»Hast du gesehen, was das war?«, fragte er.

»Nein«, sagte Hanna. »Aber er wird ihm nichts tun.«

»Das glaube ich auch«, sagte Erik. »Trotzdem …«

»Schon klar.«

Der Garten war von einer hohen Hecke eingefasst, und es gab nur einen Weg hinein. Erik machte noch einen Schritt weiter zum Auto, und Hanna folgte ihm. Wenn Bror aus dem Fenster schaute, war es vermutlich das Beste, wenn sie nicht direkt in der Auffahrt standen und in seine Richtung glotzten. Hier konnte er sie nicht ausmachen, umgekehrt fehlte ihnen natürlich auch die Übersicht, und das machte Erik nervös.

»Wieso haben die Leute hier so hohe Hecken?«, fragte er.

Hanna schaute ihn mit leicht hochgezogenen Brauen an.

»Wegen des Windes natürlich«, sagte sie, weil er es von allein nicht verstand.

Augenblicklich herrschte nur eine leichte Brise, aber dann wurde ihm bewusst, dass er auch zwischen Häusern und Hecken stand. Die Frau mit dem Labrador kehrte zurück, ihre Augen funkelten vor Neugierde, aber sie stellte nicht die Fragen, die ihr so offensichtlich unter den Nägeln brannten. Die Sehnsucht nach Supriya überwältigte ihn, und er schrieb ihr schnell, dass er an sie dachte, gefolgt von einem Herzen. Dann starrte er lange auf das Display, ohne eine Antwort zu bekommen. Schließlich steckte er das Handy weg.

Brors Tochter brauchte eine Viertelstunde. Sie parkte hinter ihnen und sprang aus dem Wagen, strauchelte mit ihren Stöckelschuhen. Sie trug eine schwarze Hose, dazu eine weiße Bluse. Ihre Hände waren von roten Flecken übersät.

»Er hat von ihm geschrieben«, sagte sie.

»Wie bitte?«

»Ich habe überhaupt nicht geschaltet. Ich dachte, er wäre einfach verwirrt. Aber am Montag bekam ich eine SMS von ihm, dass Jesper zurückgekommen sei. Oh, guter Gott. Was soll ich jetzt machen?«

»Erst mal nichts«, sagte Erik schnell, weil sie schon das Haus ansteuerte.

Sofort verzog sie das Gesicht, und Hanna legte ihr eine Hand auf den Arm.

»Wir müssen erst auf Verstärkung aus Kalmar warten«, sagte sie.

»Verstärkung?«

»Die werden wir wahrscheinlich nicht brauchen«, fuhr Hanna fort. »Aber wir müssen einfach gerüstet sein, für den Fall.«

»Und dann? Sie können unmöglich das Haus stürmen, er wird Sie …«

Beatrice verschränkte die Arme vor der Brust und schaute zur Einfahrt. *Erschießen?* Hatte sie das sagen wollen?

»Wann haben Sie Ihren Vater zuletzt gesehen?«, fragte Erik.

»Ich habe ihn Sonntag besucht. Montag ist er sehr wütend geworden, weil ich das mit Jesper nicht ernst genommen habe. Ich hatte ja von dem vermissten Jungen gehört, aber …«

»Vielleicht ist es am besten, wenn Sie erst mal bei ihm anrufen. Versuchen Sie, ihm klarzumachen, dass Sie hier draußen stehen. Das könnte ihn schon mal beruhigen.«

Beatrice nickte, wirkte aber alles andere als überzeugt. Auch Erik hielt es nicht länger für eine gute Idee, so aufgeregt wie die Tochter war.

»Wie ist Ihr Verhältnis zu Ihrem Vater?«, fragte er.

»Gut, und ich befürchte, dass er merkt, wie gestresst ich gerade bin.«

»Sie könnten Ihren Stress auf etwas anderes schieben«, sagte Hanna.

»Ja, aber worauf?«, sagte Beatrice und knibbelte mit dem Fingernagel an einem der roten Flecken auf ihrem Handrücken. »Ich kann nur so schlecht lügen.«

»Was machen Sie beruflich?«, fragte Erik.

»Ich betreibe mit einem Freund eine Werbeagentur.«

»Und wie läuft es?«

»So lala«, sagte Beatrice. »Gerade musste ich ihm ein Meeting mit einem neuen Kunden überlassen.«

»Und das?«

Erik deutete auf ihre fleckigen Hände. Und es war fast so, als würde Beatrice da erst bewusst, was sie tat.

»Ich streiche am Wochenende und abends das Haus. Das macht wesentlich mehr Arbeit, als ich gedacht hätte.«

»Dann sagen Sie ihm das, wenn er fragt, wieso Sie gestresst sind«, riet Erik. »Weil es Ihnen schwerfällt, alles unter einen Hut zu bekommen.«

»Haben Sie Kinder?«, fragte Hanna.

»Einen Sohn. Aber er wohnt nicht mehr zu Hause.«

Beatrice rieb stärker an dem Flcck.

»Was soll ich denn sagen? Was ist das Ziel meines Anrufs?«

»Am besten wäre es, wenn Sie den Jungen aus dem Haus bekommen«, sagte Hanna. »Oder Ihren Vater.«

»Ja, aber wie?«

»Das kommt ganz darauf an. Sie kennen ihn ja am besten. Wenn er noch immer davon überzeugt ist, dass Hugo Ihr kleiner Bruder ist, dann könnten Sie ihm vorschlagen, dass er ihn in den Garten lässt, damit Sie zusammen spielen können. Glaubt er das nicht länger, dann überzeugen Sie ihn davon, dass der Kleine dringend wieder zu seiner Mutter muss.«

»Sie dürfen meinem Vater nichts tun«, sagte Beatrice.

»Das ist wirklich das Letzte, was wir wollen«, versicherte Hanna.

Eriks Handy klingelte, und er ging schnell dran.

»Die Verstärkung ist da.«

Beatrice schluckte und holte dann ihr Handy aus dem Auto. Sie suchte die richtige Nummer heraus und schloss die Augen, während die Verbindung hergestellt wurde.

»Hallo Papa«, sagte sie in fröhlichem Ton. »Ich steh bei dir vorm Haus.«

»Wieso stehst du denn vorm Haus? Komm rein!«

»Könntest du …«, setzte Beatrice an.

Doch da hatte ihr Vater schon wieder aufgelegt.

47

»Tut mir leid«, sagte Beatrice. »Er hat einfach aufgelegt.«

Ihre Unterlippe zuckte. Beatrice schaute sie an, als rechne sie mit einer Standpauke.

»Versuchen Sie es noch mal«, bat Hanna.

Ihr Vater ging nach nur einem Freiton dran, selbst sie konnten seine laute Brummstimme verstehen.

»Jetzt hör doch mit den Anrufen auf«, sagte er wütend. »Das macht ihn nervös. Komm doch rein!«

»Papa …«

Aber er hatte schon wieder aufgelegt. Beatrice fluchte laut. Hanna suchte Eriks Blick, doch der schaute zur Hecke, hinter der sich das Haus verbarg.

»Ich möchte reingehen«, sagte Beatrice. »Ich glaube, die Chancen sind groß, dass das dann ein gutes Ende nimmt.«

Hanna war ganz ihrer Meinung, wusste aber gleichzeitig nicht, ob sie Beatrice dieser Gefahr wirklich aussetzen sollten. Ihr Vater war schließlich bewaffnet. Aber keine Alternative erschien gerade sinnvoller. Sie waren um das Haus gegangen, nirgendwo brannte Licht, alle Vorhänge waren zugezogen, und Bror würde sicher nicht aufmachen, wenn die Polizei vor der Tür stand. Egal, wie geschult im Verhandeln sie auch waren.

Ihr Handy vibrierte, Beatrice hielt es so, dass sie die SMS lesen konnten.

Beeil dich! Jesper ist so aufgeregt!

Mit der SMS kam ein Foto von Hugo. Es war verschwommen und aus nächster Nähe aufgenommen, aber dass seine Augen weit aufgerissen waren, konnte man gut erkennen.

»Bitte, lassen Sie mich reingehen«, flehte Beatrice.

»Das muss ich erst noch mal mit meinem Chef besprechen«, sagte Erik.

Beatrice nickte, und Erik entfernte sich ein paar Schritte. Seine Miene war so starr, dass Hanna nicht rückschließen konnte, was Ove wohl sagte. Kurz darauf kehrte er zu ihnen zurück.

»Was halten Sie davon, wenn einer von uns Sie begleitet?«, fragte er. »Wir könnten so tun, als wären wir Kollegen.«

»Mein Vater kennt meine Kollegen«, sagte Beatrice. »Und mit Verlaub, aber man sieht Ihnen wirklich an, dass Sie von der Polizei sind.«

Dagegen ließ sich nicht argumentieren. Hanna trug eine Jeans, ein Hemd und eine Bomberjacke, Erik eine Jeans und einen Pulli. Sie waren durchtrainiert und groß. Außerdem hatte Bror sie ja schätzungsweise schon durchs Fenster gesehen.

»Wir haben noch mehr Kollegen«, sagte Hanna.

Aber Beatrice schüttelte nur den Kopf.

»Ist Ihnen bewusst, welches Risiko Sie damit eingehen?«, fragte Hanna.

»Er wird mich schon nicht erschießen«, sagte Beatrice gereizt und klang plötzlich sehr wie ihr Vater.

Sie würden sie gar nicht gehen lassen, wenn sie davon ausgingen, dass diese Gefahr tatsächlich bestünde. Aber manchmal geschah so etwas, obwohl es keine Absicht war. *Obwohl es keine Absicht war.* Hanna schob die Gedanken an ihren Vater wieder weg.

»Okay, dann gehen Sie allein«, sagte Hanna. »Aber melden Sie sich bitte sofort, wenn Sie Hilfe brauchen. Sie haben ja meine Nummer.«

Hanna beobachtete Beatrice, die mit langsamen Schritten auf das Haus zuging. Die Verantwortung, die sie trug, war groß und grausam, aber sie mussten Bror und Hugo schnellstmöglich trennen. Sie, Erik und jeder andere Kollege würde Bror nur zu sehr irritieren. Hugo zu retten, war gerade die oberste Priorität. Nach wenigen weiteren Schritten war Beatrice hinter der Hecke verschwunden.

Sie drückte auf die Türklingel.

»Papa, ich bin's«, rief sie. »Mach auf.«

Ihr fröhlicher Tonfall klang aufgesetzt. Hanna hasste es, nicht sehen zu können, was vor sich ging, aber ihnen blieb nichts anderes übrig, als sich ruhig zu verhalten und abzuwarten. Nach wenigen Sekunden wurde die Tür geöffnet. Als sie wieder zufiel, lugte Hanna um die Hecke. Bror hatte seine Tochter hereingelassen.

Das Warten war dieses Mal, wenn irgend möglich, noch unerträglicher. Nach einer Weile kam eine SMS.

Er ist davon überzeugt, dass der Junge mein kleiner Bruder ist.

Gut, schrieb Hanna zurück. *Dann wird er ihm nichts antun.*

Eigentlich wollte sie Beatrice beruhigen, damit sich das auf ihren Vater übertrug, da war *antun* vielleicht nicht gerade die beste Wortwahl. Schnell schickte sie noch eine Nachricht.

Bleiben Sie ruhig. Machen Sie sich keine Sorgen.

Leider hatte dies den gegenteiligen Effekt.

Ich schaff das nicht, schrieb Beatrice.

Doch, Sie schaffen das, antwortete Hanna. Dann: *Wo ist das Gewehr?*

Ich habe ihn gebeten, es wegzulegen.

Hanna zeigte Erik die SMS.

»Zugriff?«, fragte sie.

»Ich würde sagen, wir warten noch.«

Hanna lehnte sich gegen die Motorhaube. Erst als Erik die Hand ausstreckte und sie antippte, merkte sie, dass sie wieder ihre Tätowierung rieb. Sofort hörte sie damit auf und rieb die Handflächen über die Oberschenkel. Wenn jetzt etwas schiefging, würde das Urteil gegen sie hart ausfallen. Trotzdem dachte sie nur an den kleinen Jungen. Es ging nur um sein Wohlergehen. Jetzt und sobald diese Sache hier ausgestanden war.

Ein Mann mit einem Labrador näherte sich, und Hanna lächelte ihn an. Sie hoffte, dass er einfach weitergehen würde, aber das tat er nicht. Der Hund sah verdächtig nach dem Hund aus, mit dem zuvor die Frau zweimal vorbeigekommen war.

»Wer sind Sie?«, fragte der Mann.

Hanna beantwortete dies, indem sie ihre Dienstmarke zeigte.

»Was wollen Sie hier?«

»Das dürfen wir leider nicht beantworten«, sagte sie.

Mit dieser Auskunft war der Mann nicht zufrieden, er wollte wissen, ob Bror Erlander etwas zugestoßen war.

»Das dürfen wir leider nicht beantworten«, wiederholte sie.

Irritiert zerrte der Mann an der Leine. Der Labrador war unterwegs zu einer Laterne gewesen, gab sich nun aber damit zufrieden, stattdessen die Hecke anzupinkeln.

»Hat der Mörder wieder zugeschlagen? Schlimm, dass man hier nicht mehr sicher ist.«

Erst als Erik auf den Mann zutrat und ihn bat, zügig weiterzugehen, tat er dies, wenn auch widerwillig. Mehrfach schaute er sich um. Nach wenigen Metern holte er ein Handy hervor und fing an zu telefonieren.

Hanna warf selbst einen Blick auf ihr Handy, doch es waren keine weiteren Nachrichten von Beatrice gekommen. Am liebsten hätte sie ein Fragezeichen geschickt, aber das konnte sie sich zum Glück verkneifen. Beatrice musste dies hier in ihrem Tempo bewältigen.

Gerade als sie das Handy wieder wegstecken wollte, bekam sie eine SMS von Ove. Das Fragezeichen, das sie selbst hatte versenden wollen.

Noch nichts Neues, antwortete sie.

Sie lugte noch einmal um die Hecke. Jetzt brannte Licht in einem der Zimmer, und sie wertete das mal als gutes Zeichen.

Sechzehn Minuten. Exakt sechzehn Minuten dauerte es, bis sich die Haustür öffnete. Hanna und Erik rannten sofort los. Da stand Beatrice auf der Veranda, Hugo auf dem Arm. Sein Gesicht war dem Haus zugewandt. Als die Tür hinter ihr zufiel, taumelte Beatrice auf sie zu.

Der letzte Tag

Thomas ist so beflügelt von der Vorstellung, Karl zu konfrontieren und seinen Job zurückzuverlangen, dass er zu sehr aufs Gas tritt. Als ihm bewusst wird, wie schnell er fährt, nimmt er den Fuß vom Pedal. Er beschließt, auch mit Mille zu reden, und zwar gleich nachdem er bei Karl war. Schließlich fährt er ja sowieso nach Färjestaden. Sie sind schon seit der ersten Klasse befreundet, aber Thomas muss ihm klarmachen, dass heute Abend das letzte Mal ist.

»Entschuldige«, sagt Thomas mit einem Blick in den Rückspiegel.

Hugos Kopf bewegt sich. Er schläft nicht und ist auch nicht unzufrieden, trotzdem hat Thomas ein schlechtes Gewissen, seinen Sohn so durch die Gegend zu zerren. Vielleicht sollte er Karl anrufen und fragen, wo er gerade ist, aber er will ihm auch nicht die Chance geben, zu entwischen.

Die meisten Wochenendbesichtigungen sind am Samstag, trotzdem fährt Thomas erst mal ins Büro. Da dort kein Licht brennt, versucht er es bei Karl zu Hause in der Kantarellgatan. Thomas war schon einmal hier, damals hat Karl einen Grillabend veranstaltet, zu dem Thomas und der andere Assistent eingeladen waren.

Karls Frau Madeleine ist im Garten und harkt gemähtes Gras zusammen. Bei jenem Grillabend war sie blass und schweigsam gewesen. Tags drauf erzählte ihm Selene, dass ihre Mutter Krebs hatte. Einen Hirntumor, der bestrahlt und dann herausoperiert werden sollte. Erst vor Kurzem wurde sie für geheilt erklärt, hat Selene ihm berichtet. Madeleine schaut auf und schirmt die Sonne mit einer Hand von ihren Augen ab, als er vor dem Haus parkt. Man sieht ihr nicht an, dass sie krank war, und das macht Thomas froh. Selene hat ihm erzählt, wie sehr ihre Krankheit die Familie belastet hat.

»Ist Karl zu Hause?«, fragt Thomas.

»Ja«, sagt Madeleine und stellt den Rechen beiseite. »Warte, ich hole ihn.«

Sie wirkt nicht gerade erfreut über sein Erscheinen. Vielleicht hat Karl erzählt, dass er Thomas gefeuert hat. Thomas schnallt Hugo ab und hebt ihn aus dem Sitz, weil er wach ist und es hasst, allein im Auto zu sitzen. Karl erscheint auf der Veranda, seine Frau dicht hinter ihm. Thomas fragt sich unweigerlich, ob Selenes Angst, die beiden könnten sich trennen, begründet ist. Sie übertreibt schließlich gern. Laut Selene hat Madelaine genug von Karl, weil er nur arbeitet. Nicht mal als sie krank war, ist er kürzergetreten. Im Gegenteil.

»Was machst du hier?«, fragt Karl.

Es ist offensichtlich, dass Thomas nicht willkommen ist, aber so leicht kann er sich nicht geschlagen geben. Er muss für seinen Job kämpfen. Für seine Familie, seine Zukunft. Er klammert sich an die Entschlossenheit, die er auf dem Hinweg so deutlich gespürt hatte.

»Wir müssen reden«, sagt er.

Karl dreht sich zu seiner Frau um.

»Es ist besser, du gehst jetzt rein.«

Nach einem kurzen Nicken tut sie das.

»Ich hab gute Arbeit geleistet«, sagt Thomas, als Madeleine die Tür hinter sich geschlossen hat.

»Das hast du«, gibt Karl zu.

Da wird Thomas bewusst, wie unangenehm Karl das Ganze ist, was in ihm die leise Hoffnung weckt, dass er ihn doch noch umstimmen kann.

»Ich habe nicht nur gute Arbeit geleistet, sondern sogar noch mehr. Ich bin immer länger geblieben, wenn es nötig war. Und ich bin sehr oft sowohl für Hektor als auch Selene eingesprungen.«

Thomas ist stolz darauf, wie gut es ihm gelungen ist, trotz der ganzen Probleme mit Hektor seine Arbeit zu machen. Hektor ist das meiste scheißegal, manchmal schafft er was nicht, viel häufiger hat er einfach keinen Bock. Selene fehlt auch oft, aber für sie hat Thomas Verständnis. Ihr geht es nicht immer gut, aber sie versucht es zumindest. Bei früheren Stellen hat Thomas sofort aufgegeben, wenn ein Problem aufkam, ist den Weg des geringsten Widerstandes gegangen.

»Ich weiß.« Karl seufzt.

Vielleicht war es nicht klug, seine Kinder zu erwähnen. Karl sieht nicht ganz klar, wenn es um die beiden geht. Aber gesagt ist gesagt.

»Deshalb verstehe ich ehrlich gesagt nicht, warum ich nicht bleiben darf«, sagt Thomas so nett er kann.

Wenn er eine Chance haben will, muss er seine Wut zügeln.

»Wieso musstest du dir so viel Geld von Hektor leihen?«

»Ich zahle das noch diese Woche zurück.«

»Womit?«

»Spielt das eine Rolle?«

Der Blick, den er dafür von Karl erntet, verrät Thomas, dass er das Falsche gesagt hat.

»Entschuldigung, natürlich spielt das eine Rolle«, sagt er schnell. »Ich helfe einem Kumpel bei etwas. Mille.«

Hugo zappelt, also setzt Thomas ihn ab. Der Garten ist eingezäunt, aber Hugo interessiert sich gar nicht für die Straße, sondern steuert schnurstracks den Rechen an. Karl lächelt darüber.

»Du hast einen wunderbaren Sohn.«

»Das stimmt«, sagt Thomas. »Und seinetwegen brauche ich diesen Job unbedingt. Und wegen Jenny.«

Etwas an Karls Blick verändert sich, und das gefällt Thomas gar nicht.

»Ich habe endlich mein Leben im Griff«, fleht Thomas. »Bitte, zerstör es mir nicht.«

Karl bleibt sehr lange still, Thomas genauso. Er weiß nicht, was er sonst noch sagen soll. Im Fenster hinter Karl nimmt Thomas eine Bewegung wahr. Er schaut genauer hin und entdeckt Madeleine, die sie beobachtet. Schon ist sie verschwunden.

»Auch wenn Hektor der Hauptgrund ist, so geht es mir nicht allein um ihn«, sagt Karl schließlich. »Sondern auch um Selene.«

»Aha«, sagt Thomas.

Mist. Hat sie doch vom Schlüssel erzählt?

»Ich wollte das vorhin nicht ansprechen, weil das sehr persönlich ist. Aber für sie ist es nicht leicht, in deiner Nähe zu sein.«

Thomas starrt seinen Chef einfach nur an. Warum sollte es nicht leicht sein für Selene, in seiner Nähe zu sein?

»Sie hat Gefühle für dich«, sagt Karl, der ihm seine Verwirrung angesehen haben muss.

48

Beatrices Absatz brach, und sie stolperte mit Hugo im Arm die Verandastufen hinunter. Hanna eilte zu ihr, während Erik die Verstärkung herbeirief. Für einen Moment sah es aus, als würde sie stürzen, aber aus unerfindlichen Gründen verlor sie weder das Gleichgewicht noch Hugo.

»Nehmen Sie ihn«, keuchte Beatrice.

Sie versuchte, sich aus Hugos Umklammerung zu befreien, aber er wollte nicht loslassen. Irgendwie gelang es ihnen doch, und sofort klammerte sich der kleine Körper an Hannas.

»Bong«, sagte er.

»Papa hat ihm unheimlich viel Süßes gegeben«, sagte Beatrice, die direkt verstanden hatte, was er meinte.

Hanna kehrte zu Erik zurück, weil sie nicht so nah beim Haus stehen wollte. Ein Rettungswagen und ein Streifenwagen bogen in die Straße ein. Jetzt zappelte Hugo und wollte runter, aber Hanna hielt ihn fest. Hatte sofort die Horrorvision, dass der Junge überfahren würde. Wie sollten sie das seiner Mutter erklären? Ihre Erleichterung, als sie Hugo dem Rettungspersonal übergeben konnte, war enorm.

»Hat schon jemand Jenny Ahlström verständigt?«, fragte sie Erik.

»Ove will, dass du das machst. Aber ein Wagen ist schon unterwegs zu ihr, um sie abzuholen und zum Krankenhaus zu bringen.«

Jenny meldete sich nach dem ersten Tuten.

»Haben Sie ihn gefunden?«

»Ja. Und er lebt!«, fügte sie schnell hinzu, als sie Jenny tief einatmen hörte.

Eine solche Todesnachricht würden sie niemals übers Telefon überbringen, aber das konnte Jenny Ahlström ja nicht wissen. Hannas Worte brachten sie zum Weinen. Ein ganz anderes Weinen als das, nachdem sie vom Tod ihres Mannes erfahren hatte.

»Wo?«, war das Einzige, was sie herausbrachte.

In der einen Silbe steckten so viele Gefühle.

»In Södra Möckleby. Ein dementer Mann hatte ihn bei sich.«

Hanna schaute zu Beatrice, während sie das sagte, aber deren Blick war noch immer aufs Haus gerichtet.

»Wie …«

Weiter kam Jenny Ahlström nicht.

»Hugo geht es gut«, sagte Hanna. »Aber zur Sicherheit wird er einmal im Krankenhaus durchgecheckt.«

»Danke, danke, danke«, sagte Jenny. »Meine Eltern sind gerade mit dem Auto zum Supermarkt, aber wir kommen sofort, wenn sie zurück sind.«

»Das ist nicht nötig, ein Streifenwagen ist unterwegs, um Sie abzuholen.«

»Danke«, sagte sie noch einmal und legte dann auf.

Hanna wurde ganz warm, so viel Freude hatte in Jennys Stimme gelegen. Beatrice wandte sich zu ihnen um.

»Darf ich wieder reingehen?«, fragte sie.

»Noch nicht«, sagte Erik. »Erst müssen wir mit ihm sprechen.«

»Wäre es nicht leichter, wenn ich mitkomme?«

»Vielleicht«, sagte Erik. »Trotzdem glaube ich, es wäre besser, wenn wir es erst mal allein probieren.«

»Ich möchte aber nicht, dass Sie ohne mich mit ihm sprechen.«

»Sie warten bitte hier«, sagte Erik nun deutlich bestimmter.

Kurz sah es aus, als wollte sie protestieren, doch dann nickte sie. Hanna und Erik gingen zur Haustür. Das Gewehr befand sich noch im Haus, und immerhin bestand die Gefahr, dass Bror es in der Zwischenzeit wieder hervorgeholt hatte. Sowohl Hanna als auch Erik entsicherten ihre Dienstwaffen, bevor sie hineingingen.

Sie fanden Bror in der Küche. Er saß am Tisch und rührte mit einem Teelöffel in einem kleinen Joghurtbecher. Da das Gewehr nirgendwo zu sehen war, steckten sie ihre Waffen schnell weg. Auf dem Tisch lagen verstreut eine Brottüte, Brotkrusten, ein Paket mit Butter, die geschmolzen war, eine Bananenschale und massenweise Bonbonpapierchen. Außerdem ein Bus aus Holz, der sicher noch aus Brors eigener Kindheit stammte, Zeichenpapier und Stifte. Hugo schien es an nichts gemangelt zu haben.

»Wo ist Jesper?«, fragte Bror. »Beatrice wollte raus und mit ihm im Garten spielen.«

»Sie kommen gleich wieder«, sagte Hanna.

Aus eigener Erfahrung wusste sie, dass es oft am besten war mitzuspielen. Ihre Großmutter hatte häufig Wutausbrüche gehabt, und eigentlich nur, wenn ihr Wirklichkeitsbild infrage gestellt worden war. Einmal war sie ausgerastet, als Hanna ihr erzählt hatte, dass ihre Tochter Kristina nicht mehr lebte. Hatte ein Kissen nach ihr geworfen und geschrien: *Meinst du nicht, ich wüsste, wenn meine eigene Tochter tot wäre?*

»Wer sind Sie?«, fragte Bror.

»Wir sind von der Polizei.«

»Aha.«

Bror Erlander schaute sie an, aber weitere Fragen kamen nicht. Er hatte riesige Pupillen, und Hanna schätzte, dass das am Schlafmangel lag.

»Wo ist denn Ihr Gewehr?«, fragte sie.

Bror nickte zur Besenkammer, die Hanna sofort öffnete, um die Waffe herauszuholen und sich zu vergewissern, dass sie gesichert war.

»Wo haben Sie Jesper gefunden?«, fragte Erik.

»Im Auto«, antwortete Bror.

»Was haben Sie dort gemacht?«

Ihm fielen die Lider zu, und er stützte sich schwer auf den Tisch. Als Hanna seinen Namen sagte, schaute er zu ihnen auf und wollte erneut wissen, wer sie waren.

»Wir sind von der Polizei«, sagte Hanna. »Was haben Sie bei dem Auto gemacht, in dem Sie Jesper gefunden haben?«

»Ich war spazieren«, sagte Bror. »Ich bin gern draußen und bewege mich. Das ist wichtig.«

»Man sieht Ihnen an, dass Sie gut in Form sind«, sagte Erik.

Bror lächelte ihn an.

»Es war gut, dass ich das Auto gefunden habe«, sagte er. »Jesper hatte Hunger und hat geschrien. Aber er hat sofort aufgehört, als ich ihn hochnahm.«

»Was haben Sie dann gemacht?«, fragte Erik.

»Wir sind nach Hause gegangen.«

»Haben Sie noch jemanden beim Auto gesehen?«, fragte Hanna.

»Nein«, sagte Bror. »Die meisten schlafen da ja noch.«

»Wie spät war es denn?«

»Die Sonne ging gerade auf.«

Das war zu dieser Jahreszeit gegen halb sechs, was zur Aussage der Zeugin passte. Dann hatte sie also tatsächlich Bror und Hugo gesehen, der nur eine Nacht im Auto hatte verbringen müssen. Bror gähnte so sehr, dass sein Kiefer knackte und ihnen der Geruch sauren Joghurts entgegenschlug.

»Kommt Jesper gleich wieder?«

»Entschuldigung«, sagte Beatrice und kam in die Küche. »Ich konnte einfach nicht länger draußen warten.«

Einer der Kollegen hätte das verhindern sollen, aber sie hatten ja niemandem Bescheid gesagt. Hanna fand, dass Bror ihnen erstaunlich klar geschildert hatte, wie er Hugo gefunden hatte, und mehr würde er vermutlich sowieso nicht erzählen können. Also nickte sie Beatrice nur zu, dass es in Ordnung war.

»Papa, wie geht es dir?«

»Gut«, sagte er. »Ich bin nur sehr müde. Wo hast du Jesper gelassen?«

»Der ist noch im Garten und spielt. Er kommt gleich wieder rein. Was hältst du davon, wenn du dich jetzt erst mal hinlegst?«

Beatrice schaute sie flehend an.

»Eigentlich sollte Ihr Vater auch dringend im Krankenhaus untersucht werden«, sagte Erik.

Vermutlich hatte Bror nicht nur zu wenig geschlafen, sondern auch gegessen, weil er so damit beschäftigt gewesen war, sich um Hugo zu kümmern. Und sie wussten ja nicht, was für andere Beschwerden und Krankheiten er hatte.

»Ich frage mal, ob jemand vom Rettungspersonal hier einen Blick auf ihn werfen kann«, sagte Hanna und ging zur Tür.

»Das ist sehr nett, danke«, sagte Beatrice.

Hanna war kaum auf der Veranda, da wäre sie fast wieder zusammengebrochen wie am Morgen, nachdem sie erkannt hatte, dass der Volvo fort war. Die Gefahr war gebannt. Sie hatten Hugo gefunden. Lebendig. Aber sie war nicht allein, mehrere Kollegen schauten zum Haus, und mit einer Müdigkeit, die ihr wie Betonklumpen an den Beinen hing, zwang sie sich vorwärts.

49

»Er muss nicht zwingend ins Krankenhaus«, sagte die Rettungssanitäterin, die gerade aus der Küche kam. »Seine Tochter bleibt bei ihm und sorgt dafür, dass er isst und schläft.«

Hanna bedankte sich und machte einen schnellen Kontrollgang durchs Haus. Der Mülleimer im Bad quoll vor Windeln über, der Gestank zwang sie, die Luft anzuhalten. Sie nahm die Wickeltasche mit und eilte weiter. Im Schlafzimmer fand sie Hugos Kuscheltuch mit dem Kuhkopf. Die vergangene Stunde war so hektisch gewesen, dass sie es noch gar nicht geschafft hatten, *Missing People* zu informieren.

»Danke, aber das weiß ich schon«, sagte Freya Amundsdottir. »Ove hat mich angerufen, und wir haben die Suche eingestellt. Wir sind alle wahnsinnig erleichtert, dass er gefunden wurde. Würden Sie das seiner Mutter ausrichten?«

»Das mache ich«, sagte Hanna und kehrte zum Auto zurück, wo Erik schon wartete.

Das beschlagnahmte Gewehr lag im Kofferraum, die Wickeltasche nahm Hanna jedoch auf den Schoß, als sie auf der Beifahrerseite einstieg. Sie wollte auf keinen Fall vergessen, sie Jenny zu geben. Sie waren unterwegs zum Krankenhaus, um mit ihr zu sprechen. Aber erst mal ließ sie den Kopf gegen die Nackenstütze fallen und schloss die Augen.

Schon nach wenigen Minuten gab sie auf und schaute nach vorn auf die Straße. Sie hatte noch nie im Sitzen schlafen können, und ihr gingen einfach zu viele Dinge durch den Kopf. Da sie Hugo lebend gefunden hatten, war klar, dass Thomas nicht wegen seines Sohnes ermordet worden war. Aber warum dann? Mehrere Erklärungen waren möglich.

»Wollen wir erst noch kurz in die Cafeteria und einen Kaffee trinken?«, fragte Erik.

»Sehr gern«, sagte Hanna. »Ich muss auch unbedingt was essen.«

Es war gar nicht schlecht, Jenny mehr Zeit zu geben. Vielleicht bekamen sie ja auch noch das eine oder andere über ihren Mann heraus, jetzt wo sie ihren Sohn wiederhatte. Hanna betrachtete den kleinen Kuhkopf, der aus der Tasche schaute, und streichelte unwillkürlich darüber.

»Was glaubst du?«

»Warum er ermordet wurde?«

»Genau.«

Sie fuhren gerade auf die Brücke, und Hanna schaute in den Himmel, während sie versuchte, ihr Gedankenkarussell anzuhalten. Der Himmel war ein Mosaik aus verschiedenen Grautönen, und sie konnte in den Wolken einen Sumoringer erkennen.

»Es ist wahrscheinlich, dass er in irgendetwas Illegales verstrickt war, wenn man die Sache mit dem Schlüssel und den Einzahlungen in Betracht zieht«, sagte sie. »Und dann war da noch dieser mysteriöse Lieferwagen. Ich schätze, es hat damit zu tun. Oder es war jemand von der Makleragentur.«

»Vielleicht hatte er eine Affäre«, sagte Erik, »und war deshalb in dem Haus.«

»Möglich, aber darauf deutet gerade gar nichts hin.«

»Und was ist mit der Tochter?«

»Ich weiß nicht«, sagte Hanna.

Dabei hätte sie lieber »ich will nicht« gesagt. Sie hatte es so häufig erlebt, dass die Täter Familienmitglieder waren, und an der Tat an sich änderte das auch wenig. In Hannas Welt gab es nichts Schlimmeres, als einem anderen Menschen das Leben zu nehmen. Aber dann kam die Schuld, wenn die Konsequenzen so richtig sichtbar wurden. Und das war ein noch dunkleres Kapitel. Besonders, wenn der ermordete Mensch dem Täter mal etwas bedeutet hatte.

Verdammt, Kristoffer. Der Gedanke kam aus dem Nichts. Gerade hatte Hanna ziemliche Lust, ihm so richtig eins zu verpassen. Was, wenn er ihr in all den Jahren die Wahrheit vorenthalten und sie im Glauben gelassen hatte, dass ihr Vater ein Mörder war, obwohl das gar nicht stimmte? Das war noch immer viel zu groß und schrecklich, um es zu begreifen. Und was war dann genau passiert? Und warum? Unter keinen Umständen konnte sie sich vorstellen, dass Kristoffer jemanden zu Tode prügelte. Oder Robin Svensson. Aber überprüfen sollte sie ihn trotzdem.

»Vielleicht war es nur Zufall«, sagte Erik.

»Was?«

Hanna war gedanklich immer noch beim Mord an Ester Jensen und kam nicht davon los. Ihre Verletzungen waren so schwer gewesen. Jemand hatte sie wieder und wieder getreten. Als sie am Boden lag. Blutend. Bis neunzehn Knochen gebrochen waren. Hatte sie anfangs gefleht, als sie es noch konnte?

»Vielleicht wollte jemand einbrechen, und Thomas war zur falschen Zeit am falschen Ort.«

»Aber das Haus stand doch leer«, sagte Hanna.

»Ja, aber das wusste der Räuber ja möglicherweise nicht. Und der weiße Lieferwagen gehörte vielleicht ihm.«

Das würdigte Hanna nicht mal mit einer Reaktion. Manchmal sagte Erik Sachen, die er selbst nicht glaubte, weil er schneller sprach, als er denken konnte. Aber so oder so mussten sie unbedingt herausfinden, wozu Thomas Ahlström den Schlüssel gebraucht hatte. Die Frage schien gerade entscheidend zu sein. Hanna schielte zum Kuhkopf. Thomas würde seinen Sohn nicht aufwachsen sehen, aber am meisten würden Hugo und Jenny darunter leiden.

Erik parkte vorm Krankenhaus, und dann gingen sie sofort in die Cafeteria. Hanna fühlte sich nicht ganz wohl mit der Wickeltasche über der Schulter, aber sie wusste nicht, was sie sonst damit tun sollte. Wenn sie versuchen würde, sie Erik zu geben, würde der nur einen blöden Witz machen.

Nach kurzem Zögern entschied sie sich für ein eingeschweißtes Krabbensandwich zu ihrem Kaffee. Als Erik seinen Avocadotoast bereits verschlungen hatte, war von Hannas noch die Hälfte übrig. Er nutzte die Gelegenheit nachzuhören, wo Jenny und Hugo waren.

Sie folgten den Schildern zur richtigen Station. Jenny und Hugo waren noch in der Kinderambulanz, und als sie in das Untersuchungszimmer kamen, diskutierte Jenny gerade heftig mit einem grauhaarigen Arzt mit viereckiger Brille. Er schaute irritiert zu ihnen, und Hanna zeigte sofort ihre Dienstmarke.

»Wir müssten mit Frau Ahlström sprechen, wenn das möglich ist«, sagte sie.

»Selbstverständlich«, sagte er. »Ich komme später wieder.«

»Er will, dass Hugo über Nacht bleibt«, sagte Jenny, kaum dass der Arzt weg war.

Sie saß mit ihrem Sohn im Arm auf der Behandlungsliege. Er hatte den Kopf gegen ihre Brust gelehnt. Seine hellblauen Augen waren weit aufgerissen, aber er lächelte zufrieden.

»Aber wäre das nicht ganz schön?«, fragte Hanna.

Sie stellte die Wickeltasche auf einen Stuhl, zog die Kuschelkuh heraus und reichte sie Hugo.

»Muh«, machte er und drückte sie sich gegen das Gesicht.

»Nein, wieso sollte das schön sein?«, fragte Jenny zurück. »Hugo ist wie immer. Höchstens ein bisschen anhänglicher. Und er redet ununterbrochen von Bonbons.«

»Hier haben Sie eher Ihre Ruhe«, sagte Hanna.

»Meine Ruhe?«

»Vor den Journalisten.«

»Die hatte ich ja ganz vergessen«, sagte Jenny.

Sowohl die Lokal- als auch die Abendpresse hatte viel über das Verschwinden und den Mord geschrieben, genauso über die Suche nach Hugo. Viele wussten ja bereits, dass er gefunden worden war, und die Neuigkeit würde sich rasant verbreiten. Die Reporter würden sich um eine Stellungnahme von Jenny reißen.

Erik erzählte ihr, was Bror Erlander ihnen geschildert hatte. Dass Hugo nur die Nacht im Auto verbracht hatte, und dass er sehr fürsorglich behandelt worden war. Mit Essen und Spielzeug. Und Süßigkeiten. Jenny drückte ihren Sohn umso fester, als sie das hörte.

»Und der Mann ist dement?«

»Ja«, sagte Hanna. »Er hatte einen Sohn, der ungefähr in Hugos Alter war, als er starb.«

»Eigentlich müsste ich wohl dankbar sein«, sagte Jenny. »Aber das fällt mir echt schwer. Die letzten Tage waren die Hölle. Ich dachte wirklich, ich hätte sie beide verloren.«

Hugo schaute verwundert zu ihr auf, als sie zu weinen anfing.

»Mir fehlt Thomas so unendlich, ich weiß gar nicht wohin mit mir.« Sie umklammerte Hugo noch fester. »Und mir tut die Vorstellung so weh, dass Hugo ihn nie …«

Hugo fing an zu wimmern. Nicht, weil sein Vater tot war, sondern weil seine Mutter ihn zu fest drückte. Sofort lockerte sie die Umklammerung.

»Ich kann mir vorstellen, wie schrecklich das für Sie sein muss«, sagte Hanna. »Leider müssen wir Ihnen trotzdem noch ein paar Fragen stellen, die nicht ganz angenehm für Sie sein werden.«

Jenny wischte sich mit dem Handrücken über die Augen und schaute sie trotzig an.

»Ich habe Thomas geliebt, aber er hatte ein großes Problem. Er war zu gutgläubig.«

»Wie meinen Sie das?«

»Ich habe die Vermutung, dass Thomas da in irgendwas verwickelt war. Und mir ist klar, dass ich das sofort hätte sagen müssen, aber ich war nicht ganz bei Verstand. Ich wollte ihn schützen, weil ich mir einfach nicht eingestehen konnte, dass er nicht wiederkommen würde.«

»Wissen Sie denn Genaueres?«, hakte Erik nach.

»Ich bin mir ziemlich sicher, dass es nur darum ging, Mille zu helfen.«

Hanna wiederholte Eriks Frage.

»Nein«, sagte sie dann. »Aber ich glaube, es hatte mit Zigaretten zu tun.«

»Wie kommen Sie darauf?«

»Ich habe mal mitbekommen, dass sie über eine Ladung Zigaretten geflüstert haben. Sie waren bei uns zu Hause und haben Fußball geguckt. Sie haben wohl gedacht, ich bekomm es nicht mit, weil ich gerade mit Hugo beschäftigt war. Daher kam das Geld, nehme ich an.«

»Haben Sie Thomas mal darauf angesprochen?«, fragte Hanna.

»Nein. Aber ich habe versucht, mit Mille darüber zu reden, nachdem Thomas gefunden worden war.«

»Und was hat er dazu gesagt?«

»Er ist total ausgeflippt und hat rumgebrüllt, dass ich mir das alles nur eingebildet habe.«

Der letzte Tag

Sie hat Gefühle für dich.

Karls Worte lösen Thomas' Entschlossenheit langsam auf. Was genau hat Selene denn gesagt? Er fragt seinen Chef, aber Karl schüttelt nur betrübt den Kopf. Madeleine erscheint wieder hinter der Scheibe, wahrscheinlich fragt sie sich, was los ist. Thomas geht zu Hugo, der mit dem Rechen kämpft, weil der nicht macht, was er will.

»Nein!«, protestiert er, als Thomas seine kleinen Finger vom Holzstiel löst und ihn zurück zum Auto trägt.

»Thomas«, sagt Karl fast flehend.

Aber Thomas ignoriert ihn. Mit fahrigen Bewegungen schnallt er Hugo an, setzt sich ans Steuer und startet den Wagen. Er muss hier weg. Nachdem er gewendet hat, wirft er noch einen Blick zum Haus, aber Karl ist schon wieder reingegangen.

Thomas kommt nur um die nächste Ecke, muss dann am Straßenrand halten. *Aber für sie ist es nicht leicht, in deiner Nähe zu sein.* Schon stellt er sich die gleiche Frage wie vorhin: Was genau hat Selene gesagt? Sie verstehen sich doch gut. Wieso hat sie ihm nicht gesagt, dass es so schwierig für sie ist? Dann mussten ihre Gefühle für ihn stärker sein, als er angenommen hat. Aber würde sie wirklich mit Karl darüber sprechen? Möglich. Sie scheinen ein gutes Verhältnis zu haben.

Vielleicht kann Thomas ja mit ihr reden. Und mit Hektor. Sie dazu bewegen, seine Stelle zu retten. Karl ist doch sonst nicht so. Hektor kann er mehr Geld versprechen, aber was soll er mit Selene machen?

Mit einem Seufzen startet er den Wagen wieder. Vielleicht sollte er Mille anrufen und fragen, wo er steckt, aber am Spätnachmittag und Abend ist er für gewöhnlich in seinem Tabakladen. Der Mann arbeitet fast rund um die Uhr. Manchmal wünschte Thomas, er hätte auch so viel Energie. Oder vielmehr Milles Beharrlichkeit. Er denkt an alles, was sie schon zusammen gemacht haben, und spürt einen Druck auf dem Brustkorb.

Mille und er haben die erste Zigarette zusammen geraucht. Ihr erstes Bier zusammen getrunken. Das Auto eines Lehrers, der seine Hände nicht bei sich behalten konnte, in Klopapier eingewickelt. In der Oberstufe bekam ihre Freundschaft allmählich Risse. Ein Teil der Sachen, die Mille vorschlug, machte Thomas richtig Angst. Seinen Führerschein wollte Mille damit feiern, ein Auto zu klauen. Nach dem Schulabschluss hatten sie ein paar Jahre lang kaum Kontakt, fanden dann aber wieder zueinander. Mille hat ihm so oft geholfen. Ihm hat er auch die Stelle im Maklerbüro zu verdanken. Karl Friberg ist ein Freund von Milles Vater, und Mille repariert manchmal was für ihn. Als er da war, um den Kopierer wieder zum Laufen zu kriegen, hat er aufgeschnappt, dass sie einen neuen Assistenten suchten. Ungefähr zu dem Zeitpunkt war Mille auch mit Selene zusammen, aber das hielt nur ein paar Monate.

»Tja, aber den Job hab ich jetzt auch verloren«, sagt Thomas mit seiner Babystimme in den Rückspiegel.

Eigentlich sollte er darauf achten, was er Hugo erzählt. Das ist vermutlich wichtiger als die Stimme, die er aufsetzt. Wie viel versteht ein Kind in dem Alter? Schwer zu sagen.

»Dein Papa hat sich da in was ganz Dummes reinziehen lassen«, säuselt er. »Aber damit ist jetzt Schluss.«

»Muh!«, schreit Hugo und schlägt gegen die Scheibe.

Aber da sind gar keine Kühe vorm Fenster, nur Häuser. Sein Sohn ist wohl genauso Opfer von Wunschdenken wie er selbst. Milles Laden liegt nur wenige hundert Meter von Karls Haus entfernt.

»Muh«, schreit Hugo wieder.

»Deine große Schwester heißt Lykke«, sagt Thomas.

Keine Reaktion vom Rücksitz.

Thomas parkt vor dem Tabakladen und sieht direkt, dass Mille da ist. Weil Hugo wach ist, muss er ihn mitnehmen, aber das macht nichts. Mille liebt Hugo, und Thomas weiß, wie sehr er sich eigene Kinder wünscht. Hoffentlich erfüllt sich dieser Wunsch bald. Damit würden sich seine Prioritäten auch ein bisschen verschieben.

»Hallo, kleiner Mann«, sagt Mille, als Thomas und Hugo hereinkommen.

Er lehnt am Tresen und blättert in einem Ordner, aber klappt ihn mit einem Knall zu, weshalb Hugo kurz zusammenzuckt, dann aber lacht. Thomas behält ihn auf dem Arm, weil er nicht will, dass er Sachen aus den Regalen zieht. Oder sich was in den Mund steckt. Dass sein Sohn am Vormittag fast erstickt ist, belastet ihn immer noch. Aber wie immer sonntags sind die Regale fast leer.

»Alles bereit für heut Abend?«, fragt Mille.

Sie sind allein, aber Thomas gefällt es trotzdem nicht, das so offen gefragt zu werden.

»Ja«, sagt er. »Ich hab den Schlüssel. Aber das ist das letzte Mal.«

Mille kommt um den Tresen herum. Er nimmt Hugos kleine Hand, presst sie gegen seine Lippen und macht ein lautes Furzgeräusch.

»Was redet dein Papa denn da für einen Quatsch? Ist doch klar, dass er damit nicht aufhört.«

»Doch«, sagt Thomas und unterdrückt den Impuls, Hugo wegzuziehen. »Ich muss. Das geht nicht, wenn ich in Elternzeit bin.«

»Dann frag Selene.«

»Will ich aber nicht.«

»Sie hat doch schon bewiesen, wie gern sie dir helfen will.«

»Es ist so oder so egal«, sagt Thomas. »Mir reicht es jetzt.«

Er klingt wie ein trotziges Kind, und Mille tritt ein paar Schritte zurück, betrachtet ihn.

»Du kannst nicht aufhören«, sagt er. »Das werden die nicht zulassen.«

Thomas war bewusst, dass da noch jemand über Mille steht. Als Mille das erste Mal fragte, ob er einen Schlüssel von Friberg bekommen könnte, hatte er große Angst vor den Konsequenzen, wenn er keine Hilfe bekäme. Thomas sagte er nur, dass er etwas habe, das über Nacht untergebracht werden müsse, und Thomas stellte keine Fragen, doch er ahnte, dass es illegal war. Aber er hat Mille nicht hängen lassen können. Jetzt muss er aber an sich selbst denken. Und an Jenny und Hugo.

»Wer sind ›die‹?«, fragt er.

»Besser für dich, wenn du das nicht weißt«, sagt Mille.

Die Angst ist wieder da, die Angst, die Thomas gesehen hat, als Mille um Hilfe flehte. Diesmal ist sie bloß tausendmal schlimmer, und es mischt sich noch etwas anderes dazu: Besorgnis. Ganz so, als wäre er überzeugt davon, dass das hier böse enden wird.

50

Wieso war sie hergekommen? Lykke starrte auf die Informationstafel im Eingangsbereich des Krankenhauses. Als sie bei Facebook gelesen hatte, dass Hugo gefunden worden war, hatte sie sich ins Auto gesetzt und war hergefahren. Doch selbst wenn sie herausfinden sollte, wo er war, würde sie ihn ja doch nicht besuchen können. Sie hatten nicht denselben Nachnamen. Sie konnte nicht beweisen, dass sie verwandt waren. Und Jenny würde es garantiert nicht bestätigen.

Lykke sehnte sich zurück zu dem Gefühl, das sie beim Lesen der Nachricht erfüllt hatte: Erleichterung und Sehnsucht. Vielleicht sogar Glück. Es war so lange her, dass sie das zuletzt erlebt hatte, dass sie ganz vergessen hatte, wie sich das anfühlte. Die Nachricht hatte ihr irgendwie vermittelt, eine Chance zu haben.

Ein Mann stellte sich direkt neben sie, viel zu nah. Sein weißes Hemd stank nach Parfum. In den leberfleckigen und adrigen Händen hielt er einen Strauß roter Rosen. Lykke schloss die Augen und dachte an ihren kleinen Bruder im Garten vor Thomas' und Jennys Haus. Ihr war sofort klar gewesen, wer er war. Genauso hatten ihre Haare in dem Alter ausgesehen. Blond und leicht gelockt. Sie waren erst später nachgedunkelt und waren jetzt hellbraun. Genau in dem Augenblick, als sie da stand und die Locken sah, die an der kleinen Stirn klebten, hatte sie begriffen, dass Thomas ein neues Kind hatte. Ein Kind, bei dem er geblieben war. Sie selbst war nur wenige Monate alt gewesen, als Thomas sie verlassen hatte.

Dieses Kind musste im Auto gewesen sein, als er plötzlich in ihren Schattenlilien gestanden hatte. Wenn sie schon da gewusst hätte, dass sie ein Geschwisterkind hatte, wäre ihre Wut vielleicht nicht so außer Kontrolle geraten. Oder doch, wenn man bedachte, wie sie sich verhalten hatte, als es ihr bewusst geworden war. Als Hugo sich auf den Bauch gelegt hatte, um zu rutschen, und Thomas aus dem Haus gerannt kam.

Und jetzt? Lykke war nicht länger wütend, glücklich auch nicht, nur traurig und voller Angst. Aber die Sehnsucht war noch da.

»Geht es Ihnen gut?«

Lykke öffnete die Augen und schaute in ein Paar hellblaue, die sie besorgt betrachteten. Es war der ältere Mann, der auch nicht wusste, wohin er musste.

»Brauchen Sie Hilfe?«, fragte er, als Lykke nicht antwortete.

Sie schüttelte den Kopf, merkte dann aber, dass das nicht ausreichte.

»Danke, ich komme schon klar.«

Erst als Lykke sich noch ein Lächeln abrang, schien der Mann überzeugt und steuerte die Aufzüge an. Wie idiotisch von ihr herzukommen. Sie wollte Hugo sehen, aber das würde Jenny niemals zulassen. Und: Ja, sie brauchte tatsächlich Hilfe. Hilfe, um Strategien zu entwickeln, wenn die Wut in ihr zu explodieren drohte. Und sie brauchte Hilfe, um wieder zu essen.

Sie schaute zur Cafeteria, aber hier etwas in sich reinzustopfen war unmöglich. Zwischen so vielen Menschen, die glotzten. Lykke wollte gerade gehen, warf aber noch einen Blick zu dem Mann, der vor den Aufzügen stand. Die Türen gingen auf und heraus kamen die zwei Polizisten. Die Frau und der Mann, die zweimal bei ihr gewesen waren. Der Stress hatte ihre Namen gelöscht. Verzweifelt suchte Lykke ein Versteck, aber die Frau hatte sie schon entdeckt.

Hanna Duncker, so hieß sie.

»Warten Sie!«, rief sie, als Lykke zum Ausgang eilte.

51

Erik sah sein Spiegelbild im Aufzug und fuhr sich schnell mit der Hand durchs Haar. Er musste dringend mal wieder zum Friseur, aber das würde er nicht mehr schaffen, bevor Supriya und Nila morgen nach Hause kämen. Seine Tochter mochte die Locken lieber als seine Frau. Ihm selbst war das ziemlich egal, solange ihm die Haare nicht in die Augen fielen.

»Könnte Thomas Ahlström wirklich in Zigarettenschmuggel verwickelt gewesen sein?«, fragte Hanna.

»Gerade wirkt das sehr wahrscheinlich.«

Sein Handy piepste, und Erik hoffte, dass es eine Nachricht von Supriya war. Erst in der Krankenhauscafeteria hatte er die Ruhe gehabt, ihr zu schreiben, dass sie Hugo gefunden hatten. Sie teilten alle großen Momente, anders konnte er sich sein Leben nicht mehr vorstellen. Laut der Zeitangabe auf seinem Handy waren es nur noch sechsundzwanzig Stunden, bis ihr Flugzeug landen würde.

Aber die SMS war nicht von Supriya, sondern von einem Nachbarn, mit dem er sich neulich im Flur unterhalten hatte. Er wollte wissen, ob Erik Lust habe, zu einer Bierverköstigung mitzukommen. Wieso antwortete Supriya nicht? Die erste

Nachricht, in der er schrieb, dass er an sie dachte, hatte sie definitiv gelesen.

»Warten Sie!«, rief Hanna, und Erik schaute auf.

Lykke Henriksen steuerte eilig den Ausgang an. Zweierlei war offensichtlich: Sie hatte ihn und Hanna gesehen und wollte nicht mit ihnen sprechen. Sein erster schneller Schritt ließ die Beinmuskeln lautstark protestieren, aber er kämpfte gegen den Protest an, indem er noch schneller ging. Lykke drehte sich um, und als sie bemerkte, dass sie ihr folgten, fing sie an zu rennen.

»Stehen bleiben!«, schrie Erik.

Alle Köpfe flogen zu ihnen herum. Selbst die Frau mit dem Rollator, die er umrunden musste, hatte sich umgedreht. Als er an ihr vorbei war, wurde ihm klar, dass sie sich vermutlich angesprochen gefühlt hatte und deshalb mitten im Weg stehen geblieben war. Direkt vor dem Ausgang hatten sie Lykke schon eingeholt, sie hielt aber erst an, als er sie festhielt.

»Wieso sind Sie denn weggelaufen?«, fragte Erik.

Lykke schaute zum Parkplatz, ohne zu antworten. Er wiederholte die Frage und ließ sie los, bekam aber trotzdem keine Reaktion.

»Was machen Sie hier?«, fragte Hanna.

Das Geräusch, das Lykke da von sich gab, war eine Mischung aus einem Seufzen und einem Schluchzen.

»Ich wollte Hugo sehen.«

»Warum?«

»Er ist mein kleiner Bruder.«

Wenige Schritte entfernt stand eine Bank, auf die Erik nun deutete.

»Setzen wir uns doch und unterhalten uns kurz.«

»Ich möchte nach Hause«, sagte Lykke.

»Entweder setzen wir uns und sprechen hier«, sagte Erik. »Oder wir nehmen Sie mit aufs Revier.«

Lykke stand reglos da und starrte noch immer zum Parkplatz. Vielleicht hatte er zu hart geklungen, aber langsam ging es ihm auf die Nerven, wie wenig greifbar sie war. Erik hoffte, sie würde nicht wieder losrennen. Nicht, weil sie ihnen weglaufen könnte, sondern weil sie sowieso schon so viel Aufmerksamkeit erregt hatten. Erik war sich ziemlich sicher, dass der Mann schräg hinter ihm ihnen gefolgt war. Er zeigte ihm seine Dienstmarke, woraufhin der andere nickte und sich wieder entfernte.

»Ich wollte nur Hugo sehen«, sagte Lykke.

»Kommen Sie«, sagte Hanna und machte einen Schritt Richtung Bank.

Diesmal folgte Lykke der Aufforderung, und sie setzten sich so, dass sie Lykke flankierten. Sie klemmte ihre Hände zwischen ihre Oberschenkel, als müsse sie sie daran hindern, etwas anderes zu tun.

»Gibt es noch was, das Sie uns bisher nicht erzählt haben?«, fragte Erik.

»Was meinen Sie?«

»Genau das, was ich gefragt habe«, sagte er. »Anfangs haben Sie schließlich behauptet, Thomas Ahlström nie getroffen zu haben, aber das stimmte ja nicht.«

Lykke schüttelte den Kopf.

»Deshalb frage ich mich, ob es da noch mehr gibt.«

Lykke schüttelte erneut den Kopf. Dann lehnte sie sich vor und presste die Handflächen gegen die Schläfen, als würde ihr

Kopf sonst herunterfallen. Hanna legte ihr eine Hand auf den Rücken.

»Alles in Ordnung?«, fragte sie.

Lykke stand auf, taumelte ein paar Schritte und sackte dann in sich zusammen.

52

Dumpf schlug Lykke auf dem Asphalt auf. Hanna stürzte zu ihr und schüttelte sie, sagte ihren Namen, aber Lykke reagierte nicht. Ihr Brustkorb hob und senkte sich, trotzdem legte Hanna zwei Finger an ihren Hals. Der Puls war schnell und unregelmäßig. Das hier war nicht einfach nur eine Ohnmacht. Sie schaute auf, um Erik darum zu bitten, Hilfe zu holen, aber der war schon los. Nachdem sie Lykke in die stabile Seitenlage gebracht hatte, blieb Hanna neben ihr in der Hocke, eine Hand auf den Oberarm gelegt.

Wieso dauerte das so lange? Sie waren schließlich direkt vor einem Krankenhaus. Gerade als sie sich umschaute, wurde eine Trage aus der Notaufnahme geschoben. Lykke wurde hinaufgehoben, und offenbar hatte Erik die Lage geschildert, denn Fragen wurden keine gestellt, sie schoben sie einfach schnell davon.

»Ich habe um einen Anruf gebeten, sobald sie wissen, was mit ihr los ist«, sagte er.

»Gut.«

Sie mussten unbedingt mit Lykke sprechen, sobald sie wieder dazu in der Lage war. Jedes Treffen mit Thomas Ahlströms

Tochter verstärkte das Gefühl, dass sie etwas vor ihnen verheimlichte.

»Hast du schon mit Ove telefoniert?«, fragte Hanna.

Da Erik den Kopf schüttelte, rief Hanna bei ihrem Chef an und berichtete ihm, was gerade mit Lykke passiert war. Und natürlich, was Jenny Ahlström über Mille Bergman erzählt hatte, und dass sie nun stark davon ausgingen, Thomas habe mit ihm Zigaretten geschmuggelt.

»Ove setzt sofort jemanden darauf an, direkt beim Zoll nachzuhören«, fasste sie zusammen, nachdem sie aufgelegt hatte.

»Alles klar.«

Ein Wagen bog auf den Parkplatz. *Barometern* stand auf der Tür. Hanna war froh, dass die erst jetzt auftauchten, und nicht schon, als sie mit Lykke am Boden gesessen hatte.

»Wir sollten uns beeilen«, sagte sie und nickte zu dem Wagen.

Aber der Journalist hatte sie längst entdeckt. Er stoppte das Auto und sprang heraus.

»Hanna Duncker«, sagte er. »Ich muss wirklich dringend mit Ihnen sprechen.«

Er legte ihr die Hand an den Arm, und sie schlug sie weg. Etwas zu heftig, aber er machte sie so wütend.

»Immer mit der Ruhe«, sagte er.

»Rufen Sie die Pressestelle an.«

»Das habe ich ja, mit Ihnen möchte ich über etwas anderes sprechen.«

Hanna starrte ihn nur an.

»Es geht um Ihren Vater.«

Wenn Erik nicht schnell ihren Arm gepackt hätte, sie hätte ihm eine geknallt. Sie konnte ihn nicht länger anschauen, sie musste hier weg. Sofort ging sie weiter zu ihrem Wagen.

»Ich habe eine Theorie, was Ester Jensen tatsächlich zugestoßen ist«, rief er ihr nach.

Hanna blieb stehen, drehte sich aber nicht um. Sie konnte das nicht. Nicht jetzt. Erik war noch bei dem Journalisten. Wieso kam er denn nicht mit?

»Erik«, sagte sie im Befehlston und machte den letzten Schritt zum Auto.

Dann setzte sie sich ans Steuer und musste ein paar Sekunden auf ihren Kollegen warten. Kaum hatte er die Tür zugeschlagen, fuhr sie los. Im Rückspiegel sah sie, wie der Journalist ihnen nachschaute. Der Fotograf schoss ein paar Fotos.

»Hättest du nicht mit ihm sprechen sollen?«, fragte Erik.

Misch dich nicht ein, hätte Hanna am liebsten gebrüllt, holte aber lieber tief Luft und wartete ein paar Sekunden.

»Das kann ich ja immer noch machen. Gerade sollten wir uns auf die laufenden Ermittlungen konzentrieren.«

»Okay«, sagte Erik. »Gab es nicht vor einem Monat einen Zugriff in Nynäshamn, wo eine Unmenge geschmuggelter Zigaretten beschlagnahmt wurde?«

»Ich glaube schon«, sagte Hanna.

Vor einem Monat hatte Hanna praktisch keine Nachrichten mitbekommen, sie war mit dem Abschleifen von Leisten, dem Streichen der Wände und dem Verdrängen eines jeden Gedankens an Ester Jensen völlig ausgelastet gewesen. Was für eine Theorie hatte der Journalist wohl? Sobald sie Thomas Ahlströms Mörder gefunden hätten, würde sie Kontakt zu ihm aufnehmen. Aber erst wollte sie selbst einen besseren Überblick haben. Erik schaute auf sein Handy.

»Ja, richtig, anderthalb Millionen Zigaretten wurden auf einem Segelboot aus dem Baltikum entdeckt«, sagte er und ließ das

Telefon sinken. »Aber ich kann mich an keinen Fall hier in der Gegend erinnern.«

»In Degerhamn gibt es einen Hafen«, sagte Hanna. »Und von dort ist es nicht sonderlich weit bis nach Södra Möckleby. Entlang der gesamten Ostküste liegen kleine Häfen.«

Hannas Großmutter hatte ihr von dem regen Alkoholschmuggel vor hundert Jahren über die Ostsee erzählt. Mittlerweile waren Zigaretten wohl üblicher. Mit ihnen ließ sich ordentlich Geld machen, und der Unterschied zum Drogenschmuggel war, dass die Strafen bedeutend niedriger waren. Aber eigentlich fehlte ihr da der nötige Überblick, schließlich ermittelte die Polizei selten in diesem Bereich.

Nachdem Hanna den Wagen in der Tiefgarage des Polizeireviers geparkt hatte, gingen sie sofort zu Ove.

»Mille Bergman taucht nicht selbst in unseren Registern auf«, sagte er. »Aber ein paar Russen und ein Schwede wurden vor ein paar Jahren verurteilt, weil sie Zigaretten nach Grönhögen geschmuggelt haben. Der verantwortliche Ermittler bei der Zollbehörde geht für uns die Akte durch und spricht mit dem eingebuchteten Schweden. Außerdem wurde im Herbst ein Lieferwagen voller Zigaretten in der Nähe von Bläsinge gefunden. Obwohl extrem viele Spuren gesichert wurden, konnte man sie mit niemandem in Verbindung bringen.«

»Sollen wir Mille Bergman mal herbitten?«, fragte Hanna.

»Ich würde sagen, wartet damit noch bis morgen«, antwortete Ove. »Bis wir mehr wissen.«

»Okay.«

Erik ging schon, nur Hanna blieb noch in der Tür stehen.

»Kann ich noch was für dich tun?«, fragte Ove.

Und das konnte er tatsächlich, aber Hanna wusste gar nicht,

wo sie anfangen sollte. Oder wie viel sie mitteilen wollte. Ihr Ellbogen schmerzte, und vielleicht wäre es gar nicht so unklug, von Benzinkanister und Volvo zu erzählen.

»Geht es um deinen Vater?«, fragte er.

Hanna nickte, trat dann ins Büro und setzte sich.

»Sagt dir der Name Robin Svensson etwas?«

Ove schüttelte den Kopf.

»Er ist vor ein paar Jahren gegen einen Baum gefahren. Ich habe mich gestern mit seiner Schwester getroffen, weil Kristoffer bei ihr angerufen hat. Sie ist davon überzeugt, dass die beiden etwas angestellt haben, Robin und Kristoffer.«

»Und du glaubst, das hängt mit Ester Jensen zusammen?«

»Vielleicht.«

Hanna brachte einfach kein Ja über die Lippen.

»Und wie genau kann ich helfen?«

»Ich würde gern einen Blick in die Akte von Robin Svensson und seinen Unfall werfen.«

Bevor sie das tun konnte, brauchte sie Oves Einverständnis. Am liebsten würde sie auch Gunnar überprüfen, aber ihr war klar, dass das nicht rational zu begründen war. Gunnar hatte keinen Grund, sie anzulügen, wenn man davon absah, dass er Kristoffer nicht mochte – und das reichte definitiv nicht.

»Hast du mit deinem Bruder gesprochen?«, fragte Ove.

»Ja, aber das lief nicht gut.«

Oves Konzentration wanderte zu seinem Computer. Seine Augen bewegten sich hin und her. Nach einer Weile schaute er sie wieder an.

»Okay, schau dir die Akte an«, sagte er. »Aber halte mich auf dem Laufenden, sobald du etwas findest, was mit Ester Jensen zu tun hat. Egal wie nebensächlich.«

»Versprochen«, sagte Hanna und stand auf.

Vielleicht sollte sie trotz allem den Journalisten anrufen, sich anhören, was er mitzuteilen hatte. Aber nein, nicht bevor sie mit Kristoffer gesprochen hatte.

»Heute kam noch eine Mail«, sagte Ove, und Hanna sank zurück auf den Stuhl. »Diesmal nicht anonym. Eine Frau schreibt, dass du sie beim Ica Kvantum in Färjestaden angegriffen hast.«

Ica Kvantum war der Supermarkt, in dem Hanna meistens einkaufte, weil er genau auf ihrem Heimweg lag. Bedenklich, dass die Verfasserin ausgerechnet dieses Geschäft gewählt hatte. Jemand beobachtete sie offensichtlich, was auch die einzige Erklärung für den Volvo war. Sie ging schließlich fast jeden Morgen zum Ufer des Kalmarsunds.

»Wieso sollte ich das getan haben?«

»Angeblich hast du sie eine glatzköpfige Hexe genannt.«

Eine glatzköpfige Hexe? Hanna musste ein Lachen unterdrücken. War ihr nichts Krasseres eingefallen?

»Wie heißt die Frau?«, fragte sie.

»Kristina Persson.«

Das traf sie so unvermittelt, dass sie kein weiteres Wort herausbrachte. Ove betrachtete sie besorgt.

»Mir ist klar, dass du …«

»Meine Mutter hieß Kristina Persson.«

»Oh«, machte Ove. »Das hab ich gar nicht bedacht.«

Dass ihre Mutter an Krebs gestorben war, wusste Ove. Hannas Vater hatte bei den meisten Vernehmungen von ihr erzählt. Von dem Schock, dass sie so plötzlich krank geworden und dann gestorben war. Dass er keinen Sinn mehr im Leben gesehen hatte. Genau so hatte er geklungen, als Hanna in all den Jahren vor dem Mord an Ester versucht hatte, ihn vom Sofa oder aus dem Bett zu bekommen. Als Hanna gekämpft hatte, um Schule, Kochen und Putzen unter einen Hut zu bringen.

»Das hat mit meinem Vater zu tun«, sagte Hanna.

»Vielleicht, aber es könnte genauso gut …«

»Nein.«

Dass es mit ihrem Vater zu tun hatte, war die einzige sinnvolle Erklärung. Wieso sonst sollte jemand den Namen ihrer Mutter nutzen und auch auf den Krebs anspielen, durch den sie gestorben war? Zum Ende hin hatte sie keine Haare mehr gehabt. War jemand ganz anderes geworden, sowohl was das Aussehen als auch das Verhalten anging. Aber wer könnte das gemailt haben? Kristoffer würde ihr das niemals antun, selbst wenn er in Schweden wäre und die Möglichkeit bestanden hätte. Wollte Esters Tochter Maria, dass auch sie litt? Oder vielleicht Carina? Und wie passte das mit den Geschehnissen am Morgen zusammen? Hinterm Steuer hatte schließlich ein Mann gesessen.

»Wurde versucht, den Absender der ersten Mail herauszufinden?«, fragte sie.

»Ja, aber ohne Erfolg.«

Jetzt sollte Hanna von dem Benzinkanister erzählen, der vor ihrem Haus gestanden hatte. Sollte verlangen, dass er auf Fingerabdrücke untersucht wurde. Von dem Volvo, der versucht hatte, sie zu überfahren. Aber dann würde die Angst sie überwältigen. Sie suchte Argumente, die dagegen sprachen. Da die Mail zu keinen Hinweisen geführt hatte, würde das beim Benzinkanister vermutlich ähnlich aussehen. Und den Volvo konnten sie unmöglich finden. Das triftigste Argument aber war: Sie wollte nicht, dass Ove seine Entscheidung bezüglich Robin Svensson änderte.

Hanna stand auf und verließ Oves Büro. Irgendwie würde sie die Wahrheit schon herausfinden.

53

»Lykke …«

Es war so dunkel, und die Stimme kam von irgendwo jenseits der Dunkelheit. War sie eingesperrt? Sie fiel, lange war nichts zu hören, sie wurde von stillem Schwarz umschlossen. Plötzlich war Mama da. Die Sommersonne knallte durch das schmutzige Küchenfenster in Grönhögen. Zwei Tassen Kaffee standen vor ihnen, und ausnahmsweise schüttelte Mama mal nicht den Kopf, als Lykke nach Thomas fragte. Sie öffnete den Mund, um von ihm zu erzählen – aber dann war die Stimme wieder da. Die Stimme, die ruhig und deutlich Lykkes Namen sagte. Sie holte sie zurück, zog sie hoch, weg von Mama. Dabei wollte sie nicht, sie wollte alles über Thomas hören. Über Papa.

»Lykke …«

Halt die Fresse, wollte sie schreien, heraus kam aber nicht mehr als ein Grunzen.

Sie bekam die Augen auf und starrte direkt ins Licht. Es war so grell, dass sie blinzeln musste. Ein fremdes Gesicht. Ein freundliches Gesicht, umgeben von kurzem schwarzem Haar, und Lykke vergaß, was sie hatte sagen wollen. Weiße Kleidung unterhalb des Gesichts, und ein verschwommenes Namensschild. Ein Krankenpfleger.

»Sie sind im Krankenhaus von Kalmar«, sagte er. »Sie sind zusammengebrochen.«

Lykke schloss die Augen und versuchte, sich wieder in der Dunkelheit zu versenken, aber die wollte sie nicht. Erst erinnerte sie sich nur an den alten Mann bei der Informationstafel. Der Duft seiner Rosen war so stark, dass sie würgen musste. Doch dann fielen ihr auch wieder die beiden von der Polizei ein, vor denen sie weggelaufen war, weil sie ihr Fragen zu Thomas gestellt hatten. Warum hatte sie nicht einfach die Wahrheit gesagt? Aber sie wusste ja genau, warum: aus Angst.

»Lykke«, beharrte die Stimme. »Ich sehe, dass Sie wach sind. Sie sind am Tropf.«

Lykke riss die Augen auf, starrte zu ihrem Arm, zu der Kanüle, die Nährstoffe in ihren Körper flößte. Zu dem Pflasterstreifen, der sie an Ort und Stelle hielt. Lykke war so schockiert, dass sie erst mal nichts verstand. Als sie es dann verstand, wand sie sich verzweifelt, um die Kanüle loszuwerden, aber der Pfleger hielt sie fest.

»Wir haben Ihre Krankenakte gelesen«, sagte er. »Der Zusammenbruch war der Protest Ihres Körpers dagegen, wie Sie ihn behandeln. Ich lasse Sie los, wenn Sie versprechen, die Kanüle nicht rauszuziehen.«

Der Pfleger schaute sie an, erwartete ihre Reaktion. Als Lykke nickte, nahm er die Hände von ihren Armen. Sie starrte auf die Kanüle. Wenn sie schnell genug war, konnte sie es schaffen. Aber nein, das war doch zwecklos. Lykke drehte den Kopf weg, damit sie das Ding nicht länger anschauen musste.

»Ist die Polizei noch da?«, fragte sie.

»Nein, wieso sollten sie?«

Lykke sah seinen Gesichtsausdruck, bevor er ihn wieder unter Kontrolle hatte. Eine Stirnfalte, die sich schnell wieder glättete. Ein winziges Abrücken. Die Frage machte sie in seinen Augen zu etwas anderem. Zu jemandem, vor dem man sich in Acht nehmen musste.

»Keine Ahnung«, sagte Lykke. »Weil sie mir geholfen haben.«

»Wann haben Sie zuletzt gegessen?«, fragte er.

»Sonntagabend. Eine Clementine«, sagte Lykke. »Aber getrunken hab ich.«

»Das reicht nicht, und das wissen Sie genau. Seit wann ist es wieder akut?«

»Seit dem Frühjahr«, sagte sie leise.

Lykke kannte den genauen Zeitpunkt. Es war der Moment, als sie vor Rogers Haus stand und mit eigenen Augen sah, dass er bereits Frau und Kind hatte. Aber das sagte sie nicht, weil sie sich dafür schämte, wie sie damit umgegangen war. Wie sie mit allem umging. Doch noch während sie diese Scham spürte, sah sie sich nach etwas um, womit sie sich den Weg in die Freiheit bahnen konnte. Sie wollte nicht hier sein.

»Ich sehe, wie schwer das für Sie ist«, sagte der Pfleger und legte ihr eine Hand auf die Schulter. »Was ist am Sonntag passiert, wieso haben Sie aufgehört zu essen?«

Worte waren gerade das einzige Mittel, mit dem sie sich befreien konnte. Sie ertrug die Vorstellung nicht, eine ganze Nacht mit der festgeklebten Kanüle zubringen zu müssen.

»Nichts Besonderes. Ist grad einfach alles viel.«

Lykke erkannte, dass Worte nicht ausreichen würden, um diesen Pfleger loszuwerden. Aber sie wollte nicht gezwungen werden hierzubleiben. Die Wochen im Krankenhaus waren die schlimmsten gewesen. Der absolute Kontrollverlust. Alles hatte sich ausschließlich darum gedreht, welchen Eindruck sie machte, nicht wie es ihr tatsächlich ging. Da fiel ihr wieder ein, wieso sie den Widerwillen überwunden hatte und hergekommen war.

»Ich bin die Schwester des Jungen, der vermisst wurde«, sagte sie. »Also seine Halbschwester.«

Die Augen des Pflegers wurden groß, aber nicht aus Mitleid. Die Vorsicht war zurück.

»Kann ich ihn sehen?«, fragte Lykke.

»Das weiß ich nicht«, sagte der Pfleger. »Aber ich werde mal mit seiner Mutter sprechen.«

54

Hanna blieb vor Oves Büro stehen. Sie hatte ihn nicht mal überreden müssen, sich die Akte von Robin Svensson ansehen zu dürfen. Sie hatte bekommen, was sie wollte, trotzdem fühlte es sich wie ein Scheitern an. Es gefiel ihr nicht, wie offen sie ihren Verdacht hatte äußern müssen. Jetzt gab es kein Zurück mehr. Aber der Volvo? Und der Benzinkanister? Es hätte sich vermutlich gut angefühlt, diese Sachen jemand anderem anzuvertrauen.

Eine Bewegung hinter Hanna veranlasste sie, ins Dienstzimmer zu gehen. Alle außer Erik waren da.

»Ich hab für heute Abend einen Tisch im Steakhaus bestellt«, sagte Amer. »Jetzt liegt es an dir, ihn da auch hinzulocken.«

»Du weißt schon, dass Erik Vegetarier ist, oder?«

Amer lachte.

»Ja, ich dachte, das wäre ein guter Gag. Nur die Ruhe, die haben auch Kaninchenfutter im Angebot.«

»Gut«, sagte Hanna. »Erik hat gefragt, ob wir heut ein Bierchen trinken. Ich lass mich mal mitschleppen, und dann lotse ich ihn ins richtige Lokal.«

Hanna setzte sich an ihren Computer und suchte die Akte, die angelegt worden war, nachdem Robin Svensson gegen einen

Baum gefahren und dabei umgekommen war. Viel hatte sie nicht zu lesen. Die technische Untersuchung hatte ergeben, dass am Auto nichts defekt gewesen war. Robin hatte 0,5 Promille im Blut gehabt, und ein Zeuge, der hinter ihm gefahren war, hatte ausgesagt, dass Robin weder gebremst habe noch ins Schleudern gekommen sei, sondern einfach direkt auf den Baum zugefahren sei. Das klang zweifellos nach Selbstmord. Hanna blätterte vor, aber es gab kein Obduktionsprotokoll. Die einzige andere Erklärung war, dass Robin plötzlich irgendwie schlecht geworden war. Aber dann wäre der Wagen vermutlich ins Schleudern gekommen.

Der ermittelnde Kollege war ebenfalls zu dem Schluss gekommen, dass es sich wahrscheinlich um Selbstmord handelte, wollte aber einen Unfall trotzdem nicht ausschließen.

Und so war das eben. Niemand konnte wissen, was in Robins Kopf vorgegangen war, bevor er starb. Und spielte das überhaupt eine Rolle? Robin war tot, und niemand anderes war körperlich zu Schaden gekommen. Nun, für die Familie spielte es vermutlich eine. Für seine Schwester Klara. Vielleicht hatte der Kollege sein Urteil deshalb so offen formuliert.

Hanna lehnte sich so weit in ihrem Stuhl zurück, dass er knarzte. Laut Klara war es Robin ab etwa einem Jahr nach dem Schulabschluss schlecht gegangen. Von den wenigen Jobs, die er gefunden hatte, hatte er keinen lange behalten. Entweder hatte er selbst gekündigt oder war entlassen worden. In dem Punkt wies er eine gewisse Ähnlichkeit mit Thomas Ahlström auf, auch wenn die Liste bei Letzterem wesentlich länger gewesen war.

Ein paarmal war Robin in der Psychiatrie gewesen. Und seine Schwester war davon überzeugt, dass es ihm wegen etwas schlecht ging, das er und Kristoffer angestellt hatten. Aber Klara schien nicht viel mehr zu haben, um diese Annahme untermauern zu können, als dass es zu einem so plötzlichen Kontaktabbruch zwischen Robin und Kristoffer gekommen war, und dass Robin wütend wurde, wenn sie Kristoffer nur erwähnte.

Aber da war der Zeitpunkt. Ein Jahr nach Robins und Kristoffers Schulabschluss, wenige Wochen vor ihrem eigenen, war Ester Jensen ermordet worden.

Hanna massierte sich die Schläfen. Beim Kartenspielen in der Küche hatte Robin fröhlich und ausgelassen gewirkt, aber sie wollte weiter zurück – weg von jenem Abend. Robins hervorstechendste Eigenschaft, an die sie sich erinnerte, war seine Schüchternheit. Dazu die selbst geschnittenen Haare und die Pickel, von denen er mit teuren Markenklamotten abzulenken versucht hatte, die garantiert geklaut gewesen waren. Eine Zeit lang hatte er sich für sie interessiert. Manchmal, wenn sie auf der gleichen Party gelandet waren, hatte er sich zu ihr gesetzt. Aber das lag wohl hauptsächlich daran, dass er sonst niemanden kannte. Sie selbst hatte ja an und für sich Rebecka als beste Freundin gehabt, aber Rebecka war so ziemlich mit allen befreundet und deshalb ziemlich oft verschwunden. Robin musste es mit Kristoffer ganz ähnlich ergangen sein. Und da erinnerte sich Hanna plötzlich an noch etwas. Robins Familie war bei den Zeugen Jehovas, eigentlich hätte er gar nicht zu diesen Partys gedurft. Robins verzweifelter Wille dazuzugehören hatte wahrscheinlich dort seinen Ursprung. Seiner Schwester Klara war Hanna nie bewusst begegnet, und von den Eltern hatte sie nur eine vage Vorstellung.

Hanna rief Robins Schwester an.

»Hallo«, sagte Klara. »Hast du mit Kristoffer gesprochen?«

»Ich hab's versucht«, sagte Hanna. »Aber er weicht mir aus.«

Kristoffer hatte auf keine ihrer SMS geantwortet. Ein Kind schrie im Hintergrund. Vermutlich die ältere Tochter, denn Klara sagte, sie solle aufhören. Etwas zu scharf im Ton, was schätzungsweise an der Enttäuschung lag, die herausmusste. Auf die Zurechtweisung folgte schockierte Stille.

»Ich werde es weiter versuchen, versprochen«, sagte Hanna.

»Gut«, sagte Klara. »Ich glaube, ich käme mit Robins Tod besser klar, wenn ich mehr über den Grund wüsste. Moment ...«

Sie flüsterte eine Entschuldigung, aber Hanna konnte nicht beurteilen, ob das Mädchen sie verstand.

»Ist dir vielleicht noch was eingefallen?«, fragte Hanna.

»Leider nicht.«

»Bist du noch immer bei den Zeugen Jehovas?«

»Ist das wirklich wichtig?«

Im Hintergrund knallte etwas, und Klara ermahnte die Tochter erneut, still zu sein. Diesmal aber bedeutend ruhiger.

»Keine Ahnung«, entgegnete Hanna.

»Nein, bin ich nicht.« Klara seufzte. »Und Robin war auch ausgetreten. Darum fehlt er mir auch so sehr. Wir hatten nur noch einander.«

Hanna fragte sich, ob Klara wohl mit dem Vater ihrer Kinder zusammenlebte, aber sie fragte es nicht. Immerhin die Schwiegermutter zeigte ja Interesse an den Enkeln.

Erik kam herein und stellte sich an ihren Tisch, wollte ihr offenbar etwas sagen.

»Es tut mir leid, aber ich muss jetzt auflegen«, sagte Hanna. »Ich melde mich, wenn ich Kristoffer erwischt habe.«

»Danke.«

»Eine Nachbarin von Thomas und Jenny Ahlström hat sich

gemeldet«, sagte Erik sofort. »Sie hat Thomas Sonntagnachmittag mit einer Frau gesehen. Der Beschreibung nach zu urteilen handelte es sich um Lykke.«

»Wo hat sie die beiden gesehen?«

»Im Garten vor Thomas' Haus. Und sie haben sich extrem gestritten. Die Nachbarin glaubt, es ging um Hugo.«

Erst hatte Lykke behauptet, Thomas nie getroffen zu haben. Dann, dass sie ihn nur einmal gesehen hatte – als er bei ihr im Garten aufgetaucht war. Dies war die dritte Lüge, der sie auf die Schliche gekommen waren.

»Und wieso meldet sie sich erst jetzt?«

Das war mehr frustrierter Ausruf als ernst gemeinte Frage gewesen, aber Erik antwortete trotzdem.

»Weil sie am Montag wegen einer geplanten Operation ins Krankenhaus kam.«

»Wann konfrontieren wir Lykke damit?«, fragte Hanna.

»Sie wurde gerade entlassen. Sie kommt morgen früh mit einem Anwalt aufs Revier.«

»Hast du auch mit dem Krankenhaus gesprochen?«

»Ja«, sagte er. »Erst wollte der Pfleger nicht mit mehr rausrücken, als dass sie schon länger eine Essstörung hat. Aber ich habe nicht lockergelassen, und dann kam raus, dass sie seit Sonntag nichts gegessen hat.«

»Seit Sonntag?«

»Genau mein Gedanke.«

Der letzte Tag

Wie kann Mille das machen? Nach allem, was sie zusammen durchgestanden haben? Thomas ist so wütend auf ihn, dass er das Gefühl hat, buchstäblich zu kochen. Er hat sich aufgeopfert, um Mille nicht zu enttäuschen, und das ist der Dank?

Der Verkehr staut sich hinter einem riesigen deutschen Wohnmobil. Die meisten wissen, dass man auf diesem Abschnitt nicht überholen kann, aber der Wagen hinter Thomas schwenkt aus, und Thomas drückt auf die Hupe. Der andere schafft es gerade so zurück auf die richtige Spur, um einem Zusammenstoß zu entgehen.

Mille wollte ihm nicht verraten, wer »die« sind, und als Thomas verlangte, mit ihnen zu reden, schlug Mille das ebenfalls aus. Schlussendlich versprach er, selbst mit ihnen reden zu wollen, meinte aber, dass das auch nichts ändern würde. Sie brauchten die Häuser, um die Zigaretten dort zu parken. Im Herbst war ihnen eine ganze Ladung verloren gegangen, weil sie alles in einem Lieferwagen gelassen hatten. Außerdem versuchte er, das Risiko runterzuspielen. Behauptete, es sei gar nicht so groß, und dass es leicht verdientes Geld sei. Vielleicht war das Risiko für jemanden klein, der keine Kinder hatte.

Thomas klammert sich ans Steuer und wirft einen Blick in den Rückspiegel. Hugo wirkt zufrieden, und der Wagen hinter ihm macht auch keine Anstalten mehr zu überholen. Thomas hat versucht, Mille den Schlüssel zu geben, aber der wollte ihn nicht nehmen. Sagte, dass einer vom Maklerbüro dort sein müsse, falls jemand was mitbekam und Fragen stellte. Bisher war das nie passiert. Kartons, die in und aus einem Haus getragen werden, das verkauft wird, erregen keine Aufmerksamkeit.

Wieso macht Mille das? Aber Thomas ahnt es. Sein Freund hat Angst. Er umklammert das Steuer noch fester. Die nächste Panikattacke lauert schon, doch Thomas kann sie wegatmen. Er sitzt in der Falle, und mit jedem Versuch zu entkommen, verfängt er sich nur noch mehr. Was, wenn die anderen auch auftauchen?

Der Wohnwagen biegt ab, und Thomas kann endlich wieder Gas geben. Der Wagen hinter ihm nimmt die gleiche Ausfahrt. Das Ortsschild von Hulterstad lässt seinen Puls schon fast wieder auf Normalniveau sinken, aber wirklich ruhig ist er erst, als er vorm Haus hält und Hugo aus dem Sitz hebt. Sein Sohn hat immer einen beruhigenden Effekt auf ihn. Solange er ihn auf dem Arm hat, wirkt jedes Problem nichtig. Er muss dorthin, heute Abend, er hat keine andere Wahl. Trotzdem ist das heute das letzte Mal. Da kann Mille sagen, was er will. Und Mille oder die anderen können ihn ja kaum deshalb anzeigen, sonst machen sie sich ja selbst strafbar.

Die werden mich umbringen.

Bei dem Gedanken wird ihm schlecht. Nein, das würde Mille niemals tun. Aber die anderen? Er weiß es nicht. Vielleicht haben sie Angst, er könnte sie verraten. Aber dann würden sie ihm drohen oder ihn gehörig zusammenschlagen. Da trifft ihn plötzlich die Erkenntnis, dass er ihnen gar nicht länger mit leeren Häusern helfen können würde, schließlich wurde ihm gekündigt. Aber wenn er das sagt, glauben sie ihm vielleicht nicht. Und Selene arbeitet ja auch noch für die Firma.

Thomas streichelt über Hugos helle Locken, aber der Junge windet sich aus seinen Armen. Kaum hat er Boden unter den Füßen, rennt er zu der kleinen Plastikrutsche. Thomas hat sie im Baumarkt gesehen und sie einfach kaufen müssen. Jenny meint, er verwöhnt Hugo, aber Thomas versteht nicht, was daran problematisch sein soll.

Hugo klettert hinauf, bekommt die kleinen Beinchen aber nicht unter sich, also rutscht er auf dem Bauch hinunter. Sein Lachen, als er unten ins Gras plumpst, lässt Thomas vor Glück grinsen. Er hebt Hugo auf die Rutsche, damit er richtig sitzen kann, doch der will gar nicht auf dem Popo rutschen. Also lässt Thomas ihn weiter auf dem Bauch rutschen.

Als Hugo das nächste Mal hinaufklettert, macht Thomas ein Foto und schickt es Jenny. Sofort schreibt sie *Süß!!*, dazu ein grinsendes Emoji. Dann:

Ich steige gleich in den Zug.

Ich freu mich schon, dich wiederzusehen, schreibt Thomas zurück und schickt noch ein klopfendes Herz hinterher.

Wieder dieser Gedanke. Einfach nicht nach Södra Möckleby fahren. Aber das ist immer noch genauso unmöglich wie vorher. Das kann er Mille nicht antun. Ein Boot mit Zigaretten legt an, und am Hafen gibt es keine gute Möglichkeit, sie zu lagern. Außerdem braucht er das Geld, damit er die Schulden bei Hektor bezahlen kann. Und ihn vielleicht dazu bringen, mit Karl zu sprechen. Vielleicht kann er Selene richtig schick zum Mittagessen einladen und einmal richtig reinen Tisch machen. Er muss einfach seinen Job zurückbekommen.

Irgendwie muss er Mille davon überzeugen, dass dies das letzte Mal ist. Wieder keimt die Angst in ihm auf. Was, wenn sein Besuch bei Mille etwas ins Rollen gebracht hat? Was, wenn die anderen zum Haus kommen?

»Trinken«, sagt Hugo.

»Dann musst du mit reinkommen.«

»Nein.«

Thomas lässt Hugo nicht gern allein. Der Garten ist zwar eingezäunt, und das Haus liegt nicht direkt an der Straße, aber das Tor ist kaputt, und Hugo könnte es vermutlich aufkriegen. Aber gerade ist er so sehr mit Rutschen beschäftigt. Thomas holt die Wasserkaraffe aus dem Kühlschrank, zwei Becher für sich und Hugo und außerdem eine Packung Reiswaffeln. Das Geräusch eines Automotors lässt ihn aus dem Fenster schauen.

Ein rostiger Wagen hält vorm Zaun. Verschiedene Horrorszenarien spielen sich in Thomas' Kopf ab. Er hätte Hugo nicht allein lassen dürfen.

»Hugo!«, brüllt er, aber sein Sohn kann ihn durch die Scheibe nicht hören.

Er hat sich gerade auf den Bauch gelegt, in seiner kleinen Welt gibt es gerade nur die schiefe gelbe Plastikbahn und das Gras unten davor.

Die Autotür geht auf, und endlich kommt Leben in Thomas. Er rennt hinaus und nimmt die Stufen in einem Satz. Seinen Sohn kriegen sie nicht.

55

»Wollen wir nicht lieber ins Pub?«, fragte Erik. »Da ist das Bier besser.«

Hanna war zwar ganz seiner Meinung, aber das konnte sie ja schlecht sagen. Die anderen warteten längst im Steakhouse und wurden langsam ungeduldig. Obwohl, das Wort, das Amer benutzt hatte, war *hungrig* gewesen. Er hatte gerade eine SMS geschickt und gefragt, wann sie kämen.

»Ich suche diesmal aus«, sagte Hanna. »Sonst kannst du gleich allein trinken.«

»War ja nur ein Vorschlag«, sagte Erik.

Er hatte schlechte Laune. Supriya hatte nicht auf seine Nachrichten geantwortet, und jetzt war dort Nacht. Weil sie so spät dran waren, wurde Hanna schneller.

»Hast du's eilig?«

»Nein, ich gehe, wie ich fahre. Ist dir das noch nicht aufgefallen?«

Darüber musste er sogar lachen.

Als sie den gepflasterten Platz kreuzten, sah sie die anderen schon auf der Terrasse des Restaurants. Alle waren gekommen – sogar Carina und Ove. Amer erzählte gerade etwas, und

Daniel schien zu protestieren. Selbstverständlich war dies eine kritische Phase der Ermittlungen, aber ein Teil des Stresses hatte nachgelassen, seit sie Hugo gefunden hatten. Sie waren ausgelaugt und mussten neue Energie tanken, damit sie morgen wieder richtig durchstarten konnten. Erik hätte sie übersehen, wenn Hanna ihm nicht in die Seite gestupst hätte. Mit wenigen Schritten war er bei den Kollegen.

»Was macht ihr denn hier?«, fragte er freudig überrascht.

»Kommt doch her und setzt euch endlich zu uns«, sagte Amer.

Kaum hatten sie das getan, reichte er ihnen auch schon je eine Bierflasche.

»Ich muss nachher noch fahren«, sagte Hanna.

Da drehte Amer das Etikett so, dass sie es sehen konnte. Ihr Bier war alkoholfrei. Erik schaute sich um und schien noch nicht zu begreifen, wie die gesamte Ermittlungsgruppe an einem Tisch gelandet war. Er wandte sich an sie.

»Wusstest du das?«

Hanna nickte und lachte.

»Dann habt ihr das also geplant?«, fuhr er fort.

»Ja, du Genie«, sagte Amer und hob sein Glas. »Letzter Abend mit deinem Ersatztrupp.«

»Danke«, sagte Erik und hob die Bierflasche. »Ihr rührt mich echt. Und ab morgen müsst ihr mein Gejammer dann auch nicht mehr ertragen.«

Seine schlechte Laune schien verschwunden. Die Bedienung kam und nahm ihre Bestellung auf. Alle wollten Burger, nur Erik nahm die Halloumivariante. Als die Bedienung weg war, hob Ove das Glas, um noch einmal anzustoßen.

»Ungeheuer gute Arbeit!«, sagte er. »Weiter so, denn noch ist es nicht vorbei.«

Ove und der PR-Verantwortliche hatten am Nachmittag eine Pressekonferenz abgehalten. Hanna hatte sie nicht angehört, konnte aber ahnen, welche Schlagzeilen folgen würden. *Hugo lebt*, und *Hier wurde Hugo gerettet*. Hanna hoffte, dass die Journalisten Jenny und Hugo in Frieden ließen, genauso Bror Erlander und seine Tochter. Der Reporter vom *Barometern* hatte sich noch einmal bei ihr gemeldet, und sie wollte ihn zurückrufen, aber erst musste sie mit Kristoffer sprechen.

Hugo lebte. Hanna ließ diese Gewissheit noch einmal auf sich wirken. Eigentlich war das völlig unglaublich, wenn man bedachte, wie lange er vermisst worden war. Allen am Tisch ging es wohl ähnlich. Sogar Carina lächelte sie an. Ihr Handy vibrierte, und Hanna holte es schnell aus der Tasche. Vielleicht war es endlich eine Nachricht von Kristoffer.

Sie sind nicht zufällig noch in Kalmar? Würde Sie gern treffen.

Hanna kannte die Nummer nicht, aber die drei Punkte kündigten eine weitere Nachricht an. Es vibrierte erneut.

Viele Grüße Isak Aulin

Die Nachricht warf eine Menge Fragen auf. Wusste Isak, dass sie auf Öland wohnte? Hanna konnte sich nicht daran erinnern, das erwähnt zu haben. Und wieso wollte er sie treffen?

»Was ist los?«, fragte Erik.

»Nichts«, sagte sie, während diese vermaledeite Röte sich auf ihrem Gesicht breitmachte.

Also wandte er sich an Daniel, der jeder Frage nach seinem Fang auswich. Nicht mal seinen Namen wollte er verraten. Hanna tat so, als müsse sie auf die Toilette, damit sie Isak in Ruhe antworten konnte. Das Steakhouse gehörte zu einem Hotel, und sie stellte sich neben die Rezeption.

Worum geht es?, schrieb sie.

Sagen Sie einfach Ja, antwortete er. *Ich erkläre dann alles.*

Hanna ließ das Handy sinken und beobachtete eine dunkelhaarige Frau, die ein Bier an der Bar gekauft hatte und damit nun zur Treppe ging. Sie sah müde aus. Wollte wohl nach einem langen Tag allein im Hotelzimmer abschalten. Und Hanna kam zu dem Schluss, dass sie unmöglich absagen konnte. Sie musste wissen, was Isak von ihr wollte.

OK, dann in einer Stunde im Pipes.

Das *Pipes* lag weit genug von hier weg, sodass kein Kollege sie zusammen mit Isak sehen würde.

Danke!

Hanna kehrte zum Tisch zurück, aber konnte sich kaum auf das Gespräch und das Essen konzentrieren. Dass sie fast nichts sagte, schien nicht weiter aufzufallen. Die anderen hatten genug Themen. Es ging um Oves Enkel, um Carinas Dach, das erneuert werden musste, um Amers Sohn, der eine Brille brauchte, obwohl er erst vier Jahre alt war. Als Hanna aufgegessen hatte, entschuldigte sie sich und sagte, sie müsse nach Hause. Erik schaute sie besorgt an.

Hanna erblickte Isak gleich beim Betreten des *Pipes*. Er hatte ein halb volles Glas vor sich und fuhr mit dem Finger über dessen Rand. Dann schaute er auf und lächelte, vielleicht erleichtert. Es zog in ihrem Bauch. Sie schluckte und ging zu ihm.

»Schön, dass Sie gekommen sind«, sagte Isak. »Was möchten Sie trinken?«

»Ich hole mir selbst was.«

Hanna wandte sich ab und machte die wenigen Schritte zur Bar, wo sie ein alkoholfreies Bier bestellte. Ihr Wagen stand beim alten Busbahnhof, und sie wollte schließlich immer noch nach Hause fahren. Natürlich konnte sie auch den Bus zum Polizeirevier nehmen, aber morgen früh war die wichtige Vernehmung von Thomas Ahlströms Tochter Lykke.

»Wieso wollten Sie mich treffen?«, fragte sie, als sie sich mit ihrem Bier gegenüber von ihm hingesetzt hatte.

Er lächelte sie zögernd an, und weil sie so gar nicht darauf reagierte, schaute er aus dem Fenster. Ihr war vor Nervosität ganz schlecht, und sie wusste überhaupt nicht, wie sie sich verhalten sollte. Sie betrachtete sein Profil. Sein Bart war kürzer, als sie ihn in Erinnerung hatte, und leicht grau gesprenkelt, obwohl er ja nur wenige Jahre älter war als sie. Er trug ein Hemd.

»Es freut mich sehr, dass Sie den Jungen gefunden haben«, sagte er, den Blick noch immer aus dem Fenster gerichtet.

»Mich auch«, sagte Hanna.

Wollte er über Hugo sprechen? Wie schlimm es für ihn gewesen war, kurzzeitig verdächtigt worden zu sein? Dabei wurde er das ja nie wirklich. Er war nur eine von vielen möglichen Spuren, die sie hatten prüfen müssen. Wie bei jeder anderen Ermittlung auch. Hanna holte tief Luft, atmete Isaks Geruch ein. Er roch noch immer nach Zitronenseife, aber gerade außerdem nach Parfum, das definitiv einen Moschusanteil hatte.

»Das war ziemlich heftig, als Sie mich in der Schule besucht und mir diese ganzen Fragen gestellt haben«, sagte er. »Besonders die zu meiner Freundin.«

Hanna wusste nicht, was sie darauf sagen sollte. Also setzte sie langsam das Glas an die Lippen und trank einen Schluck.

»Aber mir ist klar, wieso Sie das fragen mussten«, fuhr er fort.

»Also, warum wollten Sie mich treffen?«, fragte sie erneut.

Da schaute er sie wieder an und schenkte ihr noch ein Lächeln. Erst da begriff sie, dass er genauso nervös war wie sie.

»Weil ich nicht aufhören kann, an Sie zu denken.«

»Okay«, sagte sie.

Okay? Was war das denn für eine bescheuerte Reaktion. Sofort brannten ihre Wangen.

»Ich habe auch viel an Sie gedacht«, fügte sie schnell hinzu.

Hanna trank noch einen Schluck Bier, weil ihr absolut nichts anderes einfiel. Am liebsten wäre sie aufgestanden und gegangen. Das war zu viel für sie. Vielleicht wäre es wirklich einfacher gewesen, wenn er sie angeschrien hätte.

»Normalerweise mache ich so etwas nicht«, sagte Isak.

Hanna war kurz davor, wieder okay zu sagen, konnte sich aber gerade noch zurückhalten.

»Ich auch nicht«, sagte sie dann.

»Und ich bin nicht gewalttätig. Bei dem Jungen ist einfach das Fass übergelaufen, und ich habe ihn wirklich nur am Arm gepackt.«

Hanna kannte solche Ausflüchte aus Vernehmungen, aber hier, in diesem Zusammenhang, wusste sie nicht, wie sie reagieren sollte. Sie wollte ihm so gern glauben.

Die Tür ging auf und eine Gruppe junger Kerle kam herein, alle so um die zwanzig. Sie sprachen lautstark über einen Streit, den sie draußen auf dem Platz verfolgt hatten. Isak wartete, bis sie sich an einen Tisch ein Stück entfernt gesetzt hatten.

»Ich wollte eigentlich nicht, dass Sie so von meiner ehemaligen Partnerin erfahren. Und dem, was ihr und unserem ungeborenen Kind zugestoßen ist.«

Die Trauer auf seinem Gesicht schnürte ihr die Kehle zu, weshalb Hanna dachte, nichts darauf erwidern zu können.

»Das muss schrecklich gewesen sein«, brachte sie irgendwie hervor.

»Ja, war es. Und ich weiß, wer Sie sind. Oder eher, wer Ihr Vater war.«

Wieder war da der überwältigende Impuls, aufzustehen und zu gehen. Auch mit Fabian war sie nervös gewesen, ja, aber nie so wie jetzt. Isaks flehender Blick hielt sie an ihrem Platz. Außerdem wollte sie auch gar nicht gehen. Nicht wirklich. Eigentlich hätte sie sich gern vorgelehnt und mit seinen Haaren gespielt.

»Das wusste ich schon bei unserer ersten Begegnung im Frühjahr«, fuhr er fort. »Und ich hatte den Eindruck, dass Sie vielleicht jemand sind, der das verstehen kann.«

»Was verstehen kann?«

»Wie wahnsinnig ungerecht das Leben sein kann.«

Hanna konnte ihn nur anstarren. Das war so ziemlich das, was Hanna nach dem Gespräch in der Schule zu Erik gesagt hatte.

»Entschuldigen Sie, dass ich so direkt bin«, fuhr er fort. »Ich weiß wirklich nicht, was mit mir los ist. Hatte ich schon erwähnt, dass ich nicht aufhören kann, an Sie zu denken?«

»Ja, hatten Sie.«

Jetzt lächelte sie. Der Impuls zu gehen war noch da, aber schwach. Einfach weil sie nicht wusste, wie sie mit Isak reden sollte, ohne sich zum Affen zu machen. Aber sie war ihr eigenes Fluchtverhalten so leid. Diesmal durfte sie diesem Impuls nicht nachgeben. Hanna lehnte sich vor, atmete noch einmal tief Isaks Geruch ein.

FREITAG, 23. AUGUST

56

Hanna drehte sich zum Licht, das zum Fenster hereingefunden hatte. Das Zimmer hatte eine Dachschräge, und durch die Jalousie schienen die Sonnenstrahlen nach ihr zu tasten. Etwas war anders an diesem Morgen, aber Hanna brauchte einen Moment, bis sie begriff, was genau. Denn es fehlte etwas. Sie war ohne beklemmende Sorge aufgewacht.

Langsam kehrte die Erinnerung an den Vorabend zurück. An Isaks Lächeln. Seinen Geruch. Seinen intensiven Blick, und wie er sie keine Sekunde aus den Augen ließ. Nachdem sich die erste Nervosität gelegt hatte, war es ihr plötzlich ganz leichtgefallen, sich mit ihm zu unterhalten. Ausnahmsweise hatte sie mal sie selbst sein können. Sich nicht außen vor und beobachtet und bewertet gefühlt.

Kurzer Klobesuch, Dusche, Anziehen, Frühstück – ihr typisches Morgenritual. Den Spaziergang zum Meer ließ sie heute aus. Weder Kopf noch Körper musste freigepustet werden. Und sie wollte nicht mit der Stelle konfrontiert werden, an der sie fast überfahren worden war. Ein schneller Rundumblick auf dem Weg zum Auto war das Einzige, was sie sich als Vorsichtsmaßnahme zugestand. Irgendwie kam ihr der gestrige Morgenspaziergang ganz unwirklich vor. Im Gegensatz zu Isaks Parfum und seinen Armen, die er um sie gelegt hatte, als sie sich vorm *Pipes* voneinander verabschiedet hatten.

Erst als Hanna vorm Revier parkte, dachte sie an die Ermittlungen. An die bevorstehende Vernehmung von Lykke Henriksen. Wer hatte Thomas Ahlström ermordet und warum? Hanna würde nicht ruhen, ehe sie das wusste. Als sie ins Dienstzimmer kam, war als Einziger Erik da.

»Guten Morgen«, sagte sie. »Hast du gut geschlafen?«

»Joa. Und selbst?«

»Wieso hätte ich nicht gut schlafen sollen?«

Erik schaute sie so sonderbar an, dass sie sich fragte, ob er auf dem Heimweg nach Varvsholmen beim *Pipes* vorbeigekommen war. Sie und Isak hatten in dem Pub gesessen, bis es um elf schloss. Aber einfach nur vorbeizugehen, wäre nicht Eriks Art. Er würde eher ans Fenster klopfen und winken.

»Ich habe mit Isak gesprochen.«

Ohne darauf zu reagieren, ging Hanna zu ihrem Schreibtisch und schaltete den Computer an. Wie, mit ihm gesprochen? Danach? Hanna hatte nicht den Eindruck gehabt, dass Erik und Isak sich kannten.

»Hat er das nicht erwähnt?«, fragte Erik.

»Nein.«

Hanna starrte auf den Bildschirm, wo sie das Passwort eintippen sollte. Kein einziger Buchstabe wollte ihr einfallen. Wenn sie sich danach unterhalten hatten, wollte sie wissen, was Isak über sie gesagt hatte. Aber wie sollte sie das fragen, ohne dabei komisch zu klingen?

»Er hat mich vorgestern angerufen«, sagte Erik. »Weil er sich dafür schämte, wie er bei unserer Befragung reagiert hatte. Und dann hat er mich um deine Nummer gebeten, aber ich habe sie ihm nicht gegeben.«

»Warum nicht?«

»Weil Hugo noch vermisst wurde und ich ein schlechtes Gefühl dabei gehabt hätte.«

Frustriert kniff Hanna die Augen zusammen. Als sie sie wieder öffnete, konnte sie das Passwort eintippen und sich einloggen.

»Wie war es denn?«, fragte Erik.

»Nett.«

Hanna wollte eigentlich noch mehr erzählen, wo er doch nun schon wusste, mit wem sie sich getroffen hatte, aber genau da kam Carina herein. Hanna klickte die erste ungelesene Mail an, die Wörter verschwammen aber vor ihren Augen, weil sie sofort wieder Isaks Arme um sich spürte. Sein Bart hatte an ihrer Wange gekitzelt. Die Umarmung hatte mehrere Sekunden gedauert, und Hanna hätte am liebsten gar nicht mehr losgelassen. Nach einem letzten tiefen Atemzug hatten sie sich voneinander gelöst und waren zu ihren jeweiligen Autos gegangen.

Und jetzt? Sie hatten nichts ausgemacht, und Hanna wusste nicht, wie sie den Mut aufbringen sollte, sich zu melden.

Kurz nach Carina stieß Amer zu ihnen, er hatte den Stehtisch gegenüber von Erik.

»Hab ich was verpasst?«, fragte er und schaute von Erik zu ihr.

»Nein.« Erik grinste. »Danke noch mal für den schönen Abend gestern.«

»Kein Ding«, sagte Amer. »Wann landen sie noch gleich?«

Erik hatte die Uhrzeit gestern sicher fünfzehnmal genannt.

»Sechzehn Uhr dreißig«, sagte er.

Hanna griff zu ihrem Handy und suchte Isaks erste SMS heraus. In der er schrieb, dass er sie gern treffen würde, und sie keine Ahnung gehabt hatte, warum. Eigentlich war es ja doch gar nicht so kompliziert. Einfach sagen, was war. Erik betrachtete sie mit einem Lächeln.

»Was ist los?«, fragte sie, obwohl sie es wusste.

»Nichts.«

Amers Neugierde war nun endgültig geweckt. Hanna legte das Handy mit dem Display nach unten auf ihren Tisch. Versuchte, sich auf die Mail zu konzentrieren. Die Polizeileitung der Region Syd war auf der Suche nach Personal und hatte in unterschiedlichen Bereichen neue Stellen ausgeschrieben. Hanna löschte die Nachricht.

Kurz vor halb neun gingen sie rüber ins Besprechungszimmer. Lykke sollte schon um neun erscheinen.

»Halten wir's kurz«, sagte Ove. »Mille Bergman taucht in den Ermittlungen zu diesem Zigarettenschmuggel auf.«

»Wie denn?«, fragte Daniel.

»Ihm gehörte das Bootshaus, in dem die Zigaretten zwischengelagert wurden, als sie an Land kamen. Aber er hat behauptet, dass die Schmuggler eingebrochen sind. Und eine Untersuchung des Bootshauses hat die Aussage gestützt. Weil keine Beweise dafür gefunden wurden, dass er verwickelt war, wurde er recht schnell von den Ermittlungen ausgeschlossen.«

»Und was machen wir jetzt?«, fragte Hanna.

»Wir warten erst mal, was der inhaftierte Schwede dazu zu sagen hat.« Ove rückte seine Brille zurecht und warf die Aufnahme des Schuhabdrucks an die Wand. »Die Kriminaltechnik geht davon aus, dass die Sohle des Schuhs beschädigt ist, von dem dieser Abdruck stammt. Sie beziehen sich auf den hellen

Strich, oben rechts im Bild. Leider konnten sie ihn noch keiner Marke zuordnen.«

»Könnte das daran liegen, dass man den Schuh vielleicht nicht in Schweden bekommt?«, fragte Erik.

»Interessanter Gedanke«, sagte Ove. »Den gebe ich gleich weiter.«

»Ich habe noch was zu Lykke Henriksen herausgefunden«, sagte Daniel. »Mich bei ihren Lehrern, Dozenten und Kommilitonen umgehört. An der Uni wurde sie von allen als ehrgeizig und unnahbar beschrieben. Aber der Rektor ihres Gymnasiums hatte etwas Interessantes zu berichten. Sie wurde in der Elften für zwei Wochen suspendiert.«

»Aus welchem Grund?«, fragte Hanna.

»Sie hat eine Mitschülerin misshandelt.«

57

Der Empfang meldete sich um zehn vor zehn, um mitzuteilen, dass Lykke Henriksen unten wartete. Erik verließ die Morgenbesprechung, um sie zu holen, während Hanna schon mal das Vernehmungszimmer vorbereitete. Er musste grinsen, als er daran dachte, wie ertappt seine Kollegin vorhin gewirkt hatte. Dabei freute er sich, dass sie jemanden kennengelernt hatte, und dieser Isak machte doch einen guten Eindruck.

In weniger als acht Stunden würde er Supriya und Nila endlich wieder in die Arme schließen können. Letzte Nacht war er so unruhig gewesen und hatte nicht schlafen können, bis Supriya ihm geschrieben hatte, dass sie und Nila beim Flughafen angekommen waren und gleich ins Flugzeug steigen würden. Trotz Schlafmangel war er nicht müde. Er warf einen Blick auf die Uhr. Sie müssten mittlerweile in Frankfurt gelandet sein. Wieso hatte Supriya sich noch nicht gemeldet? Sie hatte auch ihr vorheriges Schweigen nicht erklärt, nur geschrieben, wie fantastisch es war, dass sie Hugo gefunden hatten.

Erik schob seine Sehnsucht beiseite und öffnete die Tür zum Empfangsbereich. Man sah Lykke an, dass auch sie nicht geschlafen hatte. Die Ringe unter ihren Augen waren gigantisch.

Die Anwältin streckte eine Hand aus, um Lykke zu stützen, als sie aufstanden, aber Lykke ignorierte die angebotene Hilfe. Erik kannte die Anwältin, sie waren sich schon häufig begegnet, und Erik mochte sie. Was mit daran lag, dass sie in finnlandschwedischem Dialekt sprach, wofür er einfach eine Schwäche hatte.

Lykke hatte die Arme um den Oberkörper geschlungen, während sie durch den Flur gingen, und Erik sprach sie bewusst nicht an. Es war ja offensichtlich, dass das sowieso zwecklos gewesen wäre. Er wusste zwar, er sollte das nicht tun, aber trotzdem warf er einen Blick auf die App, die er installiert hatte, um den Flug zu verfolgen, und sah, dass das Flugzeug, in dem hoffentlich Supriya und Nila saßen, sich noch über Österreich befand.

Hanna saß im Vernehmungszimmer und erwartete sie. Sie grüßte, aber Lykke reagierte gar nicht, sank einfach auf einen der Stühle. Nachdem sie gefragt hatten, ob jemand etwas trinken wolle – beide lehnten ab, die Anwältin mit Worten, Lykke mit einem Kopfschütteln –, startete Hanna die Aufnahme und erklärte, wer anwesend war und warum.

»Sie sind aufs Lars-Kagg-Gymnasium gegangen und haben dort einen naturwissenschaftlichen Abschluss gemacht«, sagte Erik.

Lykke nickte, fügte dann noch ein Ja hinzu, als sie sie auf die Aufnahme hinwiesen. Sie rieb über einen Fleck an ihrem Arm. Sowohl sie selbst als auch ihre Kleidung hätten eine Wäsche vertragen können.

»Wie haben Sie sich denn mit Ihren Mitschülern verstanden?«

Lykke schaute zu ihrer Anwältin, vielleicht weil die Fragen sie nervös machten. Die Anwältin lächelte aufmunternd.

»Die meisten waren nett«, sagte Lykke.

Sie schaute wieder zu ihrer Anwältin, die sich jetzt einschaltete.

»Warum fragen Sie das?«

Erik ignorierte sie und konzentrierte sich weiter nur auf Lykke.

»Sie wurden in der elften Klasse für zwei Wochen suspendiert. Könnten Sie mir darüber ein bisschen was erzählen?«

Lykke beugte sich vor, und es wirkte, als würde sie am liebsten im Boden versinken.

»Darüber möchte ich nicht sprechen«, sagte sie. »Das hat nichts hiermit zu tun.«

»Das entscheiden wir«, sagte Hanna. »Erzählen Sie.«

»Ein Mädchen aus meiner Klasse hat mich die ganze Zeit geärgert«, sagte Lykke. »Irgendwann hatte ich genug und hab mein Essenstablett nach ihr geworfen. Es war nicht meine Absicht, sie so zu verletzen.«

»Was ist ihr denn passiert?«, fragte Erik.

»Sie musste an der Stirn genäht werden.«

»Haben Sie öfter Probleme, sich zu beherrschen?«

Lykke erwiderte nichts, aber auch Schweigen war eine Antwort.

»Erzählen Sie von Vaxholm«, ermunterte ihre Anwältin sie.

Lykke schaute zu Erik, als bräuchte sie seine Erlaubnis, also nickte er. Sie konnten ja jederzeit wieder zur Suspendierung zurückkehren, wenn nötig.

»Sie haben ja gefragt, ob ich Beweise habe. Für die Beziehung mit Roger«, sagte Lykke. »Und wir haben eben ein Wochenende in Vaxholm zusammen verbracht.«

Lykke war definitiv gestresst und müde, aber Erik fand sie insgesamt wesentlich aufmerksamer als bei ihren vorherigen Treffen.

»Bitte, erzählen Sie doch weiter«, sagte Hanna.

»Es war am neunzehnten und zwanzigsten April. Er hat alles bezahlt, und wir haben im *Waxholms hotell* gewohnt. Am Samstag waren wir sehr lange spazieren und haben im *Hamnkrogen* gegessen. Da muss uns jemand gesehen haben.«

»Danke«, sagte Hanna. »Wir werden das prüfen.«

»Sprechen wir doch mal über Ihren Vater Thomas Ahlström«, sagte Erik. »Wie ist das zweite Treffen mit ihm verlaufen?«

Lykke riss die Augen auf, und sie schien förmlich Angst auszudünsten. Das machte Erik Hoffnung.

»Wir haben eine Zeugin, die Sie in seinem Garten gesehen hat«, fuhr er fort.

Der zuckende Mundwinkel der Anwältin verriet ihm, dass sie davon offenbar selbst nichts wusste. Lykke kauerte sich zusammen und verbarg das Gesicht in den Händen.

»Sie müssen uns erzählen, was passiert ist«, sagte Hanna.

»Ich weiß«, murmelte Lykke durch die Hände. »Es ist bloß nicht leicht.«

Nach einer Weile ließ sie die Hände sinken und hob den Blick, sah ihnen aber nicht in die Augen.

»Ich bin hingefahren, um mit ihm zu reden.«

Hände und Stimme zitterten.

»Warum?«, fragte Erik.

»Weil ich nicht gerade nett zu ihm war, als er da so plötzlich in meinem Garten in Grönhögen aufgekreuzt war. Ich wollte mich entschuldigen.«

»Und haben Sie das getan?«

»Nein.«

»Warum nicht?«

»Dazu bin ich nicht gekommen.«

Die Anwältin betrachtete ihre Mandantin, griff aber nicht ein. Lykke schien den Blick als Bestärkung zu verstehen.

»Ich habe Hugo im Garten gesehen«, sagte sie. »Erst da habe ich begriffen, dass er noch ein Kind hat. Eines, das er *nicht* verlassen hat. Hugo war allein, und ich bin zu ihm gegangen. Und dann kam Thomas rausgerannt und hat mich angebrüllt, als wäre ich eine Verbrecherin.«

»Haben Sie gestritten?«

»Ich habe bestimmt was zurückgeschrien, ja.«

»Was denn?«, fragte Hanna.

»Keine Ahnung. Ich war einfach so wahnsinnig wütend. Ich hatte das Gefühl, ich bedeute ihm rein gar nichts, aber dieser kleine Junge … Es war so eindeutig, wie sehr Thomas ihn liebte.«

Lykke biss sich auf die Unterlippe.

»Wissen Sie was?«, fragte Hanna. »Ich glaube, Sie wissen noch ziemlich genau, was Sie geschrien haben. Und genau deshalb ist das gerade so schwierig für Sie.«

Lykke verbarg ihr Gesicht wieder hinter den Händen.

»Was haben Sie gesagt?«, fragte Hanna sehr ruhig.

»Fahr zur Hölle mit deinem verfluchten Kind«, schluchzte Lykke. »Und dass ich wünschte, er wäre tot und nicht Mama.«

Sie ließ die Hände in den Schoß fallen und starrte auf sie hinab.

»Was ist dann passiert?«, fragte Erik.

»Ich musste weg. Ich bin losgerannt, aber Thomas ist mir nach und hat noch was gebrüllt, aber ich habe nicht verstanden, was. Wirklich.«

Das letzte Wort richtete sie gezielt an Hanna.

»Haben Sie ihn danach noch mal gesehen?«, fragte Erik.

»Nein.«

»Haben Sie Thomas Ahlström getötet?«, fragte Hanna.

»Nein.«

Lykke zwang sich, ihnen in die Augen zu schauen.

»Nein, ich habe ihn nicht ermordet, aber ich habe nicht nur geschrien. Ich habe die Hand gehoben, weil ich so wütend war. Thomas dachte wohl, ich wollte Hugo schlagen, deshalb hat er mich gepackt. Ich habe ihn geschubst. Ziemlich fest, und er ist hingefallen. Rückwärts.«

58

Die Polizistin beendete die Vernehmung, aber Lykke wagte nicht zu glauben, dass es wirklich vorbei war. Sie blieb sitzen und rechnete mit weiteren Fragen. Oder dass sie ihr sagten, sie wäre verhaftet oder wie immer das nun hieß, weil sie dachten, sie hätte ihren Vater ermordet. Dass sie viele Nächte eingesperrt in einer Zelle verbringen müsste. Vor dieser Vernehmung war sie so nervös gewesen, dass sie nicht hatte schlafen können, aber trotz allem hatte sie eine Schale Sauermilch frühstücken können. Um aus dem Krankenhaus entlassen werden zu können, hatte sie mit einem Psychiater sprechen müssen, und nächste Woche stand ein Folgebesuch an. Wenn sie jetzt nicht freiwillig aß, drohte ihr die Zwangseinweisung.

Die Wochen, die Lykke in der Psychiatrie hatte verbringen müssen, waren furchtbar gewesen, und dorthin wollte sie nie wieder zurück. Und in eine Zelle wollte sie auch nicht. Sie hasste es, eingesperrt zu sein. Keine Kontrolle zu haben. Was die Polizei über sie dachte, konnte sie nicht länger beeinflussen, aber sie hatte den Widerwillen gegen das Essen schon einmal überwunden, und das musste sie einfach wieder schaffen.

Sie erinnerte sich noch so gut an den Tag nach ihrer Entlassung. Sie hatte unter einer Wolldecke im Garten gesessen. Gefroren, obwohl Juli war. Ein Zitronenfalter war vorbeigeflattert, und die Bewegung hatte sie fasziniert. Die sonderbare Mischung aus willkürlichem Umherflattern und Zielstrebigkeit. Wenige Sekunden war er auf einer der Schattenlilien sitzen geblieben und dann davongeflogen. Um sie mit der Gewissheit zurückzulassen, Biologin werden zu wollen.

Alle anderen standen auf, also tat Lykke das auch. Offenbar durfte sie gehen, denn der Polizist brachte sie wieder zum Empfang. Die Anwältin hielt sie vor dem Revier an.

»Haben Sie noch Fragen?«

Lykke schüttelte den Kopf.

»Melden Sie sich, wenn noch etwas ist.«

Lykke nickte. Gerade konnte sie nicht sprechen. Die Anwältin drückte ihren Arm und ging dann zu ihrem Wagen. Kaum saß Lykke in ihrem Škoda, kamen auch schon die Tränen wegen allem, was ihr nicht gelungen war: Dass Roger sie liebte. Dass Thomas es tat. Eine Doktorandenstelle zu bekommen. Einen Sinn in ihrem Leben zu finden. Aber allem voran: Dass es ihr nicht gelungen war, Hugo zu sehen. Der Pfleger, der Jenny darauf ansprechen wollte, war nie zurückgekommen. Vielleicht hatte er gar nicht gefragt. Wenn Lykke selbst Kontakt aufnahm, würde Jenny ihr sicher auch vorwerfen, eine Stalkerin zu sein.

Das Schuldgefühl würde sie nie wieder loswerden. Vielleicht wäre alles anders ausgegangen, wenn Lykke geblieben wäre und mit Thomas gesprochen hätte, dort vor seinem Haus. Wenn sie nicht so unfassbar blöd gewesen wäre.

Ich wünschte, du wärst tot!

Wer sagte so was zu seinem eigenen Vater? Sie hatte ihn gefunden, aber fast sofort wieder verloren. Ihre letzte Erinnerung an ihn war, dass er ihr etwas hinterherbrüllte und hinter ihr herrannte. Dass er versuchte, ihre Tür aufzureißen. Das Bedürfnis, Hugo zu sehen, überwältigte sie. Den kleinen Menschen, mit dem sie einen Großteil ihrer Gene teilte. Lykke legte die Stirn ans Lenkrad. Wieso hatte sie so mit der Hand ausgeholt und ihn zu schlagen gedroht?

Die Anwältin hatte gesagt, sie könne sie bei der Klage gegen die Universität unterstützen. Dass mit ihrer Bewerbung vermutlich nicht rechtmäßig umgegangen worden war. Aber Lykke war nicht länger sicher, ob sie noch promovieren wollte. Sie wusste ja nicht mal, ob sie überhaupt wieder nach Uppsala zurückkehren wollte.

Dort würde es nicht leicht sein, Roger aus dem Weg zu gehen.

Lykke hob den Kopf und schaute sich im Rückspiegel an. Rieb an dem Abdruck, den das Lenkrad hinterlassen hatte. Die Anwältin hatte Vorbehalte, Roger anzuzeigen.

Wenn Sie ihn nicht geschlagen hätten …

Wenn sie ihn nicht geschlagen hätte, gäbe es vielleicht eine Chance. Aber wie hätte das gehen sollen? Sich von ihm erwürgen lassen? Vergewaltigen? Das war das Einzige, was Lykke der Polizei nicht gesagt hatte. Dass Roger in ihre Hose gefasst, seine Hand gegen ihre Vulva gepresst und dann gesagt hatte, dass er sie ein letztes Mal ficken würde.

Für Letzteres hatte er sich entschuldigt, vermutlich mehr aus Angst als irgendwelchen anderen Gründen.

Trotzdem hatte die Anwältin ihr geraten, die SMS von Roger zu behalten, falls sie ihn doch noch anzeigen wolle. Und bis die Ermittlungen zu Thomas' Tod abgeschlossen waren. Sie hatte versucht, Lykke zu beruhigen, hatte gesagt, wie offensichtlich es war, dass die Polizei im Dunkeln tappte und einfach nur irgendetwas finden wollte, das sie mit dem Mord in Verbindung brachte. Lykke ging die Nachrichten von Roger durch.

Das geht leider nicht. Ich muss noch so viele Klausuren korrigieren.

Das war einen Monat nach Vaxholm gewesen. Lykke hatte vorgeschlagen, noch ein Wochenende wegzufahren, weil sie sich so sehr nach der Geborgenheit sehnte, die sie dort erfahren hatte. Auch weil sie einen Unterschied in seinem Verhalten bemerkt hatte – er berührte sie anders, sah sie anders an. Danach hatten sich die Absagen gehäuft, und irgendwo im Inneren hatte sie schon kapiert, dass er sie nicht länger wollte, aber sie hatte es einfach nicht akzeptieren können. Und dann hatte sie seine Frau und sein Kind gesehen, und ihr war bewusst geworden, dass für ihn alles nur ein Spiel gewesen war. Damals, in dem Moment, hätte sie ihn wirklich töten wollen, und diese Erkenntnis machte ihr Angst.

Lykke war sicher, dass der Polizei das klar war. Und selbst wenn sie es gesagt hätte, wäre das auch keine Hilfe gewesen.

Sie hatte Thomas geschubst. Manchmal brauchte es nicht mehr, um einen Menschen zu töten.

Lykke war in Gedanken wieder in Vaxholm. Ging durch die malerischen Straßen spazieren. Aß das Dreigängemenü im *Hamnkrogen*. Saß Roger gegenüber, der ihr tief in die Augen blickte und sagte, dass er sie liebe. Spürte, was das in ihr auslöste. Und ihr war nicht klar, wie sie jemals wieder jemandem trauen sollte.

Sie startete den Wagen und fuhr los. Sie wollte nach Hause, nach Grönhögen. Zu den Schattenlilien und Schmetterlingen. Zum Meer.

Kaum zu Hause zog sie ihren Badeanzug an. Die Nährlösung im Krankenhaus und die Sauermilch vom Morgen bewirkten, dass die Kälte ihr nicht mehr so viel anhaben konnte. Sie fühlte sich dreckig und musste den Stress loswerden. Ins Badehandtuch gewickelt steuerte sie den steinigen Strand beim Haus an. Eigentlich hätte sie größere Lust, sich in die Tiefen des Kalkbruchs zu stürzen, aber das Wasser dort war noch kälter. Außerdem wollte sie gerade keinen Menschen sehen.

Nachdem sie das Handtuch abgelegt hatte, bewegte sie sich vorsichtig über die glatten Steine, und als es möglich war, schwamm sie. Geradeaus. Ließ sich unter die Wasseroberfläche sacken und machte ein paar kräftige Schwimmzüge. Hielt die Luft an, bis ihre Lunge zu platzen drohte.

Als Lykke wieder an die Oberfläche kam, bemerkte sie, dass sie nicht allein war. Etwa hundert Meter entfernt lag eine Robbe auf einem Felsen, den Kopf in ihre Richtung gedreht. Als sie Lykke entdeckte, glitt sie vom Felsen und verschwand.

Lykke verharrte reglos im Wasser. Spürte den Sog der dunklen Tiefe. Aber dorthin wollte sie nicht, also schwamm sie zurück ans Ufer.

Der letzte Tag

»Hugo!«, schreit Thomas.

Aus dem Augenwinkel sieht er, dass der Fahrer des Wagens über den Zaun in den Garten klettert. Die Angst ist vergleichbar mit der auf dem Spielplatz am Vormittag. Dass er Hugo verliert und damit Jenny unter die Augen treten muss. Hugo dreht sich zu ihm um, bewegt sich aber nicht von der Stelle.

»Nein!«, brüllt Thomas den Fahrer an. »Verdammt noch mal!«

Erst da schaut er richtig hin und erkennt, dass es Lykke ist. Sie bleibt wie angewurzelt stehen und starrt ihn wortlos an. Ihr Gesicht ist ganz verkniffen, wohl wegen seiner Worte.

»Entschuldigung«, sagt er.

Der ganze Stress, der in ihm wirbelt, lässt ihn krächzen. Er versteht sie nicht. Sie hat ihm doch geschrieben, aber als er anrief, wollte sie nicht mit ihm sprechen, und als er zu ihr gefahren ist, hat sie ihn angebrüllt. Weil er sich Natalie gegenüber wie ein Idiot verhalten hat. Sie hat geschrien, dass sie ihn hasst.

Dennoch: Sie ist seine Tochter. All das ist seine Schuld. Das alles ist passiert, weil er sie verlassen hat. Er würde nichts lieber tun, als zu ihr gehen und sie in die Arme nehmen.

Lykke macht ein paar Schritte auf Hugo zu, der immer noch auf der Rutsche liegt, wie aus Reflex protestiert Thomas. Der Blick, den er dafür von seiner Tochter erntet, ist so voller Wut, dass er kein Wort mehr herausbekommt.

»Verdammte Scheiße!«, schreit sie. »Auf mich hast du geschissen, aber ihn … Fahr zur Hölle mit deinem verkackten Kind.«

Sie macht ein paar schnelle Schritte vorwärts und hebt den Arm. Was zur Hölle hat sie vor? Will sie Hugo schlagen? Hugo sieht völlig verängstigt aus.

»Hör auf«, zischt Thomas.

»Ich hasse dich«, schluchzt Lykke.

Thomas eilt zu ihr, will sie trösten, doch Lykke stößt ihn fort.

»Ich wünschte, du wärst tot!«, brüllt sie. »Und nicht Mama.«

Der Stoß ist so heftig, dass Thomas rücklings stolpert und auf den Hintern knallt. Kurzzeitig geht ihm die Puste aus.

Lykke dreht sich um und rennt wieder zum Zaun.

»Warte!«, ruft Thomas.

Er klingt wütender als beabsichtigt, und natürlich hört Lykke nicht auf ihn. Sie klettert über den Zaun. Der Schock lässt nach, Thomas kommt auf die Beine und rennt hinter ihr her, doch sie sitzt schon am Steuer. Er will gerade den Türgriff packen, da macht der Wagen einen Satz zurück. Seine Hand gleitet über das Metall, und Thomas muss sich zur Seite werfen. Lykke fährt rückwärts um die Ecke und rauscht davon.

Sein Frust macht sich in einem Fluch Luft, und Hugo ahmt ihn nach. Es wäre so typisch, wenn das Erste, was ihr Sohn zur Begrüßung am Bahnsteig sagen würde, *verdammte Scheiße* wäre.

Sollte er Lykke folgen? Nein, das wäre zwecklos. Also kehrt Thomas zu Hugo zurück und nimmt ihn auf den Arm. Vergräbt seine Nase in dessen Haaren. Lykke wollte ihn nur provozieren mit dem erhobenen Arm, und wie immer war Thomas eine Enttäuschung.

»Dammte Scheise«, sagte Hugo kichernd.

Der Streit, in dessen Mitte er sich gerade noch befunden hatte, schien schon wieder vergessen.

»Ja«, stimmt Thomas ihm zu. »Verdammte Kackscheiße. Aber so was darf man absolut nicht sagen.«

Thomas trägt Hugo zur Treppe, holt dann das Tablett aus der Küche und reicht seinem Sohn eine Reiswaffel. Er nimmt sich auch eine, obwohl er keinen Hunger hat.

Die Begegnung mit Lykke hat ein Gefühl des Unwohlseins hinterlassen. Wie soll er nur mit ihr umgehen? Vielleicht ist es das Beste abzuwarten, bis sie von sich aus das nächste Mal auf ihn zukommt. Ihr Zeit zu geben. Dabei ist ja nicht mal klar, ob sie je wieder auf ihn zukommen wird. Thomas überlegt, ob er vielleicht einen Brief schreiben sollte, in dem er sich erklärt, aber Schreiben war noch nie sein Ding gewesen. Er bereut es nicht, Natalie verlassen zu haben, aber er hätte etwas dafür tun müssen, dass Lykke Teil seines Lebens blieb.

Aber wie hätte das laufen sollen? In den Jahren nach der Trennung von Natalie hat er nicht dazu getaugt, Vater zu sein. Erst jetzt begreift er, was er Natalie da angetan hat. Sie war jünger als er, und sie hat sicher andere Pläne gehabt, als sich um ein Baby zu kümmern. Sie hat davon gesprochen, nach New York zu gehen und dort in einer Bar zu arbeiten. Ein andermal hatte sie von Berlin geträumt. Um sich von dem schlechten Gewissen zu befreien, ruft Thomas sich in Erinnerung, dass Natalies

Eltern sie auf eine Weise unterstützt haben, zu der seine Eltern niemals bereit gewesen wären.

»Satt«, sagt Hugo und steht auf.

Er schwankt, als er die Stufen runtergehen will, und Thomas streckt die Hand aus, um ihn zu halten.

»Kann das«, protestiert sein Sohn.

»Ich weiß, dass du das kannst.«

Thomas schaut auf die Uhr. In gut drei Stunden muss er in Södra Möckleby sein, und ihm bleibt nichts anderes übrig: Er wird Hugo mitnehmen müssen. Wahrscheinlich würde die Nachbarin sogar auf ihn aufpassen, aber Thomas will sich keine Lüge ausdenken müssen, um zu verschleiern, was er vorhat. Außerdem möchte er Hugo mit dabeihaben, wenn er Jenny am Bahnhof abholt.

Vielleicht kann er ihr auf dem Rückweg von Lykke erzählen? Es wäre so viel schlimmer, wenn sie es allein herausfände. Da kommt ihm ein fürchterlicher Gedanke. Was, wenn Lykke schon Kontakt zu Jenny aufgenommen hat? Aber wieso sollte sie? Vielleicht, um ihr zu erzählen, was für ein Scheißkerl er gewesen ist.

Hugo ist unterwegs zum Gartentor.

»Warte«, sagt Thomas und eilt ihm nach. »Wohin willst du?«

»Kühe.«

»Nein, heute nicht.«

Hugos kleines Gesicht zieht sich zusammen.

»Willst du baden?«, fragt Thomas.

Sofort glätten sich seine Züge wieder, und er rennt zurück zum Haus. Hugo kommt so gerade an die Klinke, kann die Tür aber nicht allein öffnen.

»Bin schon da«, sagt Thomas.

Sein Handy klingelt, und es ist Karl. Thomas starrt den Namen auf dem Display an und weiß nicht, was er machen soll. Sofort ist die Wut über das zurück, was Karl getan hat, und die will er nicht zeigen, solange Hugo in der Nähe ist. Nicht noch mal. Schlimm genug, dass Hugo die Sache mit Lykke mitbekommen hat.

»Papa!«

Thomas öffnet die Tür und nimmt gleichzeitig das Gespräch an.

»Ich möchte mich entschuldigen«, sagt Karl.

Damit hat Thomas wirklich nicht gerechnet, und vor Verwunderung bleibt er erst mal still.

»Ich habe mich wie ein Idiot verhalten«, fährt sein Chef fort. »Ich sehe doch, wie viel Mühe du dir gibst.«

Thomas sagt noch immer nichts. Hugo zieht sich auf dem Weg ins Bad aus, und Thomas schiebt die Sachen mit dem Fuß vor sich her zum Wäschekorb. Er stellt das Wasser an und prüft, ob es die richtige Temperatur hat. Karl erzählt weiter, dass er und Madeleine sich große Sorgen um Selene machen, und Thomas hat keine Ahnung, worauf er hinauswill.

»Aber ich will dich nicht mit Selenes Depressionen belasten«, sagt Karl schließlich. »Mir ist bloß bewusst geworden, dass ich dich nicht für etwas bestrafen darf, das nicht deine Schuld ist. Der Grund meines Anrufs ist also, dass ich es mir anders überlegt habe.«

»Was genau meinst du?«

Er hört, was Karl sagt, aber es ist so, als wollte sein Verstand die Wörter nicht begreifen.

»Die Entscheidung, dich nicht länger zu beschäftigen, war

falsch. Deshalb habe ich beschlossen, dir noch eine Chance zu geben.«

»Dann habe ich meinen Job noch?«, fragt Thomas nach.

»Ja, genau.«

Ein paar Sekunden lang herrscht Stille, während die Neuigkeit sackt. Thomas fragt sich, woher Karls Sinneswandel kommt, aber er ist zu aufgeregt, um weiter darüber nachzudenken. Er wünscht sich, dass Karl noch mehr vor ihm zu Kreuze kriecht. Zugibt, wie feige und fies das gewesen war. Aber seine Wut verebbt schnell und weicht der Erleichterung.

»Danke«, sagt er. »Ich verspreche, dass du das nicht bereuen wirst.«

Thomas klemmt das Handy zwischen Ohr und Schulter, um Hugo in die Wanne zu heben.

»Das hoffe ich«, sagt Karl. »Ich werde mit meinen Kindern sprechen. Wir lösen das. Es sind ja noch ein paar Monate, bis deine Elternzeit vorbei ist.«

»Danke«, wiederholt Thomas.

Er legt auf, und der Stress fällt völlig von ihm ab, wandelt sich in blubbernde Freude, und er lacht laut. Das ist fast zu gut, um wahr zu sein, und er muss noch mal auf die Anrufliste schauen, um sich zu versichern, dass Karl tatsächlich angerufen hat. Er hat seinen Job noch. Er muss Jenny nicht erzählen, dass ihm gekündigt wurde. Hugo lacht mit ihm und greift nach den Quietscheenten, reißt sie zu sich ins Wasser.

Thomas nimmt sich eine der Enten und lässt sie quakend auf Hugo zuschwimmen. Verrückt, wie viel in seinem Leben sich doch zum Guten gewendet hat. Das hätte er noch vor wenigen Jahren nicht für möglich gehalten. Wenn er Jenny heute Abend abholt, will er ihr sagen, wie sehr er sie liebt. Wenn er so ansetzt, wird sie vermutlich darüber hinwegkommen zu erfahren, dass er eine Tochter hat. Thomas versteht, dass Lykke sich an ihm abarbeiten muss, aber diesmal wird er nicht aufgeben.

59

Sicher zum zehnten Mal drehte Hanna ihr Handy um und schaute aufs Display. Noch immer war keine Nachricht gekommen, also legte sie es wieder weg. Sie hatte vorhin angefangen, eine Nachricht an Isak zu schreiben, aber sie sofort wieder gelöscht. Was sollte sie denn auch schreiben, was nicht zu viel, aber auch nicht zu wenig war?

Hanna konzentrierte sich wieder auf den Bericht, den sie gerade verfassen sollte. Das *Waxholms hotell* hatte bestätigt, dass Roger Wasselius dort die Nacht vom neunzehnten auf den zwanzigsten April verbracht hatte, eine Auskunft über seine etwaige Gesellschaft hatte das Hotel jedoch nicht geben können. Allerdings wussten sie jetzt, dass Roger seine Frau angelogen hatte. Sie hatte ausgesagt, dass Roger beruflich bei einer Konferenz gewesen sei, doch laut Universität hatte es an dem Wochenende keine Konferenzen gegeben. Vermutlich hatte Lykke also die Wahrheit gesagt, was die Beziehung zu Roger Wasselius betraf.

Ove tauchte im Dienstzimmer auf.

»Zeit, mal ein bisschen Druck auf Mille Bergman auszuüben«, sagte er. »Wo ist Erik?«

»Er ist noch nicht aus der Mittagspause zurück.«

Erik war plötzlich aufgebrochen, weil ihm eingefallen war, dass sie Supriyas Lieblingswein nicht mehr zu Hause hatten. Der Flug aus Mumbai war verspätet gewesen, was ihren Aufenthalt in Frankfurt verkürzt hatte. Hanna wusste bedeutend mehr über ihren Flugplan, als ihr lieb war.

»Fahrt sofort los, sobald er wieder da ist.«

»Habt ihr noch mehr herausgefunden?«, fragte Hanna.

»Der Ermittler von der Zollbehörde hat mit dem Schweden gesprochen, der wegen Zigarettenschmuggels verurteilt worden ist«, sagte Ove. »Und der hat erzählt, dass er mit Mille Fußball gespielt hat.«

»Fußball?«

»Ja, aber das ist nicht das Wichtige an der Aussage. Während der eigentlichen Ermittlungen hat er bestritten, überhaupt nur zu wissen, wer Mille ist. Wir haben die Erlaubnis, Mille ein paar Tage lang zu beschatten. Morgen geht's los.«

Als Ove das Zimmer wieder verlassen hatte, versuchte Hanna, Mille Bergman zu erreichen, doch der ging nicht ans Telefon. Also wählte sie die Nummer des Tabakladens, wo besetzt war. Auch zehn Minuten später noch. Immerhin tauchte Erik auf, mit einer Tüte aus dem Alkoholgeschäft und einer vom Teeladen.

»Schokolade«, erklärte er, als er Hannas Blick sah. »Ich wollte auch was für Nila haben.«

»Wir müssen nach Öland fahren und Mille Bergman einen Besuch abstatten«, sagte sie und fasste kurz die Lage zusammen.

Erik nickte.

»Gern. Mir ist alles lieber, als hier zu hocken und auf die Uhr zu glotzen.«

Hanna schaute in die Ecke des Bildschirms: 13:08. In gut drei Stunden würden Supriya und Nila in Kalmar landen. Hanna griff nach ihrem Handy und spürte eine leichte Hoffnung, als sie es herumdrehte, obwohl sie genau wusste, dass keine Nachricht von Isak gekommen sein konnte, schließlich hatte sie die Lautstärke für Benachrichtigungen lauter gestellt. Erik gähnte, dass sein Kiefer knackte.

»Entschuldigung«, sagte er. »Der Schlafmangel lässt grüßen.«

»Ich fahre«, sagte Hanna.

»Gern.«

»Dann kannst du im Auto schlafen.«

»Ha, du willst doch nur, dass ich die Klappe halte.«

Im Wagen öffnete Erik die App, mit der er den Flug verfolgen konnte.

»Sie befinden sich in schwedischem Luftraum«, sagte er mit einem Lächeln. »Ich kann nicht fassen, dass ich sie so bald wiedersehen werde. Sechs Wochen. Völliger Wahnsinn, dass sie so lange weg waren.«

Er schaute aus dem Fenster, als würde er damit rechnen, das Flugzeug sehen zu können. Supriya und Nila hatten noch eine Zwischenlandung in Stockholm, bevor es nach Kalmar ging.

»Hast du mittlerweile deinen Bruder erreicht?«

»Nein.«

Hanna hatte weitere SMS geschickt. Wenn er sie weiter ignorierte, musste sie freinehmen und nach London fahren, um ihn zur Rede zu stellen. Eine andere Lösung sah sie gerade nicht. Ingrid hatte vorgeschlagen, sie könne ja noch einmal mit Esters Tochter sprechen, aber das war das Letzte, was Hanna wollte.

»Und gibt's was Neues von Isak?«

Hanna schüttelte den Kopf.

Weil es keinen freien Parkplatz beim Tabakladen gab, hielt Hanna auf dem Fahrradweg. An der Kasse stand derselbe junge Mann wie bei ihrem ersten Besuch. Er war am Telefon. Es klang, als würde er gerade eine Party planen.

»Mein Bruder wird zwanzig«, sagte er, als er aufgelegt hatte.

»Ist Mille Bergman da?«, fragte Hanna.

»Der ist gerade weg.«

»Wohin denn?«

»Zu Fribergs Immobilien.«

Hanna und Erik machten also gleich wieder kehrt und fuhren dorthin, doch der Einzige, den sie dort antrafen, war Karl. Er schaute auf, als sie hereinkamen, blieb aber an seinem Schreibtisch sitzen.

»Uns wurde gesagt, dass wir Mille Bergman hier finden«, sagte Hanna.

»Er und Selene sind grad raus.«

»Warum?«

»Keine Ahnung.« Karl seufzte und attackierte die Tastatur mit den Zeigefingern. »Sie hatten offenbar etwas zu besprechen, was ich nicht mitbekommen sollte.«

»Welche Schuhgröße haben Sie?«

»Dreiundvierzig«, sagte Karl, ohne vom Monitor aufzusehen.

An den Füßen trug er die gleichen polierten schwarzen Lederschuhe wie sein Sohn. Also verließen sie das Büro wieder. Draußen schaute Hanna sich um, konnte aber niemanden entdecken. Offenbar blieb ihnen nichts anderes übrig, als abzuwarten. Dabei mussten sie unbedingt Mille Bergman mit dem konfrontieren, was sie herausgefunden hatten.

»Sollen wir uns irgendwo hinsetzen?«, fragte Erik.

»Hast du schon wieder Hunger?«

»Ein bisschen. Gab nur ein Brot zu Mittag.«

Hanna ging wieder ins Maklerbüro und holte ein paar Bonbons. Alles, was sie dafür von Karl erntete, war ein gestresster Blick. Jetzt war auch Hektor da. Er musste auf der Toilette gewesen sein. Der Blick, den sie von Hektor bekam, war deutlich durchdringender. Als Hanna wieder rauskam, war Erik weg. Sie steckte die Bonbons in die Tasche und machte sich auf die Suche nach ihm. Ihr Handy piepste, und sie nahm an, dass es eine SMS von Erik war, doch sie kam von Isak:

Danke für einen superschönen Abend gestern. Auch auf die Gefahr hin, zu aufdringlich zu sein: Wollen wir uns heute wiedersehen?

Ja, antwortete Hanna sofort, damit sie keine Zeit zum Nachdenken hatte.

Super! Färjestaden? Ich könnte einen Tisch im Seasalt *reservieren. Für 19 Uhr?*

Hanna antwortete mit einem Daumen nach oben und musste darüber grinsen wie eine Idiotin. Kurz war sie wieder in seinen Armen, spürte seinen Bart an ihrer Wange kitzeln. Schon heute Abend würde sie Isak wiedersehen.

Sie bog um die Ecke und sah Eriks Rücken. Sie wollte gerade etwas sagen, als sie Stimmen hörte. Erik drehte sich zu ihr um und nickte.

Die Stimmen gehörten einem Mann und einer Frau. Es klang nach einem Streit, aber worum es ging, konnte man kaum verstehen, doch sie näherten sich.

»Hör auf zu lügen«, sagte der Mann.

»Ich lüge nicht.«

»Doch, ich kenne dich.«

»Und ich kenne dich.«

Sie waren fast auf ihrer Höhe, also machte Hanna einen Schritt vor und stieß fast mit ihnen zusammen.

»Hallo«, sagte sie.

Beide wirkten in gleichem Maße schockiert.

»Wir müssen mit Ihnen sprechen«, sagte sie an Mille gerichtet. Dann zu Selene: »Und wenn ich das richtig verstanden habe, auch mit Ihnen. Sie können ja solange im Büro auf uns warten.«

»Warum wollen Sie mit mir sprechen?«, fragte Mille.

»Ihr Name ist uns in einer alten Akte begegnet«, sagte Erik. »Da ging's um Zigarettenschmuggel. Machen Sie das noch?«

»Ich habe nie geschmuggelt«, sagte Mille. »Die sind bei mir eingebrochen.«

»Hat Thomas Zigaretten geschmuggelt?«

»Nicht, dass ich wüsste.«

»Wie oft spielen Sie Fußball?«, fragte Hanna.

»Einmal pro Woche. Warum?«

»Ich will auch damit anfangen. Mir scheint, dort kann man eine Menge interessanter Freunde finden.«

Mille funkelte sie an. Es war nicht zu übersehen, dass ihre Fragen ihn nervös machten. Er stritt nicht ab, dass er mit dem verurteilten Schweden Fußball gespielt hatte, behauptete aber, das wäre Zufall gewesen. Hanna hatte nicht mit einem Geständnis gerechnet, eigentlich hatten sie ihm nur die Information füttern wollen, dass sie eine mögliche Verbindung zwischen Thomas Ahlström und dem Zigarettenschmuggel sahen. Vielleicht würde Mille sich ja selbst verraten, schließlich würde er nun beschattet.

»Welche Schuhgröße haben Sie?«

»Vierundvierzig. Warum?«

Es war bedauerlich, dass sie nichts Genaues über den Schuh

wussten, nur dass es sich vermutlich um zweiundvierzig handelte, aber selbst mit der einwandfrei bestimmten Größe hätten sie niemanden ausschließen können. Sie mussten einfach den Schuh finden, von dem der Abdruck vorm Kamin stammte. Hanna schaute sich um, zeigte dann zu einem Blumenbeet.

»Würden Sie für uns dort einmal auf den Boden treten?«

Mille riss die Augen auf, und Hanna ging davon aus, dass er sich weigern würde. Aber er trat langsam an das Beet und drückte einen Schuh in die Erde. Das Muster war ganz anders als das in der Asche.

»Worüber lügt Selene denn?«, fragte Erik.

»Alles.«

»Könnten Sie das ein bisschen konkretisieren?«

»Sie war in Thomas verknallt, und – glauben Sie mir – ich weiß, wie sie dann ist. Nach unserer Trennung hat sie einen Stein durch mein Küchenfenster geschmissen. Sie hat mich ständig angerufen und mein Handy getrackt. Wenn Sie mich fragen, hat Selene ihn getötet. Davon bin ich überzeugt.«

60

Sie starrten Mille Bergman nach, der zu seinem Tabakladen eilte, als könnte er gar nicht schnell genug von ihnen wegkommen. Erik fand, dass er sich eindeutig wie jemand verhielt, der etwas zu verbergen hatte.

»Was denkst du?«, fragte Hanna.

»Dass er schuldig ist«, sagte Erik. »Dass er uns ganz bewusst auf eine andere Spur setzen will, indem er Selene ins Spiel bringt.«

»Vielleicht. Wäre ja ganz interessant, noch Selenes Perspektive zu hören.«

Als sie das Maklerbüro erneut betraten, saß Selene an ihrem Computer, doch im Gegensatz zu Karl stand sie sofort auf.

»Es ist sicher besser, wenn wir draußen sprechen«, sagte sie.

Karl warf ihnen kurz einen Blick zu, widmete sich aber dann wieder ganz seinem Bildschirm. Hektor kam aus der Küche und war sehr viel besser gekleidet als bei ihrer letzten Begegnung. Anzughose und Hemd statt Jogginghose und T-Shirt. Seine Aufmachung konnte jedoch nicht kaschieren, wie fertig er aussah. Vielleicht war er noch nicht wieder ganz gesund. Er eilte zu ihnen.

»Warum wollen Sie mit Selene sprechen?«, fragte er.

Selene legte ihm eine Hand an den Arm und schüttelte den Kopf. Das reichte aus, und er zog sich zurück.

»Worüber haben Sie und Mille geredet?«, fragte Erik, als sie auf der Straße waren.

Selene schaute sich besorgt um.

»Mille ist weg«, sagte Hanna. »Aber wenn Sie möchten, können wir auch im Wagen reden.«

Doch der Gedanke, sich in ein Polizeiauto zu setzen, machte Selene wohl nur noch nervöser.

»Wir haben über Thomas gesprochen«, sagte sie.

»Worüber genau?«

»Wie furchtbar wir es finden, dass er tot ist. Wir beide haben ihn wohl am besten gekannt. Also, abgesehen von Jenny vermutlich …«

»Was, glauben Sie, ist passiert?«, fragte Erik.

»Woher soll ich das wissen?«

»Wieso brauchte Thomas den Schlüssel?«, fragte Hanna.

Selene entfernte sich noch weiter vom Maklerbüro. Sie schüttelte verzweifelt den Kopf.

»Sie müssen sagen, was Sie wissen«, sagte Erik. »Wir ermitteln hier schließlich in einem Mordfall.«

»Aber ich habe doch schon gesagt, dass ich nichts weiß.«

Erik streckte eine Hand aus.

»Okay«, schrie Selene und wandte sich dann zum Büro. Deutlich leiser fuhr sie fort: »Ich glaube, dass Thomas irgendwas Gestohlenes im Haus versteckt hat.«

»Haben Sie darüber mit Mille gesprochen?«

»Ja. Aber er wurde total wütend. Hat gesagt, dass ich lüge.«

»Wie kommen Sie denn darauf?«, fragte Hanna.

»Ich habe hin und her überlegt, und das ist die einzige Erklärung, die ich finden konnte. Dass Mille ihn dazu überredet hat. Sonst hätte er so was niemals gemacht.«

Selene warf erneut einen Blick zum Maklerbüro, zuckte dann zusammen, als sie entdeckte, dass Hektor sie beobachtete.

»Fahren Sie fort«, sagte Erik. »Was wollten Sie noch sagen?«

»Ich glaube, Mille hat schon solche Dinger gedreht, als wir zusammen waren«, sagte Selene. »Deshalb hat das mit uns nicht geklappt.«

»Was hat Sie auf die Idee gebracht?«, fragte Hanna.

Ein Paar um die vierzig ging an ihnen vorbei Richtung Hafen. Das schöne Wetter kehrte allmählich zurück, und sofort waren viel mehr Menschen draußen unterwegs. Alle drei schauten dem Paar hinterher. Erst als sie weit genug weg waren, sprach Selene weiter.

»Er wurde des Öfteren angerufen und ist dann weggegangen, um das Gespräch anzunehmen. Erst dachte ich, er hat eine Affäre, aber er ist total ausgerastet, als ich ihn darauf angesprochen habe. Und einmal hat ihn so ein Typ besucht. Er hat gebrochen Englisch gesprochen und sah aus wie … wie so ein krimineller Osteuropäer, auch wenn man das vermutlich so nicht sagen darf.«

»Wann war das?«, fragte Erik.

»Im Herbst. November müsste es gewesen sein, das war noch bevor der Schnee kam.«

»Worüber haben sie gesprochen?«

»Keine Ahnung. Mille hat gesagt, ich soll gehen.«

»Ist Ihnen sonst noch was aufgefallen?«

»Ja, vorm Haus stand ein Auto.«

»Was für eins?«

»Ein recht kleines, dunkelblau. Ich weiß nicht, welche Marke, aber das Kennzeichen fing mit XL an. Mehr hab ich nicht gesehen, ich wollte so dringend dort weg.«

»Und wieso können Sie sich so genau daran erinnern?«, fragte Hanna. »Das ist jetzt fast ein Jahr her.«

»Mir war klar, dass da irgendwas nicht stimmt, und an XL erinnere ich mich, weil ich sofort an die Kleidergröße denken musste.«

Erik machte es ein bisschen wahnsinnig, dass Selene das alles nicht längst erzählt hatte, trotzdem war das endlich ein Durchbruch. Jetzt hatten sie noch eine Aussage, dass Mille und vermutlich auch Thomas in etwas Illegales verwickelt gewesen waren. Außerdem hatte Selene ihnen wichtige neue Hinweise geliefert.

»Ich habe Angst«, sagte Selene, die seine leise Frustration offenbar gespürt hatte. »Deshalb habe ich bisher nichts gesagt. Was, wenn mir jetzt was passiert?«

»Es ist gut, dass Sie uns das erzählen«, sagte Erik.

»Darf ich jetzt gehen?«, fragte Selene.

»Gleich«, sagte Hanna. »Mille hat behauptet, Sie wären in Thomas verliebt gewesen. Stimmt das?«

»Ja«, sagte Selene. »Also, na ja. Verliebt ist vielleicht ein bisschen übertrieben, aber Gefühle hatte ich schon für ihn. Trotzdem habe ich nichts versucht, er war schließlich verheiratet.«

»Laut Mille haben Sie die Trennung von ihm nicht so gut verkraftet.«

»Was meinen Sie?«

Selenes Wangen liefen feuerrot an.

»Stimmt es, dass Sie einen Stein durch sein Küchenfenster geworfen haben?«

»Ja«, sagte Selene.

»Er behauptet, dass Sie Thomas ermordet haben«, fuhr Hanna fort.

»Was? Nein! Er lügt!«

Die Röte breitete sich über ihr gesamtes Gesicht aus, und Selene atmete keuchend. Für einen Moment fürchtete Erik, dass sie wie Lykke zusammenbrechen würde, aber sie fing sich wieder.

»Er lügt«, sagte sie etwas ruhiger.

Sie ließen sie gehen, forderten sie aber auf, unbedingt erreichbar zu bleiben, falls sie weitere Fragen hatten. Erik schaute auf die Uhr.

»Wir müssen noch mal mit Mille sprechen«, sagte er. »Aber vielleicht kann das bis morgen warten? Wäre ja gut, wenn wir vorher etwas über das dunkelblaue Auto herausfinden könnten. Außerdem möchte ich nicht riskieren, zu spät beim Flughafen zu sein.«

»Willst du wirklich morgen arbeiten?«

»Ich gehe mal davon aus, dass die beiden sich sowieso erst mal gründlich ausschlafen werden«, sagte Erik. »Vormittags kann ich also definitiv vorbeikommen. Und bis Montag zu warten, fände ich zu lang.«

»Ich kann das sonst auch allein übernehmen«, sagte Hanna.

»Das ist keine gute Idee.«

»Ich bin ein großes Mädchen.«

Erik zögerte.

»Ich fahre«, sagte Hanna. »Dann kannst du Ove anrufen und ihm Bericht erstatten.«

Erik schilderte Ove die Lage und die neuen Erkenntnisse. Dass Mille und Selene sich praktisch gegenseitig beschuldigt hatten. Ihr Chef wollte sofort jemanden darauf ansetzen, den Wagen ausfindig zu machen, und jemand anderen, um Selenes Vergangenheit genauer zu prüfen.

»Wartet mit der nächsten Befragung bis morgen«, sagte er. »Er wird ja erst ab morgen beschattet.«

Sofort nach dem Auflegen rief er bei Mille an. Er ging nicht ans Handy, aber der Typ im Tabakladen reichte den Hörer gleich weiter.

»Was wollen Sie jetzt schon wieder?«, fragte Mille, als er verstanden hatte, wer dran war.

»Wir haben neue Hinweise bekommen«, sagte Erik. »Deshalb erwarten wir Sie morgen früh um neun zu einer Vernehmung auf dem Polizeirevier.«

»Was für Hinweise?«

»Das besprechen wir morgen.«

»Und wenn ich mich weigere?«

»Dann holen wir Sie.«

Mille knallte den Hörer auf die Gabel.

»Wir haben nicht genug Beweise«, sagte Hanna.

»Ich weiß«, sagte Erik. »Unsere größte Chance ist, ihn zum Reden zu bringen. Oder dass uns das mit dem Auto weiterbringt. Oder wir genug Druck ausüben, dass er sich verplappert.«

»Hältst du ihn für den Täter?«

»Das wäre zumindest wahrscheinlich. Oder jemand, für den sie gearbeitet haben. Aber ich glaube nicht, dass es Selene war.«

»Und was ist mit Lykke?«

»Nein«, sagte Erik. »Ich habe den Eindruck, dass sie bei dem letzten Gespräch endlich die ganze Wahrheit gesagt hat. Außerdem deutet ja nichts darauf hin, dass sie Thomas nach ihrem Streit bei ihm im Garten noch einmal wiedergesehen hat.«

Erik kam mit zum Revier, weil sein Wagen dort stand. Als er den Flughafen erreichte, musste er noch eine halbe Stunde totschlagen, bis die Landung angekündigt war. Also setzte er sich auf eine Bank und startete die Tetris-App auf dem Handy, um sich die Wartezeit erträglich zu machen. Aber er konnte sich nicht auf die bunten Klötze konzentrieren. Schon nach wenigen Minuten gab er auf und stellte sich an die große Fensterscheibe.

»Auf wen warten Sie?«, fragte die Frau neben ihm.

»Meine Frau und Tochter. Und Sie?«

»Ich werde endlich mein Enkelkind kennenlernen.«

Irgendwann wurde endlich der Flug von Stockholm angekündigt, und Erik legte die Hände gegen die Scheibe. Es kostete ihn große Mühe, nicht auch noch das Gesicht dagegenzupressen. Und dann fiel ihm auf, dass er sowohl Wein als auch Schokolade auf dem Revier vergessen hatte, worüber er am liebsten in Tränen ausgebrochen wäre.

Allmählich verließen die Leute das Flugzeug und steuerten die Ankunftshalle an. Er sah sie nicht. Und wenn sie doch nicht in Stockholm in den Flieger gestiegen waren? Als seine Panik schon fast aus dem Ruder zu laufen drohte, entdeckte er sie. Nila kam die Treppe herunter und winkte.

Sie wusste, dass er hier stehen und warten würde.

»Ist das Ihre Tochter?«, fragte die Frau.

»Ja.«

Und er konnte erkennen, wie sehr Nila sich beeilte. Dass auch sie Sehnsucht hatte. Supriya schien es nicht so eilig zu haben, aber vermutlich war sie einfach müde.

Endlich kamen sie herein, und er konnte seine Frau und seine Tochter wieder in die Arme schließen. Aus dem Augenwinkel sah er, dass die Frau vor einem etwa fünfjährigen Jungen stand und vorsichtig die Arme ausstreckte. Der Junge schien zu zögern. Da gab es definitiv eine Geschichte, aber gerade interessierte Erik sich nicht dafür.

»Himmel, was hab ich euch vermisst.«

61

Wieder auf dem Revier ging Hanna die Vernehmungsprotokolle und Berichte der Kriminaltechnik durch, die neu reingekommen waren. Nach dem Auto musste sie eigentlich nicht suchen, das hatte ja schon jemand anderes übernommen, aber sie machte es trotzdem: in den Berichten der Nachbarschaftsbefragungen und sonstigen Zeugenaussagen. Vor allem auch, weil sie einen Schritt zurückmachen und sich einen Überblick verschaffen wollte, um die Ermittlungen mit neuen Augen zu sehen. Auch sie glaubte nicht, dass Lykke ihren Vater ermordet hatte, aber sie war nicht ganz so überzeugt wie Erik, dass Thomas Ahlströms Tod mit dem Schmuggel zu tun hatte.

Sie musste an das denken, was Mille über Selene gesagt hatte. Es war ein bisschen auffällig, dass sie erst jetzt von dem blauen Wagen und ihrem Verdacht erzählt hatte.

Hanna rief bei Madeleine Friberg an, dem Familienmitglied, mit dem sie bisher am wenigsten gesprochen hatte.

»Erreichen Sie Karl gerade wieder nicht?«, fragte Madeleine. »Er hat versprochen, immer ans Telefon zu gehen, aber er arbeitet gerade wie ein Verrückter.«

»Eigentlich möchte ich mit Ihnen sprechen«, sagte Hanna.

»Mit mir?« Madeleine lachte nervös. »Warum?«

»Wie würden Sie die Beziehung zwischen Ihrer Tochter und Mille Bergman beschreiben?«

Madeleine blieb lange still.

»Sollten Sie das nicht lieber Selene direkt fragen?«

»Das habe ich schon«, sagte Hanna. »Und jetzt frage ich Sie.«

»Selene hatte immer Probleme in Beziehungen«, sagte Madeleine.

»Warum?«

»Weil sie regelmäßig Phasen hat, in denen es ihr nicht gut geht.«

»Gibt es eine Diagnose?«

»Wiederkehrende Depressionen.«

»Hat sie mit Ihnen über Thomas Ahlström gesprochen?«

»Da gab es keine Beziehung«, sagte Madeleine bestimmt.

»Das war auch nicht meine Frage. Ich möchte nur wissen, ob Selene mit Ihnen über Thomas gesprochen hat.«

»Langsam wird mir das unangenehm«, sagte Madeleine. »Wieso fragen Sie das alles?«

»Das kann ich leider nicht beantworten«, sagte Hanna.

Daraufhin rang sich Madeleine noch ein »dann tschüss« ab und legte auf.

Hanna wog kurz ab und entschied, sie erst mal in Ruhe zu lassen. Dann piepste ihr Handy. Erik hatte ein Selfie von sich und seiner Familie am Flughafen geschickt.

Supriya und Nila bedanken sich herzlich bei euch, dass ihr euch so gut um mich gekümmert habt.

Euch? Doch da fiel ihr auf, dass er die Nachricht an das gesamte Team geschickt hatte.

Kurz nach fünf gab Hanna auf. In zwei Stunden war sie mit

Isak in Färjestaden verabredet, und sie wollte vorher noch nach Hause und sich umziehen. Bei der Vorstellung, ihm schon so bald gegenüberzusitzen, wurde ihr ein bisschen schlecht. Worüber sollten sie sprechen? Sie war versucht, ihm doch abzusagen. Vielleicht könnte sie es auf die Ermittlungen schieben. Im Auto schaltete sie das Radio ein, um ihre Gedanken zu übertönen.

Als sie nach Kleva abbog, sah sie Ingrid am Straßenrand, die offenbar gerade einen ihrer Spaziergänge machte. Hanna hielt an und ließ die Scheibe runter. Erst da fiel ihr auf, wie laut das Radio war. Schnell stellte sie es aus.

»Was ist passiert?«, fragte Ingrid. »Du bist ganz blass.«

»Bin ich?«

»Ja. Ist was mit deinem Bruder?«

»Nein.« Hanna zögerte. »Ich habe ein Date.«

»Mit wem?«

»Das werde ich nicht beantworten.«

»Ich schätze mal, es handelt sich um Isak Aulin.«

»Wie kommst du denn darauf?«

Hanna war ehrlich schockiert, aber dann fiel ihr ein, dass Ingrid ihr vorgeschwärmt hatte, wie nett und attraktiv er war. Ingrid lachte nur und schüttelte den Kopf.

»Er ist ein guter Junge«, rief sie Hanna hinterher, die schon wieder weiterfuhr.

Zuerst sprang sie unter die Dusche, dann ging sie nach oben und stellte sich vor den Schrank. Wieso hatte sie auf dem Rückweg nicht beim Einkaufszentrum gehalten und sich einen Pulli gekauft? Sie hatte absolut nichts anzuziehen. Hanna holte eins der wenigen Kleider heraus, aber nachdem sie sich im Spiegel gesehen hatte, zog sie es schnell wieder aus. Ihr Körper war nicht für Kleider gemacht. Sie war einen Meter und fünfundachtzig groß. Durchtrainiert, klar, aber nicht unbedingt dünn. Also lief es zwangsläufig auf Jeans und eine Bluse hinaus. Sollte sie sich schminken? Hanna fand die kleine Kulturtasche im Badezimmerschrank. Die Wimperntusche war eingetrocknet, aber zumindest Lippenstift konnte sie auftragen. Sie starrte auf ihren hellroten Mund und hatte sofort wieder das Bedürfnis abzusagen.

»Jetzt reiß dich mal zusammen«, mahnte sie sich selbst.

Sie beschloss, mit dem Bus zu fahren, damit sie ein Glas Wein trinken konnte. Den schien sie brauchen zu können, um die Nerven zu beruhigen. Obwohl sie noch zwanzig Minuten hatte, zog Hanna ihre Schuhe an und ging zur Bushaltestelle. Manchmal war der Bus schließlich pünktlich.

Der Wind hatte nachgelassen, am Himmel waren nur noch wenige Quellwolken. Trotzdem bereute Hanna, keine Jacke mitgenommen zu haben. Gerade herrschten noch über zwanzig Grad, aber das wäre bei ihrer Rückkehr garantiert nicht mehr der Fall.

Hanna war allein an der Bushaltestelle, und ausnahmsweise machte ihr das etwas aus. Gegenüber stand ein roter Lada, der zum Pferdehof gehörte, und hinter ihr erstreckten sich die Felder. Ein Auto näherte sich, und instinktiv machte sie ein paar Schritte zurück. Versuchte, ihr rasendes Herz zu beruhigen. Aber der Wagen war weder zu schnell unterwegs noch hielt er auf sie zu. Der Fahrer schaute sie erstaunt an, als er vorbeifuhr. Wie lange würde diese Angst noch anhalten? Vermutlich bis sie herausfand, wer hinter dem Mordversuch steckte.

Als nur noch wenige Minuten bis zum planmäßigen Eintreffen des Busses verblieben, kam eine Jugendliche angerannt. Hanna wusste nicht mehr, wie sie hieß, kannte aber ihre Eltern. Sie nickten sich zum Gruß zu, aber das Mädchen lauschte aufmerksam dem, was in ihren großen Kopfhörern lief.

Die Abfahrtszeit verstrich, ohne dass ein Bus auftauchte. Hanna starrte die Straße hinunter. Sollte sie sich ein Taxi rufen? Aber das hatte ja auch erst noch eine Anfahrt. Schon wieder hätte sie liebend gern abgesagt, sich hinter einer ausgedachten Magen-Darm-Grippe versteckt. Sie schaute auf ihr Handy und konnte sich nicht entscheiden. Als sie wieder aufsah, waren die großen Scheinwerfer am Horizont zu erkennen.

Isak saß schon im *Seasalt*, als Hanna ankam, ganz rot im Gesicht vor lauter Stress. Er stand auf und umarmte sie. Er trug das gleiche Parfum wie am Vorabend, und sofort ließ ihre Anspannung etwas nach. Das musste die beruhigende Wirkung seines Moschusdufts sein.

»Schön, dich wiederzusehen.«

»Dito.«

Sie setzten sich, und Hanna schaute sich um. Vor allem, wer sonst noch da war. Die Einzigen, die sie kannte, waren eine Frau, die am Empfang des Reviers arbeitete, und ein Mann, den sie manchmal beim Supermarkt in Färjestaden sah.

»Wie laufen die Ermittlungen?«, fragte Isak.

»Mir ist jedes Thema recht, abgesehen von diesem.«

»Alles klar.«

Hanna schlug die Speisekarte auf und überflog die Gerichte.

»Ich nehme den Saibling«, sagte Isak.

Er war viel redseliger als beim letzten Mal und erinnerte fast an Erik, während er ihr kleine Vorträge über die anderen Gerichte hielt. War er genauso nervös wie sie? Oder war er das gestern gewesen, und heute war er eher er selbst? Hanna konnte nicht sicher sagen, wie sie das fand. An Erik hatte sie sich mittlerweile gewöhnt, den mochte sie sogar, aber er war ja nur ein Kollege.

»Ich nehme auch den Saibling«, sagte sie und klappte die Speisekarte zu.

Beide bestellten sie Weißwein zum Fisch.

»Warum bist du Polizistin geworden?«, fragte Isak. »Aber vielleicht möchtest du darüber auch nicht sprechen?«

»Doch, das ist schon okay«, sagte Hanna.

Gestern hatten sie gar nicht über ihre Berufe gesprochen. Ohne groß in die Details der letzten Wochen zu gehen, nachdem sie die Ermittlungsakte gelesen hatte, erzählte sie, dass es mit ihrem Vater zu tun gehabt hatte. Dass sie die andere Seite hatte wählen wollen. Dass sie dachte, mit ihrer Erfahrung könnte sie der Polizei nutzen.

»Und? Ist das so?«

»Ja, das würde ich schon sagen. Und selbst? Wieso bist du Lehrer geworden?«

Hanna wollte die Unterhaltung von sich weglenken. Die Wahrheit war schließlich, dass der Grund für ihre Entscheidung ins Wanken geraten war.

»Ich mag Kinder«, sagte Isak.

Die Trauer auf seinem Gesicht war nicht zu übersehen.

»Entschuldige«, sagte sie. »Ich wollte nicht …«

»Du, kein Problem.«

Die Stille zwischen ihnen wuchs und wuchs. Nach ein paar Minuten kam die Bedienung mit ihrer Bestellung.

»Sehr lecker«, sagte Isak.

Hanna stimmte zu, dabei war ihr flau. Ging ihnen schon jetzt der Gesprächsstoff aus? War das gestern nur Zufall gewesen?

Hanna schaute zu dem Paar am Nebentisch. Wie müde und schweigend sie aßen. Die Frau war um die fünfzig, der Mann etwas älter. Sie betrachtete wieder Isak mit seinen braunen Augen und dem Bart, der gestern an ihrer Wange gekitzelt hatte. Sie wusste so wenig über ihn, abgesehen von dem tragischen Zwischenfall, der sein Leben auf den Kopf gestellt hatte. Ihr Blick wurde mit einem Lächeln beantwortet, wodurch sie entdeckte, dass er ein Grübchen in der linken Wange hatte.

Drei Stunden später wusste Hanna nicht mehr, worüber sie sich überhaupt Sorgen gemacht hatte. Etwas hatte sich gelöst, und das Gespräch war nur so dahingesprudelt. Von Fernsehserien über Wanderwege durchs Alvar und die perfekte Parmesanreibe bis hin zu Menschen, die nervig waren, weil sie meinten, alles zu wissen.

Isaks Hand näherte sich ihrer, ihre Finger flochten sich wie von selbst ineinander. Die Berührung elektrisierte sie.

»Jetzt bin ich sicher wieder zu aufdringlich«, sagte er, »aber hättest du Lust, mich nach Hause zu begleiten?«

Der letzte Tag

Nach dem Bad setzt Thomas seinen Sohn vor dem Fernseher auf den Boden und geht in die Küche, um zu kochen. Die Uhr an der Mikrowelle verrät, dass die Zeit gerannt ist. Reste vom Kartoffelpüree und etwas Wurst müssen reichen. Der Stress macht ihn ungeschickt, und Thomas rutscht mit dem Messer ab, als er die Wurst schneidet.

»Verdammt«, zischt er und steckt sich den Finger in den Mund.

Er reißt ein Stück Küchenrolle ab, wickelt es um den Finger und verschwindet im Bad, um sich eins von Hugos Kinderpflastern zu holen. Das blutige Küchenpapier wirft er in den Müll und verarztet sich mit dem Pflaster. Die Wurst hat nichts abbekommen, also schneidet er noch ein paar Scheiben ab, die er dann anbrät.

Jammern aus dem Wohnzimmer lässt Thomas hineilen, doch es kommt nicht von Hugo, sondern aus dem Fernseher. Hugo ist völlig gebannt von den Zeichentrickfiguren. Das Handtuch, in das er gewickelt war, ist heruntergerutscht. Thomas schaut sich an Hugo fest, bis es nach angebrannter Wurst riecht. Die Scheiben sind auf einer Seite fast schwarz, also muss Thomas von vorn anfangen. Diesmal bleibt er am Herd. Dreht sich nur kurz weg, um zu decken. Als alles fertig ist, geht er Hugo holen.

»Jetzt wird gegessen«, sagt Thomas und schaltet den Fernseher aus.

Hugo protestiert, als er hochgehoben wird. Und er will absolut nicht in seinen Kinderstuhl.

»Was ist denn?«, fragt Thomas.

Er klingt viel zu genervt, und Hugo zuckt zusammen.

»Entschuldige«, flüstert er und drückt ihn an sich. »Entschuldige.«

Sein Handy klingelt, also nimmt er Hugo mit zur Arbeitsplatte, um zu gucken, wer es ist. Vielleicht Jenny, die mitteilen muss, dass ihr Zug sich verspätet. Aber es ist Selene. Warum ruft sie an? So gern er den Grund wüsste, er kann unmöglich drangehen. Was, wenn sie den Schlüssel zurückwill? Und gerade muss er nicht dringend mit ihr sprechen, weil er seinen Job ja schon zurückhat. Aber zu einem schicken Essen kann er sie ja trotzdem noch einladen, später. Sie müssen einen Weg finden, gut weiter zusammenarbeiten zu können, der für sie beide funktioniert.

Thomas setzt sich an den Küchentisch und behält Hugo auf dem Schoß. Es gelingt ihm, Hugo fast das gesamte Kartoffelpüree zu füttern inklusive aller Wurstscheiben, die er mit kleinen Ketchupklecksen verziert hat. Er selbst bekommt nichts runter. Eine Wurstscheibe fällt auf seine Jeans und hinterlässt einen Fleck.

Thomas steht auf und trägt Hugo zur Spüle, macht ein Stück Küchenpapier nass und säubert sein Gesicht, so gut es geht. Dann holt er saubere Sachen und zieht Hugo das rote T-Shirt an, das er so liebt. Die Hose verweigert er, also stopft Thomas sie in die Wickeltasche. Dann zieht er sich schnell selbst um und wirft einen Blick in den Spiegel. Jenny wird es gefallen, dass er extra die Leinenhose angezogen hat.

Mit Schrecken stellt er fest, wie spät es schon ist. Er muss sofort los, hat keine Zeit mehr, die Küche aufzuräumen. Das passt ihm gar nicht, aber wenn sie vom Bahnhof zurückkommen, will Jenny sicher erst mal Zeit mit Hugo verbringen, dann kann er hier immer noch klar Schiff machen. Und sobald Hugo schläft, kann sie sich mit einem Wein zu ihm in die Küche setzen und ihm Gesellschaft leisten. Er holt die vorbereitete Babyflasche für Hugo aus dem Kühlschrank und steckt sie in die Wickeltasche. Dann trägt er Hugo zum Auto und setzt ihn in den Kindersitz.

»Wir holen gleich Mama ab«, sagt er. »Ich muss nur vorher noch was erledigen.«

»Mama«, sagt Hugo fröhlich und schaut sich um, als würde sie im Auto auftauchen.

»Sie sitzt noch im Zug«, sagt Thomas.

»Zug«, wiederholt Hugo.

Vor ein paar Monaten sind Jenny und Hugo mit dem Zug nach Malmö gefahren, um Jennys Eltern zu besuchen, aber Thomas weiß, dass Hugo sich daran nicht erinnern kann. Er sieht ihm an, wie müde er ist, und Thomas will nichts lieber, als dass er einschläft. Dass er den ganzen Zwischenstopp in Södra Möckleby verpennt. Was für ein eigenartiger Tag, sowohl für ihn als auch seinen Sohn. Das Gespräch mit Karl hat immerhin eine der Sorgenwolken aufgelöst. Er hat einen Job, zu dem er nach seiner Elternzeit zurückkehren kann.

Thomas setzt rückwärts aus der Auffahrt zurück und wirft einen letzten Blick zum Haus. Es ist perfekt für sie, und sie hatten wirklich Glück. Er sehnt den nächsten Tag herbei. Dann beginnt sein neues Leben. Den Abend wird er mit Jenny genießen, sie nach Strich und Faden verwöhnen und ihr sagen, wie sehr er sie liebt. Wenn Hugo schläft, wird er ihr von Lykke erzählen und von dem, was er für Mille gemacht hat. Er wird ihr versprechen, nie wieder ein Gesetz zu brechen. Jenny wird ihn unterstützen. Das hat sie bisher immer getan, wieso sollte sie es plötzlich nicht mehr tun?

Es dauert nur zehn Minuten, bis Hugo eingeschlafen ist. Thomas sieht es als gutes Zeichen, als Rückenwind für seinen Entschluss.

Alles wird gut. Das muss es einfach.

Thomas will nicht bei dem Haus in Södra Möckleby vorfahren, will nicht, dass sein Sohn in der Nähe ist, falls etwas schiefgeht. Aber er kennt den perfekten Ort, um den Wagen abzustellen. Am Schotterweg, der zum Steinbruch führt, gibt es eine Art Komposthaufen, vielmehr eine kleine Müllhalde. Von dort ist man in wenigen Minuten beim Haus.

Bevor Thomas auf den Weg abbiegt, schaut er sich um, aber das einzige Lebewesen, das er entdecken kann, ist eine gesprenkelte Katze. Die Leute sind sicher noch beim Essen.

Thomas fährt so dicht an den Müllhaufen, wie er kann. Ein Vogel gleitet über das Roggenfeld. Das muss ein Raubvogel sein, aber Thomas weiß nicht, was für einer. Als er den Motor abstellt, schlägt ihm das Herz bis zum Hals. Es besteht die Gefahr, dass jemand vorbeikommt, während er weg ist. Aber der Wagen steht weit genug vom Weg entfernt, dass er vielleicht nicht sofort ins Auge springt. Die große Gefahr ist trotzdem nach wie vor nicht hier, sondern beim Haus.

Thomas holt die Flasche aus der Wickeltasche und legt sie

vorsichtig auf Hugos Schoß. Falls er wider Erwarten aufwacht und hungrig ist. Gerade schläft er tief und fest. Obwohl die Temperatur des Sommertags schon merklich nachgelassen hat, lässt Thomas vorn und hinten ein Fenster runter, damit ein leichter Durchzug entsteht. Leise schließt er die Autotür und betrachtet seinen schlafenden Sohn durch die Windschutzscheibe.

»Papa ist gleich wieder da«, flüstert er.

62

Sie stiegen ins Taxi, und plötzlich war es, als hätte Hanna das Sprachvermögen verloren. Auch Isak sagte nichts. Der Taxifahrer betrachtete sie amüsiert über den Rückspiegel, aber ausnahmsweise kümmerte sie das mal nicht. Sie legte die offene Hand auf die Rückbank zwischen sich und Isak, und Isaks Hand ließ nicht lange auf sich warten.

Sofort verschränkten sie ihre Finger. Wenn möglich, war diese Berührung noch elektrisierender als die im Restaurant.

Isak wohnte in Södra Näsby, ein Stück hinter Gårdby. Als das Taxi durch das Dorf fuhr, konnte Hanna an nichts als Isaks Hand in ihrer denken, an die Wärme seines Körpers. Und sie musste aus dem Fenster schauen, damit diese Wärme sie nicht schluckte.

Ihr früheres Elternhaus war eins der wenigen, in denen noch Licht brannte, trotzdem passte nur ein einziger Gedanke in ihren Kopf: Bald würde sie bei Isak sein. Bei ihm zu Hause.

Als sie aus dem Dorf fuhren, drängte sich die Dunkelheit dicht ans Taxi. Sie bogen einmal ab, zweimal, und dann hielten sie auf einem kleinen Schotterplatz. Die einzige Lichtquelle waren die Scheinwerfer des Taxis, die eine rote Scheunenwand anstrahlten.

»Ich habe offenbar vergessen, das Nachtlicht einzuschalten«, sagte Isak.

Sie purzelten aus dem Wagen, und Isak leuchtete ihnen mit der Handytaschenlampe, lotste sie auf den rabenschwarzen Hof. Ein Weg aus Kalksteinplatten führte über eine Wiese, in der die Grillen zirpten. Hanna konnte Nebengebäude und einen Obstbaum erahnen. Ein dunkler Zweig reckte sich nach ihr, und sofort keimte Angst auf. Isak ließ den Schlüssel fallen, als er aufschließen wollte, bückte sich schnell danach.

»Möchtest du irgendwas?«, fragte er im Flur. »Ein Glas Wein? Einen Tee?«

Hanna schüttelte den Kopf. Ihre Sprache war noch nicht zurückgekehrt, und sie würde auch nichts herunterbringen. Isaks Haus war in besserem Zustand als ihres, trotz all ihrer Bemühungen im Sommer. Er führte sie herum. In der Küche stand eine Küchenbank, die sie an die bei ihrer Oma erinnerte. Früher hatten die Menschen auf solchen Möbeln geschlafen. Es gab ein Ess- und ein Wohnzimmer, außerdem zwei Schlafzimmer. Hanna fragte sich, ob Isak hier mit seiner Partnerin gewohnt hatte, aber wollte es erst mal nicht in Erfahrung bringen. Im Wohnzimmer hing ein Foto von ihr an der Wand. Sie war blond und niedlich und vielleicht im vierten oder fünften Monat schwanger, Hanna konnte das immer so schlecht sagen.

»Das hätte ich vielleicht besser abgenommen.«

»Nein«, sagte Hanna.

Das erste und einzige Wort, das sie herausbrachte. Isak trat zu ihr, fuhr mit dem Finger den Bauch auf dem Bild nach.

»Ich habe seine Tritte gespürt, und es tut immer noch weh, dass ich ihn nie kennenlernen durfte. Um sie war es leichter zu trauern, einerseits. Andererseits …«

Hanna wusste nicht, was sie darauf sagen sollte. Sie hatte den starken Impuls, sich umzudrehen und zu fliehen. Was machte sie hier eigentlich? Dafür war sie nicht geschaffen.

»Komm«, sagte Isak und zog sie weg von dem Foto, zu einem der Schlafzimmer.

Seine Hand in ihrer löschte den Impuls. Sofort war ihr wieder so warm. Plötzlich fiel ihr auf, dass sie fast gar nicht mehr an Fabian gedacht hatte, und sie schob ihn schnell beiseite. Er sollte diesen Moment nicht zerstören.

Isak streckte den Arm aus und strich ihr den Pony aus der Stirn. Jetzt, dachte sie. Jetzt passiert es. Hanna machte einen Schritt auf ihn zu, ihre Lippen trafen sich. Nervosität und Sorgen verschwanden; was blieb, war Vorfreude. Hanna presste sich gegen ihn. Sie hatte das Gefühl zu glühen. Sie wollte mehr. Alles. Sofort. Ihre Hände wanderten über seinen Körper, wollten jeden Zentimeter ertasten.

Da klingelte ihr Handy. Eine spezielle Melodie, die sie extra ihm zugeordnet hatte, damit sie keinen seiner Anrufe verpasste.

»Verdammt«, sagte sie und ließ die Hände sinken. »Das ist mein Chef.«

Hanna hätte am liebsten geheult. Es war, wie es war, und Isak würde in diesem Moment begreifen, was es bedeutete, mit einer Polizistin zusammen zu sein. Das hier endete sicher, bevor es überhaupt angefangen hatte.

»Geh dran«, sagte Isak, als hätte sie eine Wahl.

»Störe ich?«, fragte Ove.

»Nein«, sagte Hanna und gab sich Mühe, dass man ihr die Enttäuschung nicht anhörte.

»Eine Nachbarin von Selene hat einen Streit gemeldet, der

wohl aus dem Ruder gelaufen ist. Ein Streifenwagen ist unterwegs, aber es wäre sicher gut, wenn ihr auch hinfahren würdet, Erik und du.«

Hanna hätte am liebsten abgelehnt, aber das ging ja schlecht. Selene hatte betont, dass sie Angst hatte, und Hanna hatte das nicht ernst genug genommen.

»Natürlich.«

Isak betrachtete sie mit seinen lieben braunen Augen.

»Du musst los, was?«, fragte er und legte den Kopf leicht schief.

»Ja, leider.«

Sie hätte glatt wieder weinen wollen, und Isak streichelte ihr über die Wange, woraufhin sie sich abwandte.

»Wohin?«, fragte er.

»Nach Färjestaden.«

»Ich kann dich fahren.«

Hanna schaute auf die Uhr. Es war fast drei Stunden her, dass sie den Wein getrunken hatten, insofern sollte das kein Problem darstellen. Zumindest für ihn. Trotzdem zögerte sie. War es so klug, sich von Isak in der Nähe eines potenziellen Tatorts absetzen zu lassen? Dann wiederum: Ein Taxi war keine Alternative. Darauf müsste sie ewig warten.

»Danke«, sagte sie. »Das ist wirklich nett.«

War dies die Strafe dafür, dass sie versuchte, es sich gut gehen zu lassen? Von Kleva aus brauchte sie nur zehn Minuten nach Färjestaden, von hier dauerte es doppelt so lang.

»Schon okay«, sagte Isak. »Wir machen ein andermal weiter.«

»Ja«, sagte sie, traute sich aber nicht, daran zu glauben, dass er das ernst meinte.

»Morgen vielleicht?«, fragte Isak.

Darüber musste sie gleich grinsen. Vielleicht war es ja doch nicht das Ende.

Als sie in die Rylgatan in Färjestaden bogen, war die Streife schon da. Und Erik auch. Hanna drückte Isaks Hand, bevor sie ausstieg, aber sie war zu gestresst, um die Wärme zu spüren. Erik schaute sie verwundert an.

»Ich dachte, du wärst schon da.«

Dann erblickte er den Wagen, der gerade zurücksetzte, um wieder zu fahren.

»Supriya und ich haben Nila gerade ins Bett gebracht. Ich hoffe, ihr wart schon weiter.«

Hanna schüttelte den Kopf, sie war zu verlegen, um darauf einzugehen.

»Weißt du schon was?«, fragte sie.

»Ich habe die Kollegen von unterwegs erreicht«, sagte Erik. »Selene hat einen ordentlichen Schlag gegen den Kopf bekommen. Der Rettungswagen ist unterwegs.«

»Wie schlimm steht es um sie?«

»Schwer zu sagen, aber sie konnte noch sprechen. Sie sagt, Mille hat sie angegriffen.«

Hanna und Erik betraten die Wohnung, die direkt von der Straße aus zugänglich war. Selene lag am Boden, und einer der Kollegen drückte ihr ein Küchenhandtuch gegen den Kopf. Es war blutdurchtränkt.

»Wie schlimm ist es?«, fragte Hanna.

Der Kollege schüttelte nur verkniffen den Kopf. Die Kante einer Kommode war blutig, und Hanna nahm an, dass Selene dort aufgekommen war.

»Und der Täter?«

»Mein Kollege sucht die Umgebung ab.«

Selene drehte den Kopf in ihre Richtung. Von der Bewegung musste sie würgen, ihr Gesicht war ganz blass und verschwitzt. Sie schloss kurz die Augen, dann schaute sie Hanna direkt mit blutunterlaufenen Augen an und presste mühsam hervor:

»Mille hat Thomas getötet.«

63

Hanna ging neben Selene in die Hocke und legte ihr eine Hand auf die Schulter.

»Was ist passiert?«

Ihre Atmung kam stoßweise, und Selene schloss wieder die Augen.

»Rufen Sie meinen Vater an«, keuchte sie. »Er soll herkommen.«

»Was ist passiert?«, wiederholte Hanna und schüttelte sie leicht.

Doch Selenes Körper erschlaffte, sie hatte das Bewusstsein verloren.

»Besser, ihr geht auch raus«, sagte der Polizist, der noch immer das Handtuch gegen Selenes Kopf drückte. Selbst er war blass und verschwitzt. Er war sicher noch nicht mal dreißig.

»Soll ich übernehmen?«, fragte Erik.

»Nein, helft lieber meinem Kollegen bei der Suche nach dem Täter.«

Aber Hanna wollte Selene nicht zurücklassen. Sie wollte bleiben, bis sie wusste, was passiert war und warum.

»Komm, Hanna«, sagte Erik, weil sie nicht aufstand.

Nach einem letzten Blick in Selenes Gesicht erhob Hanna

sich. Draußen vorm Haus rief sie bei Ove an und schilderte die Lage. Sie spähte in die Nacht. Die Dunkelheit wurde von einzelnen Lampen durchbrochen – weil Menschen sich fragten, was hier vorging. Eine blaue Tür öffnete sich in dem Laubengang schräg über ihr, und ein Mann im Bademantel trat heraus. Hanna winkte, dass er wieder reingehen solle, und nach kurzem Zögern tat er das auch. Ein weiterer Streifenwagen war nur noch wenige Minuten entfernt, aber Ove wollte noch mehr Verstärkung schicken. Und einen Wagen zu Selenes Eltern. Mille Bergman musste gefunden werden.

»Sollen wir uns der Suche anschließen?«, fragte Erik.

»Ja, aber nicht hier«, sagte sie. »Ove will, dass wir zuerst zu Mille fahren.«

Erik ging zu dem Zivilfahrzug, das er sich geholt hatte.

»Ist vielleicht besser, wenn ich fahre.«

Hanna ignorierte die Stichelei, die da mitschwang. Fast eine Minute lang schaffte es Erik, die Klappe zu halten.

»Hattet ihr es nett? Isak und du?«

»Ja«, sagte Hanna. »Könnten wir uns jetzt bitte auf die Arbeit konzentrieren?«

Normalerweise brauchte man nach Skogsby nicht länger als zehn Minuten, aber Erik blieb unter der erlaubten Höchstgeschwindigkeit. Schließlich wussten sie nicht, ob Mille mit dem Wagen bei Selene gewesen war. Deshalb suchten sie unterwegs auch die Strecke ab. Ein Schatten bewegte sich zwischen den Bäumen.

»Stopp!«, schrie Hanna.

Erik bremste, aber da war die Gestalt schon in den Kegel einer Straßenlaterne gefahren. Es war eine Frau, die gerade in den Ort abbog.

In Mille Bergmans Haus brannte kein Licht. Sie klopften an, ohne eine Reaktion zu bekommen, dann drehten sie eine Runde um das niedrige Backsteinreihenhaus. Milles Wagen war nirgendwo zu sehen, was Hanna sofort meldete.

»Ich würde sagen, ihr bleibt ein bisschen in Skogsby«, schlug Ove vor. »Es ist ja nicht völlig unwahrscheinlich, dass er noch nach Hause kommt.«

»Okay, dann verstecken wir uns, so gut es geht«, sagte Hanna.

Sie hatten auf dem kleinen Parkplatz oberhalb der Häuserreihe geparkt, und jetzt setzten sie sich wieder ins Auto und rückten so tief in den Sitzen hinunter wie möglich. Milles Haus war aus beiden Richtungen zu erreichen, also mussten sie die Straße komplett im Blick behalten, um ihn nicht zu verpassen. Im Laufe ihres Arbeitslebens hatte Hanna schon viele Stunden so in Autos verbracht, seit sie in Kalmar arbeitete, war es jedoch nicht mehr so oft vorgekommen.

Eine Bewegung ließ sie beide erstarren, doch es war nur ein älterer Mann, der die Straße entlangkam und nicht mal in ihre Richtung schaute. Eine halbe Stunde später war Mille immer noch nicht aufgekreuzt. Hannas Handy vibrierte. Eine SMS von Isak.

Wie läuft es?

Hanna dachte eine Weile nach, bevor sie antwortete: *Das wird leider noch die ganze Nacht dauern.*

»Vermisst er …«

Weiter kam Erik nicht, denn Ove rief an. Hanna schaltete gleich auf Lautsprecher.

»Ich habe einen Wagen zu Milles Eltern nach Färjestaden und einen zu seiner Schwester in Borgholm geschickt«, sagte Ove. »Fällt euch sonst noch jemand ein, wo er sein könnte?«

»Leider nicht«, sagte Hanna.

Nach dem Auflegen wollte sie nach Möglichkeit verhindern, dass Erik die Stille füllte, indem er schon wieder von Isak anfing.

»Sollen wir einfach mal bei Mille anrufen?«, fragte sie.

»Wäre das nicht zu riskant?«, fragte Erik. »Dann begreift er ja sofort, dass wir nach ihm suchen.«

»Ich gehe davon aus, dass er das bereits weiß, schließlich kommt er nicht nach Hause«, sagte Hanna. »Aber vermutlich hast du recht.«

Ein Wagen bog in die Straße ein und hielt vor einem der gegenüberliegenden Häuser. Der junge Mann, der ausstieg, war definitiv nicht Mille. Er trug einen Staubsauger, dessen Rohr mit Klebeband geflickt worden war.

»Was meinst du, was wollte Mille bei Selene?«, fragte Hanna.

»Vielleicht hatte er Angst, dass Selene ihn verpfeift«, sagte Erik. »Was unweigerlich bedeuten würde, dass er tatsächlich schuldig ist.«

»Aber wieso sollte er dann sagen, dass sie zu lügen aufhören soll?«

»Was hätte er sonst tun sollen? Zugeben, dass er Thomas ermordet hat? Er muss sich extrem von ihr unter Druck gesetzt gefühlt haben. Weil sie kapiert hat, was er da macht, und außerdem vermutlich noch jemanden gesehen hat, der involviert ist.«

»Ja, vielleicht«, sagte Hanna. »Oder aber Selene lügt, was Mille angeht.«

64

Verwirrt setzte Lykke sich im Bett auf. Irgendwas musste sie geweckt haben, sonst wurde sie nicht so plötzlich wach. Bloß was? Sie griff nach dem Vorhang und schaute hinaus, sah aber nur sternklaren Himmel.

Ihr Magen knurrte, und so würde sie unmöglich wieder einschlafen können. Also zog sie den Morgenmantel an, der über dem Stuhl hing, und stand auf. Sie durchquerte das angrenzende Schlafzimmer. Weil die meisten Gäste zwei Schlafzimmer wünschten, hatte sie auch hier Betten aufgestellt, aber sie selbst schlief lieber im hinteren Zimmer. Das war früher ihr Kinderzimmer gewesen.

Sie ging die gewundene Treppe hinunter. Neben der Haustür war ein Fenster, durch das man das Meer sehen konnte, und Lykke blieb stehen und schaute hinaus. Das Einzige, was die Wasseroberfläche störte, war der Wind.

In der Küche sah sie, dass sie nur eine gute Stunde geschlafen hatte. Es war gerade mal zwanzig nach elf. Sie kochte genug Wasser für eine Tasse grünen Tee, den sie in ihre Lieblingstasse goss. Am Nachmittag hatte sie sich gezwungen, in den Supermarkt zu gehen, und jetzt brach sie sich die reifste Banane ab.

Sie mochte keine braunen Bananen, deshalb nahm sie immer nur gelbgrüne mit. Sie schnitt die Banane in Scheiben, die sie langsam mit der Gabel aufspießte und in den Mund steckte. Es dauerte, aber schlussendlich hatte sie die ganze Banane gegessen.

Mit dem Sättigungsgefühl erwachte sofort die Angst in ihr. Sie musste unbedingt einen Weg finden, sie zu kontrollieren. Morgen würde sie sich in die Gartenarbeit stürzen und weiter nach einem Job suchen. Der Gedanke, nach Uppsala zurückzukehren, wurde immer unmöglicher. Wenn sie einen Job fand, konnte sie hierbleiben.

Lykke kehrte zurück ins Bett. Sie dachte an Hugo auf der Rutsche. Sie war nur einen Meter von ihm entfernt gewesen. Noch einen Schritt, dann hätte sie ihn berühren können. Als Lykke klein war, hatte sie ihrer Mutter in den Ohren gelegen, dass sie gern noch ein Geschwisterchen gehabt hätte. Damit hatte sie erst aufgehört, als sie begriffen hatte, wie traurig ihre Mutter davon wurde. Nachdem sie eine Weile in die Dunkelheit gestarrt hatte, griff sie zu ihrem Handy und schrieb eine SMS an Jenny:

Ich hoffe sehr, dass es Hugo gut geht. Es tut mir sehr leid, dass Thomas gestorben ist – für Hugo und für dich. Ich habe ihn ja nie wirklich kennengelernt.

Sie wollte noch mehr schreiben, fand aber keine passenden Worte. Dass sie Hugo gern einmal treffen würde. Dass ihr leidtat, wie alles zwischen ihr und Jenny gelaufen war. Zwischen ihr und Thomas. Und zwischen ihr und Hugo. Sie hätte nicht mit der Hand ausholen dürfen, nur weil sie wütend auf Thomas war. Es war ein kleiner Trost, dass Hugo sich daran nicht erinnern würde. Er war ja erst vierzehn Monate alt. Letzten Endes schickte Lykke die Nachricht, wie sie war.

Der Anruf von Jenny am Sonntag hatte sie schockiert, als sie erzählt hatte, dass Hugo und Thomas verschwunden waren. Zwei so aufwühlende Treffen, und dann endete der Tag mit dieser Nachricht. Erst hatte sie Angst bekommen, dass er sich das Leben genommen hatte, weil sie sich ihm gegenüber so schrecklich verhalten hatte. Dann, dass die Polizei das so drehen könnte, dass sie ihn getötet hatte.

Die Wut auf Roger keimte wieder auf, für alles, was er ihr genommen hatte. Wohin sie auch schaute, überall lauerten Schatten.

Nicht zu essen, löste rein gar nichts. Das hatte ihre vernünftige innere Stimme von Anfang an gesagt. Sie musste anfangen, auf sie zu hören.

65

In den letzten zehn Minuten war das Einzige, was sich vor dem Wagen bewegt hatte, ein Hase gewesen, der auf die Straße gehüpft und dann zwischen den Häusern verschwunden war.

»Ich glaube nicht, dass er noch kommt«, sagte Erik.

»Aber sicher können wir uns nicht sein«, erwiderte Hanna. »Deshalb müssen wir bleiben.«

Sie war fast die ganze Zeit am Handy, und er schätzte, dass sie sich mit Isak schrieb.

Erik seufzte und schaute zu einem der Fenster, in denen Licht brannte. Eine Küche, in der jemand offenbar etwas zu essen machte. Er wollte nichts lieber als nach Hause zu Supriya und Nila. Er hätte niemals zustimmen sollen, heute noch mal loszufahren. Kein Job der Welt war das wert.

Erst als er mit ihnen in die Wohnung gekommen war, hatte er wirklich begriffen, wie sehr sie ihm in den vorangegangenen Wochen gefehlt hatten. Und er hatte so großes Mitleid mit Jenny, weil Thomas nie wieder zu ihr zurückkehren würde. Weil sie von nun an mit Hugo allein war.

Erik hatte versucht, ihnen »Hakuna matata« auf der Gitarre vorzuspielen, aber er war so aufgedreht gewesen, dass man das

Lied fast nicht erkennen konnte. Gitarre war wohl trotz allem nicht sein Ding. Nila hatte sie ihm weggenommen, als er fertig war, und Supriya hatte vor Lachen fast geweint: *Mensch, musst du dich gelangweilt haben.*

Er hatte das Essen aufgewärmt, was er vorbereitet hatte, und es war so großartig gewesen, sich zusammen an den Tisch setzen und es gemeinsam essen zu können. Aus Nila sprudelten die Erlebnisse nur so heraus. Sie erzählte von Kühen, die mitten auf der Straße gelegen hatten, und die beige und dünn gewesen waren, aber ihre Hörner verziert. Von den Bäumen, unter denen man nicht entlanggehen sollte, damit einem keine Kokosnuss auf den Kopf fiel. Sie hatte jede Erinnerung geteilt, bis sie keine Luft mehr bekam. Während Supriya die Küche in Ordnung brachte, hatte Erik sich mit Nila aufs Sofa gekuschelt, weil sie einen Film schauen wollte, in dem Schwedisch gesprochen wurde. Wenn er die Augen schloss, konnte er sie noch immer riechen.

»Soll ich Ove anrufen?«, fragte Erik, als er die Sehnsucht nicht länger ertrug.

»Warten wir doch noch ein bisschen«, erwiderte Hanna.

Also starrte Erik weiter durch die Windschutzscheibe. Sein Handy vibrierte, eine Nachricht von Supriya. Dann war er nicht allein mit seiner Sehnsucht, ihm wurde ganz warm.

»Selene hat Depressionen«, sagte Hanna.

»Woher weißt du das?«

»Das hat ihre Mutter erwähnt.«

»Macht das irgendeinen Unterschied?«

»Vielleicht nicht, aber …«

Sie wurden durch einen Anruf von Ove unterbrochen, und Erik stellte sofort den Lautsprecher an, damit sie beide mithören konnten.

»Ich habe gerade mit dem Krankenhaus gesprochen«, sagte Ove. »Selene hat eine Hirnblutung, aber es sieht gut aus. Sie behalten sie zur Beobachtung dort, falls sie doch noch operiert werden muss.«

»Alles klar«, sagte Erik. »Und was machen wir jetzt?«

»Ihr könnt nach Hause fahren«, sagte Ove. »Ihr werdet abgelöst. Ein Wagen ist schon zu euch unterwegs. Aber es ist wirklich großer Mist, dass die Beschattung erst morgen losgeht. Am Montag müsst ihr unbedingt mit Selene sprechen, wenn sie dazu in der Lage ist.«

»Sind ihre Eltern bei ihr?«, fragte Hanna.

»Ja«, sagte Ove. »Wieso willst du das wissen?«

»Weil ich irgendwie das Gefühl nicht loswerde, dass wir etwas Wichtiges übersehen.«

»Was denn?«

»Keine Ahnung.«

»Fahr nach Hause und schlaf erst mal«, sagte Ove und legte auf.

Erik schaute sie an.

»Willst du drüber reden?«

»Eigentlich nicht«, sagte Hanna. »Ich weiß halt nicht genau, woher das Gefühl kommt.«

»Versuch's mal.«

»Wieso hat Mille Bergman Selene beschuldigt?«, sagte Hanna. »Und wieso war er bei ihr?«

»Aber darüber haben wir doch schon gesprochen. Vermutlich hatte er Angst, dass sie ihn verrät.«

»Aber wieso sollte er sie dann vorab beschuldigen?«, beharrte Hanna. »Das passt doch irgendwie nicht zusammen.«

Erik konnte einfach nicht mit ihr diskutieren. Das war doch

unzusammenhängendes Gefasel, vielleicht war sie einfach genauso müde wie er. Gerade wollte er einfach nur, dass die Ablöse kam, damit er nach Hause fahren konnte, um zu Supriya ins Bett zu kriechen.

»Wo soll ich dich nachher absetzen?«, fragte er.

»In Kleva«, sagte Hanna.

»Sicher?«

»Ja.«

Hannas Handy klingelte, und sie zeigte ihm das Display: Jenny Ahlström. Nach kurzem Zögern ging sie dran. Erik konnte nicht verstehen, was Jenny sagte, nur Hannas Reaktion.

»Bitte, beruhigen Sie sich doch. Was ist denn passiert?«

66

»Sie müssen herkommen«, flüsterte Jenny.

Ihre Stimme war belegt, vermutlich vom Weinen und vom Stress. Aber jetzt konnte man immerhin verstehen, was sie sagte.

»Was ist denn passiert?«, wiederholte Hanna.

Während laufender Ermittlungen war sie immer für Angehörige erreichbar, deshalb war sie ans Telefon gegangen, obwohl es Freitagabend und fast schon Mitternacht war. Sie hatte mit Verzweiflung gerechnet. Weil die Trauer sie eingeholt hatte. Aber es schien um etwas anderes zu gehen.

»Mille ist hier«, flüsterte Jenny.

»Ist er …«

Weiter kam Hanna nicht, weil Jenny aufgelegt hatte.

»Fahr«, sagte sie zu Erik.

Erik startete den Wagen und trat aufs Gas, wodurch er fast den Hasen erwischte, der sich wieder auf die Straße getraut hatte. Im Rückspiegel sah Hanna, wie er sich ins Gebüsch rettete. Sie erklärte Erik kurz, was Jenny gesagt hatte, und rief dann Ove an.

»Er schickt Verstärkung«, sagte sie. »Aber wir sind am nächsten dran.«

»Wie lange dauert die Fahrt?«, wollte Erik wissen.

»Halbe Stunde. Sollen wir tauschen?«

Erik beantwortete die Frage, indem er ausnahmsweise mal schneller fuhr als vorgegeben und das Blaulicht einschaltete. Hanna wagte es nicht, Jenny Ahlström anzurufen oder ihr eine SMS zu schicken, weil sie geflüstert hatte. Vielleicht wurden sie oder Hugo von Mille bedroht. Jenny hatte ihn schließlich wegen der Zigaretten zur Rede gestellt. Vielleicht war sie eine weitere Zeugin, die zum Schweigen gebracht werden musste. Aber das hieße, Hanna hätte sich in Selene getäuscht. Sie rammte die geballte Faust gegen die Autotür. Erik warf ihr einen Blick zu.

»Sorry«, sagte sie. »Die Wendungen in diesem Fall machen mich einfach wahnsinnig.«

»Jetzt haben wir ihn«, sagte Erik. »Versuch, es so zu sehen.«

Dabei hatten sie ihn ja noch gar nicht. Und dieser Fall durfte nicht damit enden, dass auch noch Jenny starb. Und Hugo.

Erik wurde langsamer, aber Hanna sagte, er solle lieber die nächste Straße nehmen, die Richtung Alby. Als Erik nach Osten aufs Alvar bog, musste er das Fernlicht einschalten. Es war stockduster. Aufgescheuchtes Wild stellte hier die größte Gefahr dar. Aber es gab auch Elche, und kürzlich war ein Autofahrer mit einem Damhirsch zusammengestoßen, allerdings im Norden der Insel. Sie erreichten die größere Straße, und Erik bog nach Süden ab. Er schaltete Blau- und Fernlicht aus, wurde aber nicht langsamer. Gerade herrschte so gut wie kein Verkehr. Erst in Hulterstad nahm Erik den Fuß vom Gaspedal. Vor der Zufahrt zum Haus der Ahlströms schaltete er auch die letzte Beleuchtung aus.

»Bist du bewaffnet?«, fragte Hanna.

»Ja, ich war schnell im Revier und habe meine Pistole geholt«, sagte Erik.

Immerhin hatte einer von ihnen eine Waffe dabei. Sie hatten ja keine Ahnung, was sie erwartete. Sie stiegen aus und gingen zum Haus. In der Küche brannte Licht, aber es sah nicht aus, als säße dort jemand am Tisch. Das Gartentor quietschte, als Hanna es öffnete, und sie erstarrte. Doch im Haus blieb alles ruhig.

Mit Handzeichen verständigten sie sich darauf, eine Runde ums Haus zu drehen. Gerade war es das Beste, wenn sie zusammenblieben. Durch das rückwärtige Fenster konnte Hanna ins Wohnzimmer schauen. Ein gebeugter Rücken auf dem Sofa. Mille. Er hatte die Hände vors Gesicht geschlagen. Auf den ersten Blick war er unbewaffnet, aber vielleicht lag eine Waffe direkt neben ihm auf dem Sofa. Es gab zu viele tote Winkel.

Wo waren Jenny und Hugo? Und Jennys Eltern? Waren die gar nicht mehr da? Hanna und Erik schlichen weiter. Beim nächsten Zimmer waren die Vorhänge vorgezogen. Es war vermutlich das Schlafzimmer, aber sie wusste es nicht, denn bei ihrem Besuch war die Tür geschlossen gewesen.

»Was machen wir jetzt?«, flüsterte sie.

Wie zur Antwort drang plötzlich Kindergebrüll durch die Wand.

»Scheiße«, murmelte Erik.

Doch Hanna war erleichtert über das Geräusch, denn es hieß, dass Hugo noch lebte. Ihr Handy vibrierte. In weiser Voraussicht hatte sie es leise gestellt. Es war eine SMS von Jenny:

Sind Sie bald da?

Wir stehen vorm Haus, schrieb Hanna. *Können wir reinkommen?*

Warten Sie.

Hanna zeigte Erik die Antwort. Langsam gingen sie zur Haustür. Aufgeregte Stimmen mischten sich zu dem Kindergeschrei.

Gedämpft, aber intensiv. Wörter ließen sich nicht heraushören. Was zur Hölle ging dort drin vor? Das Adrenalin rauschte ihr durch die Adern, und Hanna fiel es schwer stillzuhalten. Sie schickte Ove eine SMS, fragte, wie lang die Verstärkung noch brauchte.

Fünf Minuten, schrieb er.

Viel konnte in fünf Minuten passieren. Jenny hatte sie gebeten zu warten, bloß worauf?

Ist jemand verletzt?, schrieb Hanna an Jenny, doch es kam keine Antwort.

Ein paar vereinzelte Wörter schnappte sie auf: »Aufhören«, »nein«, dann verstummten die Stimmen. Hanna rannte zur Haustür. Sie ging auf, und Erik hob seine Waffe. Jenny trat mit Hugo auf dem Arm zu ihnen auf die Veranda. Ihr Gesicht war vom Weinen gerötet, aber insgesamt wirkte sie unversehrt. Sie zuckte zusammen und presste ihren Sohn noch fester an sich, als sie die Pistole sah.

»Er ist im Wohnzimmer«, sagte sie.

»Bleiben Sie hier«, wies Hanna sie an.

Jenny nickte.

Mille schaute auf, als sie das Zimmer betraten. Auch sein Gesicht sah verheult aus. Hanna suchte mit Blicken ihn und alles in seiner Nähe ab: das Sofa, den Couchtisch, den Boden … Eine Waffe konnte sie nicht entdecken.

»Sind Sie bewaffnet?«

»Nein.«

»Wieso sind Sie hier?«

»Ich wusste nicht, wohin«, sagte Mille. »Die ist doch total durchgeknallt.«

»Wer?«, fragte Erik.

»Selene. Verdammt! Ich wusste ja, dass mit ihr was nicht stimmt, aber dass es so krass ist …«

Dann ratterte eine ganze Salve von Schimpfwörtern runter.

»Was ist bei Selene passiert?«, fragte Hanna.

Mille schaute sie verzweifelt an.

»Ich hab so Schiss bekommen, als Sie meinten, dass es neue Hinweise gibt. Ich war so sicher, dass Selene mich ans Messer liefern wollte, deshalb bin ich zu ihr, damit sie es zugibt. Dass sie Thomas umgebracht hat. Ich habe das für die einzige Erklärung gehalten. Aber sie hat mir vorgeworfen, dass ich ihn ruiniert habe. Dass ich schuld bin, dass er tot ist. Da bin ich ausgerastet und hab sie geschlagen. Ich weiß, das hätte ich nicht tun sollen, aber ich hab Thomas nicht umgebracht.«

Erik machte einen Schritt auf ihn zu.

»Darüber sollten wir uns auf dem Revier ausführlicher unterhalten.«

»Ich erzähle Ihnen alles über den Zigarettenschmuggel«, sagte Mille. »Sollen die doch mit mir machen, was sie wollen. Mir ist jetzt alles egal. Ich hab Thomas da reingezogen, und er wollte aussteigen. Ich bin mit Oleg bei dem Haus angekommen, und ich schwöre … da war Thomas schon tot.«

67

Hanna stand mit Jenny und Hugo auf der Veranda. Das Blaulicht warf gespenstische Schatten in die Nacht. Erst nach Eintreffen der Verstärkung war es ihnen gelungen, Mille Bergman ins Auto zu verfrachten. Erik stand gegen den Wagen gelehnt da und wartete, doch Jenny wollte Hanna noch nicht gehen lassen.

»Mille hat Thomas nicht getötet«, sagte sie.

Hugo klammerte sich an sie, lehnte den Kopf gegen ihre Schulter. Mit großen, glänzenden Augen betrachtete er den Rettungswagen, der zum Glück nun gar nicht benötigt wurde. Laut Jenny hatte Mille sie weder verletzt noch überhaupt bedroht. Er war hergekommen, weil er verzweifelt war und Angst hatte, dass ihm der Mord angehängt würde. Nichts weiter. Der Grund, weshalb sie bei ihrem Anruf geflüstert hatte, war, dass Mille sie gebeten hatte, die Polizei nicht zu kontaktieren. Darum hatten sie auch gestritten.

»Mille kann es nicht gewesen sein«, fuhr Jenny fort. »Das ist einfach unmöglich. Es muss Selene gewesen sein. Ich hatte schon immer das Gefühl, dass mit ihr was nicht stimmt.«

Mille gab Selene die Schuld, Selene ihm, und es war unverkennbar, dass Jennys Aussage auf nichts weiter als Wunschdenken fußte. Sie wollte nicht, dass Thomas' Kindheitsfreund schuldig war. Gerade wusste Hanna nicht, was sie denken sollte. Sowohl Mille als auch Selene klangen sehr überzeugt. Die Müdigkeit machte den Körper schwer, jede Bewegung mühevoll. Vielleicht wollte sie auch selbst noch gar nicht gehen. Es fiel ihr nicht leicht, Jenny allein zu lassen, nach allem, was sowieso schon passiert war.

»Wo sind Ihre Eltern?«, fragte sie.

»Sie sind heute zurück nach Malmö gefahren«, sagte Jenny. »Sie haben mich zu nervös gemacht. Ich wollte mit Hugo allein sein.«

Der Rettungswagen schaltete das Blaulicht aus und fuhr davon. Vermutlich wurde er an anderer Stelle gebraucht. Einer der Streifenwagen war ebenfalls schon wieder fort, und die Besatzung des zweiten machte sich auch zur Abfahrt bereit, nachdem sie die wenigen Nachbarn aufgefordert hatten, in ihre Häuser zurückzukehren. Hanna nahm die erste Stufe, doch Jenny wollte sie immer noch nicht gehen lassen.

»Mille hat Thomas nicht getötet«, wiederholte sie.

»Ich höre, was Sie sagen«, erwiderte Hanna. »Wir klären, was passiert ist, und dafür müssen wir Mille auf die Wache mitnehmen. Hier können wir nicht mit ihm sprechen.«

Hugo wimmerte leise und streckte eine Hand zu Jennys Mund, als wollte er seine Mutter am Weiterreden hindern. Es war mitten in der Nacht, und der Körper des Kleinen schien nach Schlaf zu flehen. Jenny nahm seine Hand und nickte Hanna zu, dass sie nun gehen könnte. Sie selbst blieb auf der Veranda stehen und schaute ihr nach.

»Was ist der Plan?«, fragte Hanna, als sie Erik erreicht hatte.

Sie schaute auf die Rückbank. Mille hatte die Stirn gegen den Beifahrersitz gelehnt.

»Ove will, dass wir Mille festnehmen«, sagte Erik, »und dass wir ihn unterwegs befragen, wo er doch gerade so redselig ist. Und dass wir morgen, wenn irgend möglich, mit Selene sprechen.«

»Das klingt vernünftig«, sagte Hanna.

Sie mussten beide Versionen hören und sie dann einander und den Tatsachen gegenüberstellen. Herausfiltern, wer die Wahrheit sagte.

»Kannst du fahren?«, fragte Erik.

Statt einer Antwort begab sich Hanna schnurstracks zur Fahrertür. Kaum saßen sie im Wagen, lehnte Mille sich zurück und schaute zum Haus.

»Mir ist klar, wie das aussieht«, sagte er, »aber ich habe Thomas nicht umgebracht.«

»Wieso glauben Sie, dass es Selene war?«, fragte Erik und schnallte sich an.

»Weil sie nicht loslassen kann«, sagte Mille. »Sie hatte keine Chance bei Thomas, aber das konnte sie nicht akzeptieren. Außerdem hat sie ihm den Schlüssel gegeben.«

Bevor Hanna losfuhr, warf sie noch einen Blick zum Haus. Jenny war mit Hugo hineingegangen, aber Licht brannte noch immer. Sie nahm die nördliche Route Richtung Gårdby, obwohl das etwas länger dauern würde. Was Isak wohl gerade machte? Ob er schlief? An sie dachte?

»Wer ist Oleg?«, fragte Erik.

»Ich kenne nur seinen Vornamen«, sagte Mille. »Er ist Russe und der Einzige, mit dem ich bei der ganzen Sache Kontakt hatte.«

»Wie kam der Kontakt zustande?«

»Er hat mich mal bei meinem Bootshaus abgepasst und mir leichtes Geld versprochen.«

Mille schnaubte. Ein Paar silberweiße Augen starrten aus der Dunkelheit zum Wagen. In der nächsten Sekunde waren sie weg. Vermutlich ein Reh. Mille brauchte keine Ermunterung, um fortzufahren.

»Ich fasse es immer noch nicht, wie ich so blöd sein konnte. Nachdem das mit dem Bootshaus aufgeflogen war, wollte ich aufhören, aber Oleg hat das nicht zugelassen. Er hat mich gezwungen, eine andere Lösung zu finden. Also hab ich ihm gesagt, er soll die Ladung in einen Lieferwagen stecken, bis der Käufer kommt. Das hat auch funktioniert, bis eine ganze Ladung von der Polizei beschlagnahmt wurde.«

Sie kamen an der Abfahrt nach Södra Näsby vorbei, und sofort überfiel Hanna die Erinnerung an Isaks Körper. Wie sie sich aneinandergepresst hatten. Sie klammerte sich ans Steuer, während sich ihr Körper durch die Erinnerung arbeitete. Wieder fragte sie sich, was Isak wohl gerade machte, vielleicht sogar mit einer Spur Verzweiflung. Am liebsten hätte sie gewendet und wäre hingefahren, hätte diesen ganzen Mist mit Mille, den geschmuggelten Zigaretten und Selene vergessen, aber natürlich blieb sie auf der Straße nach Kalmar.

»Ich war verzweifelt«, sagte Mille. »Und ich hatte Angst. Deshalb hab ich Thomas um Hilfe gebeten. Wie dumm kann man sein?«

»Was ist in dem Haus in Södra Möckleby passiert?«, fragte Hanna.

»Thomas wollte wirklich aufhören«, sagte Mille. »Also hab ich das Oleg so weitergegeben, und er wollte mitkommen. Ich hatte Angst, dass er Thomas drohen würde, aber irgendwie kam es mir auch so vor, dass das die einzige Möglichkeit war, ihn aus der Nummer rauszukriegen. Ich habe Oleg überredet, mich erst mal allein ins Haus gehen zu lassen, und es war echt schrecklich … Ich kam rein, und da lag Thomas. Tot. Ich war völlig schockiert.«

»Was haben Sie dann gemacht?«

»Ich bin wieder raus und habe es Oleg erzählt.«

»Was haben Sie mit den Zigaretten gemacht?«

»Oleg hat mich gezwungen, sie über Nacht bei mir zu Hause zu lagern. Er kam dann morgens und hat sie abgeholt.«

»Wie kontaktieren Sie Oleg?«

Mille ratterte eine Handynummer runter, die Erik sofort in seinem Telefon speicherte. Vermutlich, um sie Ove weiterzuleiten. Mille tat alles, um sie zu überzeugen, und es war schwer, den Wahrheitsgehalt seiner Aussage zu beurteilen. Aber die Angaben zum Zigarettenschmuggel schienen glaubwürdig. Sie waren zu detailliert, es war unwahrscheinlich, dass er sich all das in diesem Zustand ausdenken konnte.

»Könnte Oleg Thomas getötet haben?«, fragte Erik.

»Sie meinen, dass er das gemacht hat, bevor wir hingefahren sind?«

»Ich meine gar nichts«, sagte Erik. »Ich möchte wissen, was Sie glauben.«

Mille schüttelte langsam den Kopf.

»Wie hat Oleg reagiert, als Sie wieder zu ihm in den Wagen gestiegen sind?«

»Er hat was auf Russisch gebrummelt und ist dann losgefahren.«

»Wie sind Sie ins Haus gekommen?«, fragte Hanna.

»Die Tür stand offen. Aber damit hatte ich gerechnet. Sieben Uhr war ausgemacht, aber wir waren eine Viertelstunde zu spät.«

Hanna hielt den Blick auf den Lichtkegel gerichtet, der sich durch die Nacht voranarbeitete. Die Gefahr drohte von beiden Seiten, aber sie sah keine weiteren silberweißen Augen. Sie glaubte Mille mehr als Selene, aber was, wenn beide die Wahrheit sagten? Oder vielmehr glaubten, die Wahrheit zu sagen? Vielleicht war trotz allem Oleg der Schuldige. Oder jemand anderes, der am Schmuggel beteiligt war. Mille hatte nach eigenen Angaben nur Kontakt mit Oleg gehabt, deshalb mussten sie bei ihm ansetzen.

Sie schaute zu Erik. »Finde Oleg«, formte sie mit den Lippen.

Erik nickte nur und hielt sein Handy hoch. Offenbar hatte er schon Ove darauf angesetzt.

SAMSTAG, 24. AUGUST

68

Als Erik nach dem Handy tastete, rutschte es vom Nachttisch. Er war erst in den frühen Morgenstunden nach Hause gekommen und hatte sich einen Wecker stellen müssen, weil er und Hanna heute hoffentlich ins Krankenhaus konnten, um Selene Friberg zu vernehmen. Supriya und Nila hatten geschlafen, als er hereingeschlichen war. Das hatte ihn traurig gestimmt, auch wenn er Supriya zuvor geschrieben hatte, dass es sicher sinnlos war, auf ihn zu warten.

Endlich bekam er das Handy zu fassen und konnte das Klingeln abstellen. Supriya kam mit einer Tasse Kaffee herein, und er setzte sich auf. Sie reichte ihm die Tasse.

»Danke, mein Schatz«, sagte er und lächelte.

Er trank einen großen Schluck und bemerkte im selben Moment, wie leise es in der Wohnung war.

»Wo ist Nila?«

»Bei Sally.«

Sally war Nilas einzige Freundin, die auch in Varvsholmen wohnte, und sie waren sogar in der gleichen Klasse in der Lindöskolan gelandet. Supriya setzte sich auf die Bettkante und schaute ihn ernst an. Erik stellte die Kaffeetasse weg und zog sie an sich.

»Es tut mir wirklich leid, dass ich auch heute ein paar Stunden arbeiten muss.«

»Das ist schon okay, mir ist klar, dass das dazugehört«, sagte Supriya.

»Was ist denn dann?«

Supriya löste sich aus seiner Umarmung, damit sie ihm in die Augen schauen konnte.

»Mir ist etwas bewusst geworden, als ich in Indien war. Und als ich für den Rückflug packen musste, wurde es nur noch deutlicher.«

Erik schluckte. Dann war seine Sorge also doch nicht unbegründet gewesen, ihre plötzliche Stille hatte etwas zu sagen gehabt. Er nickte ihr aufmunternd zu.

»Mir ist bewusst geworden, wie sehr ich mich nach zu Hause sehne.«

»Aber du bist doch zu Hause«, sagte Erik.

Er zog sie wieder an sich, und sie ließ es zu.

»Ja«, sagte Supriya, »aber Mumbai ist auch mein Zuhause.«

Sofort lief sein Hirn auf Hochtouren und suchte nach einer möglichen Lösung. Vielleicht konnten sie ja jedes Jahr nach Indien reisen. Aber das wären eine Menge unnötiger Flüge. Und eigentlich wollte er Schweden nicht noch einmal den Rücken kehren. Oder? In Indien konnte er nicht als Polizist arbeiten. Aber er war hauptsächlich Polizist geworden, weil das alle in seiner Familie waren. Vielleicht sollte er auch einen Berufswechsel anstreben wie sein Bruder? Allerdings mochte er seinen Job. Gerade wollte ihm nichts einfallen, was er sonst tun konnte. Verdammt. Musste sie ausgerechnet jetzt damit anfangen?

»Immer mit der Ruhe«, murmelte Supriya. »Ich sage ja nicht,

dass ich wieder nach Indien ziehen will. Nur, dass es schwer war abzureisen.«

»Wie war es denn, in Schweden anzukommen? War das auch schwer?«

Erik bereute seine Worte schon beim Aussprechen. Hart und nörgelig, genau wie Supriya es hasste. Sie riss sich von ihm los.

»Das war jetzt nicht nötig.«

»Ich weiß, entschuldige.«

Trotzdem blieb der Frust. Wieso hatte sie ihn ausgerechnet jetzt mit diesem Thema überfallen? Sein Handy vibrierte, und Erik nutzte es als Grund, das Gespräch zu beenden.

»Das ist sicher Hanna«, sagte er.

»In der Küche wartet Frühstück auf dich.«

Ohne ihn anzusehen, stand Supriya auf und verließ das Schlafzimmer. Hanna hatte ihm geschrieben, dass die Ärztin einer Vernehmung Selenes zugestimmt hatte. Sie war schon auf dem Revier, wollte noch kurz mit Ove sprechen, dann einen Wagen leihen und ihn abholen. In einer knappen Viertelstunde duschte Erik, zog sich an und aß ein Brot. Supriya hatte sich auf den Balkon zurückgezogen. Es war verlockend, einfach ohne einen Ton zu gehen, doch dann öffnete er trotzdem noch kurz die Tür.

»Wir sprechen später weiter«, sagte er.

»Ja«, antwortete sie, ohne den Blick vom Meer zu lösen.

Es war nicht zu übersehen, dass Supriya immer noch wütend war. *Und ich?*, wollte er brüllen. Aber er verließ einfach nur die Wohnung. Dafür hatte er gerade keine Zeit.

Hanna stand mit dem Wagen direkt vor der Tür, als er herauskam.

»Wartest du schon lange?«, fragte er.

»Vielleicht eine Minute«, sagte sie und startete.

»Gibt's was Neues?«

»Möglicherweise handelt es sich bei Milles Kontaktmann um Oleg Sokolow. Er ist der Bruder von einem der Russen, die wegen der Schmuggelaktion in Grönhögen verurteilt wurden. Ove schickt einen Wagen zu seiner letzten Meldeadresse. Ansonsten ist die Lage unverändert. Selene belastet Mille, Mille belastet Selene.«

Hanna betonte, wie überzeugt sie davon war, dass Selene log, aber Erik sah das anders. Der Mord hatte mit dem Zigarettenschmuggel zu tun, da war er sicher. Am wahrscheinlichsten war Thomas direkt nach Milles Ankunft gestorben. Unwillkürlich musste er wieder an das denken, was Supriya gesagt hatte. Was ihn am wütendsten machte, war, dass sie nicht die Wahrheit sagte. Wenn sie wirklich so fühlte, war es doch nur eine Frage der Zeit, bis sie wieder nach Indien ziehen wollte.

»Was ist los?«, fragte Hanna.

»Nichts. Ich bin nur müde. War eine lange Nacht.«

Hanna parkte vorm Krankenhaus und lotste sie anschließend in die richtige Abteilung. Der Flur war leer, aber aus den Zimmern kamen Geräusche: ein Husten, ein Gespräch über das Krankenhausessen, wie Erik vermutete, ein Scharren. Ein Mann kam aus einem der Zimmer und schob einen Tropf mit sich. Die Flüssigkeit in dem Beutel war kohlschwarz.

»Hier«, sagte Hanna.

Madeleine Friberg saß am Bett ihrer Tochter. Das andere Bett im Zimmer war leer. Selene lag unter einer gelben Decke, einen dicken Verband um den Kopf. Sie schien zu schlafen. Die Flüssigkeit in ihrem Tropf war durchsichtig.

»Sie ist völlig k.o., die Arme«, sagte Madeleine. »Das war alles ziemlich erschöpfend für sie.«

Sie streichelte über Selenes Arm. Hanna zog einen Stuhl heran und setzte sich zu ihr, Erik hielt sich im Hintergrund. Vor einer halben Stunde war Selene noch wach gewesen, und wenn sie Pech hatten, würde sie nun mehrere Stunden lang schlafen. Er wäre dafür, sie zu wecken.

»Ist Selene manchmal gewalttätig?«, fragte Hanna.

Madeleines streichelnde Hand erstarrte.

»Absolut nicht«, erwiderte sie.

»Nach der Trennung von Mille hat sie ein Fenster bei ihm eingeworfen«, fuhr Hanna fort. »Wie hat sie darauf reagiert, dass Thomas nichts von ihr wollte?«

»Hören Sie auf«, zischte Madeleine.

Erik konnte sich nicht erklären, wieso Hanna so hart vorging.

»Wir müssen mit Selene sprechen«, sagte er.

»Nein«, sagte Madeleine.

»Es tut mir sehr leid«, sagte Hanna in einem Tonfall, der deutlich machte, dass es ihr alles andere als leidtat. »Aber das ist nicht Ihre Entscheidung.«

Hanna streckte die Hand aus, um Selene zu berühren.

»Nein«, zischte Madeleine. »Ich kann Ihnen alles erzählen, was Sie wissen müssen.«

»Und das wäre?«, fragte Hanna.

Da änderte Erik seine Meinung. Glaubte plötzlich, dass er sich geirrt hatte und Selene doch die Schuldige war. Dass ihrer Mutter das alles klar geworden war. Vielleicht hatte Selene ihr den Mord sogar gestanden.

Nun aber schwieg Madeleine, streichelte nur weiter Selenes

Arm. Mit der anderen Hand wischte sie sich ein paar Tränen weg.

»Frau Friberg«, sagte Hanna jetzt in deutlich milderem Ton. »Sprechen Sie doch mit mir.«

Eriks Handy piepste, er hatte vergessen, es auf lautlos zu stellen.

»Entschuldigung«, murmelte er, doch es schien niemand sonst mitbekommen zu haben.

Eine SMS von Supriya, dass sie ihn liebte. Obwohl er ein Idiot war. Dito, antwortete er und schaltete dann schnell den Ton aus. Eigentlich hatten sie immer über alles sprechen können, aber der Gedanke daran, dass sie vielleicht wegziehen wollte, machte ihm eine Heidenangst.

»Sie irren sich«, sagte Madeleine. »Selene war es nicht. Sie hat mir schon Sonntag von dem Schlüssel erzählt, und ich habe sie davon überzeugt, dass auch Karl das wissen musste. Er war nicht im Schuppen am Sonntagabend. Er ist weggefahren.«

Erik konnte nur das Profil der beiden Frauen sehen. Eigentlich auch nur Hannas, weil Madeleine sich regelmäßig zu ihrer Tochter drehte.

»Ich weiß nicht, was er sich gedacht hat«, fuhr Madeleine fort. »Was er erreichen wollte, indem er hinfuhr und ihn dort konfrontierte.«

»Was wollen Sie uns eigentlich sagen?«, fragte Hanna.

»Es war Karl. Er hat Thomas getötet.«

69

Es war Karl. Er hat Thomas getötet.

Hanna wäre gern erleichtert gewesen, als sie diese Worte hörte, aber sie verstärkten ihre Müdigkeit nur. Sie sehnte sich nach Isak. Nach allem, nur nicht dem hier. Was hatte sie das satt – all den Tod, die Lügen und Familienkonflikte.

Gegen drei Uhr früh war sie in Kleva angekommen, hatte sich die Zahnbürste ein paarmal durch den Mund geschoben, sich die Treppe hochgeschleppt, sich ausgezogen und sich ins Bett fallen lassen. Kaum hatte sie sich zugedeckt, war sie auch schon eingeschlafen.

Knapp fünf Stunden später hatte der Handywecker sie aus ihren Träumen gerissen, und nachdem sie ihn ausgestellt hatte und zurück ins Kissen gesunken war, fragte sie sich, wie es wohl wäre, mit Isak neben sich aufzuwachen. Kaum hatte sie das gedacht, verkündete das Handy eine eingehende SMS: *Möchtest du heute zum Abendessen vorbeikommen?* Ohne zu zögern, antwortete sie: *Ja.*

»Wieso erzählen Sie uns erst jetzt, dass er weggefahren ist?«, fragte Hanna.

»Er ist mein Mann«, schluchzte Madeleine. »Ich wollte nicht, dass Sie ihn verdächtigen, falls ich falschlag.«

»Und wieso haben Sie Ihre Meinung geändert?«

»Weil Selene genug gelitten hat. Sie kann nicht mehr. Und dass Sie glauben … dass sie … Außerdem habe ich etwas gefunden …«

Madeleine musste so heftig weinen, dass sie nicht weitersprechen konnte.

»Was haben Sie gefunden?«, fragte Hanna, als das Schluchzen etwas nachgelassen hatte.

»Ich habe heute Morgen im Schuppen geputzt, und da hab ich einen Müllbeutel gefunden. Darin waren eine blutige Schaufel und Thomas' Handy.«

»Was haben Sie mit dem Müllbeutel gemacht?«

»Ich habe ihn liegen lassen, damit Karl nicht merkt, dass ich ihn gesehen habe.«

»Wieso hat er Thomas ermordet?«, fragte Hanna.

»Das weiß ich nicht«, antwortete Madeleine.

»Aber eine Vermutung haben Sie schon«, sagte Erik, der sich nicht länger im Hintergrund halten konnte.

Madeleine zuckte zusammen, als hätte sie vergessen, dass noch jemand im Zimmer war. Dann streichelte sie Selene über die Wange.

»Wegen dem, was Thomas unserer Tochter angetan hat«, sagte Madeleine. »Er spielt seit Monaten mit ihren Gefühlen. Und ich hatte Karl endlich so weit, dass er ihm kündigt.«

»Thomas war gekündigt worden?«, fragte Erik, und Hanna warf ihm einen irritierten Blick zu.

»Ja«, sagte Madeleine. »Aber als Thomas am Sonntag bei uns aufgekreuzt ist und um seinen Job gebettelt hat, ist Karl weich geworden. Er war schon immer ein Feigling. Thomas hat Selene ausgenutzt. Er hat ihr gedroht, damit sie ihm den Schlüssel gibt.«

Madeleine wurde immer lauter, und Selene wurde unruhig. Sofort verstummte Madeleine.

»Vielleicht reden wir draußen weiter«, sagte sie leise, nachdem ihre Tochter sich wieder beruhigt hatte.

»Das reicht erst mal«, sagte Erik. »Aber wir werden noch einmal mit Ihnen und Selene sprechen müssen.«

Madeleine nickte.

»Wissen Sie, wo Karl gerade ist?«, fragte Hanna.

Erst jetzt wollte sich eine gewisse Erleichterung einstellen. Karl, ja, ihn konnte sie sich als Täter vorstellen. Vielleicht hatte Selene ihn auch schon verdächtigt und deshalb so verzweifelt die Schuld auf Mille geschoben.

»Karl musste kurz ins Büro, aber er sollte bald zurück sein.« Madeleines Gesicht verzog sich, und sie riss die Hand vor den Mund. »Er hat ja keine Ahnung, dass ich es weiß, aber ich musste es erzählen. Für Selene. Für Hektor.«

Ja, Lügen belasteten und zerstörten. Das hatte Hanna durch ihren Job wieder und wieder erlebt. Und im Privaten? Sie hatte ja gedacht, sie hätte die Wahrheit gekannt.

Verdammter Kristoffer.

Vor dem Zimmer blieb Hanna stehen. Bevor sie sich auf die Suche nach Karl machten, brauchte sie eine kurze Pause von der Angst dort drinnen. Und sie musste die aufkeimende Wut unterdrücken. Lars hatte ihr in seinen grünen Anstaltsklamotten in einem bewachten Besuchsraum gegenübergesessen und ihr nicht in die Augen schauen können. Sie hatte das als Schuldeingeständnis gewertet.

»Unfassbar«, sagte Erik.

Hanna nickte und rief Ove an. Er brummelte über die Wendung, die die Ermittlungen schon wieder genommen hatten, aber wollte sofort Kontakt zur Staatsanwaltschaft aufnehmen und einen Durchsuchungsbeschluss für das Haus der Fribergs erwirken.

»Sollen wir Karl anrufen?«, fragte Hanna.

Am liebsten wollte sie ihn ohne Vorwarnung einsammeln, aber das ging ja nur, wenn sie wussten, wo er war. Natürlich konnten sie auch direkt zum Maklerbüro fahren, doch dann bestand die Gefahr, dass sie einander genau verpassten.

Erik kam nicht dazu, etwas zu erwidern, denn die Aufzugtüren gingen auf und heraus traten Karl Friberg und sein Sohn Hektor. Karl war fürs Büro gekleidet, Hektor trug Jeans und ein T-Shirt. Er hatte eine Pralinenschachtel und einen Blumenstrauß dabei. Karl blieb stehen, als er sie sah. Für einen Augenblick rechnete Hanna damit, dass er wieder in den Aufzug springen würde, doch er kam weiter auf sie zu.

»Haben Sie mit Selene gesprochen?«, fragte er.

»Nein«, sagte Erik. »Aber mit Ihrer Frau, und jetzt müssten wir auch mal mit Ihnen reden.«

»Aha«, sagte Karl.

»Sie können reingehen«, sagte Hanna zu Hektor.

Hektor schaute fragend zu seinem Vater, und erst als dieser nickte, öffnete er die Tür zu Selenes Zimmer.

»Worüber möchten Sie mit mir sprechen?«, fragte Karl.

»Das klären wir besser auf dem Revier.«

Eine Krankenschwester kam vorbei, wodurch das Gespräch kurz zum Erliegen kam.

»Ich bin hier, um meine Tochter zu besuchen«, sagte Karl. »Sie wurde letzte Nacht angegriffen.«

Er machte einen Schritt auf die Tür zu, doch Erik hielt ihn am Arm fest.

»Sie werden uns begleiten müssen«, sagte er.

Da flog die Tür auf, und Hektor sprang mit hochrotem Kopf heraus.

»Du Scheißkerl!«, brüllte er. »Wie kannst du Mama das antun? Wie kannst du uns das antun?«

Bevor irgendwer reagieren konnte, hatte er die Hände um Karls Hals gelegt. Hanna und Erik griffen je einen seiner Arme. Mehrere Türen flogen auf, Krankenhauspersonal kam angerannt. Jemand zerrte an Hanna.

»Treten Sie verdammt noch mal zurück!«, brüllte sie. »Wir sind von der Polizei.«

Die Menschen stoben auseinander. Karl hatte den Mund weit aufgerissen, bekam aber keine Luft. Seine Gesichtsfarbe wandelte sich von rot zu blau, dann hingen die Arme nur noch schlaff zu beiden Seiten.

»Hektor!«, schrie Erik.

Aber Hektors ganze Konzentration war auf seinen Vater gerichtet. Irgendwann bekamen sie ihn endlich von Karl los, und Erik brüllte ihn an, er solle wieder ins Zimmer zu seiner Schwester gehen. Karl beugte sich vor und hustete. Er zitterte am ganzen Körper, öffnete den Mund, um etwas zu sagen, doch es kam kein Laut heraus.

Sie stellten ihn auf die Beine und brachten ihn durch den Flur voller neugieriger Augenpaare bis zum Aufzug. Ein gestresster Arzt stieg mit ihnen ein, doch Erik zeigte seine Dienstmarke und bat ihn, wieder hinauszugehen.

»Sie sind wegen Mordes an Thomas Ahlström verhaftet«, sagte Erik, als die Türen sich geschlossen hatten.

»Wie bitte? Nein!«

Karl trat zurück, knallte gegen den Liftspiegel und schaute sich gehetzt um.

»Selene hat Ihnen schon Sonntag erzählt, dass sie Thomas den Schlüssel gegeben hat«, sagte Hanna.

»Nein, nein, nein …«

»Und Sie waren Sonntagabend nicht zu Hause«, fuhr Hanna fort. »Was haben Sie gemacht, nachdem Sie den Schuppen verlassen hatten?«

Karl musste sich gegen die Wand stützen.

»Ich war den ganzen Abend lang im Schuppen«, sagte er. »Wer behauptet, dass ich weg war?«

Bevor sie antworten konnten, schien er es selbst zu begreifen.

»Ich möchte mit Madeleine sprechen.«

»Das kann ja gut sein, ist aber gerade nicht möglich.«

»Sie können mich nicht daran hindern, mit meiner Frau zu sprechen.«

Karl streckte eine Hand zu den Stockwerkknöpfen aus, doch Erik stoppte ihn.

»Waren Sie in dem Haus in Södra Möckleby?«, fragte er.

»Nein, war ich nicht.«

Wieder versuchte er, einen der Knöpfe zu drücken, und diesmal wehrte Erik ihn härter ab.

»Was ist passiert, als Sie beim Haus ankamen?«, fragte Hanna.

Karl starrte die Aufzugstüren an, bis sie sich öffneten.

»Ich sage kein Wort mehr ohne meinen Anwalt.«

Die letzten Minuten

Bevor er das Grundstück betritt, schaut er sich um. Ein Stück weiter die Straße hinauf wird eine Haustür geöffnet, also bleibt er stehen. Im lauen Spätsommerabend hallt noch ein fröhliches Lachen nach. Die hohen Hecken versperren die Sicht, aber durch eine Lücke sieht er eine Frau mit langen dunklen Haaren in einem geblümten Sommerkleid. Sie wirft eine zugeknotete Tüte in die Mülltonne. Der grüne Deckel schlägt zu, und sein Herzschlag beschleunigt sich, als sie sich umdreht, um zurückzugehen. Kurz glaubt er, sie hat ihn entdeckt, weil sie innehält und genau in seine Richtung schaut. Dann schüttelt sie den Kopf und verschwindet hinter der Hecke.

Erst als die Frau wieder im Haus ist, wagt er es, sich zu bewegen. Nach ein paar wenigen leisen Schritten steht er vor der Tür. Der Schlüssel hakelt, und sofort glaubt er, Selene habe ihm bewusst den falschen mitgegeben. Ihm wird schlecht. Wie sehr er sich dafür hasst, dass er sich in diese Scheiße hat reinziehen lassen, nur weil er nicht Nein sagen kann. Weil er nett sein will.

So kann das nicht weitergehen. Er muss damit aufhören, Hugo zuliebe.

Endlich bekommt er das Schloss auf, kann die Tür öffnen. Er

tastet nach dem Lichtschalter. Die Glühbirne im Flur geht an, flackert, geht wieder aus.

Verdammt.

Die Zeit sitzt ihm im Nacken, aber das hier sollte nicht länger als eine Viertelstunde dauern. Dann kann er das Haus verlassen, zu seinem Wagen zurückkehren und nach Hause fahren.

Ohne die Schuhe auszuziehen, geht er am Kamin vorbei in die Küche, drückt dort auf den Lichtschalter. Aber in der Küche gibt es offenbar nicht mal eine Lampe. Er wirft einen Blick auf die Uhr – 18.57 – und weiß nicht, was er mit der Zeit anfangen soll. Mit einem Seufzer setzt er sich auf den Boden und umklammert seine Beine. Vielleicht sollte er doch einfach sofort abhauen. Aber das traut er sich nicht.

Schon ein paar Minuten später öffnet sich die Haustür, und Thomas steht so schnell auf, dass ihm schwindelig wird. Er muss sich an der Wand abstützen, dann geht er schwankend in den Flur.

»Wir müssen uns beeilen«, sagt er. »Ich muss weg.«

Verwundert bleibt er stehen und starrt den Menschen an, der vor ihm steht.

»Was machst du denn hier?«

Die Verwunderung weicht Panik, denn sein Hirn kann die vielen Informationen, die auf ihn einströmen, nicht verarbeiten. Die Wut auf dem Gesicht vor ihm. Die Entschlossenheit. Warum? Aus Angst schlägt ihm das Herz bis zum Hals, sein Gesichtsfeld schrumpft. Er hat nur einen einzigen glasklaren Gedanken: *Bitte, hilf mir doch jemand.*

»Gib mir den Schlüssel«, zischt Madeleine.

Instinktiv weicht Thomas einen Schritt zurück, will fort von dieser Wut, die kurz vorm Überkochen ist.

»Wie konnte Karl nur so dumm sein und dir noch eine Chance geben?«, fährt Madeleine fort. »Er hätte auf mich hören sollen.«

Die Panik will nicht weichen, egal wie sehr Thomas dagegen ankämpft. Mille könnte jede Sekunde hier aufkreuzen, und Thomas sieht überhaupt keinen Ausweg. Dann hatte Selene vorhin wohl angerufen, um ihn zu warnen. Madeleine konnte doch nur von ihr von dem Schlüssel erfahren haben. Wieso ist er nicht drangegangen? Was ist er doch für ein Idiot!

»Wie konntest du Selene das antun?«

Madeleine geifert richtig beim Sprechen, aber Thomas kann sie nur stumm anglotzen.

»Du weißt doch, wie verletzlich sie ist. Und du hast das ausgenutzt, du verdammter Mistkerl.«

Erst da lässt der Schock so weit nach, dass Thomas sprechen kann.

»Ich weiß, dass ich sie nicht um den Schlüssel hätte bitten sollen.«

»Bitten? Du hast sie gezwungen! So verdammt feige und krank, sich an jemandem wie ihr zu vergehen. Ist dir eigentlich klar, wie schlecht es ihr jetzt geht?«

Thomas kann ihr nicht folgen. Er hat Selene kein bisschen gezwungen, aber dann versteht er, dass sie ihre Mutter angelogen haben muss. Natürlich hat sie sich nicht getraut, ihrer Mutter die Wahrheit zu sagen. Thomas will nur noch weg von hier. Ihm ist jetzt alles scheißegal. Die Fribergs, Mille, alles. Er muss zurück zu Hugo, der ganz allein im Auto sitzt.

»Du hast die ganze Zeit mit Selene gespielt«, sagt Madeleine. »Karl hätte dich längst feuern sollen, aber wie immer hat er nicht auf mich gehört. Ich bin Luft für ihn.«

»Ich habe nicht …«, setzt Thomas an.

Aber wozu, Selene hat sicher nicht nur in diesen Punkten gelogen.

»Gib mir den Schlüssel«, sagt Madeleine und hält ihm die offene Hand hin.

Thomas schaut an ihr vorbei. Er will hier raus. Weg von all dem, was sie behauptet. Mit der anderen Hand holt Madeleine jetzt ihr Handy aus der Tasche.

»Was zur Hölle hast du vor?«, fragt er.

»Ich rufe die Polizei. Dann bist du dran für das, was du hier abziehst. Und für alles, was du Selene angetan hast.«

»Nein, das darfst du nicht.«

Thomas versucht, Madeleine das Handy abzuringen, und sie schubst ihn. Thomas stolpert rückwärts, stürzt über die Türschwelle und fällt in die Küche.

»Selene ist völlig fertig!«, brüllt Madeleine. »Wie konntest du ihr das antun?«

Thomas kommt wieder auf die Beine, und jetzt ist er wütend. Das ist das zweite Mal, dass er heute umgestoßen wurde, und von Lykke kann er das aushalten, aber das hier, nein. Madeleine hat keine Ahnung. Er stürzt sich auf sie. Muss verhindern, dass sie nicht noch mehr Blödsinn von sich gibt. Dass sie die Polizei ruft.

Madeleine macht einen schnellen Schritt zum Kamin und greift nach etwas Langem. Thomas bleibt stehen und kann gerade noch zum Schutz die Arme hochreißen. Der Schmerz ist so überwältigend, als das Ding auf seinen Unterarm trifft, dass er fast ohnmächtig wird. Er sieht, wie es sich noch einmal nähert, es ist die Schaufel von der Kamingarnitur. Er will zurückweichen, doch sein Körper ist wie gelähmt. Thomas hat nur einen Gedanken: Hugo. Er hätte ihn nicht allein lassen dürfen.

Die Schaufel trifft ihn am Hals. Etwas Warmes quillt hervor. Thomas presst die Hände darauf, kann das Blut aber nicht zurückhalten. Es ist zu viel. Er schaut Madeleine in die Augen. Ihre Wut ist verflogen. Jetzt sieht sie zu Tode erschrocken aus. *Hilf mir*, will er flehen, bekommt aber den Mund nicht auf. Das ist …, denkt er. Dann geben seine Beine nach.

Alles fließt zusammen: der Schmerz, die Stille, das Licht und ein letzter Gedanke an Hugo.

70

Das halb gegessene Käsebrot lag vor Lykke auf dem Teller, daneben die leere Kaffeetasse. Der Himmel war hellblau, es war fast windstill. Die Polizei war noch nicht wieder da gewesen, aber sie war zu müde, um erleichtert zu sein. Außerdem war sie nach wie vor davon überzeugt, dass jederzeit ein Streifenwagen in ihre Auffahrt biegen konnte, um sie mitzunehmen, weil sie ihr vorwarfen, Thomas ermordet zu haben, nur um sie dann einzusperren, ohne auch nur ein Wort von dem anzuhören, was sie zu ihrer Verteidigung zu sagen hatte.

Nachdem sie die SMS an Jenny geschickt hatte, war sie hellwach gewesen. Irgendwann war sie aufgestanden und ins Wohnzimmer gegangen, wo sie immerhin ein bisschen auf dem Sofa dösen konnte. Am Vormittag war sie im Meer schwimmen gewesen, um etwas munterer zu werden, aber der Dunst im Kopf wollte nicht nachlassen. Inzwischen war es drei Uhr nachmittags, und Lykke wünschte sich nichts sehnlicher, als dass der Tag ein Ende fand, damit sie sich schlafen legen konnte.

Lykke biss ein winziges Stück vom Brot und klappte dann den Computer auf. Sie wollte einen neuen Versuch starten, einen Job zu finden.

Nach einem weiteren Bissen loggte sie sich bei der Arbeitsagentur ein und startete die Suche. Las die oberste Anzeige.

Ein Job bei der Station Linné. Erfahrung als Kassenkraft erwünscht, da es hauptsächlich um Arbeit in ihrem Souvenirladen ging. Genauso Sprachkenntnisse. Ein Interesse an Natur und Tierwelt vorteilhaft. Die Station Linné war ein Bildungszentrum, das Kurse und Naturwanderungen organisierte. Sie hatte mal mit der Uni an einer teilgenommen. Vermutlich würde ihr die mangelnde Erfahrung als Kassenkraft auf die Füße fallen, trotzdem öffnete Lykke ein Worddokument, um eine Bewerbung zu schreiben. Die Anzeige hatte so vieles in ihr geweckt. Entschlusskraft. Vorfreude. Das klang nach einer Aufgabe, die ihr gefallen würde.

Ein Auto hielt vor ihrem Haus, und Lykke hätte fast ihre Kaffeetasse umgestoßen, so schnell fuhr sie herum. Jetzt würden Polizisten um die Ecke kommen. Verlangen, dass sie mitkäme. Alles auslöschen, was sich in den letzten Minuten zaghaft aufgebaut hatte.

Aber es waren keine Polizisten, es war Jenny, mit Hugo auf dem Arm. Lykke hatte Jenny nie getroffen, nur am Telefon mit ihr gesprochen, aber sie sah genau aus wie in der Zeitung.

»Hallo«, sagte Lykke überrascht.

»Hallo, ich bin Jenny.«

»Ja, das hab ich mir gedacht.«

Jenny drehte sich nach dem Auto um, ganz wie Thomas vor so kurzer Zeit. Dann schaute sie zum Meer.

»Was wollen Sie?«, fragte Lykke.

»Hat die Polizei sich schon gemeldet?«

»Nein.«

Sie sah angespannt aus, und Lykke fürchtete plötzlich, dass

Jenny hier war, um sie zu beschuldigen. Dass sie der Polizei erzählt hatte, sie sei überzeugt davon, dass Lykke die Schuldige war.

Hugo zappelte jetzt so sehr, dass Jenny ihn nicht länger halten konnte. Er musste runter. Sie schauten ihm beide nach, wie er zur Nestschaukel lief, die in einem der Bäume hing. Schon war Jenny deutlich weniger angespannt.

»Ich möchte mich für mein schreckliches Verhalten entschuldigen«, sagte sie. »Ich war fürchterlich ungerecht, aber ich habe mir so große Sorgen um Thomas und Hugo gemacht.«

Lykke nickte, aber dann wurde ihr klar, dass Jenny das gar nicht mitbekommen konnte. Ihr Blick war auf Hugo gerichtet.

»Ich kann das gut verstehen«, sagte sie.

Hugo versuchte, auf die Schaukel zu klettern, schaffte es aber nicht und landete auf dem Hintern. Aber er stand sofort auf, um es noch mal zu versuchen. Offenbar war er einer von der Sorte, die nicht so schnell aufgaben.

»Die Polizei hat einen Mann für den Mord an Thomas verhaftet«, sagte Jenny.

»Wen?«

»Den Besitzer der Maklerfirma. Aber ich habe gerade keinen Nerv, mich damit auseinanderzusetzen.«

Frustriert grummelte Hugo. Nun lag er auf dem Bauch in der Schaukel, schaffte es aber nicht, sich umzudrehen. Lykke wusste nicht, was sie tun, wie sie sich Jenny und Hugo gegenüber am besten verhalten sollte.

»Wieso sind Sie hergekommen?«, fragte sie dann.

»Ich dachte, dass Hugo seine große Schwester kennenlernen sollte.«

Seine große Schwester.

Die Gefühle überwältigten Lykke. Sie presste sich eine Hand vor den Mund.

»Außerdem erzähle ich gern von Thomas«, sagte Jenny. »Ihrem Vater. Nicht jetzt sofort natürlich, aber nach und nach. Er war alles andere als perfekt. Aber wer ist das schon? Mich hat er immerhin glücklich gemacht.«

Lykke machte einen Schritt auf Hugo zu, der noch immer versuchte, sich umzudrehen. Dann blieb sie stehen und schaute Jenny an.

»Ist es okay, wenn ich ihm helfe?«, fragte sie.

»Klar.«

Lykke half Hugo, sich hinzusetzen, und schubste die Schaukel an.

»Mehr!«, rief Hugo glücklich.

Offenbar war sie zu vorsichtig gewesen. Also schubste Lykke stärker, und Hugo johlte vor Freude. Wieder und wieder stieß sie die Schaukel an.

»Danke«, sagte sie zu Jenny. »Sie können sich gar nicht vorstellen, was mir das bedeutet.«

Doch Jenny nickte nur, und Lykke spürte, dass es doch einen Weg aus Rogers Schatten gab. Aus Thomas'.

Selbst Schönes kann im Schatten wachsen und gedeihen, hatte ihre Mutter gesagt. Damit hatte sie nie die Blumen gemeint, dachte Lykke da.

71

Hanna saß mit angewinkelten Beinen auf dem Sofa. Noch über drei Stunden, bis sie bei Isak sein sollte, aber sie war schon geduscht und zurechtgemacht. Sie hatte sicher eine halbe Stunde gebraucht, um den passenden Pulli zur Jeans auszuwählen. Isak hatte schon seit Stunden einen Lammeintopf auf dem Herd. Er hatte ihr ein Foto davon geschickt, das sie gerade anschaute.

Das Handy klingelte, und Oves Name tauchte auf dem Display auf. Hoffentlich war nichts dazwischengekommen, weshalb sie Isak doch noch absagen musste. Hanna überlegte kurz, einfach nicht dranzugehen, so zu tun, als hätte sie nichts mitbekommen. Aber nein, einen Anruf ihres Chefs konnte sie nicht ignorieren.

»Ich habe gerade mit Daniel gesprochen«, sagte Ove.

Daniel war zum Haus der Fribergs gefahren, um bei der Durchsuchung anwesend zu sein.

»Und?«

»Jetzt ist egal, was Karl Friberg aussagt«, berichtete Ove. »Der Müllbeutel lag tatsächlich im Schuppen. Darin waren die Mordwaffe und Thomas' Handy.«

Es klang so plump, wie Ove das sagte. Schon waren Hannas

Zweifel zurück. Sie konnte nicht aufhören, an Karls Reaktion im Krankenhaus zu denken. Er hatte nicht gestanden, und der Schock über Hektors Angriff und die Festnahme wirkten echt. Darüber konnte sie letztlich nicht einfach hinwegsehen.

»Aber sag mal«, setzte sie an, »ist es nicht merkwürdig, dass Karl Waffe und Handy mitgenommen und ausgerechnet in seinen Schuppen gelegt hat?«

Oves einzige Reaktion war ein Seufzen, und Hanna wäre gern zu ihrer vorherigen Überzeugung zurückgekehrt: dass Karl der Täter war.

»Habt ihr die Schuhe gefunden?«, fragte sie.

»Noch nicht.«

Kaum hatten sie aufgelegt, wuchsen Hannas Zweifel nur noch mehr. Zu vieles passte nicht zusammen. Nicht nur Karls Verhalten im Krankenhaus, sondern auch Madeleines. Wie sie ihnen Karl praktisch serviert hatte. Hanna verdrängte den Gedanken. Am Montag würde Karl Friberg in Anwesenheit seines Anwalts vernommen werden. Danach wussten sie hoffentlich mehr.

Am Montag würde außerdem Mille Bergman vernommen. Er saß in U-Haft wegen Zigarettenschmuggel und Körperverletzung. Irgendwann im Laufe der Woche würden sie auch mit seinem Opfer, Selene, sprechen, und Hanna wollte dafür sorgen, dass dies so schnell wie möglich geschah.

Der dunkelblaue Wagen, den Selene im Herbst vor Milles Haus gesehen hatte, war gefunden worden. Er gehörte Oleg Sokolow. Ihn selbst hatten sie noch nicht zu fassen bekommen, aber die Hoffnung war, dass sie diesmal die ganze Bande ausheben konnten.

Ihr Handy summte. Es war ein Foto von einer braunen Pampe in einer Auflaufform.

Wenn es erst wieder aus dem Ofen kommt, wird es noch appetitlicher sein.

Hanna musste breit grinsen.

Ich finde, es sieht jetzt schon fantastisch aus, schrieb sie.

Hanna stand auf, ging in die Küche und trank ein Glas Wasser. Wieder drängten sich Gedanken an die Ermittlungen auf. An den nagenden Zweifel, der sich nicht legen wollte. Was, wenn sie wieder alles falsch verstanden hatten? Dann fiel ihr etwas auf. Madeleines Worte im Krankenhaus: *Ich habe heute Morgen im Schuppen geputzt, und da hab ich einen Müllbeutel gefunden. Darin waren eine blutige Schaufel und Thomas' Handy.*

Wieso war ihr so klar, dass es sich bei dem Handy um das von Thomas handelte? Hanna eilte zurück ins Wohnzimmer, griff zu ihrem Handy und rief Daniel an.

»Das Handy aus dem Müllbeutel, wie sah das aus?«

»Hast du nicht frei?«

»Ich bitte dich. Wie sah es aus?«

»Es war ein schwarzes Samsung Galaxy S20.«

»Und ihr seid sicher, dass es Thomas gehört?«

»Ja, wir konnten es mit dem Code entsperren, den seine Frau uns gegeben hat.«

»Ist der Akku noch geladen?«

»Ja.«

Dann war es nicht von selbst ausgegangen, sondern ausgestellt worden. Entweder von Thomas. Oder vom Täter.

»Woher konnte Madeleine wissen, dass es Thomas' Handy war?«

Es wurde still am anderen Ende.

»Vielleicht hat sie geraten«, sagte Daniel. »Oder Karl hat es ihr gestanden. Oder …«

»Oder wir haben den Falschen eingebuchtet«, unterbrach Hanna ihn.

Wenn Karl ihr erzählt hätte, dass er Thomas' Mörder war, hätte Madeleine das gesagt – und nicht plötzlich behauptet, dass er weggefahren sei und sie beim Putzen einen Müllbeutel gefunden habe. Hanna war sich jetzt absolut sicher, dass sie von Madeleine angelogen worden waren.

»Madeleine sitzt im Garten und lässt das Haus nicht aus den Augen«, sagte Daniel. »Sie hat sich geweigert, weiter wegzugehen.«

»Sucht unbedingt weiter nach den Schuhen«, sagte Hanna. »Ich schätze, ohne die bekommst du aus ihr nichts heraus.«

»Ich? Heißt das, du kommst nicht her?«

»Nein«, sagte Hanna. »Ich habe heute andere Pläne.«

»Okay. Dann verständige ich eben Ove.«

Hanna sank wieder aufs Sofa und starrte an die Decke. Ging noch mal die Begegnung mit Madeleine im Krankenhaus durch. Was hatte sie für Schuhe getragen? Irgendwas Klobiges. Ihre Füße waren definitiv nicht die zierlichsten, Madeleine war eine große Frau. In der Datenbank waren mehr Schuhabdrücke von Männer- als von Frauenschuhen. Vielleicht gab es deshalb keinen Treffer. Aber was war ihr Motiv? Erst wollte Hanna kein einziger Grund dafür einfallen, weshalb Madeleine Friberg Thomas hätte ermorden sollen, doch dann begriff sie es. Madeleine hatte dort an Selenes Krankenbett von sich selbst gesprochen.

Hanna warf einen Blick auf die Uhr. Seit dem letzten Mal waren gerade fünfzehn Minuten vergangen. Frustriert stand sie auf und ging nach oben. Die Zeit wollte einfach nicht vergehen. Sie zog den Pulli aus und probierte einen anderen. Nichts überzeugte sie, also probierte sie weiter. Als sie sich ein weiteres Mal durch ihren gesamten Schrank probiert hatte, trug sie doch wieder den gleichen wie zu Beginn, ein einfaches grünes Oberteil. Die Farbe stand ihr gut.

Sollte sie versuchen, Karl in der U-Haft zu erreichen? Oder Selene im Krankenhaus? Nein, es war besser, damit zu warten, bis die Hausdurchsuchung abgeschlossen und Madeleine vernommen worden war.

Hanna ging ins Duschbad und starrte lange ihr Spiegelbild an. Sie trug den gleichen Lippenstift wie am Vortag. War das wirklich eine gute Idee? Sie kam zu dem Schluss, es so zu lassen, und suchte dann eine Parfumprobe heraus, die einmal mit der Post gekommen war, um ein paar Tropfen auf den Handgelenken zu verteilen.

Ihr Handy klingelte, und Hanna zuckte zusammen.

»Du hattest recht«, sagte Daniel. »Wir haben sie.«

»Habt ihr die Schuhe gefunden?«

»Ja, sie waren in einem der Schränke. Ein Paar braune Ecco-Schuhe in 41. Ihre Schuhgröße, nicht Karls. Ich habe sie damit konfrontiert, und sie hat sofort gestanden.«

»So schnell?«

»Ja, ich musste ihr nur die Schuhe zeigen, da ist sie schon in Tränen ausgebrochen. Selene hätte sich niemals getraut, Karl zu erzählen, dass sie Thomas den Schlüssel gegeben hatte. Madeleine hat das erst im Krankenhaus erfahren, nachdem ihr gegangen seid.«

»Gute Arbeit«, sagte Hanna.

»Das kann ich nur zurückgeben, du.«

»Wie hat Ove die Neuigkeit aufgenommen?«, fragte Hanna.

»Ich wollte ihn gerade anrufen. Sofern du das nicht übernehmen willst?«

»Nein danke.«

Hanna schaute wieder auf die Uhr. Noch immer fast zwei Stunden bis zum Essen bei Isak. Eine gefühlte Ewigkeit. Vielleicht sollte sie in der Zwischenzeit den Reporter vom *Barometern* anrufen, der über ihren Vater sprechen wollte. Aber nein, das musste warten. Je mehr sie darüber nachdachte, desto unmöglicher erschien es ihr zu warten.

Was hältst du davon, wenn ich mich jetzt schon auf den Weg mache?

Sie hatte die SMS gerade abgeschickt, da klingelte es an der Tür. Hanna rechnete damit, dass es Ingrid war, die zur erfolgreich abgeschlossenen Ermittlung gratulieren wollte. Am frühen Nachmittag war eine Pressekonferenz abgehalten und bekannt gegeben worden, dass es eine Verhaftung gegeben hatte. Radio und Fernsehen hatten die Neuigkeit schnell verbreitet. Sicher würde Ingrid fragen, wer es war, selbst wenn sie wusste, dass Hanna das niemals beantworten würde. Wenn herauskäme, dass sie sich zunächst geirrt hatten, würde es bestimmt einen ziemlichen Wirbel geben.

Ihr Handy summte, und sie las genau in dem Moment, als sie die Tür öffnete, ein *JA!*

Dann ließ sie das Telefon fallen.

Vor ihr stand Kristoffer.

Seit sie ihn zuletzt gesehen hatte, waren zwei Jahre vergangen. Sie war nach London geflogen, um seine Tochter Ella kennenzulernen, die damals ein Jahr alt geworden war. Er hatte deutlich abgenommen, und auch seine Frisur hatte sich geändert: Damals hatte er die Haare halblang getragen, nun waren sie kurz geschoren.

»Was machst du denn hier?«, fragte sie.

In ihrem Kopf herrschte nichts als Chaos. Natürlich freute sie sich, Kristoffer zu sehen, aber nicht ausgerechnet jetzt.

»Wir müssen reden«, sagte er.

»Hättest du nicht anrufen können?«, fragte sie.

»Nein. Am Telefon hätte ich das nicht sagen können. Ich habe …« Kristoffer starrte auf einen Punkt hinter ihr. »Ich habe hin und her überlegt, aber jetzt ist klar: Ich muss es dir erzählen.«

Hanna machte einen Schritt zurück und ließ ihn herein.

Danksagung

Dies ist mein neuntes Buch, aber es war mit am schwierigsten zu schreiben. *Nachttod* war so außerordentlich erfolgreich, dass ich mir die Latte von Anfang an so hochgelegt habe, dass es mir fast unmöglich erschien, sie erreichen zu können. Aber jetzt bin ich richtig stolz auf das Ergebnis und schulde so vielen Menschen in meinem Umfeld großen Dank dafür, dass sie nicht an mir gezweifelt haben, als ich es eindeutig tat.

Anfangen möchte ich bei meinem Verlag Romanus & Selling. Danke an meine Verlegerin Åsa Selling, meinen Lektor Jesper Ims und den Rest der Bande: Lina Rönning, Emelie Hollbox und Susanna Romanus.

Außerdem möchte ich meinen Agentinnen Kaisa Palo und Matilda Fogelström Johnson sowie allen anderen bei der Ahlander Agency danken. Sie haben dieser Reihe den Weg in die Welt geebnet. Bisher wurde die Lizenz in siebzehn Länder verkauft. Siebzehn Länder! Es fällt mir immer noch schwer, das zu glauben.

Vielen Dank auch an die beiden Kommissare Ulf Einarsson und Ulf Martinsson von der Polizei Kalmar, die mir Rede und Antwort standen und das Manuskript gelesen haben.

Auch meine Cousine Jessica Mo hat es mit aufmerksamen ölandkundigen Augen gelesen, danke dir dafür.

Viele haben mich bei der Recherche unterstützt. Danke an Christina Hjalmarsson von *Missing People* und an Mikael Ekeberg, der sich an einer Suche beteiligt hat, als ein Sechsjähriger aus Färjestaden vermisst wurde. Danke an Peter Hallberg, der als Makler auf Öland arbeitet und mir Fragen beantwortet hat. Mit Blick auf das Verhalten meines Romanpersonals habe ich mir lieber ein Maklerbüro ausgedacht. Danke an Pav Johnsson, der sich einfach mit allen Vögeln auskennt. Ohne seine Hilfe hätte ich nicht gewusst, dass uns Stare umschwärmten, als wir durch das Alvar fuhren.

Danke auch meinen Erstlesern und Erstleserinnen, die mir wichtige Rückmeldungen gegeben haben, Björn Ekenberg, Gunnel Mo, Petra Mo, Sara Mo, Moa Olofsson, und meiner kleinen Schreibgruppe: Rebecka Edgren Aldén, Pernilla Ericson und Hanna Lindberg.

Und zu guter Letzt ein herzliches Dankeschön an alle, die diese Reihe lesen oder hören und sich die Zeit nehmen, ihre Begeisterung zu teilen. Sie ahnen nicht, wie viel mir das bedeutet.

Johanna Mo
April 2021